程坚甫

诗辑注

CHENG JIANFU
SHI JI ZHU

陈中美 ◎ 辑
孟祥荣 ◎ 注

中山大学出版社
SUN YAT-SEN UNIVERSITY PRESS

·广州·

版权所有　翻印必究

图书在版编目（CIP）数据

程坚甫诗辑注/陈中美辑；孟祥荣注. —广州：中山大学出版社，2020.10
ISBN 978-7-306-06984-9

Ⅰ. ①程… Ⅱ. ①陈… ②孟… Ⅲ. ①诗集—中国—当代 Ⅳ. ①I227

中国版本图书馆 CIP 数据核字（2020）第 193246 号

CHENGJIANFU SHI JIZHU

出 版 人：王天琪
策划编辑：钟永源
责任编辑：钟永源
装帧设计：鼎极文化传媒
责任校对：杨文泉
责任技编：缪永文
编校统筹：郭卫东
出版发行：中山大学出版社
电　　话：编辑部 020-84110771，84113349，84111997，84110779
　　　　　发行部 020-84111998，84111981，84111160
地　　址：广州市新港西路 135 号
邮　　编：510275　　传　　真：020-84036565
网　　址：http://www.zsup.com.cn　E-mail：zdcbs@mail.sysu.edu.cn
印 刷 者：广州市友盛彩印有限公司
规　　格：880mm×1230mm　1/32　13.625 印张　451 千字
版次印次：2020 年 10 月第 1 版　2020 年 10 月第 1 次印刷
定　　价：58.00 元

如发现本书因印装质量影响阅读，请与出版社发行部联系调换

百年邑野一诗翁

尹继红

自从允诺为即将出版的《程坚甫诗辑注》作序之时起,我就一直处于惶恐之中。我自知,我是万万没有资格来写这个序言的。因我面对的是一位"巨匠",一位"大师"。虽然现在知道他的人还不多,但是,这丝毫不妨碍我们称之为"巨匠"或者"大师"。他的诗在世间出现,便已在我心目中奠定了这个位置。尽管他活着的时候,只是个山野老农。如今,他已经离开了这个世界,无儿无女,只给这个世界留下近千首没什么人理会的旧体诗。

他叫程坚甫。

程坚甫,本名君练,号半叟,广东江门台山市台城镇洗布山村人。生于1899年10月20日,卒于1987年11月11日。程坚甫出生于画工家庭,在广州中学毕业后长期担任燕塘军校图书馆管理员,饱经战乱,饱尝颠沛流离之苦。1948年秋回乡务农,以耕种谋生。数十年吟诗不辍,几经劫洗,尚留存九百多首传之后世。

三年前,我在无意中得了一本由台山籍旅美乡亲陈中美先生采编评注的《程坚甫诗存》。排印略嫌粗糙,闲置于案头一个多月。有一天,随手翻阅,读了三两首,当即便有"惊为天人"的感觉。一口气读了几十首后,不由得抚掌长叹:"今日之江门,竟有如此之人,竟有如此之诗,台山何幸啊!江门何幸啊!"我给许多人推荐过程坚甫先生的诗,读者无不赞叹有加。

在接下来的几日里,我每日都要翻读一会这本诗集。我在翻读之时,脑子里便不自觉地浮出这样一幅图景:一位清瘦老者,

01

执柴荷锄，躬耕垄亩，杖藜月下，踯躅晨昏，对山月吟哦，伴孤灯着墨。程坚甫先生在他的《不磷室拾遗自序》一文中曾这样描述自己的作诗情景："余自髫龄，即嗜吟咏。居恒与家兄仰可昕夕唱酬，凝神思索，刻意推敲，殆无虚日。及至中年，丁逢丧乱，箪瓢屡空，吟兴不因少减。"

由此可见，这是一位栖身乡野之间的诗痴般的人物。然隐身田园，读其诗，他没有陶渊明的超然，也没有陆游的放纵，更没有王维的雅致，他更像老病缠身、忧患塞心的杜甫。我敢于拿这些千百年不朽的诗歌巨匠和他相提并论，也因为在我的心目中，以我浅薄的见识，程坚甫的诗品、诗艺已堪与这些古之先辈大师比肩。后来读到几位海外学者对程诗的评价，方知不仅我有如此认知。对整理程诗有着卓越贡献的旅美诗人陈中美先生称之为"岭南杰出诗人"。著名旅美作家刘荒田先生亲撰长达万余字的《台山杰出诗人程坚甫》一文推介。这或许是眼下最详尽记录程坚甫人生轨迹的文章了。美国耶鲁大学教授苏炜先生骤读程诗，便"大惊失色"，随后著有万余字长文《程坚甫是中国当代农民中的古典诗人》评点推介。苏炜先生在文中言道："程诗韵味，直追唐宋。"任教于美国印第安纳大学的谭琳教授在将程诗与当代古体诗大家郁达夫和聂绀弩比较之后，写道："程坚甫不仅属于台山，也是属于中国的，以至是属于人类的。程坚甫的诗作是20世纪中国文化的一份珍贵遗产。"

读了学者们的评价文章，更觉程坚甫及其诗作对于当今江门文化的宝贵。在这篇序文里，我亦无意对程诗的艺术价值作更多的评析品读，相信每一位读者进入到程诗的世界里，都会有自己的感悟和体会。而我们在重新编印这本《程坚甫诗辑注》时，在陈中美先生采编评注的《程坚甫诗存》的基础上，特意也将众多海外学者的评论文章略去。我们希望留给读者、留给这个世界一本纯粹的程诗作品，让世人更真切地感受程诗的境界。

在阅读程诗和相关文章的时候，我也颇困惑，为什么程诗在海外华人学者中能够得到如此推崇，而国内读者、学者却知之有限，甚至江门、台山本地都似乎对其也有些淡漠。这实在是不应有之现象。当然，程诗受海外学者关注，与陈中美先生、刘荒田先生的大力推介有关。然而，我想不仅如此，这或许与国人眼下对文化，尤其是对诗歌、对古体诗歌的浮躁、淡漠、功利态度有关。读诗是需要静下心来品赏的。时下人们心性难静，诗便被冷落了，何况这样一位山野老翁的诗呢？再者，程诗中没有什么大主题、主旋律，尽是一个乡居农夫粗茶淡饭、布衣寒衾的喁喁私语和长吁短叹，自然又少了许多附和者。听说陈中美先生当年曾力主在其家乡为其诗作刻碑，还惹出了不少争议。如此种种，免不了让人感慨。这种浮躁功利之风于文化艺术实是大害，也不免屈辱了程坚甫先生这样一位已然远去的大诗家。当然，诚如诸多学者所言，程坚甫先生因生活经历所限，其诗多为自己生活、心境之写照，题材比较狭窄；也有不少游戏唱酬之作。然而我以为，这恰恰是程坚甫先生作为诗人的境界。他或许从未想过去创作诗，他是以诗为生活。

斯人已逝，亦无儿女子嗣，更无田地房产留于后世，只有千首诗歌，一堆文字，卖不了半文铜钱。谭琳教授说程坚甫的诗作是20世纪中国文化的一份珍贵遗产。我亦以为然。但是，再珍贵的遗产若被埋入尘土之中，终究难显其价值，耀其光芒。因此，我们决定将程坚甫先生的诗重新整理出版，并邀请五邑大学文学院古典文学专家孟祥荣教授对程诗选编辑注。孟祥荣先生不负所托，殚精竭虑，字斟句酌，审读入微，经一年多时间完成。我们期望这本《程坚甫诗辑注》的出版能为这些难得的世间好诗掸去些灰尘，能让程坚甫这个名字为多一些人所记住。此愿也。

本书以陈中美先生所编辑《程坚甫诗存》为参照本。惜在本书辑注期间，陈中美先生亦已驾鹤仙去。我们只能在此遥寄感谢。本书出版也得到程坚甫先生唯一弟子陈惠群女士的大力相助，诚谢。

江山代有才人出，不仅是在光华闪耀的大舞台上，也不止于声名赫赫、奖杯如堆、著作等身之辈。程坚甫先生一辈子蛰居乡野，潦倒山间，这使他的诗、他的人更纯粹。他与自然一体，与他的精神世界一体，与他的洗布山村一体，与他的诗一体。

百年邑野因这寂寞诗翁添了许多苍郁之文气。

（作者为江门市文学艺术界联合会主席）

慕旧惊新读残篇
王鼎钧

  名作家刘荒田先生赠我《洗布山诗存》一册，是我今年见到的好书之一。洗布山，地名，在广东台城。山下有洗布村，村中出了两位写旧体诗的高手：程坚甫先生和谭伯韶先生。两人都是"旧知识分子"，在村中度过举世皆知的艰难岁月，留下许多不求人知的诗作。

  两位诗人处境非常，尤其是程坚甫，1987年逝世，他们的诗作散落人间，必有佚失。幸得陈中美先生弘诗传经，爱乡尊贤，搜集到程诗640首，谭诗200首，经过"不时吟阅，多次删补"，辑成这本诗存；又以他渊博的学识，在诗后加了很多注解。此书似为非卖品，可见出版人的高风。

  旧体之中，我偏爱律诗。《洗布山诗存》所收，程坚甫先生七律较多，引起我特别的注意。陈中美先生称他"一身愁似黄仲则，七律工如陆放翁"，也特别称道他在律诗方面的成就。律诗是旧体诗的科班训练，也是旧体诗人的身份证明。然而，近百年来，律诗受到的诽谤太多了！

  程律难能可贵处，第一在"顿挫"。且引老杜的名句为例：
  中天月色好谁看
自然句法该是"谁看中天好月色"，词组2、2、3；杜句变化处理，组成2、2、1、2。意义应该停顿的地方，音节连下去（义顿音不顿），音节应该停顿的地方，意义连下去（音顿义不顿），可以救律诗的平滑，增加跌宕错落。程诗对此，甚为擅长，例如：
  半世穷能全我节，百篇慧不拾人牙。
论意义，要读成"半世穷——能全我节"，论音节，要读成"半世——穷能——全我节"，这个两者不能兼顾的局面，就是产生顿挫的水土。下句"百篇慧不拾人牙"，把拾人牙慧四字成语拆开颠倒使用，使"百篇——不拾人牙慧"重组成"百篇慧——不——拾人牙"，而音节则是"百篇——慧不——拾人牙"，固老杜之遗风也。

类此佳句还有：

"胶不续肠拼尽断，珠经离掌倍堪珍。"

"栖得借枝仍杌陧，敝犹珍帚独吟哦。"

"且喜月明沽酒便，还因水满钓鱼肥。"

"津如可问舟常便，山不能移宅亦幽。"

顿挫是形式美，爱诗者当不以此为满足。若论内涵，程诗达到古人论诗的种种要求，如温柔敦厚、委婉曲折、幽默超脱等等。在这里要强调，旧体诗最受人诟病的是陈陈相因，一切现成，读某些今人写的旧体诗，如逛破烂旧货摊。

洗布山的程诗则不然，他在形式上不能求变，在情景形象上却能求新。所谓"朝露初凝，新桐乍引"，那种鲜活的感受，可以从他的诗里得到。倘若抛开七言八句平平仄仄不计，他的作品和今天标榜的新诗，实在没有两样。新诗标榜"唯陈言之务去"，陈言何能尽去？亦唯有陈言中出新意而已。

岁不宽人头渐白，天能容我眼终青。

第一句的意思是岁月不饶人，改一"宽"字，已能脱俗；下一句更隽，把天当作眼，天的颜色正好是青色，青天成了青眼，青眼的意思是欣赏认可，"天"人格化，与人感应。当代新诗人见了这种复式意象，想必是要许为同道的吧。老天爷有眼睛，天无绝人之路，纵然"岁不宽人"，也有个排遣纾解，这就是中国诗的"茹而不吐"。句末"终"字下得铿锵有声，可解为始终，也可解为终于，不同的解释反映不同的本事、不同的心情，"诗无达诂",领受随人可矣。

往事如烟难撷拾,余生似竹尚平安。
"难撷拾"极好,连带提升了"往事如烟",表现了往事之不可梳理,不可补救,增加不少想象。下一句,并不仅仅是用竹报平安的典故(那样就是死句)。我们会想到在中国文化里面文人对"竹"的特别期许。我的生命像竹子,我虚己,所以我还活着,风来了我能弯腰,所以我还活着。可是风过之后我立刻直立如旧,我心虽虚,但此心并未被占领、被污染,我也不算苟活。"余生似竹"四个字似乎突兀,其实工稳贴切。上下两句,珠联璧合。

类此推陈出新的句子再录几联:

"愁恨有丝难摆脱,光阴随墨易消磨。"

"栖宿应无羁旅恨,呢喃应说主人贫。"

"才似微尘栖弱草,声如疏雨滴孤篷。"

"清夜闻风如有骨,白头问世已无颜。"

"晚风吹皱寒塘水,遥映山翁额上纹。"

"风怀有恨随年减,月色无多戒夜行。"

诗人程坚甫先生在洗布山下胼手胝足的那些年,正是中国"一穷二白"和"越穷越光荣"的时候,吟哦每每反映了生活上的匮乏。陈中美先生说他"一身愁似黄仲则",大概针对着这一部分诗篇。

程坚甫先生,不论他早年的资历如何,他写这些诗的时候已经是个地道的农夫,他是中国极其稀有的农夫诗人。黄仲则"全家都在西风里,九月衣裳未剪裁",这种春秋换季的生活方式,他没有。杜甫"但觉高歌有鬼神,焉知饿死填沟壑",这种大文豪的气势,他也没有。

他更不是京官贬谪、下放劳动,或者地主破产、略近阡陌那一类假农民,他确已改造成一个乡下庄稼汉。嗟贫伤老,自有路数。他的述说方式,真个"百篇慧不拾人牙"。

且看他的《赠内人》:

柴门不闭北风寒,桶可藏身且暂安。

嗟尔何尝贪逸乐,遇人不免感艰难。

樵苏仆仆穿晨径,藜藿粗粗了晚餐。

镜匣无颜膏沐少,管教蓬首似鸠盘。

先说居住的条件简陋,"柴门不闭"是闭不上、关不紧,时时被寒风吹开。桶中之妻,据说古代有位仕人太穷,妻子衣不蔽体,一旦来了客人,妻子只好躲在木桶里,这是说穿的条件也很差。一、二两句(起句)先使读者对这位程太太起了关怀同情。

三、四两句(颔联)说到自己身上,把"遇人不淑"换个轻淡的说法,化俗为雅,也间接指出"艰难"不在个人,在时代环境。这两句唤起读者对诗人的同情。

五、六两句(颈联)从共同生活取样描写,叠词"仆仆、粗粗"传神而有音响效果,写出诗人的家庭贫而能安,读者松一口气。

最后两句(结句)说太太久已不照镜子,也没有化妆品,甚至头发也没工夫梳一下,模样丑得像个"鸠盘茶"了!这就像电影,定格在程太太脸部,使读者观众去回顾、回味全部过程。

诗人在他的多首律诗里,从衣食住各方面描写贫困(没有提到行路难,那年代,他一定很少出门)。例如:

"破窗不键随风卷,薄被频探似水寒。"

"应变也知心匪石,畏寒安得肉为屏。"

"自怜不及空阶石,借得春苔作绿衣。"

"百结难分衣厚薄,一箪宁计饭精粗。"

冬天衣衾单薄,门窗透风,这"一寒到骨"的况味,在旧体诗中颇为罕见。古代没有暖气,富豪命几个年轻丫环一同裸体陪睡,靠她们的体温御寒,称为肉屏风或人肉褥子。可见"我心匪石,不可转也",既不能随机变色,趋炎附势,就只好挨冻受饿了。诗人如此写来,在洗布山村那样的地方,抄家破旧的人看不懂,未以文字降罪,作品从此流传,真是"天能容我眼终青"!

冬天没有冬天该穿的衣服,春天也没有春天该穿的衣服,羡慕春苔绿衣,有黄仲则的风格;一句"百结难分衣厚薄",又得让程坚甫独步。衣服破旧,补钉层层叠叠,已经无所谓单衣夹衣棉衣,冬天穿它太薄,夏天穿它又太厚了!

在饮食方面,诗人写道:

"孤行岂获世情谅,一饱方知天眷隆。"

"被有温时容梦熟,饭无饱日觉肠宽。"

这些诗句可解释为辛酸,也可解释为幽默,这就是高手的"不黏"。此处笔者要特别推荐:

"客囊似水贫难掩,妇面如霜笑更稀。"

好一个"妇面如霜笑更稀"!

对程先生来说,做农人不易,做诗人更不易,但他始终不废吟诗,一如他勤于耕种。古人说诗穷而后工,程先生既经历政治上的穷(恐招人妒诗低诵,常防一字能召祸),也经历经济上的穷(家贫莫向书求饱,带病饥猫真似我),诗越写越好。他付的代价甚大而回收甚少,我们今天对他留下的心血结晶,格外珍惜。

写律诗可用腹稿进行,暗中推敲,"一诗千改始心安"也无人发现。生活秩序全被打乱,没有写作的环境,不能写下来就记在心里,不能发表就在朋侪间口传——律诗的简短、有韵、对仗，都便于口传。

批评律诗的人说过，律诗束缚作者的思想感情，使创作不能自由发挥。这话有理。但天下事难一概而论，到了程坚甫还乡务农的时候，律诗的缺点却忽然变成优点。诗人敏感，外力冲击又过多过大，格律模式正好帮助他将感情纳入艺术形式。那不是"愤怒出诗人"，是隐藏、节制产生诗人，律诗正好防止激情泛滥，把洪水变成涓涓清泉。所以在那一段日子里，忽然有那么多人写律诗，而且写得那么好。程坚甫先生正好赶上那一班"巴士"。

诗，多半是从"无可如何之遇"中生长出来，是不敢言、不忍言、不能已于言，可以称为最后的语言，所以古人认定（其实是希望）诗心通天，因为"天"是人的最后呼求。律诗的框架很适合这最后语言的栖息，看来规规矩矩，听来曲曲折折，想一想模模糊糊，只有天知道。我们强为解说，权充知音，聊慰诗魂于九泉。律诗这种文学形式，自经唐宋大家缔造以来，伏脉万里，蛰龙不死，笔者也在此向他的生命力致敬。

（原载美国《侨报》1998 年 8 月 21 日副刊）

编者注：原文四千字，本文经陈中美先生省略一段，约略去五百字。

王鼎钧，1925 年生，山东省临沂县人，1978 年移居美国，现住纽约市。他曾任台湾多所大学的教授，《中国时报·人间副刊》主编；著作有《碎玻璃》《文艺与传播》《看不透的城市》等数十种，其中《人生三书》在台湾销行 60 多万册；曾多次获大奖，在台湾时曾被评为"十大散文家"之一。

程坚甫画像　华振陆作

《不磷室拾遗》自序
程坚甫

　　余自髫龄，即嗜吟咏。居恒与家兄仰可昕夕唱酬，凝神思索，刻意推敲，殆无虚日。及至中年，丁逢丧乱，箪瓢屡空，吟兴不因少减。中间经一度穷记忆力，向脑海搜索存稿，得五七言约二三百首，编成一帙，随后逃避倭难，头尾流离。光复后，又以贫故，远客他乡。俗尘万斛，不弹此调，前后十有余年。白首归来，征尘甫卸，索寻故物，荡然无存，意或家人当废纸卖去。随又获交于苍城周燕五先生，彼此切磋最久，唱酬最多。数年之间，所为诗不下四五百首。后先生遄返苍城，积稿亦被携去，能记忆者不及十之一二。迄今屏除农事，养病赋闲，日长无俚，爰复将新旧诸作收拾，累集成编。其可记忆者录之，记忆不全者补足之，共得二百六十二首，另诗余数阕。

　　嗟夫！续貂画虎，于旁人则誉为聪明；采月批风，在小子亦知其狂妄。尝为呓语，寻宋唐于梦寐之间；迥出恒情，置寝食在推敲之后。嗜诗成癖，随日而深，虚谷为怀，至今未满。迨夫穷途恸哭，老境侵寻，岁劫红羊，云浮苍狗。黄钟弃野，难赓楚客之吟；瓦缶通雷，姑效秦人之击。渔洋神韵，远莫追摹，昌谷鬼才，尤难企及。弹来古调，明知不合时宜；记以空言，要亦未忘夙习。十年浪迹，谱入弦中；一片秋声，闻诸纸上。可谓苍凉沉郁，蔽以一言；若云俊逸清新，失之千里。嗟夫！余生善病，原非无病而呻；老遇多穷，毋亦因穷得寿！今则戒之在得，居复赋闲。抛半月之精神，纳零星于卷帙。所冀免罹蛛网，敢期贩去鸡林？志士常嫉没世而无闻，愚者仅挟平生之一得。长句短句，任人讥岛瘦郊寒；墨耶泪耶，赠尔将糊窗涂壁。

　　　　　　　岁次庚子（1960年）暮春中浣程坚甫叙于不磷室

《不磷室拾遗》题词
程坚甫

　　不磷室主百无成，多愁多病复多情。旦暮吟哦口不辍，老来仅得一虚名。声调悲壮格律老，少陵之诗夙所好。中年复爱陆剑南，剑南矜炼最工巧。生平寝馈二家诗，立卧未尝须臾离。惟吾自揣袜线才，一毛不敢袭其皮。吾诗实病语颓唐，有人误为学两当。绝世聪明黄仲则，吾宁敢列弟子行！晚年渐渐变初作，更欲洗华归诸朴。惟其阅历世情深，不能言外无寄托。迩来老兴正淋漓，一卷编成聊自乐。不求寿世藏名山，未甘尘埋置高阁。有客前来笑老叟：由来藏拙胜献丑。《论语》如今烧作薪，尔独何为珍敝帚？吾闻客语愧于心，一时颜汗如悬溜。须臾忽复动灵机，笑谓客言太拘囿！各言尔志何伤乎，此语出自圣人口。何况三台风雅要扶持，耆宿凋零待继后。江天寥廓无吟声，毋乃山川失其秀。客闻遽起出门行，意则怪吾强支撑。呜呼，舍己从众病未能！

　　　　　　　　　　庚子（1960年）上巳前一日不磷室主自题

目录 CONTENTS

1-373 诗　部

1　梅花　二首
2　燕子　二首
3　司马题桥　三首
4　春寒词　三首
5　由羊城回大江赠蔡其俊
6　和郭赓祥先生中秋月下书怀　三首
8　谢郭赓祥先生赋诗送行奉和一首兼用原韵
9　长贫自觉负人多　辘轳体七律五首
11　重九登高　二首
12　黄菊
12　木兰从军　三首
13　闻复祀孔庙喜赋
13　西子浣纱　二首
14　春柳　四首

15　祖逖渡江　三首
16　十二美人图咏西子苎萝江浣纱
16　虞姬楚帐舞剑
17　卓文君临邛贳酒
17　飞燕汉宫艳舞
18　昭君出塞和戎
19　貂蝉凤仪亭诉苦
19　张丽华临春晓妆
20　杨玉环华清出浴
21　崔莺莺西厢待月
21　红玉击鼓破金兵
22　陈圆圆歌筵进酒
22　香妃春郊试猎
23　魏武帝
23　美人晓妆　二首
24　题梅健行先生汀江钓叟图　四首

01

26 春耕	45 哀香江　二首
27 苦夏	46 赠汤褒公　二首
27 秋夜怀亡友蔡其俊　四首	47 修时计和褒公并次韵
29 香炉峰下赠蔡湘云	47 修时计第二唱仍用前韵
30 戏赠陈巧云　二首	48 悼亡兄仰可
31 读台城《复兴报》谢养公赠女侍陈巧云诗戏题其后　四首	49 褒公邀往西濠饮茶，谈诗欢甚，归时竟忘去路，以诗纪之
32 月下吟成分赠　四首	50 中秋宴饮适园偶成排律一首
33 夏初服务盐业公会偶成	50 悼周丽卿女史
34 客居海宴作	51 即事
34 温泉游泳	52 岳武穆　四首
35 曲栏干上盆栽花木多种，皆予所爱，旦夕灌溉不辍。自入县城机关服务，无暇及此，遂致大好秾华，相继凋谢。慨韶华之不再，嗟人事之靡常，率成是诗以志感慨。花神有知，其亦月明环佩姗姗来迟耶	54 吊岳武穆　二首
	56 读褒公见赠读拙作红梅有感即答
	56 灯
	57 红梅　四首
36 星士黄道行续娶戏赠　四首	59 村居　二首
	60 登楼　二首
38 题黄毓春翁竹林隐居图	61 读词　断肠词续词
39 惆怅词　三首	62 悼汤褒公　二首
40 懊恼词　二首	63 客归乡居　二首
41 断肠词	64 蜗牛
41 乱后归来，颇以浇花自乐	65 道遇林伯埔翁有赠
42 台城再度沦陷逃难纪实　五古体	65 幸三自惠寄后迄无消息赋此寄怀
43 台城光复后闻好喋在乡遇害	66 菊梦　二首
44 哭堂兄遇麟	67 伯埔翁尝誉周燕五，周谓其织帽太高，非申请政府

	免费斩竹不可。此语甚俊，戏赠之以诗 二首		慨之余，爱各系诗一章，以志微怀。诗成于冬至后一日
68	半世	85	岁暮寄怀 四首
68	读周公燕五招隐诗感成一首书后	87	春日什咏 二首
69	自嘲	87	剃须 二首
70	书怀示周公	88	眼镜
70	秋夜检读幸三君悼亡兄仰可诗率成一章书后	88	春宵偶成 二首
71	寄怀 二首	89	埌上吟 二首
72	茗余感吟	90	别后奉怀寄呈周公
73	偶写	90	吊刘德之翁
73	菜花重咏 四首	91	夜过纪真楼下有怀周公 二首
74	菜花叠韵 五首	92	夜雨
76	晚望	92	雨夜寄怀
77	寿内人	93	赠卜者云中鹤 四首
78	赠内人	94	春归日寄怀和周公 二首
78	杏和林店内新插杜鹃花一枝鲜艳可爱爱以诗赠	95	往事和周公 三首
79	林翁牧牛 限牛字 二首	96	端午和周公
80	江南菊和周公并次韵	96	送春和周公 二首
80	某君以情诗寄恋人，恳余代作诗压尾，应付后，复作二诗规之	97	寒冬之夜风雨大作竟夕不寐吟成 四首
81	梅花八咏	99	悼亡侄 四首
84	余尝于乡校门前手植紫荆一株，伐竹掩护，朝夕灌溉，因有伐竹防伤乌桕树，编篱细护紫荆花之句。曾不几时，乌桕经霜叶落，紫荆亦憔悴可怜，树犹如此，人何以堪。感	100	岁暮寄怀 二首
		101	忆周公 二首
		102	读周公脚肿诗书后
		103	周公久无讯息赋此寄之 二首
		105	暮冬随笔 二十首

03

114	李亦梧先生，雅人也，亦挚友也。推诚待士，蔼如春风，于病者临诊，悉心切脉，瘝痌在抱，见诸颜色。洵为叔世中之古人，亦晚近不可多得之医生。没后历数年，偶怀及之
115	戏题桥头之神　二首
116	晚望村南遥山感吟一律
116	戏赠柴镰
117	黄昏入市，见李沛君裸其上身，手托木盆，将往河边洗濯，戏以诗赠五首
119	人工湖竹枝词　十四首
122	重游人工湖即成　四首
123	瞽叟行
125	春日即景
125	春归日
126	庚子暮春寄怀
127	赠翼园
128	送春
128	悼黄增作君
129	幸三兄一再惠寄赋此奉谢
130	晨间携鸡数头出市求售，交易不成，归赠以诗
130	函请云超兄惠寄食物附诗一首
131	登墓
132	昼梦亡友黄增作
132	谢李沛君馈食物
133	赠甄福民君
134	云超兄久无讯息赋此寄之
135	绮梦
136	翼园主人谭锦洪君，嘱予日后将诗稿全部赠他留念，因而忆起在杏和林与周公燕五唱和时尝作温稿诗一首，周公亦有和作，但已遗亡，仅记其存字韵有"诗词散失君休虑，卷帙编成我代存"二句而已。迄今周公不知存亡，所有诗稿亦未识存在与否。回首前尘，感慨系之矣
137	寄呈岭背邝熙甫先生二首
138	周公存稿顷为李沛君携去因成一绝
138	昨卖一鸡与邻家，顷复飞回，璧还后感成一律
139	冬宵遣怀
140	赠李沛君绝句
141	读朱九江先生集
141	抒怀　五首
143	抒怀续咏　三首
145	病后感吟
145	茗后偶成
146	早春寄怀　十首
150	人日有怀云超
150	偶成
151	侄女自阳春宁家感慨之余率成一律
151	前诗意有未尽再成一首

152	送侄女归阳春 二首	171	山居思客
153	读侄女宁家与送行诗感成一绝	172	嗜吟自嘲
153	春日漫写	172	野望
154	春寒	173	读稿有感
155	忆亡兄	173	赠李沛君
156	代书寄呈周公燕五 二律	174	得周公燕五来书快慰之余，复滋感慨爰成二律
157	有忆 二首	175	寄怀
158	无题 二首	176	前题
159	漫写	176	乡居什咏 二首
159	吸烟	177	鼠
160	残屐为薪赋诗吊之	177	漫成 二首
160	再呈熙甫先生	178	郊行 二首
161	写意	178	有寄
161	遣怀	179	无聊自慰
162	看花 二首	179	有感 二首之一
163	感旧 二首	180	灯下吟
164	漫成	180	长夜遣怀
164	寒食	181	写意
165	清明	181	绝句
165	暮春 二首	182	渔翁 四首
166	雨后新晴漫写	184	感旧 二首
167	有感	184	七夕 二首
167	暮春之夜	185	七夕戏赠双星
168	苦雨	185	雨夜感吟
169	读熙甫先生和拙作叠韵八首书后	186	夜归
		186	赠钓叟朱士良
170	山居寄怀	187	山居自遣

187	寄怀	201	雨夜漫成
188	有感	201	自遣
189	呈熙甫翁兼简李沛君	202	长夜寄怀
189	入市偶成	203	忆甑苙荫佛心先生　二首
190	邻女阿凤，年垂老矣。及笄时嫁同邑横湖乡。夫固螟蛉子，婚后未满一月即遁去。凤孀居廿余年，复后买一螟蛉为子，长成娶妇，且抱孙矣。近因不堪其媳虐，随一军属北去为佣。见而哀之，因纪以诗二首	204	秋宵自遣
		204	思亲
		205	吟余有感
		206	邻姥见赠猪脚连醋一碗因以一绝纪之
		206	暮秋感吟　二首
		207	夜半写诗感吟一律
191	早秋寄怀	208	深秋晚望
191	山居闲写	208	寒宵有感
192	早秋有寄　二首	209	秋尽感吟
193	谢李沛君惠金兼简熙甫翁	209	秋尽夜
193	中秋夜半寄怀	210	诗才竭矣赋此自嘲　二首
194	志感	211	夜雨　二首
194	绝句再呈熙甫翁	211	霜降
195	谢熙甫翁惠寄食物	212	白头有感
195	前题	212	说梦
196	灯下读周公来书及诗偶成一首	213	风雨之夜咳不能寐漫成一首
196	答谈风水者	213	老妻解雇回家以诗慰之
197	寄怀　二首	214	漫成
198	秋凉有怀云超	214	春日试笔
198	秋日漫成	215	闻邝翁将枉顾敝庐写诗待赠　二首
199	秋夜漫成		
199	悯潦	216	读友人诗有感率成一律书后
200	贫甚感吟		

216	闲中偶成	233	旧作失题
217	燕子来巢赋诗赠之	234	所见有感
217	偶成	234	上巳前夕吟
218	燕子再咏　二首	235	上元夜吟　四首
219	燕子续咏　三首	236	春日写意　二首
220	春夜抒怀　二首	237	春分
220	病后看花	237	春游
221	诗成有感	238	春宵不寐戏成一律
221	再梦黄增作	238	半夜遣怀
222	山行　三首	239	寄怀
223	风雨怀故人	240	花下感吟　二首
223	清明	241	忆僧灵鹫
224	有悟	242	山居寄怀
224	寄怀	243	寄呈熙甫翁
225	入市口占	243	赠李君道旋
225	酒后狂吟	244	有怀燕五
226	悼故友黄新法　二首	244	晚步荒园感赋
227	漫成	245	狂言
227	检读旧稿漫成一律	245	灯前　二首
228	村居寄怀	246	邻妇吟
228	前题	246	入市感吟
229	山居自遣　二首	247	闲写　四首
230	什咏　二首	249	饲鸡
230	偶成寄熙翁	249	读放翁诗后偶成一律
231	村居寄友	250	冬日寄怀
231	春夜有感	250	晚望
232	春宵听雨感吟二律	251	冬日寄怀　二首
233	自嘲	252	山居自遣　二首

252	入市见壁间大字报有云打倒刘长卿者戏以诗咏	269	无聊中戏成 一首
253	夜归	270	春宵梦回有感
253	遣兴	270	遣怀
254	寄怀	271	山居写意
255	入市归途感赋	272	偶读赵松雪往事已非何用说,且将忠赤报皇元,因忆起吴梅村过淮南旧里诗末二句我本淮王旧鸡犬,不随仙去落人间。两诗参观,赵松雪可谓良心尽泯矣,梅村尚有愧悔之心。爰作一绝咏之
255	再呈熙甫翁		
256	再呈道旋君		
257	偶成		
257	有感		
258	悼堂侄其萃		
258	戊申早春闲咏	272	感赋
259	七十戏吟 二首	273	遣兴
260	添置门扇戏成一绝	273	闲居有感
260	野望	274	戏咏息妫
261	种豆吟	275	农村幽趣
261	新妇吟	275	迩来自觉狂甚写诗自遣 二首
262	过桥口占		
262	沟水	276	寄闲情
263	七十寄怀	277	看花感吟
265	郊行	278	夜读有感
265	感赋	278	读古人三千宫女如花院,几个春来无泪痕之句,爰作一绝书后
266	夜寒 二首		
266	对镜感吟		
267	晚晴	279	读王渔洋过露筋祠诗书后
268	游人工湖即在湖心舫茶话	279	春日有感
268	写意	280	读岑嘉州青云羡鸟飞之句爰成二律以反其意
269	抒怀	281	早春寄呈熙甫先生 四首
		282	春日寄朗轩

283	春日寄怀	301	买鲤鱼　用道旋诗意四首录二
283	山居闲寄		
284	寄闲情	301	管理图书四十三年前忆旧有怀
284	七一述怀寄呈熙甫翁		
285	重阳	302	山林写意　四首录三
285	寄怀	303	早春以来，零雨不辍，蜷伏斗室，殊感枯寂，记诸吟咏，以抒怀抱
286	树下感吟		
286	暮秋寄怀		
287	苦吟示道旋	306	春宵怀人耿不成寐以诗寄慨
288	闲中有作		
288	暮秋自遣	307	村中有女子远嫁广西，濒行，母女相持涕泣，不胜凄楚，一时传为谈料。半叟固有心人也，以诗咏之
289	初冬有怀云超		
290	饮酒		
290	诞辰感吟		
291	奉怀寄呈熙甫翁	308	忆友　二首之一
292	己酉残冬留咏　二首	308	戏赠道旋
293	自遣二律	309	戏赠夷齐
294	奉怀四首再呈熙甫翁	309	病吟
295	和熙甫翁恶邻篇	310	李君道旋劝我多作以期传世赋此应之
296	读熙甫翁何日儿曹归海外，天伦乐事叙家人之句，即赋一律于后，寄以慰之		
		310	答周尔杰
		311	读梁梦霞我的奇文书后
		312	拾遗寄朗轩
297	有感　二首	313	梦见邝熙甫先生
298	邝熙甫先生于六月上旬逝世赋诗挽之　四首	315	拟冯梦龙辞世二律
		316	吊冯子犹梦龙先生
300	途见道旋偕伴满载虾酱一车因成一绝	317	月之初七晚间，在门外乘凉，忽有鸟飞集头上，旋飞落地，视之，则邻家所养之八哥也。不觉一笑，纪之以诗
300	读李君赠内人诗戏作二首之一		

09

317	闲写 二绝句	332	赠谭伯韶
318	美睡 二首	333	偶成二绝句
319	罗洞温君枉顾赋此见意	334	山居寄怀
319	自解 二首之一	334	寄闲情
320	偶成五绝一首	336	入市
320	忆母 四首录二	336	痴翁说梦 二首之一
321	忆红英	337	老境自述 五首录四
321	冰冻中有怀道旋	338	独坐有感
322	自慰 二首之一	338	自忏
322	示道旋	339	酒绿灯红笑语温
323	田野寄闲	339	寄怀
324	教惠群	340	悼亡友梁天锡
324	惠群见赠画梅一幅赋此贻之	340	访惠群
325	写意贻惠群	341	寄周尔杰
325	赠惠群	341	寄伍尚恩
326	再赠惠群	342	答李如棣君赠诗
326	李君蔼泉见馈茶叶一瓶，以诗谢之	342	夏日寄怀
327	乙卯生日感吟	343	八月十二夜月下吟成
328	风雨怀故人	343	谢休休赠衣
328	睡起	344	辛酉读稼轩词书后
329	学农差胜卖文章	344	为亡友李道旋作
330	长日静坐有怀惠群	345	赠伍云波
330	惠群参观各处回来说及经过闻之神往	346	早春初二游湖偶成
331	有忆	346	春游一律
331	雨中吟成	347	春寒吟
332	写意	348	新春闲咏
		349	鸡年去狗年来感成一律
		350	壬戌初夏

350	偶遇一绝	365	《愚公焚余稿》题词
351	偶尔不慎翻仆于地，伤及膝部，痛楚难忍，辗转床第，慨然赋此三绝句	367	中秋月下吟
		367	乙丑初秋与惠群合拍一照以诗系之
352	病足弥周未愈床上感吟	368	春日闲写
353	病足弥月未离床感成五律一首	369	戏赠案上纸花
		369	送春一绝
353	夏去秋来足痛略减扶杖能行吟成一律	370	赠尔杰君　二首
		370	赠尔杰老弟
354	湖畔偶成	371	和尔杰君七六感怀
354	湖畔归来赋赠诸君子	372	无题二律
355	枕上诗成再赠诸君子	372	无题六韵
355	闰四月闲写		
356	扇底闲吟	**374-408　词　部**	
356	闲吟续写		
357	戏赠尔杰君	374	蝶恋花　回忆前尘
357	岁暮感吟	374	南柯子　书怀
358	喜尔杰君见赠	375	卖花声　感旧
359	咏怀	375	西江月　话旧　两阙
359	自遣	376	醉花阴　重阳节
360	湖畔归来老妻正在晨炊因景生情率成一律	376	浣溪纱　雨后
		377	浣溪纱　晚望
360	雨中偶忆亡友李道旋	377	浣溪沙　送别钦权
361	八十四岁春日寄怀	378	南柯子
362	炉边吟	378	临江仙　寄梁梦霞
363	风雨山窗感念愚公凄然成咏　二首之一	379	青玉案
		379	蝶恋花　重阳节后
363	悼愚公续咏　二首之一	380	西江月
364	遣悲怀		

11

380	菩萨蛮	赠李蔼泉
381	如梦令	再赠李蔼泉
381	临江仙	丙辰生日
382	如梦令	题照
382	贺新郎	代书寄梁梦霞
383	青玉案	
384	采桑子	丁巳生日
384	贺新郎	赠惠群
385	浣溪沙	迎春
386	蝶恋花	感旧寄云波
386	卖花声	偶题
387	西江月	一赠休休
387	西江月	二赠休休
388	西江月	三赠休休
389	满庭芳	无题
390	高阳台	秋宵
391	贺新凉	重阳
392	江城子	柴门两扇不常开
393	满庭芳	觅旧游处红梅有感
394	乳燕飞	读龙川词书后
395	满江红	感旧
396	南乡子	即景
397	蝶恋花	早吟
397	蝶恋花	春游宁城公园
398	望江南	宁阳好　五首录四
399	一剪梅	早春写意
399	忆王孙	游春
400	水调歌头	闲写
400	卖花声	耳聋自嘲
401	沁园春	八四弧辰感赋
402	满江红	游仙
403	思佳客	毒尔缘何溷老夫
404	临江仙	悼愚公词
405	满庭芳	重过宁园有怀愚公
406	玉楼春	

407　后记

诗 部

梅花 二首

欲借柔毫写冷幽，寒林日瘦鸟啁啾。
暗香昨夜飘篱角，轻雨而今洒渡头。
乡讯莫逢来客问，冰魂谁识几生修。
江干车马吟声少，只合山居避俗流。

天晓山中鹤梦遽，小阳催迫萼初舒。
醉来水部吟偏好，吹落江城恨有余。
积雪别饶阴岭秀，冷香微度绮窗疏。
后庭风味应何似，犹忆当年月下锄。

注：

【1】柔毫：亦作"柔豪"。指毛笔。梁周翰《大宋新修商帝中宗庙碑铭序》："采旧史以披文，但瞻陈迹；染柔毫而叙事，终玷清芬。"

【2】暗香：梅花之代称。林逋《山园小梅》："疏影横斜水清浅，暗香浮动月黄昏。"篱角：篱边。

【3】冰魂：指梅花清白纯净之品质。苏轼《松风亭下梅花盛开》诗之二："罗浮山下梅花村，玉雪为骨冰为魂。纷纷初疑月挂树，耿耿独与参横昏。"亦借指梅花。江炳炎《淮甸春·自题纸帐梅花》："闲门客里，叹年年辜负，西溪游屐。约与冰魂同小住。"

【4】江干：江边。吟声：吟诗之声。白居易《宣州崔大夫忽以近诗见示因成长句寄题郡斋》诗："谢玄晖殁吟声寝，郡阁寥寥笔砚间。"只合：只应该。薛能《游嘉州后溪》诗："当时诸葛成何事？只合终身作卧龙。"俗流：庸俗之辈。韩愈《荐士》诗："俗流知者谁，指注竞嘲傲。"

【5】遽：惊喜。小阳：小阳春。秋末冬初。

【6】积雪:祖咏《终南望余雪》:"终南阴岭秀,积雪浮云端。"
【7】后庭风味:后庭,指陈后主的《玉树后庭花》。刘翰《七绝·种梅》:"惆怅后庭风味薄,自锄明月种梅花。"

燕子　二首

燕子来时又一春,年年曾否感依人。
不嫌荒僻三家屋,暂寄飘零万里身。
双剪低飞疑断水,重帘偷度不惊尘。
谁云草创规模陋?破垒居然庆再新。

江山转眼物华新,收拾琴书避燕尘。
隐约常闻梁上语,蹁跹犹似掌中身。
莫愁巢覆无完卵,且喜居停有主人。
记否庄姜零泪雨,参池飞罢几经春。
（第二首倒依前韵）

注:

【1】飘零万里身:指身世飘零。陈子廉《远游》:"廓落江湖梦,飘零万里身。风尘孤剑雪,宇宙一瓢春。"
【2】双剪:燕尾。燕尾分叉像剪刀,故名。梁启超《金缕曲》:"瀚海飘流燕,乍归来、依依难认,旧家庭院。惟有年时芳俦在,一例差池双剪。"
【3】破垒:破屋;旧房。
【4】掌中身:汉婕妤赵飞燕娇小,身轻如燕,传能为掌上之舞。此以形容燕子身之轻捷。
【5】巢覆无完卵:比喻整体毁灭,个体也不能幸存。刘义庆《世说新语·言语》:"大人岂见覆巢之下,复有完卵乎?"居停主人:寄居之处的主人。指房东。

【6】庄姜零泪雨：庄姜乃齐国公主，卫庄公夫人。朱熹认为《诗经燕燕》乃其所作。中有"燕燕于飞，差池其羽。之子于归，远送于野。瞻望不及，泣涕如雨"之句。

司马题桥　三首

旷世无伦司马才，临邛卖酒亦堪哀。
数行慷慨题桥柱，不上青天暂不回。

驷马重来志已偿，淋漓桥畔墨犹香。
世间也有人题柱，只恨难逢狗监杨。

健笔凌云世莫俦，长卿壮志足千秋。
虹腰墨渖依稀在，继美无人水自流。

注：

【1】临邛卖酒：司马相如故事。司马迁《史记·司马相如列传》："文君夜亡奔相如，相如乃与驰归成都。家居徒四壁立。……相如与俱之临邛，尽卖其车骑，买一酒舍酤酒，而令文君当炉。"

【2】题桥柱：司马相如初离蜀赴长安，曾于成都城北升仙桥题句于桥柱，自述致身通显之志，曰："不乘赤车驷马，不过汝下也！"事见常璩《华阳国志·蜀志》。《太平御览》卷七三、《艺文类聚》卷六三引此，桥名作"升迁"。后以"题桥柱"比喻对功名有所抱负。

【3】狗监杨：即狗监杨得意。狗监：汉代内官名，主管皇帝的猎犬。《史记·司马相如列传》："蜀人杨得意为狗监，侍上。上读《子虚赋》而善之曰：'朕独不得与此人同时哉！'得意曰：'臣邑人司马相如自言为此赋。'"裴骃集解引郭璞曰："主猎犬也。"司马相如因狗监荐引而名显，故后常用以为典。

【4】渖：古同汁。墨渖，墨汁。

春寒词　三首

浴罢华清日已昏，芙蓉帐暖尽消魂。
谁怜白屋夫妻卧，一夜牛衣梦不温。

昨宵寒气侵罗幪，渐觉深闺绣衾薄。
却恨春回郎未回，回时不道东风恶。

减却春光雨雪纷，遍观宇内尽愁云。
寄言寒气休相迫，我比梅花傲几分。

注：

【1】浴罢华清：白居易《长恨歌》："春寒赐浴华清池，温泉水滑洗凝脂"。陆游《浣溪沙》："浴罢华清第二汤。红绵扑粉玉肌凉。娉娉初试藕丝裳。"

【2】芙蓉帐暖：白居易《长恨歌》："云鬓花颜金步摇，芙蓉帐暖度春宵。春宵苦短日高起，从此君王不早朝。"

【3】白屋：茅屋。古代指平民的住屋。因无色彩装饰，故名。《汉书·王贡传》："今陛下昭明德，建太平，举俊材，兴学官，三公有司或由穷巷，起白屋，裂地而封……"颜师古曰："白屋，以白茅覆屋也。寿王言此者，并以讥公孙弘。"

【4】牛衣：供牛御寒用的披盖物。如蓑衣之类。《汉书·王章传》："章疾病，无被，卧牛衣中。"颜师古注："牛衣，编乱麻为之，即今俗呼为龙具者。"亦指贫寒之士。袁朗《和洗掾登城南坂望京邑》："狐白登廊庙，牛衣出草莱。讵知韩长孺，无复重然灰。"

【5】罗幪：即罗幕。丝罗帐幕。此诗中用指蚊帐。《文选·陆机〈君子有所思行〉》："遶宇列绮窗，兰室接罗幕。"张铣注："罗幕即罗帐。"

由羊城回大江赠蔡其俊

鸡黍留人齿颊芬,多年风雨感离群。
侧身天地常看剑,落魄江湖贱卖文。
放浪形骸频笑我,轮囷肝胆最怜君。
别来无慰堪相告,赢得狂名署懒云。

注：
【1】羊城：广州别名。大江：广东台山市大江镇。蔡其俊：作者友人。余不详。
【2】鸡黍：饷客之饭菜。《论语·微子》："止子路宿,杀鸡为黍而食之。"孟浩然《过故人庄》："故人具鸡黍,邀我至田家。"齿颊：牙齿与腮颊。苏轼《橄榄》："待得微甘回齿颊,已输崖蜜十分甜。"
【3】侧身：置身。杜甫《将赴成都草堂途中有作先寄严郑公》之五："侧身天地更怀古,回首风尘甘息机。"
【4】落魄：穷困失意。为生活所迫而到处流浪。杜牧《遣怀》："落魄江湖载酒行,楚腰纤细掌中轻。十年一觉扬州梦,赢得青楼薄幸名。"
【5】轮囷：盘曲的样子。《文选·邹阳〈狱中上书自明〉》："蟠木根柢,轮囷离奇。"李善注引张晏曰："轮囷离奇,委曲盘戾也。"
【6】懒云：作者自注：懒云是我当时别名。

和郭赓祥先生中秋月下书怀　三首

长空皎皎夜迢迢，月自团圆客寂寥。
倚槛未辞风露重，望乡为恨海天遥。
年华似水频惊逝，蓬鬓经秋黯欲凋。
更有赚人肠断处，隔邻送到几声箫。

月明放眼望神州，心有新亭泣楚囚。
斫地放歌狂胜昔，倚阑看剑气横秋。
可堪枳棘终栖凤，无奈衣冠付沐猴。
萧瑟四郊多战垒，辞家王粲暂依刘。

良宵尽付等闲过，有酒无肴奈月何。
孤馆只今陪烛泪，高楼何处起笙歌。
元龙豪气消磨尽，苍狗人情变幻多。
我欲乘风归未得，几回搔首问嫦娥。

注：
【1】 郭赓祥：郭赓祥（1874—1947），字纪云，号清溪居士，广西合浦县人，光绪拔贡。工诗精书法，擅墨兰。
【2】 槛：栏杆。风露重：米友仁《临江仙》："一天风露重，人在玉壶清。"
【3】 蓬鬓：鬓发蓬乱。鲍照《拟行路难》诗之十三："形容憔悴非昔悦，蓬鬓衰颜不复妆。"黯：深黑。段玉裁《说文解字注》："深黑也。〈别赋〉黯然销魂，其引申之义。"

【4】神州：古时称中国为"赤县神州"，后用"神州"做中国的别称。辛弃疾《南乡子》："何处望神州，满眼风光北固楼。"

【5】新亭楚囚：刘义庆《世说新语·言语》："过江诸人，每至美日，辄相邀新亭，借卉饮宴。周侯中坐而叹曰：'风景不殊，正自有山河之异。'皆相视流泪。唯王丞相愀然变色曰：'当共戮力王室，克复神州，何至作楚囚相对！'"

【6】斫：击。段玉裁《说文解字注》"击也。击者，攴也。凡斫木，斫地，斫人皆曰斫矣。"攴，音扑，轻击。阑：同"栏"。

【7】"衣冠"句：冠：戴帽子；沐猴：猕猴。猴子穿衣戴帽，究竟不是真人。比喻虚有其表，形同傀儡。《史记·项羽本纪》："项王见秦宫室皆以烧残破，又心怀思欲东归，曰：'富贵不归故乡，如衣绣夜行，谁知之者！'说者曰：'人言楚人沐猴而冠耳，果然。'"

【8】"王粲"句：《三国志·魏·王粲传》："（粲）年十七，司徒辟，诏除黄门侍郎，以西京扰乱，皆不就。乃之荆州依刘表。"后因以"依刘"谓投靠有权势者。此处意指因战乱无家可归。

【9】孤馆：孤寂的客舍。许浑《瓜州留别李诩》："孤馆宿时风带雨，远帆归处水连云。"烛泪：蜡泪。蜡烛燃烧时淌下的液态蜡。白居易《房家夜宴喜雪戏赠主人》："酒钩送盏推莲子，烛泪粘盘垒葡萄。"李商隐《无题》："蜡炬成灰泪始干。"

【10】元龙豪气：《三国志·魏·陈登传》："东汉陈登，字元龙。许汜曾见之。登以汜求田问舍，言无可采，久不与语。后许汜谓刘备曰：'陈元龙湖海之士，豪气不除。'"

【11】苍狗：喻世事变幻无常。杜甫《可叹》诗："天上浮云似白衣，斯须改变如苍狗。"

【12】我欲乘风：苏轼《水调歌头》："我欲乘风归去，又恐琼楼玉宇，高处不胜寒。"

谢郭赓祥先生赋诗送行奉和一首兼用原韵

偶然相识郭林宗，且喜仙舟许我同。
结习未忘书卷气，论交还借琢磨功。
临歧赠语情何厚，垂老搜诗兴未穷。
便与先生学元白，吟将佳句付邮筒。

注：
- 【1】郭林宗：郭泰（128—169），字林宗，东汉大原郡介休人。博学而好论政。人称"有道先生"，为太学生领袖。党锢之祸起，因避居讲学而得免。及卒，蔡邕为撰碑文。此处借指郭赓祥。
- 【2】琢磨功：比喻修养德业、研讨义理、修饰诗文等所需之功夫。王融《三月三日曲水诗序》："斧藻至德，琢磨令范。"王安石《送石赓归宁》诗："稍出平生言，道艺相琢磨。"
- 【3】元白：唐代诗人元稹与白居易，诗歌唱和，一生相厚。
- 【4】邮筒：古时封寄书信的竹筒。欧阳修《送梅龙图公仪知杭州》："邮筒不绝如飞翼，莫惜新篇屡往还。"

长贫自觉负人多　辘轳体七律五首

二十余年一刹那，长贫自觉负人多。
书空殷浩愁难遣，斫地王能醉欲歌。
栖乃借枝仍杌陧，敝犹珍帚独吟哦。
迩来渐渐交游淡，事态非常非揣摩。

颜渐非朱发渐皤，廿余年似一抛梭。
眉间心上愁难避，地老天荒志未磨。
薄技畴能谋我饱，长贫自觉负人多。
丈夫勋业轻伊吕，宁学区区鼠饮河。

十年湖海历风波，无数云烟眼底过。
笔墨宁堪供饱食，米盐可奈费张罗。
离家已久嗟王粲，面壁何时学达摩。
只有细恩酬未得，长贫自觉负人多。

长贫自觉负人多，铸错其如嗜读何。
未破牢愁添酒债，断缨世网绝弦歌。
流光易度催年矢，驻景难挥迫日戈。
虫臂鼠肝终有命，不应搔首叹蹉跎。

书生只合受天磨，欲斫龟山乏斧柯。
脱赠宁愁知己少，长贫自觉负人多。
愿将星汉为形影，肯把衣裳羡绮罗。
十载回头成一叹，聪明毕竟误东坡。

注：

【1】书空殷浩：刘义庆《世说新语·黜免》："殷中军被废，在信安，终日恒书空作字。扬州吏民寻义逐之，窃视，唯作'咄咄怪事'四字而已。"后因以"书空咄咄"为叹息、愤慨、惊诧之典实。殷中军即殷浩。东晋时期政治人物，因会稽王司马昱提拔而一度与桓温于朝中抗衡，但后因北伐失败而被废为庶人。曾著有文集五卷，《唐书·经籍志》《隋书·经籍志》作四卷传于世。

【2】斫地王能：斫地：表愤激。杜甫《短歌行赠王郎司直》："王郎酒酣拔剑斫地歌莫哀！我能拔尔抑塞磊落之奇才。豫章翻风白日动，鲸鱼跋浪沧溟开。"清褚人获《坚瓠补集·西涯待友》："斫地哀歌兴未阑，归来长铗尚须弹。"王能：疑作王郎。

【3】杌陧：不安，困厄。《书·秦誓》："邦之杌陧，曰由一人。"孔安国传："杌陧，不安；言危也。"

【4】皤：白色。汉许慎《识文解字》："皤，老人白也。"

【5】眉间心上：宋范仲淹《御街行》："都来此事，眉间心上，无计相回避。"

【6】畴能：谁能。畴，谁。左思《蜀都赋》："匪葛匪姜，畴能是恤？"李善注曰：畴，谁也。

【7】伊吕：商伊尹辅商汤，西周吕尚佐周武王，皆有大功，后因并称伊吕，泛指辅弼重臣。《汉书·刑法志》："故伊吕之将，子孙有国，与商周并。"

【8】鼠饮河：比喻所需有限。《庄子·逍遥游》："偃鼠饮河，不过满腹。"

【9】王粲：粲字仲宣，东汉末山阳高平（今山东微山）人。乱中往依刘表，不为所重。后归曹操。粲虽貌寝，然博学多文，建安七子之一。所作《七哀诗》《登楼赋》俱有名。达摩：亦作达么、达磨。菩提达摩的省称，天竺高僧，本名菩提多罗。于南朝梁普通元年入中国，梁武帝迎至建康。后渡江往北魏，止嵩山少林寺，面壁九年而化。达摩为中华禅宗初祖

【10】撄：纠缠。世网：喻社会上法律礼教、伦理道德对人的束缚。嵇康《答难养生论》："奉法循理，不缨世网。"绝弦歌：《北史·薛善传》："兄元信，杖气豪侈，每食方丈，坐客恒满，弦歌不绝；而善独恭己率素，爱乐闲静。"

【11】"驻景"句：驻：停留；景：同"影"，日光；戈：古代的一种兵器。

李白《日出入行》:"鲁阳何德,驻景挥戈?"《淮南子·览冥训》:"鲁阳公与韩构难,战酣日暮,援戈而之,日为之反三舍。"

【12】虫臂鼠肝:意谓造物赋形,变化无常,人亦可以成为微不足道的虫臂鼠肝。唯随缘而化,方所遇皆适。语本《庄子·大宗师》:"以汝为鼠肝乎?以汝为虫臂乎?"

【13】斧柯:本斧柄,喻权力。蔡邕《龟山操》:"予欲望鲁兮,龟山蔽之,手无斧柯,奈龟山何?"

【14】貤赠:指以物相赠。

【15】聪明误东坡:苏轼《洗儿戏作》:"人皆养子望聪明,我被聪明误一生。惟愿孩儿愚且鲁,无灾无难到公卿。"

重九登高 二首

滔滔祸水遍人间,一醉重阳暂破颜。
倘道登高能避劫,江南江北岂无山?

登高曳杖复携篮,遍采茱萸不是贪。
多少世人争捷径,我来偏不羡终南。

注:

【1】祸水:此处指战乱。

【2】茱萸:植物名。香气辛烈,可入药。古俗农历九月九日重阳节,佩茱萸能祛邪辟恶。葛洪《西京杂记》卷三:"九月九日,佩茱萸,食蓬饵,饮菊华酒,令人长寿。"王维《九月九日忆山东兄弟》诗:"遥知兄弟登高处,遍插茱萸少一人。"

【3】"捷径"句:唐人卢藏用举进士,隐居终南山中,以冀征召,后果以高士名被召入仕,时人称之为随驾隐士。司马承祯尝被召,将还山,藏用指终南山曰:"此中大有嘉处。"承祯徐曰:"以仆视之,仕官之捷径耳。"见唐人刘肃《大唐新语·隐逸》。后因以"终南捷径"比喻谋求官职或名利的捷径。

黄 菊

西风几度绽垄黄，篱下街前淡淡妆。
姹紫嫣红终俗艳，看花何必为春忙。

木兰从军　三首

乍看军帖最关情，机杼抛残事远征。
十载风霜销绿鬓，居然弱女也干城。

易弁从征世所难，纵然生女勿悲酸。
只今关外风云恶，红粉何人继木兰。

风雪关山万里征，雌雄扑朔不分明。
啾啾枕畔闻胡骑，犹是爷娘唤女声。

注：
【1】木兰从军：民间传说故事。曾女扮男装，替父从军。其事最早见于北朝民歌《木兰诗》。其姓氏或作花，或作朱，也作木，均无确证。
【2】军帖：军中文告。《木兰诗》："昨夜见军帖，可汗大点兵。"机杼：指织机。杼，织梭。《淮南子·氾论训》："后世为之机杼胜复以便其用，而民得以掩形御寒。"《木兰诗》："不闻机杼声。"
【3】干城：盾牌和城墙。比喻捍卫或捍卫者。《诗·周南·兔罝》："赳赳武夫，公侯干城。"
【4】雌雄扑朔：《木兰诗》："雄兔脚扑朔，雌兔眼迷离；双兔傍地走，安能辨我是雄雌？"

【5】爷娘唤女声：《木兰诗》："不闻爷娘唤女声，但闻黄河流水鸣溅溅。"

闻复祀孔庙喜赋

断瓦颓垣慨旧宫，大成至圣竟尘蒙。
如今举国皆崇祀，快睹斯文日再中。

注：

【1】大成至圣：孔子尊号。《元史·武宗本纪》："（大德十一年）秋七月辛巳，加封至圣文宣王为大成至圣文宣王。"大成，语出《孟子·万章下》："孔子之谓集大成。集大成也者，金声而玉振之也。"至圣，道德高尚的人。《史记·孔子世家赞》："自天子王侯，中国言六艺者折中于夫子，可谓至圣矣。"尘蒙：被灰尘蒙蔽。孙绰《表哀诗》："寥寥空堂，寂寂响户，尘蒙几筵，风生栋宇。"

【2】日再中：太阳再次居午时之位，喻儒学再次兴盛。清人黄野鸿题邹县孟庙联："战国风趋下，斯文日再中。"

西子浣纱　二首

纱浣朝朝越水滨，红颜哪肯任埋湮。
亡吴毕竟功谁属，应把黄金铸美人。

浣纱才罢上苏台，香泽犹存越水隈。
是处女郎皆似玉，争教范蠡不重来。

注：

【1】西子：西施。本名施夷光，春秋时期越国美女，一般称其为西施。四大美人之一。

【2】苏台：苏台即姑苏台，是春秋时期吴王夫差游乐的地方，故址在今江

苏省苏州市。
【3】范蠡：字少伯，春秋时期楚国宛地人。曾辅佐越国勾践兴越国、灭吴国，功成后急流勇退。

春柳　四首

瘦不禁风娇可知，画楼一角影参差。
春愁何与垂杨事，莫向行人敛翠眉。

相偎相傍意缠绵，十里长堤春可怜。
消尽章台攀折恨，柔枝婀娜弄晴烟。

十里风前斗舞腰，缕金摇曳不胜娇。
相逢唤起兴亡感，烟雨霏霏似六朝。

金摇细碎舞纤腰，曲巷毵毵压翠檐。
借与春闺小儿女，晓妆依样画眉尖。

注：
【1】何与：何干，何关。
【2】章台：汉时长安城有章台街，亦指歌妓聚居之所。韩翃《章台柳》："章台柳，章台柳，昔日青青今在否？纵使长条似旧垂，也应攀折他人手。"章台柳故事见孟棨《本事诗·情感》。

祖逖渡江　三首

丈夫慷慨济时艰，不扫胡尘誓不还。
击楫已成过去事，英风犹被大江间。

慷慨过江吞羯胡，誓将收复旧舆图。
生当乱世成名易，祖逖流风起懦夫。

誓平胡乱涤腥风，气贯云霄定化虹。
嗣响更无人击楫，大江帆影自西东。

注：

【1】祖逖渡江：指东晋祖逖渡江击楫事。《晋书·祖逖传》："（逖传）仍将本流徙部曲百余家渡江，中流击楫而誓曰：'祖逖不能清中原而复济者，有如大江！'"后喻有志复兴的壮烈气概。

【2】丈夫：犹言大丈夫。指有所作为的人。孟郊《遣兴联句》："慷慨丈夫志，可以耀锋芒。"济：渡。时艰：时局艰难。胡尘：指胡人骑兵的铁蹄践踏扬起的尘土。此处借指日寇。

【3】被：同"披"。被覆；遮盖。

【4】羯胡：旧时用以泛称来自北方的外族。此指日寇。《魏书·石勒传》："其先匈奴别部，分散居于上党武乡羯室，因号羯胡。"舆图：指疆域；疆土。《新元史·世祖纪》："舆图之广，历古所无。"

【6】起：立。引申为振起。段玉裁《说文解字注》："能立也。起本发步之称。引申之训为立。又引申之为凡始事，凡兴作之称。"

十二美人图咏
西子苎萝江浣纱

纤纤素手浣纱柔，大好红颜映碧流。
天为苎萝留韵事，江干桃李亦千秋。

注：
【1】苎萝江：在苎萝山下。苎萝山为浙江诸暨城西十里长山陶朱山的支脉。李白《咏苎萝山》："西施越溪女，出自苎萝山。"

虞姬楚帐舞剑

杀楚歌声四面催，英雄儿女总堪哀。
今宵休舞灯前剑，怕忆鸿门往事来。

风云龙鼠不须提，剑影寒时夜色凄。
留得拔山歌一阕，千秋气节说虞兮。

酒杯泛绿烛摇红，剑气寒生楚帐风。
贱妾无聊甘一死，九原留面见重瞳。

注：
【1】杀楚：指项羽在垓下被汉军四面包围之事。见司马迁《史记·项羽本纪》。鸿门：鸿门位于临潼县城东约十里鸿门堡村，项羽曾在此设宴宴请刘邦。
【2】拔山歌：即《垓下歌》。项羽被围，四面楚歌，乃拔剑自为歌曰："力拔山兮气盖世，时不利兮骓不逝。骓不逝兮可奈何，虞兮虞兮奈

若何。"

【3】重瞳：即一目有两个瞳神。古人认为重瞳乃是一种异相、吉相，往往是帝王的象征。此重瞳指项羽。

卓文君临邛赊酒

红粉当垆艳帜张，醉翁浑欲倒衣裳。
临邛酒味原多薄，出自文君手便香。

注：

【1】赊酒：赊欠酒。葛洪《西京杂记》："司马相如初与卓文君还成都，居贫愁懑，以所着鹔鹴裘就市人杨昌贳酒，与文君为欢。"后到临邛，卖其车骑，买一酒舍酤酒，而令文君当垆。见司马迁《史记·司马相如列传》。题中赊酒实为成都事，当为作者误记。

【2】张：开，设。浑欲：简直要。浑：简直。倒：换。

飞燕汉宫艳舞

昭阳春冶晓妆新，戏舞轻盈掌上身。
风里杨花差比拟，细腰难说楚宫人。

注：

【1】昭阳：汉宫殿名。《三辅黄图·未央宫》："武帝时，后宫八区，有昭阳……等殿。"掌上身：女子轻盈善舞的体态。相传汉成帝之后赵飞燕体态轻盈，能为掌上舞。见《白孔六帖》卷六一。

【2】细腰：楚宫名。相传即章华台。因楚灵王特喜细腰女子，故宫女多有

为求媚于王,少食忍饿,以成细腰者,故亦称"细腰宫"。

昭君出塞和戎

和亲莫洗汉家羞,一曲琵琶万里愁。
知否丹青玉成你,不随纨扇早悲秋。

注:

【1】昭君出塞:王昭君,西汉南郡秭归人,名嫱,昭君其字也。四大美人之一。元帝宫人。匈奴呼韩邪单于入朝,求美人为阏氏,以结和亲,她自请嫁匈奴。卒葬于匈奴。现内蒙古呼和浩特市南有昭君墓,世称青冢。其故事成为后来诗词、戏曲、小说、说唱等的流行题材。参《汉书·元帝纪》《汉书·匈奴传》《后汉书·南匈奴传》。和戎:犹和亲。指封建王朝与边境少数民族统治者结亲交好。明马銮《明妃》诗:"安边无策始和戎,箫鼓含情出禁中。"

【2】丹青玉成:意指王昭君因没有贿赂画工,故不得元帝临幸,而远嫁匈奴,翻得大名。玉成:促成;成全。纨扇:细绢制成的团扇。亦称"团扇""宫扇"。因形似圆月,且宫中多用之,故称。秋至而纨扇见捐,故诗云悲秋。汉班婕妤《怨歌行》诗:"裁为合欢扇,团团似月明,出入君怀袖,动摇微风发。常恐秋节至,凉飙夺炎热,弃捐箧笥中,恩情中道绝。"

貂蝉凤仪亭诉苦

掬出芳心一片酸，温侯怒发欲冲冠。
凤仪亭上佳人舌，抵作凌霜剑锷看。

注：

【1】貂蝉：民间传说中人物，四大美人之一。为东汉末年司徒王允家义女，由王允授意施行连环计，使董卓、吕布两人反目成仇，最终借吕布之手除掉董卓。之后貂蝉成为吕布之妾，吕布被曹操所杀后，貂蝉不知所终。凤仪亭：事见《三国演义》第八回"王司徒巧使连环计，董太师大闹凤仪亭"。言吕布趁董卓上朝，窥视貂蝉，并邀貂蝉到凤仪亭相会，貂蝉向吕布哭诉被董卓霸占之苦，吕布很是不满，对董卓产生怨恨。恰巧董卓回府，见到此情形，抢戟执向吕布，吕布逃走。从此二人相互猜忌。后董卓为吕布所杀。

【3】温侯：吕布爵位。吕布杀董卓后，王允以布为奋威将军，仪比三司，封温侯，共秉朝政。

张丽华临春晓妆

晓妆艳绝隔帘窥，灼灼长城目不移。
怪道美人颜色好，景阳宫井有胭脂。

注：

【1】张丽华：南朝陈后主叔宝宠妃。人极美，发长七尺，光可鉴人，眉目如画。深受叔宝宠爱，预朝政，耸动天下。亡国之音《玉树后庭花》即为她而作。事见《南史·陈纪下·后主》《南史·后妃传下·陈后主张贵妃》《隋书·韩擒虎传》。长城目不移者，概指此。长城喻指可资

倚重的人或坚不可摧的力量。
【2】景阳宫井：南朝陈景阳殿之井，又名胭脂井。祯明三年，隋兵南下过江，攻占台城，陈后主闻兵至，与妃张丽华投此井。至夜，为隋兵所执，后人因称此井为辱井。又因张丽华等被拉出时胭脂蹭留井上，故又名胭脂井。故址在今南京市玄武湖侧。

杨玉环华清出浴

绿波灼灼出芙蕖，洛水当年艳不如。
尚恐君王看不足，东风轻为飏罗裙。

赐浴华清恩眷隆，玉环颜色冠唐宫。
而今野老谈天宝，剩水依然有落红。

注：
【1】杨玉环：唐代蒲州永乐人（今山西永济人）。四大美人之一。通晓音律，能歌善舞。初为寿王妃，后出为女道士，号太真。天宝四年（745）入宫，封贵妃。后安史之乱，唐玄宗逃离长安，途至马嵬坡，六军不肯前行，被赐死。
【2】"芙蕖"句：指玉环其艳洛神不如。曹植《洛神赋》："迫而察之，灼若芙蕖出渌波。"
【3】看不足：白居易《长恨歌》："缓歌慢舞凝丝竹，尽日君王看不足。"
【4】赐浴：白居易《长恨歌》："春寒赐浴华清池，温泉水滑洗凝脂。"

崔莺莺西厢待月

闷倚西厢送斜晖，相思一刻减腰围。
黄昏鸟宿禅房寂，独怪蟾宫尚掩扉。

注：

【1】崔莺莺：元人王实甫《西厢记》中人物，为已故相国之女。后与进京赴考之张生发生恋情，后得谐秦晋。
【2】减腰围：《西厢记》："听得道一声去也，松了金钏；遥望见十里长亭，减了玉肌。""昨宵今日，清减了小腰围。"

红玉击鼓破金兵

桴鼓声中敌胆催，夫人腕底起风雷。
千年史册称韩岳，娓婳将军入画来。

注：

【1】红玉：梁红玉，南宋抗金女英雄。史书不见其名，只称梁氏。"红玉"是其战死后各类野史和话本中所取的名字，首见于明朝张四维所写传奇《双烈记》："奴家梁氏，小字红玉。父亡母在，占籍教坊，东京人也。"后结识韩世忠，感其恩义，以身相许，韩赎其为妾，后成正妻。建炎三年，在平定苗傅叛乱中立下殊勋，被封为安国夫人和护国夫人。后多次随夫出征，在建炎四年长江阻击战中亲执桴鼓，和韩世忠共同指挥作战，将入侵的金军阻击在长江南岸达48天之久，从此名震天下。后独领一军与韩世忠转战各地，多次击败金军。绍兴五年（1135）随夫出镇楚州，"披荆棘以立军府，与士卒同力役，亲织薄以为屋"。

于当年八月二十六日死于楚州抗金前线。1151年,韩世忠病逝,夫妇合葬于苏州灵岩山下。

【2】韩岳:韩世忠与岳飞。娩媆:女子体态娴静美好。

陈圆圆歌筵进酒

倾座新声莺比喉,红牙细按唱梁州。
捧觞别有撩人处,未饮偏能辞粉侯。

注:

【1】陈圆圆:原姓邢,名沅,字圆圆,又字畹芳,幼从养母陈氏,故改姓陈,明末清初江苏武进(今常州)人。居苏州桃花坞,隶籍梨园,为吴中名优,"秦淮八艳"之一。崇祯末年被田畹所掳,后被转送吴三桂为妾。相传李自成攻破北京后,手下刘宗敏掳走陈圆圆,吴三桂遂引清军入关。

【2】莺比喉:歌声如黄莺婉转。红牙:红牙,乐器名。即檀木制的拍板,用以调节乐曲的节拍。梁州:唐教坊曲名,一名《凉州令》。王世贞《同省中诸君过徐丈》:"紫玉行杯弹《出塞》,红牙催拍按《梁州》。"

香妃春郊试猎

宝马雕弓赛健男,春坰试猎晚风酣。
旧恩不为新恩夺,眼角眉梢恨尚含。

注:

【1】香妃:一般是指霍卓氏(又作和卓氏),维吾尔族人,清高宗时为和贵人、容嫔、容妃。野史上,将香妃描写成天生丽质且身体会散发异香。

【2】垌：田地。

魏武帝

破袁灭吕扫青幽，魏武囊将括九州。
不待二乔锁铜雀，当时气已夺孙刘。

注：
【1】魏武帝：曹操，字孟德，小字阿瞒，沛国谯县（今安徽亳州）人。东汉末年杰出的政治家、军事家、文学家、书法家，三国中曹魏政权的缔造者。挟天子以令诸侯，对内消灭袁绍、袁术、吕布、刘表、马超、韩遂等势力，对外降服南匈奴、乌桓、鲜卑，统一北方。操在世时，任东汉丞相，后为魏王，去世后谥号为武王。其子曹丕称帝后，追尊为武皇帝，庙号太祖。
【2】二乔锁铜雀：杜牧《赤壁》诗："东风不与周郎便，铜雀春深锁二乔。"二乔：东汉桥公（乔公）的两个女儿。大女儿嫁给孙策，称为大乔；小女儿嫁给周瑜，称为小乔。铜雀台：汉末建安十五年冬曹操所建。故址在今河北省临漳县西南古邺城的西北隅，与金虎、冰井合称三台。

美人晓妆　二首

平明梳洗绮窗前，一度妆成几度怜。
万里征夫归未得，花容毕竟为谁妍？

残月犹明露未干，妆成高髻有龙蟠。
此时迟付并州剪，留与檀郎作鉴看。

注：
【1】高髻：高绾之发髻。《后汉书·马廖传》："长安语曰：'城中好高髻，四方高一尺。'"
【2】并州剪：亦作"并剪"。古时并州所产剪刀，以锋利著称。杜甫《戏题画山水图歌》："焉得并州快剪刀，剪取吴松半江水。"檀郎：男子美称。晋潘岳美姿容，尝乘车出洛阳道，路上妇女慕其丰仪，手挽手围之，掷果盈车。岳小字檀奴，后因以"檀郎"为妇女对夫婿或所爱慕的男子的美称。见《晋书·潘岳传》《世说新语·容止》。鉴：镜子。

题梅健行先生汀江钓叟图　四首

故里归来束缚宽，汀江斜日照鱼竿。
从渠与世争蜗角，到此随天付鼠肝。
已把烟云看富贵，何妨丘壑任盘桓。
绿簑青箬须眉古，阿堵神传画里看。

白蘋红蓼景萧疏，添个烟波老钓徒。
人物写真宜小李，鱼虾为侣学髯苏。
眼中陵谷殊今昔，身外功名付有无。
鲈鲙味饶村酿美，漫从詹尹问前途。

芒鞋野服率天真，真觉无官轻一身。
是处钓游仍故我，名缰羁勒又何人。
撑胸未改虞翻骨，污面宁堪庾亮尘。
好与沙鸥交莫逆，生涯从寄水之滨。

菱角鸡头几折磨，儒冠终古羡渔簑。
逍遥也似天随子，富贵何殊春梦婆。
容易烟霞成痼疾，等闲块垒复狂歌。
一竿只合芦中老，世路如今尽网罗。

注：

【1】梅健行（1883—1959）：号梅邨，台山端芬镇人。1908年考入广东省法政学堂。1910年入中国同盟会。1911年毕业后回台城执业律师，易名梅宝瑜。1921年，任台山县教育科长兼县政府秘书，随后任《日新报》《舆论报》编辑。1925年，接受端芬梅族父老聘请，出任培根高等小学堂（今端芬中学前身）校长。1931年，接受梅姓和其他姓氏邀请，出面主持汀江圩的建造。先后于1946—1947年和1956—1959年担任《新宁杂志》主编之职。

【2】渠：他。蜗角：指微不足道的虚名。语出《庄子·则阳》："有国于蜗之左角者，曰触氏；有国于蜗之右角者，曰蛮氏。时相与争地而战，伏尸数万，逐北旬有五日而后反。"鼠肝：鼠的肝。语出《庄子》，比喻轻微卑贱之物。陆游《寓怀》诗："成败两蜗角，贵贱一鼠肝。"

【3】绿簑青箬：渔父装束。语出唐人张志和《渔歌子》："青箬笠，绿簑衣，斜风细雨不须归。"阿堵神传：神传：生动、逼真。阿堵：六朝人口语，即这、这个。形容用图画或文字描写人物，能得其精神。刘义庆《世说新语·巧艺》："顾长康画人，或数年不点目精（睛）。人问其故，顾曰：'四体妍蚩，本无善于妙处，传神写照，正在阿堵中。'"

【4】小李：李昭道，字希俊，唐宗室。李思训子。唐代画家，擅长青绿山水。思训曾官至右武卫大将军，画坛名家，人称大李将军。故其子称小李将军。髯苏：苏轼。以其多髯故。其《客位假寐》诗："同僚不解事，愠色见髯苏"。

【5】詹尹：古卜筮者之名。《楚辞·卜居》："心烦虑乱，不知所从。往见太卜郑詹尹。"

【6】虞翻：字仲翔，会稽余姚人。据《三国志·吴书·虞翻传》，虞翻因直言获罪，被贬岭南十八年，曾自云："自恨疏节，骨体不媚，犯上获罪，当长没海隅，生无可与语，死以青蝇为吊客，使天下一人知己者，足以不恨。"韩愈《韶州留别张端公使君》："久钦江总文才妙，自叹虞翻骨相屯"。

【7】庾亮：字元规，颍川鄢陵（今河南鄢陵）人。晋明帝妻庾后之兄。东晋政治家、文学家。永嘉五年（311）被镇东将军司马睿征召任命为西曹掾，后转任丞相参军，封为都亭侯。亮将葬，何充会之，叹曰："埋玉树于土中，使人情何能已。"殷尧藩《襄口阻风》："曹瞒曾堕周郎计，王导难遮庾亮尘。"

【8】菱角：菱之果实。有角，故称。鸡头：学名芡实，睡莲科水生草本植物，其果实形似"鸡头"而得名。陆游《书斋壁》："平生忧患苦萦缠，菱刺磨成芡实圆。"自注："俗称困折多者谓菱角磨作鸡头。"儒冠：本为儒生所戴之冠，借指儒生。杜甫《奉赠韦左丞丈二十二韵》："纨袴不饿死，儒冠多误身。"

【9】天随子：唐代诗人陆龟蒙别号。陆龟蒙《奉和太湖诗·缥缈峰》："身为大块客，自号天随子。"《新唐书·隐逸传·陆龟蒙》："陆龟蒙字鲁望……时谓江湖散人，或号天随子、甫里先生。"春梦婆：相传苏轼贬官昌化，遇一老妇，谓苏轼曰"内翰昔日富贵，一场春梦！"里人因呼此妇为"春梦婆"。苏轼《被酒独行遍至子云威徽先觉四黎之舍》诗之三："投梭每困东邻女，换扇惟逢春梦婆。"后因用为感叹变幻无定的富贵荣华的典实。金元好问《出都》："神仙不到秋风客，富贵空悲春梦婆。"

【10】烟霞成痼疾：指爱好山水成癖。烟霞：山水；痼疾：久治不愈的病，喻不易改变的嗜好与习惯。《旧唐书·隐逸传·田游岩》："高宗幸嵩山……谓曰：'先生养道山中，比得佳否？'游岩曰：'臣泉石膏肓，烟霞痼疾，既逢圣代，幸得逍遥。'"块垒：亦作块磊、垒块。胸中郁积之物。刘义庆《世说新语·任诞》："阮籍胸中垒块，故须酒浇之。"

春　耕

及春甘雨足郊原，夫出耘田妇馈飧。
但愿官租催莫急，不劳高唱救农村。

注：

【1】足：充分、足够。郊原：原野。苏轼《过云龙山人张天骥》："郊原雨初足，风日清且好。"

【2】耘：本义为除草，此处耕种意。馈飧：进献饭食。飧：晚饭，亦泛指熟食、饭食。

苦　夏

炎蒸五内竟如焚，岸帻依然汗雨纷，
谁谓老农偏耐苦，戴将红日事耕耘。

注：

【1】炎蒸：亦作炎烝。暑热熏蒸。庾信《奉和夏日应令》："五月炎烝气，三时刻漏长。"五内：五脏，指内心。岸帻：推起头巾，露出前额。

秋夜怀亡友蔡其俊　四首

记曾昕夕共盘桓，每为论诗到漏残。
书卷自多名教乐，笠车期作古人看。
曾因阔别牵魂梦，无奈高飞铩羽翰。
臣朔只今饥欲死，更谁推解慰寒酸。

异乡孤馆共栖迟，读史灯前共析疑。
拼罢晨炊犹品茗，恐惊邻梦戒哦诗。
一回头处成陈迹，再觌面时无后期。
怕向黄公垆下过，人天遥隔恨何之。

最后佗城共一樽,廿年朋旧尚如新。
相逢俱作他乡客,小别翻成隔世人。
消息乍闻疑不实,聪明非福看来真。
凭谁更剪西窗烛,风雨鸡鸣独怆神。

尚欠坟前酒一杯,论交总角忆年才。
弃商学律君何补,节食添书我亦呆。
旧地拾尘浑似梦,大江流水有余哀。
夜阑几点酸辛泪,欲寄西风洒夜台。

注:

【1】昕夕:朝暮。谓终日。

【2】名教:礼教。曾巩《上杜相公书》:"重名教,以矫衰弊之俗。"

【3】笠车:亦作车笠。《太平御览》卷四〇六引周处《风土记》:"越俗性率朴,意亲好合,即脱头上巾,解要间五尺刀以与之为交,拜亲跪妻,初定交有礼……祝曰:'卿虽乘车我戴笠,后日相逢下车揖;我虽步行卿乘马,后日相逢卿当下。'"后因以"车笠"喻贵贱贫富不移的深厚友谊。王夫之《六十初度答徐蔚子启》:"匪寻常缟纻之交,实早岁笠车之约。"

【4】铩羽翰:羽毛摧落。常用来喻失意。此处意为死亡。柳宗元《简吴武陵》诗:"铩羽集枯干,低昂互鸣悲。"

【5】臣朔:东方朔。《汉书·东方朔传》:"朱儒长三尺余,奉一囊粟,钱二百四十。臣朔长九尺余,亦奉一囊粟,钱二百四十。朱儒饱欲死,臣朔饥欲死。"后因以"臣朔"为东方朔的省称。张恨水《金粉世家》楔子:"文章直至饥臣朔,斧钺终难屈董狐。"

【6】推解:即推食解衣。司马迁《史记·淮阴侯列传》:"汉王授我上将军印,予我数万众,解衣衣我,推食食我,言听计用,故吾得以至于此。"后因以"推食解衣"极言恩惠之深。

【7】觌面:见面。陆游《前诗感慨颇深犹吾前日之言也明日读而悔之乃复

作此然亦未能超然物外也》:"世人欲觅何由得,觌面相逢唤不应。"

【8】黄公垆:魏晋时王戎与阮籍、嵇康等竹林七贤会饮之处。刘义庆《世说新语·伤逝》:"(王濬冲)经黄公酒垆下过,顾谓后车客:'吾昔与嵇叔夜、阮嗣宗共酣饮于此垆。竹林之游,亦预其末。自嵇生夭、阮公亡以来,便为时所羁绁。今日视此虽近,邈若山河。'"后诗文常以"黄公酒垆"指朋友聚饮之所,抒发物是人非的感叹。梅尧臣《正月二十七日江邻几等邀饮于定力院》:"似过黄公酒垆下,嵇阮不见修竹中。"

【9】佗城:广州。因南越王赵佗定都番禺,故云。

【10】西窗烛:李商隐《夜雨寄北》:"君问归期未有期,巴山夜雨涨秋池。何当共剪西窗烛,却话巴山夜雨时。"后人多取"剪烛西窗"来表达思念之情。

【11】风雨鸡鸣:《诗经·郑风·风雨》:"风雨如晦,鸡鸣不已。既见君子,云胡不喜。"怆神:伤心。陆游《夜登千峰榭》诗:"危楼插斗山衔月,徙倚长歌一怆神。"

【12】总角:古代未成年的人把头发扎成髻,谓总角。借指童年时期,幼年。论交总角:指童年时期就结交的朋友。《晋书·何劭传》:"劭字敬祖,少与武帝有总角之好。"

【13】夜台:坟墓。亦借指阴间。刘禹锡《酬乐天见寄》诗:"华屋坐来能几日?夜台归去便千秋。"

香炉峰下赠蔡湘云

廿年骚首感离群,何意香江有断云。
借取杜陵诗句赠,落花时节又逢君。

注:

【1】香炉峰:香港太平山的古称。海拔554米,为港岛最高之山峰。蔡湘云,作者友人。余未详。

【2】香江：香港的别称。断云：片云。简文帝《薄晚逐凉北楼迥望》诗："断云留去日，长山减半天。"
【3】"杜陵"句：杜甫《江南逢李龟年》："岐王宅里寻常见，崔九堂前几度闻。正是江南好风景，落花时节又逢君。"

戏赠陈巧云　二首

莫乞春阴护海棠，花难相对叶相当。
诸公当有诗如锦，抵作缠头赠女郎。

徙倚西南一角楼，轻罗袖薄易悲秋。
砌将血泪成诗句，合使重泉李杜愁。

注：
【1】"莫乞"句：陆游《花时遍游诸家园》："为爱名花抵死狂，只愁风日损红芳。绿章夜奏通明殿，乞借春阴护海棠。"
【3】缠头：古代歌舞者常以锦帛裹头，以为装饰，后因以称赠给歌伎舞女的绸缎、财物。
【3】重泉：犹九泉。旧指死者所归。李杜：李白与杜甫。

读台城《复兴报》谢养公赠女侍陈巧云诗戏题其后　四首

兼素何劳问故夫，残声犹续采蘼芜。
频伽不是人间鸟，收泪纵横莫眼枯。

零落胭脂有泪痕，护花无使亦无幨。
何期小谢余霞句，题到当垆犊鼻裈。

美人名士是耶非，迟暮相逢愿已违。
应是诗情无着处，偏怜孔雀东南飞。

镜合钗分总有因，前尘似梦漫沾巾。
诗翁老去怜香切，要呕心肝赠美人。

注：
【1】兼素：缣与素，细绢，可供书画。葛洪《抱朴子·遐览》："缣素所写者，积年之中，合集所见，当出二百许卷。"古诗《上山采蘼芜》："上山采蘼芜，下山逢故夫。……新人工织缣，故人工织素。"
【2】频伽：鸟名。迦陵频伽的省称。此鸟鸣声清脆悦耳。佛经谓常在极乐净土。频伽：鸟名。迦陵频伽的省称。此鸟鸣声清脆悦耳。佛经谓常在极乐净土。《佛说阿弥陀经》："彼国常有种种奇妙杂色之鸟：白鹤、孔雀、鹦鹉、舍利、迦陵频伽、共命之鸟。"
【3】小谢：谢朓，字玄晖。诗人，并善辞赋和散文。《晚登三山还望京邑》："余霞散成绮，澄江静如练"。犊鼻裈：短裤，一说围裙。形如犊鼻，故名。司马相如琴挑卓文君，文君私奔，与相如卖酒临邛。《史记·司马相如列传》："文君当垆，相如身自著犊鼻裈与佣保杂作，涤器于市中。"
【3】镜合钗分：比喻男女情人间的分合。白居易《长恨歌》："钗分一股盒分钿。"《花月痕》五十三回："镜合钗分事有无，浮生踪迹太模糊。"
【4】切：急切，深切。

月下吟成分赠 四首

华堂处处绮筵开，对月何人不举杯。
未免无诗负佳节，老娘唯恐倒绷孩。
自赠

回栏徙倚独眠迟，月姐分明有怨词。
碧海青天空夜夜，更无人解慰相思。
赠陈巧云

看月知谁得月先，横空秋色入吟笺。
诗翁竟日抛心血，争奈嫦娥爱少年。
赠谢养公

匆匆秋色到台城，檀板金樽斗月明。
怪有诗人吟独苦，高低断续不成声。
赠余厚波

注：
【1】倒绷孩：绷：包扎。接生婆把初生婴儿裹倒了。比喻不应该的失误。
魏泰《东轩笔录》第七卷："晏公闻而笑曰：'苗君竟倒绷孩儿矣。'"
【2】月姐：月亮。
【3】碧海青天：李商隐《嫦娥》："嫦娥应悔偷灵药，碧海青天夜夜心"。

夏初服务盐业公会偶成

世路崎岖历历经,支撑口腹日劳形。
寄生家国知无补,窃食文章尚有灵。
岁不宽人头渐白,天能容我眼终青。
楼居近水洵幽雅,半世驱驰得暂宁。

聪明人反羡痴呆,造物玄冥理莫猜。
一席位能安置我,十年事悔倒绷孩。
开窗风引花香入,扑户山将翠色来。
蝼蚁王侯从命限,该应怀抱暂时开。

注:
【1】盐业公会:指广东省盐业公会,是时诗人任职公会秘书。
【2】眼终青:意为终于获得了老天的青眼。青眼:指对人喜爱或器重。与"白眼"相对。《世说新语·简傲》:"(阮)籍能为青白眼,见凡俗之士,以白眼对之。"
【3】洵:实在。

客居海宴作

客邸曾无故与亲，酒杯灯影共昏晨。
短髭易染他乡雪，破伞难遮一路尘。
溽海涛声常碎梦，汶村春事暂牵身。
作书寄慰山中妇，莫为天寒忆远人。

注：

【1】此诗题原为"记录旧作"。当为诗人任职盐业公会时所作。今题为编者所拟。海宴：台山市地名。处海边，有盐场。《新宁县志》："海宴盐取沙淋卤而煎之；矬峒盐用稿浸水干烧灰淋水而煎之。"

【2】溽海、汶村：皆台山地名。溽海即广海，清乾隆时曾办"溽海义学"，为广东四大书院之一"广海书院"的前身。

温泉游泳

不断辚辚车马尘，临流皆欲洁其身，
出山泉水休云浊，世上趋炎大有人。

注：

【1】辚辚车马尘：车马扬起的灰尘。杜甫《兵车行》："车辚辚，马萧萧，行人弓箭各在腰。耶娘妻子走相送，尘埃不见咸阳桥。"

【2】出山泉水：出山喻出仕。一旦人出仕，即如泉水出山，则不再纯净。杜甫《佳人》："在山泉水清，出山泉水浊。"

【3】趋炎：喻趋附权势。炎，火焰。梁绍壬《论交》："贫士好趋炎，其见固可鄙。"

曲栏干上盆栽花木多种，皆予所爱，旦夕灌溉不辍。自入县城机关服务，无暇及此，遂致大好秾华，相继凋谢。慨韶华之不再，嗟人事之靡常，率成是诗以志感慨。花神有知，其亦月明环佩姗姗来迟耶

先秋红紫已凋伤，回首春风欲断肠。
花债未完难免恨，主人垂老尚怜香。
忙于升斗饥为祟，负却芳菲得不偿。
留与他年寻旧约，栏干斜倚看新妆。

注：
【1】靡常：无常。《书·咸有一德》："天难谌，命靡常。"孔安国传："以其无常，故难信。"
【2】升斗：本容量单位。十合为升，十升为斗。此喻生计。祟：灾祸。

星士黄道行续娶戏赠　四首

香温玉软合欢床，从此无心赋悼亡。
看镜任他添白雪，求浆又试捣玄霜。
少年已惜枝空折，晚节弥甘蔗倒尝。
寄语倭夷休掷弹，须防惊散睡鸳鸯。

半岁鳏鱼目未交，断弦今许续鸾胶。
何当锦瑟怨遥夜，赖有红丝系鲛绡。
狮吼不堪怀故剑，鸠居从此得新巢。
夕阳偏照桃花脸，好向随园学解嘲。

三星今夕赋绸缪，艳福如今未易修。
无酒可令消块垒，有乡端合住温柔。
熏香被底甘同梦，却扇灯前尽敛羞。
为语龙邱老居士，手中黎杖莫轻投。

红烛初停笑语融，洞房幽宓不知风。
为怜飞雉歌无味，更弄求凰曲一通。
花到今宵开并蒂，事期来岁举双雄。
人间有女颜如玉，不在书中在笑中。

注：

【1】星士：以星命术为人推算命运的术士。俗称算命先生。

【2】玄霜：仙药。蒲松龄《聊斋志异·辛十四娘》："云英如有意，亲为捣玄霜。"

【3】枝空折：唐人杜秋娘《金缕衣》："劝君莫惜金缕衣，劝君惜取少年时。花开堪折直须折，莫待无花空折枝。"

【4】鳏鱼目：《释名·释亲属》："无妻曰鳏。鳏，昆也；昆，明也。愁悒不寐，目恒鳏鳏然也。故其字从鱼，鱼目恒不闭者也。"后因以"鳏鱼"谓郁悒不寐。岳珂《秋夕有感二首》："秋成正望狼烽急，夜枕不禁鱼目鳏"。

鸾胶：神话相传海上有凤麟州，州上的仙人能用凤喙麟角所煎成的膏胶结断弦，人们称这种膏胶为续弦胶或鸾胶。

【5】锦瑟：装饰华美的瑟。瑟：拨弦乐器，通常二十五弦。韦庄《章台夜思》："清瑟怨遥夜，绕弦风雨哀"。

【6】狮吼：河东狮吼，喻妇人妒悍。今为成语。典故出自宋人洪迈《容斋随笔》卷三。"陈慥字季常，公弼之子，居于黄州之岐亭，自称龙邱先生。好宾客，喜畜声妓。然其妻柳氏绝凶妒。故东坡有诗云：'龙邱居士亦可怜，谈空说有夜不眠，忽闻河东狮子吼，柱杖落手心茫然。'河东狮子，指柳氏也。"

【7】随园：原为曹寅所建，后归江宁织造隋赫德所有，后又为袁枚所有，遂以为号。其曾作《自嘲》诗："有官不仕偏寻乐，无子为名又买春。自笑匡时好才调，被天强派作诗人"。

【8】绸缪：《诗经·唐风》的一篇。其有"绸缪束薪，三星在天。今夕何夕，见此良人"之句。

【9】飞雉歌：即古琴曲《雉朝飞》。宋人多为其填词。

【10】求凰曲：即《凤求凰》，亦古琴曲。

【11】筴：义同栅。《庄子·达生篇》："祝宗人元端以临牢筴。"

题黄毓春翁竹林隐居图

大好书声与竹声,弄成林下十分清。
也曾漱石坚吾齿,久已浮云看世情。
黄卷有缘娱暮景,朱门无梦信平生。
德公三月春风力,桃李欣欣并向荣。

自耽泉石乐乎天,水月襟怀信皎然。
差比神仙刚一半,若论弟子近三千。
读书志岂求温饱,砺节心常在圣贤。
愧我披图消俗虑,幽篁深处袅茶烟。

注:
【1】黄毓春:生平未详。作者友人。
【2】德:同"得"。仰仗意。
【3】水月襟怀:喻胸襟坦荡,如水月之明。信:诚,实在。皎然:高洁貌。方孝孺《袁安卧雪图赞》:"烈烈司徒,处困不折。志行皎然,与雪俱洁。"
【4】弟子三千:谓学生众多。司马迁《史记·孔子世家》:"孔子以《诗》《书》《礼》《乐》教,弟子盖三千焉,身通六艺者七十有二人。"
【5】披图:指展阅图籍、图画等。《后汉书·卢植传》:"今同宗相后,披图案牒,以次建之,何勋之有?"
【6】幽篁:指幽深的竹林。《楚辞·九歌·山鬼》:"余处幽篁兮终不见天。"王逸注:"幽篁,竹林也。"

惆怅词　三首

三生未了是情痴，心畔闲愁渐上眉。
地老天荒犹有恨，月明花好又何时。
珠将解赠休还泪，叶倘通媒易得诗。
今夜料应眠不得，怪他残漏故迟迟。

早识寻春事不谐，爱丝终莫割予怀。
信无旧约寄金钿，签可前知梦玉鞋。
秋夜渐长衾似水，伊人不见月当阶。
新诗底用夸才调，怨恨分明纸上排。

无缘何必寄情深，闷倚花阴又月阴。
隔院灯明春意闹，入秋人瘦夜寒侵。
抽丝作茧如蚕缚，带泪成诗和蟀吟。
最恨五更帘外雨，一声声欲碎愁心。

注：
【1】《惆怅词》与下《懊恼词》《断肠词》，皆为诗人早年之情词。约作于作者四十岁时。
【2】三生：佛教语。指前生、今生、来生。白居易《赠张处士山人》："世说三生如不谬，共疑巢许是前身。"
【3】珠将解赠：张籍《节妇吟》："还君明珠双泪垂，恨不相逢未嫁时。"此处反用唐人诗意。
【4】叶倘通媒：用唐人"红叶题诗"事。代红叶题诗、结成良缘的故事较多，情节略同而人事各异：宣宗时，舍人卢渥偶临御沟，得一红叶，上题绝句云："流水何太急，深宫尽日闲，殷勤谢红叶，好去到人间。"归藏于箱。后来宫中放出宫女择配，不意归卢者竟是题叶之人。见范摅《云溪友议》卷十。

【5】早识：早知道。识：知道。
【6】金钿：指嵌有金花的妇人首饰。丘迟《敬酬柳仆射征怨》诗："耳中解明月，头上落金钿。"此处借指定情礼物。
【7】底用：何用。底，何。
【8】排：排列，摆开。

懊恼词　二首

爱河谁遣夜潮翻，雨打梨花添泪痕。
长恨金铃难尽力，竟教红粉有含冤。
焚琴并煮孤山鹤，叫月愁听三峡猿。
苦我欲眠眠未得，霜横被冷壁灯昏。

一水盈盈欲语难，伊人竟当画图看。
脸含薄怒偏增媚，腰觉微丰未碍胖。
错嫁终怜卿薄命，相思徒苦我无端。
来生愿化频伽去，指海为盟莫要寒。

注：

【1】雨打梨花：形容女子流泪。白居易《长恨歌》："玉容寂寞泪阑干，梨花一枝春带雨。"
【2】"焚琴"句：把琴当作柴火烧了去煮白鹤。比喻糟蹋美好的事物。黄景仁《恼花篇》："不忧人讥煞风景，焚琴煮鹤宁从同。"孤山鹤：林逋隐居杭州西湖孤山，不娶无子，所居植梅畜鹤。丁以布《题西泠扶醉照片寄亚子用吹万韵》："独醒我是孤山鹤，来伴花间醉八仙。"
【3】三峡猿：郦道元《水经注》："巴东三峡，谓广溪峡、巫峡、西陵峡也。自三峡七百里中，两岸连山，略无阙处。重岩叠嶂，隐天蔽日。……每晴初霜旦，林寒涧肃，常有高猿长啸，属引凄异，空谷传响，哀转

久绝，故渔者歌曰：巴东三峡巫峡长，猿鸣三声泪沾裳。"
【4】一水盈盈：《古诗十九首》："河汉清且浅，相去复几许？盈盈一水间，脉脉不得语。"

断肠词

四十年间堕劫尘，难将后果问前因。
无多涕泪酬亡者，留得形骸作恨人。
胶不续肠抆尽断，珠经离掌倍堪珍。
破藤箱子遗衣在，偶一回看一怆神。

注：

【1】劫尘：凡间、人间世。按诗所言，此当作于作者四十岁时。
【2】胶不续肠：张华《博物志》卷三："汉武帝时，西海国有献胶五两者，帝以付外库，余胶半两，西使佩以自随。后从武帝射于甘泉宫，帝弓弦断，从者欲更张弦，西使乃进，乞以所送余香胶续之……终日不断。帝大怪，左右称奇，因名曰续弦胶。"后以"胶续"为妻死续娶之称，故亦曰"续弦"。此处"不续肠"为反用。
【2】珠经离掌：薛涛《十离诗·珠离掌》："皎洁圆明内外通，清光似照水晶宫。只缘一点玷相秽，不得终宵在掌中。"意为美好的东西失去了才倍觉珍惜。

乱后归来，颇以浇花自乐

荒林暝色欲归鸦，独倚危栏待月华。
忘却经旬离乱事，晓来更勺水浇花。

台城再度沦陷逃难纪实　五古体

三三痛未定，倭兽再来寇。初闻据溽城，倏又点海口。
抗战未三日，台城旋失守。曾不旋踵间，枪声起左右。
倭兽肆残暴，杀戮无良莠。自忘蝼蚁贱，随众仓惶走。
岂不惜青毡，亦复珍敝帚。狼狈复狼狈，直类丧家狗。
望门暂投止，昏夜寻戚旧。牵茨借地眠，好梦觅何有。
农家屋湫隘，未容展身手。小儿溺于旁，巨牛喘其后。
岂敢嫌芜秽，视同安乐薮。抚心窃自念，逆来当顺受。
天幸不绝人，乱离或不久。果然十天内，兽蹄不留逗。
消息乍传闻，如饮香醇酒。又如患沉疴，乍获神针灸。
怡然归故里，荆妻伫门首。门庭不改风，山川依旧秀。
何时天厌乱，殪彼跳梁丑？共作太平人，击壤歌畎亩。

注：

【1】台城：1914年，新宁县易名为"台山县"，县城俗称"台城"。1941年9月22日，台城再度沦陷于日寇之手。
【2】三三：即1941年3月3日，台城第一次沦陷。
【3】溽城：台山广海之古称。海口：指广海口。
【4】青毡：指清寒生活。
【5】戚旧：亲戚故旧。
【6】茨：以茅苇盖屋。此处指茅草。
【7】湫隘：低下狭小。
【8】薮：人或物聚集的地方。
【9】沉疴：久治不愈的病。
【10】殪：杀死。《字汇》："殪，杀也。"

【11】太平人：太平年代的人。施君美《幽闺记·偷儿挡路》："宁为太平狗，莫作离乱人。"击壤：《艺文类聚》卷十一引皇甫谧《帝王世纪》："（帝尧之世）天下大和，百姓无事，有五十老人击壤于道。"后因以"击壤"为颂太平盛世的典故。畎亩：田地，田野。《孟子·告子下》："舜发于畎亩之中。"

台城光复后闻好喋在乡遇害

惊闻饮弹野横尸，噩耗传来信不疑。
一霎便归新鬼录，九原休作打油诗。
台山守土非无责，岛国犁庭会有期。
可以慰君湘北捷，复兴民族奠初基。

注：

【1】好喋：未详。当为作者亲友。
【2】犁庭：即犁庭扫穴。谓彻底摧毁敌对势力。语本《汉书·匈奴传下》："固已犁其庭，扫其闾，郡县而置之。"会：应当。
【3】湘北捷："湘北大捷"有三次，又称三次"长沙会战"。一九三九年九月十四日至一九四二年一月八日，日寇发动了"三犯湘北，直取长沙"的军事进攻，先后出动了陆、海、空三军和化学兵共达四十多万兵力，都被国民党第九战区官兵奋力抗击所击溃。

哭堂兄遇麟

堂上弟兄能几时，罡风吹折树连枝。
恨无海外回生药，剩有人间堕泪碑。
千古牛山嗟泯没，十年羊石忆追随。
沧桑变幻今殊昔，家运何堪话盛衰。

注：

【1】罡风：泛指劲风。
【2】回生药：即长生药。用秦始皇遣人入海事。《史记·秦始皇本纪》："齐人徐（徐福）等上书，言海中有三神山，名曰蓬莱、方丈、瀛洲，仙人居之。请得斋戒，与童男女求之。于是遣徐福发童男女数千人，入海求仙人。"张守节《史记正义·汉书郊祀志》："此三神山者，其传在渤海中，去人不远，盖曾有至者，诸仙人及不死之药皆在焉。"堕泪碑：晋羊祜都督荆州诸军事，驻襄阳。死后，其部属在岘山祜生前游息之地建碑立庙，每年祭祀。见碑者莫不流泪。杜预因称此碑为堕泪碑。见《晋书·羊祜传》《北堂书钞》卷一〇二引《荆州图记》。李白《襄阳曲》："岘山临汉江，水渌沙如雪，上有堕泪碑，青苔久磨灭。"
【3】千古牛山：《晏子春秋·内篇谏上》："景公游于牛山，北临其国城而流涕曰：'若何滂滂去此而死乎！'牛山，在今山东临淄。后以"牛山悲""牛山叹"等慨叹人生短暂。羊石：即羊城，广州别称。相传古代有五仙人乘五色羊执六穗秬而至此，故称。见《太平寰宇记·岭南道一·广州》引《续南越志》。

哀香江　二首

鲤鱼翻海是耶非，依旧炉峰插翠微。
笙管豪华消昨梦，风雷浩劫昧先机。
覆巢那得求完卵，困兽终难语突围。
回首洋场如蜃幻，层峦飞阁记依稀。

蓦地胡尘卷土来，血腥重染宋王台。
古今有恨难淘浪，兴废无任剩劫灰。
二虎门空潮寂寞，九龙城死堞摧隤。
百年顿醒繁华梦，猿鹤虫沙尽可哀。

注：

【1】哀香江：1941年12月8日，日军空袭香港并以数万人兵力进攻港岛。到25日，港岛失守，香港总督投降，15000名驻港英军投降。

【2】炉峰：香炉峰，即今香港之太平山。

【3】蜃幻：海市蜃楼。虚诞。

【4】宋王台：又称宋皇台，原为香港圣山的一块巨石。传是宋端宗赵昰和其弟赵昺被元朝军队追逼，南逃流亡在此，后人于大石上刻"宋王台"三字以作纪念。

【5】无任：不能胜任；无能。《战国策·魏策四》："大王已知魏之急，而救不至者，是大王筹筴之臣无任矣。"高诱注："任，能也。"

【6】二虎门：当为香港地名，未详具址。九龙城：九龙（英语：Kowloon），地理上称为九龙半岛，为香港的三大区域之一，是除了香港岛以外市区的主要组成部分。

【7】猿鹤虫沙：旧时比喻战死的将士，也指死于战乱的人。《太平御览》卷九六一引《抱朴子》："周穆王南征，一军尽化，君子为猿为鹤，小人为虫为沙。"

赠汤襃公　二首

西园佳处像田家，偷得些闲坐吃茶。
笑我劳形真似草，怜君妙舌欲翻花。
姓名未说先惊座，诗句能奇便掩瑕。
天恐三台风雅绝，却容吾辈学涂鸦。

压线蓬门肯自媒，高丘千载屈原哀。
玄空笺解无余子，赤水珠遗有轶才。
和我诗声随击砵，泥人茶话乐衔杯。
梁园荒尽邹枚老，往事宁堪首一回。

注：

【1】汤襃公：作者友人，余未详。
【2】西园：旧址在台城市府西侧，乃台山著名古园林，今毁作酒店。
【3】三台：即台山，县城北有三台山。
【4】压线：谓刺绣缝纫时按压针线。秦韬玉《贫女》诗："苦恨年年压金线，为他人作嫁衣裳。"后以"压线"比喻徒为别人辛苦忙碌。肯：不肯。
【5】玄空：易学词语。《沈氏玄空学》："是玄空二字，代一至九之谓然，一至九非定数也，有错综参悟存乎于其间，故以玄空二字代之。"意为玄空代表数字一到九，因为一到九不是按照规定的排列，而有很多种变化，所以以玄空代替。赤水珠遗：语出《庄子·天地》："黄帝游乎赤水之北，登乎昆仑之丘，而南望还归，遗其玄珠。"
【6】梁园：即梁苑。梁孝王的东苑。邹枚：汉邹阳、枚乘。北魏郦道元《水经注·睢水》："梁王与邹、枚、司马相如之徒极游于其上。"周亮工《戊子上元独坐旧雨堂感怀》之二："莫向梁园怀盛事，邹枚词赋更谁存。"

修时计和褒公并次韵

进行弗懈是吾师，省却巡檐验晷移。
壮不如人宁守寂，疲于奔命莫嫌迟。
他生休昧轮回事，此别尤多机会时。
仔细伐毛兼洗髓，偶然疵缪未为痴。

注：

【1】时计：记时之钟表。
【2】巡檐：来往于檐前。晷：日影。

修时计第二唱仍用前韵

如君精细实堪师，标准谁教有改移。
沥沥撩人声已寂，姗姗望尔步何迟。
同心一结终成错，旧好重修尚费时。
他日迎归休负约，鸡鸣戒旦慰吾痴。

注：

【1】君：指时钟。下"尔"同。
【2】鸡鸣戒旦：怕失晓而耽误正事，天没亮就起身。语本《诗·齐风·鸡鸣序》："《鸡鸣》，思贤妃也。哀公荒淫怠慢，故陈贤妃贞女夙夜警戒相成之道焉。"

悼亡兄仰可

三生因果堕微茫，掩泣从今怕陟冈。
一肚牢骚消薄槥，五更风雨忆连床。
琴书典尽随身物，符诀虚传辟谷方。
留得青山旧茅屋，九原犹可对高堂。

注：
【1】仰可：程仰可，作者胞兄。
【2】陟冈：《诗·魏风·陟岵》："陟彼冈兮，瞻望兄兮。"后因以"陟冈"为怀念兄弟之典。白居易《自江陵之徐州路上寄兄弟》诗："谁怜陟冈者？西楚望南荆！"
【3】槥：粗陋的小棺材。
【4】辟谷：谓不食五谷。道教的一种修炼术。此处指因三年自然灾害而饿肚子。
【5】九原：九泉，黄泉。苏轼《亡妻王氏墓志铭》："君得从先大人于九原，余不能，呜呼哀哉！"高堂：指父母。韦应物《送黎六郎赴阳翟少府》诗："只应传善政，日夕慰高堂。"此谓不为贫困而卖祖屋，地下尚可不愧对父母。

褒公邀往西濠饮茶，谈诗欢甚，归时竟忘去路，以诗纪之

旧雨情殷唤吃茶，迷楼恍入帝王家。
刘郎信是忘回棹，张使何因错泛槎。
诗味熏人浑似醉，歧途误我只空嗟。
他时相值休相谑，世上原多开倒车。

注：
【1】西濠：地名。曾建有茶楼。旧址在台城。现有西濠路和西濠公园。
【2】旧雨：老朋友的代称，又叫"旧故"。辛弃疾《雨中花慢·登新楼有怀》："旧雨常来，今雨不来，佳人偃蹇谁留？"
【3】刘郎：指刘晨。相传刘晨、阮肇入天台山采药，为仙女所留，半年求归，抵家子孙已七世。司空图《游仙》诗之二："刘郎相约事难谐，雨散云飞自此乖。"
【4】张使：张骞。宗懔《荆楚岁时记》："武帝使张骞使大夏，寻河源乘槎，经月而至一处，见城郭如州府，室内有一女织，又见一丈夫牵牛饮河。"杜甫《秋兴》："听猿实下三声泪，奉使虚随八月槎。"

中秋宴饮适园偶成排律　一首

中秋不教负，宴饮适园西。
珍果时当熟，深林路欲迷。
花香无远近，鸟语有高低。
宅割留三径，门回绕一溪。
市声闻北郭，爽气挹东提。
干禄知前误，归山觅旧栖。
多公情似蜜，容我醉如泥。
风月酬宾客，今宵任取携。

注：

【1】适园：台山旧时著名茶楼名。
【2】三径：赵岐《三辅决录·逃名》："蒋诩归乡里，荆棘塞门，舍中有三径，不出，唯求仲、羊仲从之游。"后因以"三径"指归隐者的家园。
【3】干禄：求禄位；求仕进。干：求。《论语·为政》："子张学干禄。"
【4】风月：用苏轼《前赤壁赋》语意："惟江上之清风，与山间之明月。耳得之而为声，目遇之而成色。取之无禁，用之不竭，是造物者之无尽藏也。"

悼周丽卿女史

愧无薄酒奠孤坟，记得江湖贱卖文。
欲誓苍天焚笔砚，独怜青眼出钗裙。
未因驼肉伤廉士，何异猪肝累使君。
知己感恩歌代哭，迢迢泉路可曾闻。

注：

【1】周丽卿：作者友人，余未详。
【2】驼肉伤廉士：驼肉味美，古代珍馐之一。廉士：旧称有节操、不苟取者。罗大经《鹤林玉露》乙编卷五："仇泰然守四明，与一幕官极相得。一日问及：'公家日用多少？'对以：'十口之家，日用一千。'泰然曰：'何用许多钱？'曰：'早具少肉，晚菜羹。'泰然惊曰：'某为太守，居常不敢食肉，只是吃菜；公为小官，乃敢食肉，定非廉士。'自尔见疏。"猪肝累使君：《高士传·闵贡》："闵贡字仲叔，太原人也，世称节士，虽周党之洁清自以弗及也。……老病家贫，不能得肉，日买猪肝一片，屠者或不肯与。其令闻，敕吏常给焉。仲叔怪，问知之。乃叹曰：'闵仲叔岂以口腹累安邑邪？'遂去，客沛，以寿终。"袁枚《随园诗话》卷九引《朱草衣诗》："自惭龙尾非名士，肯把猪肝累使君？"意即不肯拖累别人。

即　事

几历星霜半白头，叶熊无梦老妻羞。
庄姜莫遇终风怨，后稷还从隘巷求。
他日有成凭你命，将来负债是吾忧。
家贫身外无多物，此后平添一赘疣。

注：

【1】即事：此诗为作者妻欲买养子而作。作者妻何氏不育，养一子，后夭。
【2】叶熊无梦：《诗·小雅·斯干》："吉梦维何？维熊维罴……维熊维罴，男子之祥。"郑玄笺："熊罴在山，阳之祥也，故为生男。"后即以"熊梦"为祝生男之辞。叶：通"协"；叶梦：符合梦中所见。叶熊无梦，谓己命中无子。
【3】终风：《诗经》篇名。《毛诗序》说："《终风》，卫庄姜伤己也。遭州吁之暴，见侮慢而不能正也。"此句以庄姜指己妻，然不会遇到欺侮和抛弃，故曰"莫遇"。后稷：周始祖。诞后被弃于陋巷。《诗经·大

雅·生民》："厥初生民，时维姜嫄。生民如何？克禋克祀，以弗无子。……诞寘之隘巷，牛羊腓字之。诞寘之平林，会伐平林。诞寘之寒冰，鸟覆翼之。鸟乃去矣，后稷呱矣。"

【4】赘疣：本肉瘤，喻多余无用之物。此谓得一养子反成负担。

岳武穆　四首

几时还我好河山，顾此头颅莫等闲。
二圣誓迎湔耻辱，十年转战历危艰。
偏安有意和戎去，奏凯无歌奉诏还。
竟使西湖驴背客，雄心消尽酒杯间。

唱罢满江红一阕，眼前胡骑正纵横。
山河破碎悲残局，尘土功名感半生。
涅背不忘惟报国，凭心妙运记论兵。
出师欲慰喁喁望，背负壶箪父老情。

金牌未下伏风波，自坏长城意若何。
食肉庙堂诤论少，攀辕父老哭声多。
十年师旅空尝苦，半壁江山误议和。
应是精忠矢无二，诛奸宁不解回戈。

黄龙未饮遽班师，宋祚难延已可知。
此日诛奸谁请剑，当年破虏独搴旗。
九重天视来尘掩，三字狱成行路悲。
赢得西湖埋骨处，水光山色总相宜。

注：

【1】岳武穆：南宋名将岳飞。武穆为其谥号。《宋史·岳飞传》："淳熙六年谥武穆。嘉定四年，追封鄂王。"

【2】还我河山：出自岳飞庙内"还我河山"巨匾。传为岳飞手书。

【3】莫等闲：语出岳飞《满江红》："莫等闲、白了少年头，空悲切。"

【4】二圣：指北宋徽宗、钦宗二帝。北宋靖康二年四月金军攻破东京（今河南开封），除了烧杀抢掠之外，更俘虏了宋徽宗、宋钦宗父子，以及大量赵氏皇族、后宫妃嫔与贵卿、朝臣等共三千余人北上金国，东京城中公私积蓄为之一空。又称靖康之乱、靖康之难、靖康之祸、靖康耻。湔：洗雪。

【5】偏安：谓封建王朝不能统治全国而苟安于一方。此指南宋偏于一隅而不收复失地。《二刻拍案惊奇》卷五："侥幸康王南渡，即了帝位，偏安一隅，偷闲取乐。"和戎：指与少数民族或别国媾和修好。陆游《关山月》："和戎诏下十五年，将军不战空临边。"

【6】西湖驴背客：指南宋名将韩世忠。《宋史·韩世忠传》："世忠既不以和议为然，为桧所抑。……自此杜门谢客，绝口不言兵，时跨驴携酒，从一二奚童，纵游西湖以自乐，平时将佐罕得见其面。"

【7】眼前胡骑：指入侵中国的日寇。

【8】山河破碎：国土失陷分割，破败残缺。文天祥《过零丁洋》："山河破碎风飘絮，身世浮沉雨打萍。"尘土功名：岳飞《满江红》："三十功名尘与土，八千里路云和月。"

【9】涅背：刺字。涅：纹身。《宋史·何铸传》："飞袒而示之背，背有旧涅'尽忠报国'四大字，深入肤理。"传岳飞背上字为其母所刻。

【10】凭心妙运：指岳飞善用兵。《宋史·岳飞传》："战开德、曹州皆有功，（宗）泽大奇之，曰：'尔勇智才艺，古良将不能过，然好野战，非万全计。'因授以阵图。飞曰：'阵而后战，兵法之常，运用之妙，存乎一心。'泽是其言。"

【11】喁喁：仰望期待。《三国志·诸葛亮传》："二十六年，群下劝先主称尊号，先主未许，……耿纯进言曰：天下英雄喁喁，冀有所望。"壶

箪：箪食壶浆。用箪装着饭食，用壶盛着浆汤。《孟子·梁惠王下》："以万乘之国伐万乘之国，箪食壶浆以迎王师，岂有他哉！避水火也。"后用为犒师拥军的典故。箪：古代盛饭的圆竹器。

【12】风波：风波亭，原为南宋时杭州大理寺狱中亭名，为岳飞遇害之地。传宋徽宗连下十二道金牌把岳飞召回，后岳飞被秦桧以莫须有罪名杀害。

【13】诤论：直言规劝的言论。

【14】黄龙未饮：黄龙，府名。契丹天显元年（926）置。治所在今吉林省农安县。《宋史·岳飞传》："飞大喜，语其下曰：'直抵黄龙府，与诸君痛饮尔！'"

【15】三字狱：即秦桧以莫须有的罪名将岳飞下狱。

【16】西湖埋骨：岳飞葬地。王英孙《岳武穆王墓》："埋骨西湖土一丘，残阳荒草几经秋"。苏轼《饮湖上初晴后雨》："欲把西湖比西子，淡妆浓抹总相宜"。

吊岳武穆　二首

莫叩天阍剖素衷，千秋遗恨饮黄龙。
山河断送秦三字，尘土长蒙宋二宗。
纲鼎敢言终乞退，宪云无忝死相从。
棠梨几度花开落，泪洒斜阳马鬣封。

议和有约战无功，赢得千年血食丰。
鬓影鞭丝来士女，夕阳荒草吊英雄。
西湖山水名难泯，南渡朝廷运易终。
日暮吴娘歌沓杂，远听浑似满江红。

注：

【1】天阍：帝王宫殿之门，喻朝廷。剖素衷：表心曲。

【2】黄龙：府名。契丹所置，治所在今吉林省农安县。《宋史·岳飞传》："飞大喜，语其下曰：'直抵黄龙府，与诸君痛饮尔！'"

【3】秦三字：即"莫须有"三字。莫须有：也许有。形容无中生有，罗织罪名。《宋史·岳飞传》："狱之将上也，韩世忠不平，诣桧诘其实。桧曰：'飞子云与张宪书虽不明，其事体莫须有。'世忠曰：'莫须有三字何以服天下？'"秦，秦桧。

【4】宋二宗：见《岳武穆》诗注。

【5】纲鼎：丞相李纲、赵鼎。皆为主战派核心人物，数次被黜。

【6】宪云：张宪和岳云。宪为岳飞部将，云乃岳飞子。岳飞遭秦桧"莫须有"罪名构陷，张宪与岳云也一同被害。无忝：不玷辱；无愧。

【7】马鬣封：坟墓封土的一种形状。亦指坟墓。《礼记·檀弓上》："昔者夫子言之曰：'吾见封之若堂者矣，见若坊者矣，见若覆夏屋者矣，见若斧者矣。'从若斧者焉，马鬣封之谓也。"郑玄注："俗间名。"孔颖达疏："马鬣之上，其肉薄，封形似之。"

【8】议和有约：南宋与金曾多次议和，比较重要的前有绍兴和议，后有隆兴和议。陆游《关山月》："和戎诏下十五年，将军不战空临边。朱门沉沉按歌舞，厩马肥死弓断弦。"

【9】血食：谓受享祭品。古代杀牲取血以祭，故称。古代尤其是春秋战国时期，常常以"血食""不血食"借以指代国家的延续和破灭。赵良庆《题伍牙山子胥庙》："马革未曾沉浙水，越兵先已到黄池。千年血食英雄恨，付与吴人写庙碑。"

【10】西湖：杭州西湖有岳王庙，香火不绝。

【11】吴娘：吴地女子。白居易《对酒自勉》诗："夜舞吴娘袖，春歌蛮子词。"杂沓：繁杂；杂乱繁多。

【12】满江红：词牌名。岳飞有诗作。

读褒公见赠读拙作红梅有感即答

愁里寻诗强自宽，撦词仍恐涉悲观。
不因蓬鬓嗟年老，将与梅花共岁寒。
帖写宜春毫尚劲，酒赊除夕味忘酸。
得公正好能攻错，尚有题红兴未阑。

注：

【1】撦：选取、摘取。撦词：谓诗人出语谨慎。

【2】宜春：旧时立春及春节所剪或书写的字样。民间家中将其贴于窗户、器物、彩胜等之上，以示迎春。毫：毛笔。

【3】攻错：语出《诗·小雅·鹤鸣》："它山之石，可以为错……它山之石，可以攻玉"。攻，治；错，粗磨石。本指琢磨玉石，后喻借他人的长处，补救自己的短处。也做"他山攻错"。

灯

一点功成破黑山，天涯羁旅漫悲观。
笙歌易澈华堂夜，风雨难禁草阁寒。
扑朔蛾飞如豆小，逡巡鼠瞰渐花残。
此身终愧人提挈，要上楼船百尺竿。

注：

【1】黑山：黑山军。借指黑夜。黑山军乃东汉末年黄巾乱后兴起的一股山贼，官渡之战后，归降曹操。

【2】扑朔：扑腾、模糊。

【3】逡巡：因为有所顾虑而徘徊不前。花：灯花。

红梅　四首

一枝奚惜傍东篱，便作浓妆计亦宜。
林下只今虚好梦，江南曾昔寄相思。
乍逢冷艳初开日，休讶斜阳反照时。
好买丹朱描倩影，分明舞罢醉西施。

东风膏沐晚妆红，冷暖无心咎化工。
色似绛仙浑可掬，梦非逋塽不甘同。
一时香国难为伍，久客朱门别有衷。
昨夜枝头飞瑞雪，凭他点缀倍玲珑。

故园依旧好风光，巡遍朱檐索笑忙。
谪自瑶台应有恨，扫空色相定无方。
吹融绛雪风偏暖，认作桃花蝶亦狂。
妃子楼东浑索寞，更谁烧烛照红妆。

邓尉风光未足夸，山楼一角抹红霞。
花开错引渔郎棹，根托偏宜处士家。
设色远殊庸粉黛，冲寒秀出矮篱笆。
女儿颜面天然好，不羡神仙萼绿华。

注：

【1】奚惜：何惜。奚，何。
【2】浓妆：借指梅花盛开。苏轼《饮湖上初晴后雨》诗："欲把西湖比西子，淡妆浓抹总相宜。"
【3】寄相思：陆凯《赠范晔》："折花逢驿使，寄与陇头人。江南无所有，聊寄一枝春。"
【4】西施：春秋越国美女。或称先施，别名夷光，亦称西子，中国四大古典美人之一。又，醉西施，洛阳牡丹名品。
【5】膏沐：洗沐；润泽。柳宗元《晨诣超师院读禅经》诗："日出雾露余，青松如膏沐。"集注引孙汝听曰："如膏沐者，言雾露之余，松柏皆如洗沐也。"
【6】咎化工：咎：怪罪。化工：指自然的造化者。语本贾谊《鵩鸟赋》："且夫天地为炉兮，造化为工。"
【7】绛仙：隋美女名。吴姓，炀帝宫妃。炀帝每倚帘视绛仙，移时不去，顾内谒者云："古人言秀色若可餐，如绛仙真可疗饥矣。"见颜师古《隋遗录上》。
【8】逋婿：宋人林逋隐于杭州孤山，以梅为妻，鹤为子。其《山园小梅》："疏影横斜水清浅，暗香浮动月黄昏"，为咏梅名句。因林逋以梅为妻，故此处称"逋婿"。婿，古同"婿"。
【9】烧烛：苏轼《海棠》："只恐夜深花睡去，故烧高烛照红妆"。
【10】邓尉：山名，在江苏苏州市。相传东汉太尉邓尉隐居于此而得名。邓尉是我国四大赏梅胜地之一，有"邓尉梅花甲天下"之称。
【11】萼绿华：绿萼梅花。范成大《范村梅谱》："绿萼梅：凡梅花跗蒂皆绛紫色，惟此纯绿，枝梗亦青，特为清高，好事者比之九嶷仙人萼绿华。京师艮岳有萼绿华堂，其下专植此本。"

村居 二首

江干竹木掩孤村，黄叶风飘入酒樽。
万里江天供醉眼，一秋晴雨系吟魂。
宁将黜陟看荣辱，聊以清闲度晓昏。
满目畏途行不得，夕阳篱角牧鸡豚。

几点归鸦夕照斜，村前晚望兴偏赊。
秧针泼绿经新雨，树盖烘舟锁暮霞。
睡味嚼余甘似酒，世情看透薄于纱。
老妻未免嫌多事，嘱汲新泉煮嫩茶。

注：
【1】吟魂：诗情；诗思。李咸用《雪》："高楼四望吟魂敛，却忆明皇月殿归。"
【2】黜陟：官职升降。黜，降。陟：升。
【3】赊：远；长。
【4】舟：当作"丹"。丹：红色。此处指夕阳。烘：衬托、渲染。

登楼　二首

楼小无人晚独凭，望中台阁入云层。
投闲且作忧时士，垂老真成退院僧。
匪石矢心终不转，贪泉沾舌一何曾。
西风疏尽林间叶，未免秋来百感增。

莫借西风散郁伊，登楼好趁夕阳时。
芦花水浅渔舟泊，黄叶村深牧笛吹。
远岫朝宗如列笏，荒江无主待垂丝。
四郊多垒笳声动，直恐无诗写乱离。

注：

【1】投闲：谓置身于清闲境地。陆游《入秋游山赋诗》之三："屡奏乞骸骨，宽恩许投闲。"

【2】退院僧：指僧人脱离寺院。陆游《初夜》："身似游边客，心如退院僧。"

【3】"匪石"句：不像石头那样可以转动。形容坚定不移。《诗·邶风·柏舟》："我心匪石，不可转也。"孔颖达疏："言我心非如石然，石虽坚尚可转，我心坚，不可转也。"矢心：发誓；下决心。

【4】贪泉：泉名。一在广东南海石门，一在湖南郴州。郦道元《水经注·耒水》："耒水又西，黄水注之……按盛弘之云：'众山水出，注于大溪，号曰横流溪，溪水甚小，冬夏不干，俗亦谓之贪泉，饮者辄冒于财贿，同于广州石门贪流矣。'"

【5】郁伊：忧愤郁结。《后汉书·崔寔传》："是以王纲纵弛于上，智士郁伊于下。"李贤注："郁伊，不申之貌。"

【6】远岫朝宗：远山如向一处朝拜。《周礼·春官·大宗伯》："春见曰朝，夏见曰宗，秋见曰觐，冬见曰遇。"笏：古代大臣上朝拿着的手板，用玉、象牙或竹片制成，上面可以记事。此处用以形容一座座耸立的远山。

【7】笳声：胡笳吹奏的曲调。亦指边地之声。钱起《送王相公赴范阳》诗："代云横马首，燕雁拂笳声。"

读词　断肠词续词

结习难忘爱读书，温馨尤爱读诗余。
风吹皱水嘲偏好，山抹微云誉岂虚。
白石新词仍瘦硬，黄州健笔少纡徐。
合将七宝庄严座，献与南唐后主居。

注：
【1】结习：积久难除之习惯。
【2】诗余：词的别称。戴名世《〈天籁集〉序》："《天籁集》者，元初白仁甫所作诗余也。诗余莫盛于元，而仁甫之作，尤称隽妙。"
【3】风吹皱水：冯延巳《谒金门》："风乍起，吹皱一池春水。"有本事见《南唐书·冯延巳传》（卷一一）。
【4】山抹微云：秦观《满庭芳》："山抹微云，天连衰草，画角声断谯门。"因词中有"山抹微云"句，故苏戏为句云："山抹微云秦学士，露花倒影柳屯田。"见叶梦得《避暑录话》卷下。
【5】白石：姜夔，字尧章，别号白石道人，南宋著名词人。有《白石词》。姜夔诗学江西诗派，故在以骚笔入词时，又善于吸收江西诗风注重锤炼、讲究瘦硬峭拔的特点，因而在清空之中带有一种刚劲峻洁之气。
【6】黄州：苏轼。苏轼因"乌台诗案"，曾贬黄州为团练副使。健笔：苏轼为词主豪放俊朗，故云"少纡徐"。纡徐，此处义同婉约。
【7】七宝：此指吴文英。张炎《词源》："吴梦窗词如七宝楼台，炫人眼目，拆碎下来，不成片断。"吴文英词不像姜夔词那样空灵而不落痕迹，而是一一落到字面上，沉挚情思以绮语艳字出之，字句组合独特，语言风格幽深密丽。
【8】南唐后主：即李煜。以词著名。王国维《人间词话》："词至李后主而眼界始大，感慨遂深，遂变伶工之词而为士大夫之词。"

悼汤褒公 二首

十载论交师友兼，一时形影似胶黏。
诗常诲我偏怜钝，语可砭时未碍尖。
莫为经书笑边腹，曾无山水负苏髯。
翛然遽醒浮生梦，不为人间斗粟淹。

望门我自恸西州，泉下投诗不达邮。
此日山灵应候驾，他生仙侣或同舟。
最怜作客参余幕，犹是还乡愧敝裘。
恨史从今添一恨，北邙风雨泣松楸。

注：

【1】未碍尖：尖：锐利。
【2】边腹：指汉边韶。字孝先，汉陈留浚仪人。以文学知名，教授弟子数百人。"《后汉书卷八十上·文苑列传上·边韶传》："边韶字孝先，陈留人也，以文章知名，教授数百人，有口辩。会昼日假卧，弟子私嘲之曰：'边孝先，腹便便；懒读书，但欲眠。'韶潜闻之，应时对曰：'边为姓，孝为先；腹便便，五经笥；但欲眠，思经事；寐与周公通梦，静与孔子同思。师而可嘲，出何典记？'嘲者大惭。"
【3】苏髯：指苏轼，轼多髯，故云。郁达夫《赠韩槐准》："身似苏髯羁岭表，心随谢翱哭严滩。"
【4】斗粟：一斗之粟。指少量的粮食。此处指汤褒公不为人间富贵而奔劳。
【5】恸西州：用晋羊昙感旧兴悲哭悼舅谢安事，悼念故人。《晋书·谢安传》："羊昙者，太山人，知名士也，为安所爱重。安薨后，辍乐弥年，行不由西州路。尝因石头大醉，扶路唱乐，不觉至州门。左右白曰：'此西州门。'昙悲感不已，以马策扣扉，诵曹子建诗曰：'生存华屋处，零落归山丘。'恸哭而去。"查慎行《哭王右朝》诗之二："东山便是西州路，欲学羊昙计转穷。"
【6】不达邮：天人阻隔，音讯难通，故曰"不达邮"。

【7】北邙：山名。即邙山。因在洛阳之北，故名。东汉、魏、晋的王侯公卿多葬于此。后借指墓地或坟墓。陶潜《拟古》诗之四："一旦百岁后，相与还北邙。"

客归乡居　二首

千里轻舟载石归，青云敢恨历阶微。
客囊似水贫难掩，妇面如霜笑更稀。
落叶九秋人共悴，绕枝三匝鹊奚依。
自怜卒岁无完褐，何况黄金带十围。

去燕来鸿漠不关，索居穷巷转心闲。
绝交久矣无今雨，临眺依然有故山。
衣染流尘劳拂拭，灯看走马悟循环。
残书可读吟情在，天与狂生未算悭。

注：

【1】客归：作者于1945年抗战胜利后先后出任中山地方法院文书、广东高等法院汕头分院秘书，至1948年秋还乡。诗即作于是时。

【2】轻舟载石：白居易《洛下卜居》："三年典郡归，所得非金帛。天竺石两片，华亭鹤一只。饮啄供稻粱，包裹用茵席。诚知是劳费，其奈心爱惜。"诗用其意。

【3】青云：仕途。指高官显爵。扬雄《解嘲》："当途者升青云，失路者委沟渠。"作者出仕仅为文员，职位底下，故云"历阶微"。

【4】客囊：客中的钱袋。喻指所带钱财。陆游《老学庵笔记》卷四："地炉无火客囊空，雪似杨花落岁穷。"

【5】妇面如霜：妻子满脸不高兴。

【6】绕枝三匝：言归家而无所居。曹操《短歌行》："月明星稀，乌鹊南飞，绕树三匝，何枝可依？"奚：何。

【7】卒岁：度过一年。《诗·豳风·七月》："无衣无褐，何以卒岁？"褐：粗布衣服。

【8】黄金带十围：陆游《蔬圃绝句》："百钱薪买绿蓑衣，不羡黄金带十围。枯柳坡头风雨急，凭谁画我荷锄归。"黄金带：黄金打造的腰带。十围：形容粗大。刘义庆《世说新语·容止》："庾子嵩长不满七尺，腰带十围。"

【9】今雨：新朋友。杜甫《秋述》："秋，杜子卧病长安旅次，多雨生鱼，青苔及榻，常时车马之客，旧，雨来，今，雨不来。"谓宾客旧日遇雨也来，而今遇雨则不来了，初亲后疏。后用"今雨"指新交的朋友。

【10】悭：小气，吝啬。

蜗　牛

局促曾无陋巷忧，豆棚瓜架雨初收。
触蛮共处休争角，鸟雀环飞莫出头。
春梦繁华宁羡蝶，世情冷落任呼牛。
绿苔深处蠕蠕动，天步艰难似尔不。

注：

【1】"触蛮争角"句：《庄子·则阳》："有国于蜗之左角者曰触氏，有国于蜗之右角者曰蛮氏。时相与争地而战，伏尸数万。"

【2】春梦繁华：用庄周梦蝶事典。《庄子·齐物论》："昔者庄周梦为蝴蝶，栩栩然蝴蝶也；自喻适志与，不知周也；俄然觉，则蘧蘧然周也。"

【3】任呼牛：意为毁誉由人，悉听自然。《庄子·天道》："昔者子呼我牛也，而谓之牛，呼我马也，而谓之马。"

【4】"天步"句：天之行步。指时运、国运等。《诗·小雅·白华》："天步艰难，之子不犹。"朱熹集传："步，行也。天步，犹言时运也。"不：即"否"。

道遇林伯墉翁有赠

三台风雅垂垂绝，寥落诗徒剩两三。
敢拟项斯劳遍说，偶逢庞德且长谈。
十年不见公犹健，斗粟难谋我不堪。
底用门前寻雪迹，家风久已愧河南。

注：
【1】林伯墉：台山人，作者诗友。
【2】项斯：唐代诗人。初隐朝阳峰，枕石饮泉，长哦细酌，凡三十余年。后为张籍所赏。杨敬之曾赠以诗云："几度见君诗总好，及观标格过于诗。平生不解藏人善，到处逢人说项斯"。成语"逢人说项"即源于此。
【3】庞德：庞德公。汉末隐士，襄阳人。
【4】底用：何用。门前寻雪迹：用程门立雪事。《宋史·道学传二·杨时》："（时）一日见颐，颐偶瞑坐，时与游酢侍立不去。颐既觉，则门外雪深一尺矣。"程颐，宋著名学者，河南洛阳人。作者程姓，故云"家风愧河南。"

幸三自惠寄后迄无消息赋此寄怀

自从醉别杏花村，几度春宵入梦魂。
返棹何时瞻叔度，买丝有日绣平原。
重洋念我金能断，古道照人衣倍温。
乱世生涯惟煮字，请缨投笔总难论。

注：
【1】幸三：作者友人。后移居美国。对其多有接济。
【2】叔度：黄宪字。宪品学超群，颇有人望。《后汉书》有传。刘义庆《世

说新语·德行二》:"周子居常云:'吾时月不见黄叔度,则鄙吝之心已复生矣。'又云:'郭林宗至汝南,……诣黄叔度,乃弥日信宿。人问其故,林宗曰:叔度汪汪如万顷之陂,澄之不清,扰之不浊,其器深广,难测量也。'"

【3】绣平原:平原,平原君,战国四大公子之一,平生喜结纳宾客。李贺《浩歌》:"买丝绣作平原君,有酒惟浇赵州土。"

【4】重洋:幸三其时当在国外,故云。

【5】煮字:犹言码字、写作。黄庚《月屋漫藁自序》:"耽书自笑已成癖,煮字元来不疗饥。"

菊梦 二首

黄粱未熟晚来炊,莫笑渊明富贵迟。
老圃日斜浑索寞,晓窗霜霁尚迷离。
凄凉尽让寒蛩语,幽邈防教浪蝶知。
恰被西风吹半醒,美人妆罢卷帘时。

东篱淡淡暮烟轻,秋夜初长鸡未鸣。
三径依稀霜有迹,一场圆美月无声。
板桥流水空鸣烟,荻港渔灯半灭明。
送酒白衣来复去,山居原不解逢迎。

注:
【1】逢迎:违心趋奉迎合。

伯墉翁尝誉周燕五,周谓其织帽太高,非申请政府免费斩竹不可。此语甚俊,戏赠之以诗 二首

淇园嶰谷多修竹,差免求官笔墨劳。
拟把九天增一倍,先生织帽不妨高。

奖饰居然不惮劳,殷勤织帽赠诗豪。
周郎且莫嫌高压,正好持归诳尔曹。

注:
【1】伯墉:林伯墉、台城人。周燕五:台山苍城人,1950 年代曾在台城杏和堂药店工作,与作者交厚。曾允为保存诗稿。然怯于政治运动,存稿遭毁,十不存一。斩竹:因为帽子为竹篾织成,故谓须斩竹不可。
【2】淇园嶰谷:淇园:在河南省淇县,西周晚期卫武公所建。《述异记》曰:"卫有淇园,出竹,在淇水之上。"嶰谷:昆仑山北谷名。相传黄帝命泠纶取嶰谷之竹作乐器。淇园嶰谷,乃产竹最著名之所。梁元帝《赋得竹诗》:"嶰谷管新抽,淇园节复修。作龙还葛水,为马向并州。"
【3】织帽:编织帽子。意为戴高帽。
【4】周郎:周燕五。

半 世

半世行藏与愿违，杜鹃频劝不如归。
偶然行过东篱下，比较黄花尚觉肥。

半世漂流似转蓬，而今饥饱付天公。
夕阳肯借人颜色，照到西山分外红。

注：

【1】诗当写于作者50岁左右。
【2】行藏：出处或行止。语本《论语·述而》："用之则行，舍之则藏。"
【3】杜鹃：鸟名。又名杜宇、子规。相传为古蜀王杜宇之魂所化。春末夏初，常昼夜啼鸣，其声哀切。杜鹃鸟的叫声很像"不如归去"。旧时常用以作思归或催人归去之辞。
【4】东篱：陶潜《饮酒》诗之五："采菊东篱下，悠然见南山。"后因以指种菊之处；菊圃。
【5】黄花：菊花。李清照《醉花阴》："帘卷西风，人比黄花瘦"。诗化用其语。
【6】转蓬：随风飘转的蓬草。比喻飘泊不定。岑参《送祁乐归河东》诗："鸟且不敢飞，子行如转蓬。"

读周公燕五招隐诗感成一首书后

半叟卧林泉，辍耕并废读。
莽然望神州，有怀陈独漉。
读公招隐诗，万感萦心曲。
酒不解真愁，何论清与浊。
（余尝自署西山半叟）

注：

【1】半叟：即"西山半叟"，作者自号。
【2】陈独漉：陈恭尹，字元孝，初号半峰，晚号独漉子，又号罗浮布衣，广东顺德县（今佛山市顺德区）龙山乡人。著名抗清志士陈邦彦之子。初诗人，与屈大均、梁佩兰同称岭南三大家。又工书法，时称清初广东第一隶书高手。有《独漉堂全集》。陈恭尹《送屈翁山之金陵》："神州萧条环宇黑，英雄失路归何门？"
【3】招隐诗：以"招隐"为题材而作的诗，西晋人多有作。招隐：征召隐居者出仕。亦可反作招人归隐。

自　嘲

漫天阴雨酿新寒，半叟依然褐不完。
往事如烟难摭拾，余生似竹尚平安。
偶成诗画惭摩诘，倘着袈裟是懒残。
皮相俗流应笑我，学农仍未脱儒酸。

注：

【1】褐不完：衣衫破烂不完整。形容生活贫苦。语出《韩非子·五蠹》："故糟糠不饱者不务粱肉，短褐不完者不待文绣。"
【2】摭拾：收取；采集。摭：拾取。
【3】摩诘：唐诗人王维。维字摩诘。维善画，侯方域《倪云林十万图记》："按画家分南北二宗，摩诘为南宗创始。"
【4】袈裟：僧尼的法衣。懒残：高僧明瓒的别号。袁郊《甘泽谣·懒残》："懒残者，天宝初，衡岳寺执役僧也。退食，即收所余而食，性懒而食残，故号'懒残'也。"
【5】皮相：从表面看。指仅看外表不察内情、见识肤浅的人。

【6】儒酸：犹寒酸。形容读书人贫窘之态。周敦颐《任所寄乡关故旧》诗："老子生来骨性寒，宦情不改旧儒酸。"

书怀示周公

屡空曾不顾瓢箪，刻意吟梅与咏兰。
吟咏半生成画饼，推敲一字竟忘餐。
枯毫濡墨何尝润，枵腹求诗未免难。
珠玉当前休索和，迩来清兴渐阑珊。

注：

【1】周公：周燕五。后文诗题中的"周公"均指周燕五。
【2】屡空：经常贫困。谓贫穷无财。《论语·先进》："回也其庶乎！屡空。"何晏集解："言回庶几圣道，虽数空匮而乐在其中。"瓢箪：语出《论语·雍也》："一箪食，一瓢饮，在陋巷，人不堪其忧，回也不改其乐。"后因以"瓢箪"喻安贫乐道。
【3】枵腹：空腹。
【4】索和：求和诗。索：求。和：和诗。即和答他人诗作的诗。

秋夜检读幸三君悼亡兄仰可诗率成一章书后

语挚情真友谊长，新诗读罢黯然伤。
西风洒尽鸰原泪，又向灯前一断肠。

注：

【1】鸰原：《诗·小雅·常棣》："脊令在原，兄弟急难。"郑玄笺："水鸟，

而今在原,失其常处,则飞则鸣,求其类,天性也。犹兄弟之于急难。"脊令,也写作"鹡鸰"。后因以"鸰原"谓兄弟友爱。

寄怀 二首

退野宁希处士衔,论诗长愧口难缄。
胸无城郭那藏拙。味爱山林便觉馋。
短短梦惊残夜漏,斑斑尘卸旧征衫。
牵萝补屋堪容膝,敢拟当年傅说岩。

新署西山半叟衔,远劳亲友惠鱼缄。
只应虫臂由天付,常恐猪肝笑我馋。
茗可消愁聊代酒,叶能蔽体莫论衫。
色空勘破无荣辱,廊庙何尝胜野岩。

注:

【1】退野:犹言退闲,即退职闲居。宁:岂,难道。希:盼求。处士:本指有才德而隐居不仕的人,后亦泛指未做过官的士人。

【2】牵萝补屋:谓牵拉萝藤补房子的漏洞,形容生活困难或勉强应付。杜甫《佳人》诗:"侍婢卖珠回,牵萝补茅屋。"容膝:仅容两膝。形容居室狭小。陶潜《归去来分辞》:"倚南窗以寄傲,审容膝之易安。"

【3】傅说岩:殷相傅说曾隐于傅岩,后因以泛指栖隐之处或隐逸之士。王维《登河北城楼作》诗:"井邑傅岩上,客亭云雾间。"

【4】惠鱼缄:赠送物品。缄:捆东西的绳索。

【5】虫臂:语出庄子。比喻微不足道之物。陆游《行年》诗:"吾生一虫臂,世路几羊肠。"

【6】猪肝:《后汉书·周黄徐姜等传序》:"(闵仲叔)客居安邑。老病家贫,不能得肉,日买猪肝一片,屠者或不肯与,安邑令闻,敕吏常给

焉。仲叔怪而问之,知,乃叹曰:'闵仲叔岂以口腹累安邑邪?'遂去,客沛。以寿终。"后即用以表示牵累主人的典实。陆游《蔬食》诗:"何由取熊掌,幸免买猪肝。"

【7】色空:佛教语。"色"与"空"的并称。谓物质的形相及其虚幻的本性。王维《谒璇上人》诗序:"色空无碍,不物物也;嘿语无际,不言言也。"勘破:犹看破。

【8】廊庙:指朝廷。《国语·越语下》:"谋之廊庙,失之中原,其可乎?王姑勿许也。"诗谓出仕不如乡居。

茗余感吟

潦倒原知福命悭,午窗茶熟且开颜。
梦醒已失槐安国,吟苦休嘲饭颗山。
渐觉一身非我有,惟求半刻作农闲。
漫云两腋风清甚,误尽年华是此间。

注:

【1】槐安国:唐朝东平郡淳于棼于其家南面之大槐树下睡觉,梦中他成了槐安国的南柯太守,国王妻与小女,为官20载。后来因檀罗国进攻南柯郡,他防守不力为国王逐出槐安国,梦醒见槐安国乃树下一个蚁洞。事出李公佐《南柯太守传》。

【2】饭颗山:传是唐代长安附近的一座山。孟棨《本事诗·高逸》:"白(李白)才逸气高,……戏杜曰:'饭颗山头逢杜甫,头戴笠子日卓午。借问何来太瘦生,总为从前作诗苦。'盖讥其拘束也。"后遂用作表示诗作刻板平庸或诗人拘守格律或刻苦写作的典故。

【3】一身非我有:苏轼《临江仙》:"长恨此身非我有,何时忘却营营。"

偶 写

笠屐飘然到野间,醉吟要仿白香山。
吟成尚愧诗无骨,醉后全凭酒借颜。
菊梦微醒犹味永,菜花叠韵觉才悭。
入城雅践论文约,风雪途中独往还。

注:
【1】白香山:唐代诗人白居易晚年自号"香山居士"。
【2】诗无骨:诗无风骨。杨圻《疏影》:"寂寞鼎湖春去,乱山野水里,葬诗无骨。"
【2】酒借颜:借醉酒使自己脸色红润。李德裕《句》:"检经求绿字,凭酒借红颜。"

菜花重咏 四首

别去霜畦岁又周,寒英依旧不胜收。
美人高髻无颜色,谁把金钗插陇头。

霏霏金屑晚烟寒,叠韵为诗兴已阑。
自笑铅刀难割爱,畦边持杖几回看。

绰约风前弄晓姿,终年阔别系相思。
草裙烟鬟佳人渺,空忆梅溪挑菜时。

香纵无称色有余,花开遥映野人居。
西风吹断繁华梦,未向东篱叹不如。

注：
- 【1】寒英：寒冷季节的花。此处指菜花。
- 【2】插陇头：谓菜花开于田间地头，并非金钗插在美人头上。
- 【3】金屑：黄色的花粉。
- 【4】铅刀：铅制的刀。铅质软，作刀不锐，故比喻无用的人和物。王粲《从军诗》之四："虽无铅刀用，庶几奋薄身。"
- 【5】梅溪挑菜：梅溪，史达祖号。达祖乃南宋著名词人。其《东风第一枝·咏春雪》："恐凤鞋挑菜归来，万一灞桥相见。"

菜花叠韵　五首

本十首，记录五首

菜花有色惜无香，不齿芳丛姐妹行。
好供癯翁多采撷，也如贫女俭梳妆。
纵横欲满黄云陇，点缀宜登绿野堂。
十丈软尘人似栉，谁从物外赏风光。

不因气味妒芹香，浑似金钗十二行。
矮屋疏篱饶野趣，风晨雨夕洗华妆。
叶垂褐是苍生色，秀拔黄于太守堂。
拟买冰绡描淡墨，小窗横幅共灯光。

村妹不羡绮罗香，篱畔疏疏落几行。
冷暖渐能知世味，妖娆宁肯效时妆。
影摇半亩成金鹊，梦冷三更隔玉堂。
为问刘郎惆怅否，重来未免惜流光。

毕竟无香胜有香，寒英灿列一行行。
羞将本色邀时赏，愿借清流洗俗妆。
膏沐最宜微雨夜，味投应到冷官堂。
宵深虫语西风急，满垄金摇碎月光。

双美难兼色与香，英雄学种仅成行。
客来要识乡村味，我见犹怜晓晚妆。
汲水抱残居士瓮，郁金开作美人堂。
隔篱瓜豆应相妒，独占词家笔墨光。

注：
【1】叠韵：指赋诗重用前韵。
【2】癯翁：清瘦的老翁。作者自谓。
【3】俭梳妆：语出秦韬玉《贫女》："蓬门未识绮罗香，拟托良媒益自伤。谁爱风流高格调，共怜时世俭梳妆。"
【4】绿野堂：唐代裴度的别墅名，故址在今河南省洛阳市南。马致远《双调·夜行船·秋思》："裴公绿野堂，陶令白莲社。"此处借指作者所居之乡村。
【5】软尘：飞扬的尘土。指都市的繁华热闹。陆游《仗锡平老自都城回见访索怡云堂诗》："东华软尘飞扑帽，黄金络马人看好。"梳与篦之总称。比喻像梳齿那样密集排列着，此处喻人多。
【6】金钗十二行：形容妇女头上首饰多。萧衍《河中之水歌》："头上金钗十二行，足下丝履五文章。"此处指菜花形状。
【7】苍生色：指百姓满脸菜色。褐：黑黄色。齐白石《菜根香》立轴水墨款识："客见余画菜，谓曰：'用墨浓淡不一，何也？'余曰：'此苍生色大众不同，日本苍生无此色，故不知也。'因记之于画，使后世以为余辈可怜人耳。白石并记。"
【8】太守堂：古代太守的正堂用雌黄涂墙，所以称为黄堂。
【9】冰绡：薄而洁白的丝绸。王勃《七夕赋》："停翠梭兮卷霜縠，引鸳杼

兮割冰绡。"
【10】英雄：指刘备。据《三国演义》，董承约会刘备等立盟除曹。刘恐曹生疑，每天浇水种菜。曹闻知后，以青梅绽开，煮酒邀刘宴饮，纵论天下英雄。曹谓刘："天下英雄，唯使君与操耳"，刘闻言大惊失箸。时雷雨大作，刘以胆小怕雷掩饰而使曹操释疑，并请征剿袁术、借以脱身。
【11】"汲水"句：《庄子·外篇·天地》："子贡南游于楚，反于晋，过汉阴，见一丈人方将为圃畦，凿隧而入井，抱瓮而出灌，搰搰用力甚多而见功寡。子贡曰：'有械于此，一日浸百畦，用力甚寡而见功多，夫子不欲乎？'"
【12】"郁金"句：《玉台新咏》卷九引南朝梁武帝《河中之水歌》有"卢家兰室桂为梁，中有郁金苏合香"之句，描绘卢家妇莫愁的居室，后因以"郁金堂"或"郁金屋"美称女子芳香高雅的居室。

晚　望
（仍用前韵）

伫立长桥俯仰间，夕阳一线挂寒山。
飞鸿翩若佳人影，落叶衰于壮士颜。
偶倚虹腰叹水逝，敢将虫臂怨天悭？
路旁古木应相识，莫讶宵深客未还。

注：
【1】伫立：久立。柳永《两同心》词："伫立东风，断魂南国。"
【2】虹腰：虹的中部。纳兰性德《齐天乐·洗妆台怀古》词："露脚斜飞，虹腰欲断，荷叶未收残雨。"

寿内人

家贫渐渐笑颜稀，半百年间事尽违。
我已白头君亦老，未妨一醉慰牛衣。

百钱买得玉冰烧，深巷无人夜寂寥，
酌酒劝君须尽醉，好花还有老来娇。

膝前莫更叹无儿，便即生儿亦已迟，
爱子托人原恨事，何如身后有传诗。

野肴味薄酒杯深，岁月骎驰老境临，
我欲狂吟君欲睡，一灯分照两人心。

注：

【1】内人：妻子。作者之妻何莲花，佛山南海人，1983年去世。
【2】牛衣：喻贫寒。亦指贫寒之士。《汉书·王章传》："初，章为诸生学长安，独与妻居。章疾病，无被，卧牛衣中；与妻决，涕泣。"
【3】玉冰烧：广东名酒，出自佛山石湾。
【4】骎驰：亦作驰骎。马疾速奔走貌。刘基《次韵和石末公闻有诏使不至》："何日六师能电扫，周原依旧载驰骎。"

赠内人

柴门不闭北风寒,桶可藏身且暂安。
嗟尔何尝贪逸乐,遇人未免感艰难。
樵苏仆仆穿晨径,藜藿粗粗了晚餐。
镜匣无颜膏沐少,管教蓬首似鸠盘。

注:

【1】桶可藏身:陶宗仪《南村辍耕录·隐逸》:"吾乡吕徽之先生,家仙居万山中,……雪晴,往访焉,惟草屋一间,家徒壁立。忽米桶中有人,乃先生妻也。因天寒,故坐其中。"
【2】樵苏:砍柴刈草。《史记·淮阴侯列传》:"臣闻千里馈粮,士有饥色,樵苏后爨,师不宿饱。"裴骃集解引《汉书音义》:"樵,取薪也。苏,取草也。"
【3】藜藿:两种野菜名。亦指粗劣的饭菜。《文选·曹植〈七启〉》:"予甘藜藿,未暇此食也。"刘良注:"藜藿,贱菜,布衣之所食。"
【4】鸠盘:即鸠盘荼,又作弓盘荼、究盘荼、恭畔茶、拘盘荼、俱盘茶、吉盘荼、拘辨荼、鸠满拏。乃佛教神话中一种以啖人精气维生的鬼,又译作厌眉鬼、瓮形鬼、冬瓜鬼等。

杏和林店内新插杜鹃花一枝鲜艳可爱爱以诗赠

胆瓶新插一枝红,室内风光便不同。
未敢花前轻索笑,恐防花笑白头翁。

注:

【1】杏和林:台山市一药店。

林翁牧牛　限牛字　二首

桃林花落又逢秋，近水遥山眼底收。
败笠只应飞作蝶，教鞭谁料用于牛。
黄泥坂上无游屐，红蓼滩前有系舟。
田野何如城市好，试将此语问巢由。

饮水何论上下流，西风黄叶晚飕飕。
迩来瑟缩应如猬，便借琴弹莫对牛。
残齿料随呼喝尽，一绳长系梦魂忧。
高低归踏斜阳路，谁念翁衰腰脚浮。

注：

【1】林翁：林荣耀。台山人，曾为教师。反右后遭下放。

【2】败笠：犹言"破笠"。李昂英《赠始兴顺首座》："江湖三十载，败笠破袈裟。"

【3】黄泥坂：地名。在湖北省黄冈市东。苏轼《后赤壁赋》："二客从予，过黄泥之坂。"游屐：出游时穿的木屐。亦代指游踪。王安石《韩持国从富并州辟》诗："何时归相过，游屐尚可蜡。"

【3】红蓼滩：生长红蓼的滩头。蓼：草本植物。多生水边，花呈淡红色。杨芳灿《满江红·芦花》："红蓼滩头秋已老，丹枫渚畔天初暝。"此处黄泥坂与红蓼滩皆为泛指。

【4】巢由：巢父和许由。相传皆为尧时隐士，尧让位于二人，皆不受。因用以指隐居不仕者。

【5】呼喝：呵喝，呵叱。

江南菊和周公并次韵

幽香未许蝶频探,谁倚楼头笛弄三。
声落冰盆惊冷梦,分明吹出忆江南。

注:
【1】周公:周燕五。后文所提周公均为周燕五。
【2】冰盆:冰盘。忆江南:词牌名。代宰相李德裕为悼念爱妾谢秋娘所作。段安节《乐府杂录》:"《望江南》始自朱崖李太尉(德裕)镇浙日,为谢秋娘所撰,本名《谢秋娘》,后改此名。"后来因为唐代白居易曾依其句格而做《忆江南》三首,但嫌其名不雅,遂改名为《忆江南》。

某君以情诗寄恋人,恳余代作诗压尾,应付后,复作二诗规之

写尽相思笔一枝,缠绵更系几行诗。
鹊桥未架天方梦,那管人间怨别离。

石榴裙下首甘低,痴语连篇索我题。
太息春蚕空自缚,何尝野鹜胜家鸡。

注:
【1】鹊桥:传织女七夕渡银河与牛郎相会,喜鹊来搭成桥,称鹊桥。常用以比喻男女结合的途径。
【2】石榴裙:朱红色的裙子。亦泛指妇女的裙子。何思澄《南苑逢美人》:"风卷蒲桃带,日照石榴裙。"
【3】"野鹜"句:晋人庾翼以家鸡喻自己的书法,以野鹜喻王羲之的书法。比喻不同的书法风格。也比喻人喜爱新奇,而厌弃平常的事物。语出何法盛《晋中兴书》卷七:"小儿辈厌家鸡,爱野雉,皆学逸少书。"此处借指野花不及家花香。

梅花八咏

窗外玲珑雪一枝，乍疑有女夜相窥。
酒倾白堕风怀冷，人静黄昏月影移。
鹤别孤山应忆伴，驴疲灞岸正寻诗。
千年邓尉香成海，种向朱门便不宜。

索寞山居客未知，霏霏雨雪岁寒时。
世情冷落怜双鬓，水影横斜爱一枝。
林下月明醒尚早，江南春好寄偏迟。
诗人老去风怀在，几度巡檐莫笑痴。

啸傲林泉兴正赊，经春宁复羡繁华。
暗笑十里招词客，明月三更入酒家。
卧雪久将忘岁月，调羹去尚恋烟霞。
此身虽被瑶台谪，犹作人间第一花。

山窗伴我读南华，月上黄昏酒待赊。
春意未阑心早淡，风情无分影偏斜。
洛阳颜色夸三月，林下襟怀别一家。
修到今生多傲骨，尽教流俗笑槎丫。

篱落疏疏雪未残，一枝斜出俨凭栏。
生无傲骨非名士，老薄浮华似冷官。
锄月庭虚留鹤守，点妆檐早怯春寒。
年来孰若山居乐，十里烟霞天地宽。

踏碎琼瑶兴未阑，荆南蓟北一般看。
得名岂自番风始，出世谁能太璞完。
呵笔几回难绘影，调羹有日合留酸。
怜伊独惹人寻味，松竹苍苍只耐寒。

天风吹尔渡江来，竹外篱边次第开。
白战无诗能点染，黄昏有月共徘徊。
甘同处士孤山梦，冷入他乡异客杯。
我欲化身殊不得，不妨花底作莓苔。

春到江南处处栽，卜居何必择楼台。
芒鞋踏雪神先往，纸帐闻香梦乍回。
百咏未容闲笔墨，一丝曾不染尘埃。
偶逢白也应相识，同是瑶京被谪来。

注：

【1】白堕：人名。杨衒之《洛阳伽蓝记·法云寺》："河东人刘白堕善能酿酒。季夏六月，时暑赫晞，以罂贮酒，暴于日中。经一旬，其酒不动，饮之香美而醉，经月不醒。"后因用作美酒别称。风怀：情怀。

【2】"鹤别"句：宋人林逋居西湖孤山，以梅为妻，鹤为子。孙光宪《北梦琐言》卷七："或曰：'相国（郑綮）近有新诗否？'对曰：'诗思在灞桥风雪中驴子上，此处何以得之？'盖言平生苦心也。"

【3】邓尉：山名。在今江苏省苏州市西南。汉有邓尉曾隐居于此，故名。以产梅著称，称香雪海。赵翼《树海歌》："邓尉香雪黄山云，犹以海名巧相借。"

【4】水影横斜：林逋《山园小梅》："疏影横斜水清浅，暗香浮动月黄昏。"

【5】寄偏迟：陆凯《赠范晔》诗："折梅逢驿使，寄与陇头人。江南无所有，聊赠一枝春。"

【6】巡檐：来往于檐前。杜甫《舍弟观赴蓝田取妻子到江陵喜寄》之二：

"巡檐索共梅花笑,冷蕊疏枝半不禁。"

【7】卧雪:《后汉书·袁安传》注引周斐《汝南先贤传》:"时大雪积地丈余。洛阳令身出案行,见人家皆除雪出,有乞食者。至袁门,无有行路,谓安已死。令人除雪入户,见安僵卧。问何以不出。安曰'大雪人皆饿,不宜干人。'令以为贤,举为孝廉。"后遂以"卧雪"为安贫清高的典实。

【8】调羹:《书·说命下》:"若作和羹,尔惟盐梅。"后因以"调羹"喻治理国家政事。烟霞:泛指山水、山林。刘长卿《赠元容州》:"累征期旦暮,未起恋烟霞。避世歌芝草,休官醉菊花。"

【9】瑶台:传说中的神仙居处。谪:罚罪者曰谪,降职外放。高启《梅花诗》:"琼枝只合在瑶台,谁向江南处处栽。雪满山中高士卧,月明林下美人来。"

【10】锄月:锄月种梅。刘翰有《种梅》诗云:"凄凉池馆欲栖鸦,彩笔无心赋落霞。惆怅后庭风味薄,自锄明月种梅花"。李曾伯《丙午冬徐衍道见访于可斋》:"甫能锄月种梅归,竹外欣闻客扣扉。"语实皆本陶潜"带月荷锄归"。留鹤守:朱炎昭《梅峰远眺》:"西南杳杳黛如烟,指点梅峰落照边。可有寒香留鹤守,直疑山色胜龙眠。"

【11】点妆:梅花妆。古时女子妆式,描梅花状于额上为饰。相传始于寿阳公主。《太平御览》卷九七〇引《宋书》:"武帝女寿阳公主人日卧于含章檐下,梅花落公主额上,成五出之华,拂之不去,皇后留之。自后有梅花粧,后人多效之。"

【12】白战:指作"禁体诗"时禁用某些较常用的字。亦称"白战体"。欧阳修为颍州太守,曾与客会饮,作咏雪诗,禁用玉、月、梨、梅、絮、鹤、鹅、银、舞、白诸字。苏轼《聚星堂雪》:"汝南先贤有故事,醉翁诗话谁续说。当时号令君听取,白战不许持寸铁。"即谓此事。

【13】处士孤山:指林逋。处士:有才德而隐居不仕的人。

【14】化身:用陆游事。陆游好梅,集中多咏梅花。陆游《梅花绝句》:"闻道梅花坼晓风,雪堆遍满四山中。何方可化身千亿,一树梅花一放翁。"

余尝于乡校门前手植紫荆一株，伐竹掩护，朝夕灌溉，因有伐竹防伤乌桕树，编篱细护紫荆花之句。曾不几时，乌桕经霜叶落，紫荆亦憔悴可怜，树犹如此，人何以堪。感慨之余，爰各系诗一章，以志微怀。诗成于冬至后一日

乌　桕

不辨霜痕与泪痕，村前乌桕最消魂。
枝横无影空临水，叶落随风欲打门。
吹冷几回销绿意，凝愁一似怨黄昏。
阳生昨日春犹小，柳宠桃娇切莫论。

紫　荆

春风回首实堪哀，曾是痴翁手自栽。
一勺勤浇供雨露，四围密护似楼台。
妍争虢国应输色，艳著盘塘喜脱胎。
林下只今憔悴甚，凭谁更赏可憎才。

注：
【1】痴翁：作者自称。
【2】虢国：虢国夫人，杨玉环二姐。宠于玄宗，姊妹一时称艳。张萱有《虢国夫人游春图》。
【3】盘塘：地名在湖南。有盘塘江、盘塘镇。此用元代诗人揭傒斯事，见陶宗仪《南村辍耕录卷四·奇遇》。言揭傒斯夜遇一女子，临别，其女子留诗："盘塘江上是奴家，郎若闲时来吃茶。黄土筑茅盖屋，庭一树紫荆花。"

岁暮寄怀　四首

谁谓文章值一钱？食无兼味坐无毡。
空桑偶涉逾三宿，孤剑横磨愧十年。
惊梦不关帘外雨，寄愁还有酒中天。
低回镜影须眉丑，输与梅花老愈妍。

孤村寂寞依江干，晚稻收藏岁又阑。
风避便宜窗纸密，愁消端赖酒杯宽。
山林遁迹交将绝，旦暮酬诗债未完。
料得心灰难再热，夜长无梦到槐安。

年来无复慕金台，未必燕昭爱散材。
千里征尘归老圃，一冬吟绪属寒梅。
心机密密将诗织，眉锁重重借酒开。
早晚未妨鸦雀噪，凭他催唤好春回。

便填沟壑亦何伤，莫向黄昏叹夕阳。
品茗渐于杯有味，吟梅终恨句难香。
宵来梦短因年老，冬至农闲觉日长。
戒口未能删绮语，琅琅对客读西厢。

注：

【1】兼味：两种以上的菜肴。杜甫《客至》："盘飧市远无兼味，樽酒家贫只旧醅。"毡：毛毯。

【2】空桑：佛门。杨载《次韵钱唐怀古》："空桑说法黄龙听，贝叶繙经白马驼。"龚自珍《摸鱼儿·乙亥六月留别新安作》："空桑三宿犹生恋，何况三年吟绪！"

【3】孤剑：贾岛《剑客》："十年磨一剑，霜刃未曾试。今日把似君，谁为不平事？"

【4】阑：残，尽，晚。

【5】交：友朋。

【6】槐安：槐安国。参前注。

【7】金台：即黄金台，又称燕台。故址在今河北省易县东南北易水南。相传战国燕昭王筑，置千金于台上，延请天下贤士，故名。李白《古风》之十五："燕昭延郭隗，遂筑黄金台。"散材：无用之木。喻不为世所用之人。施肩吾《玩手植松》诗："今日散材遮不得，看看气色欲凌云。"

【8】归老圃：犹言"归田"。圃：种植菜蔬、花草、瓜果的园子。

【9】填沟壑：死的自谦说法。人死埋于地下，故称"填沟壑"。

【10】叹夕阳：李商隐《乐游原》："夕阳无限好，只是近黄昏。"

【11】绮语：佛教语，指涉及闺门、爱欲等华艳辞藻及一切杂秽语。十善戒中列为四口业之一。《法苑珠林》卷八八引《成实论》："虽是实语，以非时故，即名绮语。或是时以随顺衰恼无利益故，或虽利益，以言无本，义理不次，恼心说故，皆名绮语。"

【12】西厢：《西厢记》。元人王实甫所著杂剧。

春日什咏　二首

天容暗淡雨霏微，有叟提筐趁市归。
凭君莫笑腰如削，披上蓑衣便觉肥。

风斜雨细近清明，草长池塘蛙乱鸣。
水底笙歌空复尔，惊人原不在多声。

注：

【1】趁市：犹言赶集。惠洪《过陵水县补东坡遗》："过厅客聚观灯网，趁市人归旋唤舟。"有叟：作者自指。
【2】腰如削：言其瘦。侯寘《满江红》："念沈郎、多感更伤春，腰如削。"
【3】空复尔：徒然而已。

剃须　二首

借得并刀快似风，一挥浑若散秋蓬。
宵吟恰值诗才滞，欲撚频教手落空。

懒逐刘郎学染髭，抽刀断雪不嫌迟。
不知散向风前去，混合梅花第几枝。

注：

【1】并刀：亦称"并州刀"。即并州剪。陆游《秋思》："诗情也似并刀快，剪得秋光入卷来。"
【2】撚：执，持取。卢延让《苦吟》："吟安一个字，捻断数茎须。"此处言须已剃，故欲捻手落空。
【3】刘郎学染髭：刘郎：唐诗人刘驾。其《白髭》诗云："到处逢人求至药，几回染了又成丝。素丝易染髭难染，墨翟当年合泣髭。"

眼　镜

眊眼还明未有方，人生四十太匆忙。
添些障碍难藏老，看到糊涂始借光。
偶退闲时花隔雾，相钩连处鬓堆霜。
夜阑书案灯无色，赖尔玲珑读几行。

注：
【1】眊眼：昏花的眼睛。陈确《与吴裒仲书》："东瞻澉岭，眊眼欲穿，暑气大盛，不审道体清适何似？"

春宵偶成　二首

袷衣浑欲怯春寒，品茗登楼兴已阑。
忽忽灯前忆亲友，鱼书检出几回看。

虫声断续夜阑时，听雨听风入梦迟。
博得明朝添一事，案头誊出几行诗。

注：
【1】袷衣：夹衣。皮日休《夏首病愈因招鲁望》："晓日清和尚袷衣，夏阴初合掩双扉。"怯：害怕、畏惧。
【2】鱼书：书信。《乐府诗集·相和歌辞十三·饮马长城窟行之一》："客从远方来，遗我双鲤鱼。呼儿烹鲤鱼，中有尺素书。"后因称书信为"鱼书"。

垄上吟　二首

迩来学圃尽忘机，晓垄巡行曙色微。
雨润绿肥新菜甲，泥沾黄满旧蓑衣。
十年久客惭归雁，半亩寒畦息倦骃。
志远如何称小草，出山安石便蒙讥。

摆脱名缰万虑空，登楼几度送飞鸿。
身经尘海犹惊浪，诗作田家渐变风。
倚枕闻鸡声喔喔，披蓑巡垄影蓬蓬。
种瓜未有安排地，更辟畦边地数弓。

注：

【1】迩来：近来。学圃：学种蔬菜。语出《论语·子路》："（樊迟）请学为圃，子曰：'吾不如老圃。'"朱熹集注："种蔬菜曰圃。"忘机：消除机巧之心。常用以指甘于淡泊，与世无争。王勃《江曲孤凫赋》："尔乃忘机绝虑，怀声弄影。"

【2】菜甲：菜初生的叶芽。杜甫《有客》："自锄稀菜甲，小摘为情亲。"

【3】倦骃：犹言"倦马"。骃：与骖同义，也叫骖，指骖旁之马。驾三马曰骖，中一马曰驾，旁两马曰骃。

【4】志远、小草：用谢安故实。志远亦作"远志"，又名"小草"，中药名。刘义庆《世说新语·排调》："谢公始有东山之志，后严命屡臻，势不获已，始就桓公司马。于时人有饷桓公药草，中有远志，公取以问谢，此药又名小草，何一物而有二称。谢未即答。时郝隆在坐，应声答曰：此甚易解：处则为远志，出则为小草。谢甚有愧色。"李时珍《本草纲目·草一·远志》："此草服之能益智强志，故有远志之称。"

【5】风：风格。

【6】安排地：即由集体安排配给的地。

【7】弓：旧时丈量地亩用的器具和计算单位。

别后奉怀寄呈周公

几年酬唱杏林中,文字交情倍洽融。
烛影半窗宵剪雨,茶香七碗午倾风。
才如弩末休称我,名在卢前恰让公。
归去西山应更好,不闻猿鹤怨周颙。

注:

【1】杏林:杏和林。台山著名药店。
【2】名在卢前:用初唐四杰事。《旧唐书·杨炯传》:"炯与王勃、卢照邻、骆宾王以文词齐名,海内称为王杨卢骆,亦号为'四杰'。炯闻之,谓人曰:'吾愧在卢前,耻居王后。'当时议者,亦以为然。"
【3】周颙:字彦伦,汝南安城人。言辞婉丽,工隶书,兼善老、易,长于佛理。后隐居山中,事见《南齐书·周颙传》。孔稚圭《北山移文》曾讥其为假隐士。徐钧《周颙》:"纷纷世代我何知,春韭秋菘味可奇。何事轻招猿鹤怨,至今人讶北山移。"此处借指周燕五。

吊刘德之翁

海外空传有十洲,药能起死费寻搜。
魂招珂里天难问,恨遇珠江水不流。
旧雨匏樽成隔世,荒山草木易惊秋。
六合茶市无今昔,共识悬壶客姓刘。

注:

【1】刘德之:台山人,作者茶友。
【2】珂里:对别人故里的美称。
【3】六合:上下和东西南北四方,即天地四方,泛指天下或宇宙。

夜过纪真楼下有怀周公　二首

半局残如未拾棋，伊人遥在水之湄。
月明来去浑无赖，客过徘徊有所思。
宿燕梁犹栖玳瑁，流尘架欲掩玻璃。
茅冈细雨村醪熟，醉梦何须问醒时。

灯暗楼台冷故居，沧桑回首怅何如。
苍城隔水诗声远，皎月窥帘纸帐虚。
天上星辰通感应，人间气运有乘除。
遥知一枕蕉窗梦，无复朝来惊走车。

注：
【1】纪真楼：台山茶楼名。周公即周燕五。
【2】水之湄：《诗经·蒹葭》："所谓伊人，在水之湄。"湄：河岸，水与草交接的地方。
【3】浑：简直。无赖：无奈。
【4】宿燕：过夜的燕子。沈佺期《古意》："卢家少妇郁金堂，海燕双栖玳瑁梁。"玳瑁梁：画梁的美称。
【5】茅冈：地名。即开平百合镇茅冈村。村多周姓。
【6】苍城：开平市古县名，现为镇。周燕五所居地。

夜 雨

春雨凄迷夜，离骚读未宁。
引屏遮短烛，移榻避疏棂。
市远难买醉，巷深宜卧听。
不应天尚梦，虫语满空庭。

注：
【1】离骚：楚辞作品，屈原所作。

雨夜寄怀

家贫疏把酒，怀抱几时开？
灯影随风乱，虫声催雨来。
春深寒渐薄，更静梦初回。
老去繁华歇，凭谁话劫灰。

注：
【1】疏：稀疏、稀少。
【2】劫灰：本谓劫火的余灰。后因谓战乱或大火毁坏后的残迹或灰烬。此处指苦难生活。

赠卜者云中鹤　四首

相逢争忍话前尘，总被儒冠误此身。
我自买锄君卖卜，大家都是可怜人。

信是天高不易攀，云中鹤竟堕尘间。
龟蓍卜筮生涯陋，谁识当年骆慕颜。

蹭蹬江湖白发催，砚田望岁总堪哀。
天地饮啄原非易，莫向云中唤鹤回。

举目沧桑欲断魂，消愁无酒惜匏尊。
相逢正是春光好，往事凄凉不忍言。

注：
【1】卜者：以龟占卜的人。此处指算命者。云中鹤：常用来比喻仙风道骨，隐逸高士。也被用作人的名号。详诗意，此卜者即骆慕颜，台山文人，1927 年曾在《台城舆论报》刊发长诗《游三仙寺》。
【2】儒冠误此身：杜甫《奉赠韦左丞相丈二十二韵》："纨袴不饿死，儒冠多误身。"
【3】买锄：犹言种地。

春归日寄怀和周公　二首

不信花飞尽，佳人尚莫愁。
闲教春入夏，慵取葛更裘。
丰啬随天付，浮沉与俗流。
青门多局促，休羡种瓜侯。

沧桑随转瞬，海屋迭添筹。
梦远三千里，香残十二楼。
莺花拼一别，风雨触孤愁。
寂寞江城暮，珠帘半卸钩。

注：
【1】葛更裘：谓换季。葛，夏衣。裘，皮衣。辛弃疾《水调歌头》："一葛一裘经岁，一钵一瓶终日，老子旧家风。"
【2】青门：汉长安城东南门。本名霸城门，因其门色青，故俗呼为"青门"或"青城门"。种瓜侯：《史记·萧相国世家》：召平者，故秦东陵侯。秦破为布衣，贫，种瓜于长安城东，瓜美，故世俗谓之"东陵瓜"。李白《古风》之九："青门种瓜人，旧日东陵侯。"陆游《鹧鸪天》："懒向青门学种瓜，只将渔钓送年华。"

往事和周公　三首

往事难重拾，聊凭楮墨陈。
窥臣邻有女，似叔巷无人。
雁吊寒云影，尘栖弱草身。
即今贫复病，虚度一年春。

往事知多少，吟笺短莫陈。
惭非题柱客，终负卷帘人。
梦境空回首，名场悔置身。
裁书答亲友，憔悴不因春。

廿年回首处，鸿爪迹成陈。
诗酒琴棋客，东西南北人。
烟云消昨梦，萍絮认前身。
不知残照里，更送几番春。

注：
【1】窥臣：宋玉《登徒子好色赋》："臣里之美者，莫若臣东家之子。……然此女登墙窥臣三年，至今未许也。"
【2】似叔：《诗经·叔于田》："叔于田，巷无居人。岂无居人？不如叔也。洵美且仁。"
【3】题柱客：指誓志求取功名荣显之士。杜甫《陪李七司马皂江上观造竹桥》诗之一："顾我老非题柱客，知君才是济川功。"
【4】卷帘人：此指室中妻子。因己非题柱客，故而终负卷帘人。李清照《如梦令》："试问卷帘人，却道海棠依旧。"
【5】名场：名利场。元好问《伦镇道中见槐花》诗："名场奔走竞官荣，一纸除书误半生。"

【6】鸿爪：苏轼《和子由渑池怀旧》："人生到处知何似，应似飞鸿踏雪泥，雪上偶然留爪印，鸿飞那复计东西。"后用"鸿爪"比喻往事留下的痕迹。陈：旧。

端午和周公

蝉嘶窗影静，榴火灼骄阳。
酒熟蒲多味，脐肥蟹倍香。
淳风尚荆楚，佳节侑杯觞。
独羡茅冈客，醉余诗兴长。

注：
【1】榴火：石榴花。因其红艳似火，故称。曹伯启《谢朱鹤皋招饮》："满院竹风吹酒面，两株榴火发诗愁。"

送春和周公　二首

转眼风光淡，花飞东复西。
离亭歌未歇，芳草恨无涯。
老去情天缺，人归梦雨迷。
只应肠断尽，十里暮莺啼。

九十春光短，羲和催着鞭。
飘飘花扑袂，袅袅柳飞绵。
薄霭遮前驿，哀禽咽暮天。
临风一杯酒，送别恨年年。

注：
【1】梦雨：迷蒙细雨。李商隐《重过圣女祠》："一春梦雨常飘瓦，尽日灵风不满旗。"王若虚《滹南诗话》卷下："萧闲云：'风头梦，吹无迹。'盖雨之至细，若有若无者，谓之'梦'……贺方回有'风头梦雨吹成雪'之句，又云：'长廊碧瓦，梦雨时飘洒。'"
【2】莺啼：杜牧《江南春》："千里莺啼绿映红，水村山郭酒旗风。"
【3】九十：整个春天。羲和：神话中的御日者。

寒冬之夜风雨大作竟夕不寐吟成 四首

打窗风雨夜沉沉，萧瑟绳床感不禁。
天问莫凭三寸舌，冬来惟剩一条衾。
富邻隔壁难偷暖，寒士能诗但苦吟。
家世百年人事异，门前积雪未应深。

何来广厦万千间，毕竟难宽老杜颜。
今夜频闻风挟雨，明朝应积雪成山。
鸡鸣惊枕知谁舞，蠖屈如弓笑我孱。
最是壁灯摇欲灭，破窗门费几回关。

无端风夜闹终宵，震荡浑教天地摇。
五夜不闻铜漏滴，一壶空忆玉冰烧。
灯残代取供神蜡，被冷偏来借睡猫。
雪里料应憔悴尽，潘郎鬓与沈郎腰。

催晓鸡声又一回，宵残香烬博山灰。
闻风竟似惊弓鸟，傲雪除非倚槛梅。
胅到栗时肠百结，梦无寻处眼双开。
是间远隔邯郸道，敢望仙人送枕来。

注：

【1】绳床：一种可以折叠的轻便坐具。以板为之，并用绳穿织而成。又称"胡床""交床"。王观国《学林·绳床》："绳床者，以绳贯穿为坐物，即俗谓之交椅之属是也。"

【2】天问：《楚辞》篇名，屈原作。诗文中亦作为"问天"的双关语。此处义即问天。

【3】偷暖：《西京杂记》卷二："匡衡字稚圭，勤学而无烛，邻舍有烛而不逮，衡乃穿壁引其光，以书映光而读之。"后因以"偷光"谓家贫而苦读。此处化转其义，以"偷光"为"取暖"。

【4】寒士：唐诗人孟郊。郊一生穷困，死时家徒壁立，得亲友助，始得归葬洛阳。郊为诗以苦吟著称。此处诗人以孟郊自比。

【5】老杜：杜甫。杜甫《茅屋为秋风所破歌》："安得广厦千万间，大庇天下寒士俱欢颜"。

【6】"鸡鸣"句：《晋书·祖逖传》："（祖逖）与司空刘琨俱为司州主簿，情好绸缪，共被同寝。中夜闻荒鸡鸣，蹴琨觉曰：'此非恶声也。'因起舞。"后以"闻鸡起舞"为志士仁人及时奋发之典。

【7】蠖屈如弓：形容像尺蠖一样的屈曲之形。蠖：昆虫名。尺蠖的省称。尺蠖蛾的幼虫生长在树上，颜色像树皮色，行动时身体一屈一伸地前进。孱：弱，卑微。

【8】借睡猫：以猫暖被窝来取暖。

【9】"潘郎"句：《秋兴赋》序："余春秋三十有二，始见二毛。"后因以"潘鬓"谓中年鬓发初白。沈约与徐勉素善，遂以书陈情于勉，言己老病，"百日数旬，革带常应移孔，以手握臂，率计月小半分。以此推算，岂能支久？"后因以"沈腰"作为腰围瘦减的代称。

【10】博山：博山炉的简称。鲍照《拟行路难》之二："洛阳名工铸为金博山，千斫复万镂，上刻秦女携手仙。"

【11】邯郸道：犹言"黄粱梦"。沈既济《枕中记》载：卢生在邯郸客店中遇道士吕翁，用其所授瓷枕，睡梦中历数十年富贵荣华。及醒，店主炊黄粱未熟。后因以"邯郸梦"喻虚幻之事。是间：此间。

悼亡侄　四首

廿六年华真似梦，八年客路恰才归。
巫医兼用功何补，广受相依愿已违。
续命丝难灯草代，伤心泪并纸钱飞。
怪他冬后风如剪，断我生机一线微。

灯前搔首几踟蹰，养老扶持望总虚。
你命虽然冥有限，我心争奈碎无余。
莫明风水玄空理，怕见亲朋慰唁书。
记得死生分手日，再迟一月岁刚除。

兜率魂归念我不，分明寄世若蜉蝣。
一丝实系千钧重，双泪难凭片语收。
骨肉有情从此断，参苓无效果何由。
伤心今后门庭冷，未必前生德不修。

莫说三生果与因，重泉从此渺音尘。
生无福寿轮回误，死有爷娘依傍亲。
只是悲酸难过我，幸教施赠免求人。
寒山草短斜阳淡，添个坟碑数尺新。

注：
【1】亡侄：其兄仰可子。
【2】广受相依：西汉疏广、疏受，为叔侄。宣帝时广为太子太傅，受为少傅。太子每朝，太傅在前，少傅在后，并为师傅，朝廷以为荣。事见《汉书·疏广传》。

【3】续命丝：旧俗于端午节以彩丝系臂，谓可以避灾延寿，故名续命缕。亦称"续命丝"。《太平御览》卷八一四引应劭《风俗通》："五月五日赐五色续命丝，俗说益人命。"

【4】再迟一月岁删除：再过一个月就是除夕。

【5】兜率：即兜率天。亦称"兜术天"。梵语音译。佛教谓天分许多层，第四层叫兜率天。此处谓其亡侄灵魂升天。

【6】蜉蝣：亦作"蜉蝤"。生存期极短。苏轼《赤壁赋》："寄蜉蝣于天地，渺沧海之一粟。"

【7】参苓：中药名。人参与茯苓。

【8】重泉：犹九泉。旧指死者所归。江淹《杂体诗·效潘岳〈悼亡〉》："美人归重泉，凄怆无终毕。"

岁暮寄怀　二首

尘海归来两鬓秋，夜来无复念潮州。
酒沽茅舍香偏冽，诗写田家韵欲流。
淡与菊交成莫逆，稔闻稻讯忽忘忧。
暮年耕读行吾素，万里从何觅一侯。

犬马余生万事乖，酒炉茶臼费安排。
那从破榻求圆梦，幸有新诗慰老怀。
屡健行犹思竹杖，饭甘功不在盐斋。
冬寒渐减登临兴，闲却山隈与水涯。

注：

【1】尘海：尘世。袁宗道《曹元和邀饮灵慧寺同诸公赋》："骤马出尘海，入门闻午钟。"

【2】念潮州：作者曾在汕头高等法院分院做秘书，故云。

【3】淡与菊交：即人淡如菊。司空图《二十四诗品·典雅》："玉壶买春，赏雨茅屋，坐中佳士，左右修竹，白云初晴，幽鸟相逐，眠琴绿荫，上有飞瀑。落花无言，人淡如菊，书之岁华，其曰可读。"莫逆：意气相投，交往密切。语出《庄子·大宗师》："（子祀、子舆、子犁、子来）四人相视而笑，莫逆于心，遂相与为友。"

【4】稔：熟悉，习知。

【5】行吾素：我行我素。

【6】觅一侯：觅封侯。封侯：封拜侯爵。即求功名。陆游《诉衷情》："当年万里觅封侯，匹马戍梁州"。

【7】盐斋：亦作"盐虀"。切碎后腌渍的菜。常喻指生活清苦。贺铸《除夜叹》："日俸才百钱，盐斋犹不供。夜榻覆龙具，晨炊薰马通。出门欲贷乞，羞汗难为容。"

忆周公　二首

古巷阴阴独倚窗，高吟低唱少新腔。
未闻好月常三五，敢望良朋聚一双。
秀韵叠成公手敏，德音频惠我心降。
夜灯午茗缘堪续，文旆何时再渡江。

梦到苍城幻若真，溯洄秋水感伊人。
闭门种菜功名淡，剪烛论文气味亲。
昨夜星辰教忆友，他生元白愿为邻。
春光不向贫家好，灯下诗成一怆神。

注：

【1】德音：善言。《诗·邶风·谷风》："德音莫违，及尔同死。"郑玄笺："夫妇之言无相违者，则可与女长相与处至死。"后亦用以对别人言辞

的敬称。降：欢悦，快乐。《诗·召南·草虫》："亦既觏止，我心则降。"

【2】文旆犹尊驾、大驾。《颜氏家藏尺牍·吴侍讲元龙》："两日正拟出门，以文旆山游未返，用是欲行且止。"

【3】苍城：原名"仓步村"，明末清初定为开平县城，改名"苍城"。作为开平县治直至1950年。位于今开平市北部。

【4】溯洄：语出《诗经·蒹葭》："所谓伊人，在水一方。溯洄从之，道阻且长。溯游从之，宛在水中央。"

【5】闭门种菜：《三国志·蜀书·先主传》："先主据下邳"裴松之注引晋胡冲《吴历》："备时闭门，将人种芜菁，曹公使人窥门。既去，备谓张飞、关羽曰：'吾岂种菜者乎？曹公必有疑意，不可复留。'"

【6】剪烛论文：语出李商隐《夜雨寄北》："何当共剪西窗烛，却话巴山夜雨时"杜甫《春日怀李白》："何时一樽酒，重与细论文"，借以表达与朋友的深情。

【7】昨夜星辰：语出李商隐《无题》："昨夜星辰昨夜风，画楼西畔桂堂东。身无彩凤双飞翼，心有灵犀一点通。"

【8】他生元白：他生：来生。元白：唐诗人元稹与白居易交厚，诗酒唱和。白居易《祭元微之文》云："死生契阔者三十载，歌诗唱和者九百章。"作者借以言与周燕五的交情。

读周公脚肿诗书后

药香诗味室氤氲，天步艰难人亦云。
蝴蝶方浓归后梦，鹧鸪愁向病中闻。
丹砂服去精神健，珠玉吟成齿颊芬。
老圃冬来多寂寞，盥薇正待捧郇云。

注：

【1】氤氲：也作"烟煴""絪缊"。形容烟或气很盛。张九龄《湖口望庐山

瀑布泉》:"灵山多秀色,空水共氤氲。"

【2】"蝴蝶"句:用庄周梦蝶故实。典出《庄子·齐物论》。

【3】鹧鸪:古人谐其鸣声为"行不得也哥哥",诗文中常用以表示思念故乡。李群玉《广江驿饯筵留别》:"酒飞鹦鹉重,歌送鹧鸪愁。惆怅三年客,难期此处游。"

【4】丹砂:指丹砂炼成的丹药。《宋史·薛居正传》:"(居正)因服丹砂遇毒……吐气如烟焰,舆归私第卒。"此处借指"服药"。

【5】珠玉:比喻妙语或美好的诗文。杜甫《和贾至早朝》:"朝罢香烟携满袖,诗成珠玉在挥毫。"此处借以赞美周诗。齿颊芬:齿颊生香。

【6】盥薇:用蔷薇露洗手。冯贽《云仙杂记·大雅之文》:"柳宗元得韩愈所寄诗,先以蔷薇露灌手,薰玉蕤香后发读,曰:'大雅之文,正当如是。'"郇云:《新唐书·韦陟传》:"常以五采笺为书记,使侍妾主之,其裁答受意而已,皆有楷法,陟惟署名,自谓所书'陟'字若五朵云,时人慕之,号'郇公五云体'。"仇远《赵子昂陈仲美合作水凫小景》:"一纸郇云傲劫灰,慈亲一见一心摧。如今王谢堂前燕,飞入人家更不回。"本指书信,此处代指周之《肿脚诗》。

周公久无讯息赋此寄之　二首

山城索寞小楼居,佳日登临付阙如。
多病偏能诗笔健,绝交无怪孔兄疏。
风前搔首应伤短,夜半扪心可遂初。
我愧治田春复夏,垅间非种不曾锄。

卸却征衫万斛尘,山林息影葆吾真。
未容陈酒常谋妇,便得新诗懒示人。
物换星移伤往事,絮飞花落悟前因。
苍城咫尺相思苦,漫说天涯若比邻。

注：

【1】索寞：消沉无生气。阙如：空缺；缺然；欠缺。《论语·子路》："君子于其所不知，盖阙如也。"

【2】孔兄疏：少钱。孔兄。亦称"孔方""孔方兄"，即钱。中国旧时铜钱外圆内孔方形，故称。语出鲁褒《钱神论》："钱之为体，有干有坤，内则其方，外则其圆。"黄庭坚《戏呈孔毅父》："管城子无食肉相，孔方兄有绝交书。"

【3】搔首：语本杜甫《春望》："白头搔更短，浑欲不胜簪。"

【4】扪心：抚摸胸口。表示反省。颜之推《神仙》诗："镜中不相识，扪心徒自怜。"遂初：遂其初愿。遂：顺；实现。此处指其归田。《晋书·孙绰传》："（孙绰）少与高阳许询俱有高尚之志。居于会稽，游放山水，十有余年，乃作《遂初赋》以致其意。"

【5】非种：指植物的异株、劣种。《史记·齐悼惠王世家》："深耕概种，立苗欲疏；非其种者，锄而去之。"锄：古同"锄"。

【6】征衫：旅人之衣。楼钥《水涨乘小舟》："一番冻雨洗郊丘，冷逼征衫四月秋。"

【7】息影：退隐闲居。白居易《重题香炉峰下草堂东壁》："喜入山林初息影，厌趋朝市久劳生。"葆真：保持纯真的本性。葆：通"保"，保持。真：本性。

【8】陈酒常谋妇：用刘伶好酒故实。《世说新语·任诞第二十三》："刘伶病酒，渴甚，从妇求酒。妇捐酒毁器，涕泣谏曰：'君饮太过，非摄生之道，必宜断之。'"谋：设法寻求。

【9】漫说：别说，不要说。天涯若比邻：王勃《送杜少府之任蜀川》："海内存知己，天涯若比邻。"

暮冬随笔　二十首

沽酒消寒强自宽，缥箱检点褐无完。
曝闻野叟言多妄，诗出迂儒味带酸。
耕砚半生余四壁，勾珠一错累全盘。
行藏得失寻常事，怪有旁人冷眼看。

几声爆竹动江城，新旧年间懒送迎。
赠粟谁周公瑾乏，采薇终让伯夷清。
不因风雪怀先冷，可是烟霞疾已成。
垂钓往来鸥鹭熟，家贫赢得一身轻。

半世家贫累老妻，父书徒读愧修齐。
忘机友欲盟鸥鹭，争食吾宁与鹜鸡。
兵马纵横闲看奕，江天俯仰独扶藜。
眼前一幅萧条画，十里寒芜夕照低。

短发稀疏雪染须，等闲换了好头颅。
那容诗酒称狂客，已买竿丝学钓徒。
百结难分衣厚薄，一箪宁计饭精粗。
凭君休问飞鸿迹，点点泥尘是畏途。

风雪穷庐夜夜灯，蝇头细拾旧诗誊。
乍来复去窥窗月，似是还非退院僧。
谀墓求金劳亦绌，灌园抱瓮老犹能。
京华曩昔交游盛，车马何人念笠簦。

背山面水野人居，黄叶飘残竹木疏。
策杖寻梅村以外，脱衣换酒岁之余。
食贫有粥宁希肉，忆友无诗不寄书。
留得寒畦三五亩，岂宜赪尾叹鲂鱼。

贫病交侵记麦秋，不惟脚肿面犹浮。
死生已悟彭殇妄，饥饱宁关丰歉收。
局外观棋还守默，椟中藏玉肯求售。
扁竿挑菜入城市，且为茶香尽一瓯。

朔风吹送腊将残，四壁为家特地寒。
被有温时容梦熟，饭无饱日觉肠宽。
恐招人妒诗低诵，幸免官催租早完。
细雨黄昏篗影绿，更谁峨博羡衣冠。

簸弄难回造物心，半生人海叹浮沉。
交亲散后吟情淡，醉梦醒时暮气深。
巷僻有苔侵老屋，风高无叶补疏林。
便宜两耳聪犹在，听尽黄昏牧笛音。

蓑笠浓拖晓陇烟，老宁学圃不逃禅。
志无枥骥常千里，身似辕驹又一年。
年矢催来垂暮日，唾壶击碎奈何天。
盘斋媚灶羞随俗，爆竹声中独黯然。

暮雨萧萧江上村，索居滋味向谁论。
诗成竟似风萧瑟，酒后常忘日晓昏。
动把园疏欺食指，每听邻笛怆吟魂。
梦中忽作陶彭泽，亲旧来招共一樽。

逃名未得况求闻，彳亍寒畦日易曛。
久客余生还老圃，故人厚禄隔重云。
风霜饱历襟怀冷，芋栗初尝齿颊芬。
自笑年来狂渐减，不曾沽酒索妻裙。

一枕黄粱梦境虚，藜羹肉食味何如。
有情山水容吾老，无赖光阴促岁除。
夕照苍茫常久立，冬耕响应敢闲居。
桃符爆竹皆微物，却累荆妻罄积储。

半世光阴髣髴间，崎岖难越是关山。
可堪客路重回首，且为村醪一破颜。
自劳浑忘心力瘁，吾衰不仅鬓毛斑。
暮年所急惟温饱，腊尾春头付等闲。

暮年身世百无聊，俯仰微吟寄慨遥。
瓦釜雷鸣慵复羡，酒帘风软喜相招。
一蓑细雨朝巡垅，半里斜阳晚过桥。
抱瓮去来瓜又熟，江湖回首梦痕消。

青山老屋息征骓，犬睡门前过客稀。
风急长林天籁峭，日斜隔水市声微。
买蓑莫笑非儒服，压线终惭作嫁衣。
渐觉眼前生意好，霜畦晚菜绿初肥。

蕉鹿糊涂梦太痴，清溪抱瓮醒来时。
闲寻曲水流觞味，怕续南山种豆诗。
窗近柳阴春睡早，日斜笠影晚归迟。
年光冉冉冬将暮，未许新愁入酒卮。

浮云富贵梦繁华,田野生涯亦足夸。
半世穷能全我节,百篇慧不拾人牙。
独嫌酒价昂于米,转使风怀薄似纱。
喜与邻翁交渐密,夕阳篱角话桑麻。

才了农忙冬又终,蒸藜煨芋味无穷。
十年足遍江湖客,一变身为田舍翁。
饯腊讵嫌村酒淡,赠诗还爱野花红。
山妻老去寒衣少,有桶犹堪避洌风。

天风吹雪堕空阶,拟咏梅花韵未谐。
门外催租声太急,书中求粟愿多乖。
心灰不逐炉香热,头白拼教甕酒埋。
长铗羞弹鱼味旷,一年何日食非斋。

注：

【1】缥箱：书箱。缥：帛青白色也。常用于装帧书籍。
【2】曝闻野叟：即《野叟曝言》，是我国清代乾隆年间产生的一部长篇小说。原本不题撰人。鲁迅《中国小说史略》引《江阴艺文志》凡例，认为是夏敬渠所作。曝：晒。
【3】耕砚：耕种砚田。砚：砚台。文人恃文墨为生，故谓砚为"砚田"。蒋超伯《南漘楛语·砚》："近得一砚，上有（伊秉绶）先生铭云：'惟砚作田，咸歌乐岁。墨稼有秋，笔耕无税'。"
【4】勾珠：拨动算盘。错拨一珠则全盘皆错。勾，拨动。
【5】行藏：指出处或行止。《论语·述而》："用之则行，舍之则藏。"
【6】赠粟：《三国志·吴志·鲁肃传》："周瑜为居巢长，将数百人故过候肃，并求资粮。肃家有两囷米，各三千斛，肃乃指一囷与周瑜，瑜益知其奇也，遂相亲结。"后因以"赠粟"为慷慨解囊之典。周：给。
【7】采薇：用伯夷叔齐事。司马迁《史记·伯夷列传》："武王已平殷乱，天下宗周，而伯夷、叔齐耻之，义不食周粟，隐于首阳山，采薇而食

之。"清:高洁之名。

【8】烟霞疾:谓酷爱山水成癖。

【9】父书徒读:白读父亲的兵书。比喻人只知死读书,不懂得加以变通。《史记·廉颇蔺相如列传》:"(赵)括徒能读其父书,不知合变也。"修齐:谓修身齐家。儒家政治哲学。

【10】鸥鹭:用鸥鹭忘机典故:《列子·黄帝篇》:"海上之人有子欧鸟者,每旦之海上,从鸥鸟游,鸥鸟之至者百住而不止。其父曰:'吾闻鸥鸟皆从汝游,汝取来,吾玩之'。明日之海上,鸥鸟舞而不下也。"

【11】鹜鸡:鸭和鸡。鹜鸡争食:旧指小人互争名利。屈原《卜居》:"宁与黄鹄比翼乎?将与鸡鹜争食乎?"

【12】扶藜:手持藜杖。藜:一年生草本植物,茎直立,嫩叶可吃。老茎可做拐杖。南志《绝句》:"古木阴中系短篷,杖藜扶我过桥东。沾衣欲湿杏花雨,吹面不寒杨柳风。"

【13】百结:形容衣多补缀。《南史·到溉传》:"余衣本百结,闽中徒八蚕。"

【14】蝇头:指像苍蝇头那样小的字。吴融《倒次元韵》:"鱼子封笺短,蝇头学字真。"

【15】谀墓求金:李商隐《刘叉》:"后以争语不能下诸公,因偷愈(韩愈)金数斤去,曰:'此谀墓中人得耳,不若与刘君为寿。'"韩愈为人作墓志,多溢美之辞。后谓为人作墓志而称誉不实为"谀墓"。

【16】灌园抱瓮:比喻安于拙陋的淳朴生活。《庄子·天地》:"子贡南游于楚,反于晋,过汉阴,见一丈人方将为圃畦,凿隧而入井,抱瓮而出灌,搰搰然用力甚多而见功寡。"

【17】笠簦:旧时防雨之具。《急就篇》:"大而有把、手执以行谓之簦,小而无把、首戴以行谓之笠。"《越谣歌》:"君乘车,我戴笠,他日相逢下车辑,君提簦,我跨马,他日相逢为君下。"

【18】脱衣换酒:李白《将进酒》:"五花马、千金裘,呼儿将出换美酒。"

【19】食贫:谓过贫苦的生活。《诗·卫风·氓》:"自我徂尔,三岁食贫。"马瑞辰通释:"食贫犹居贫。"

【20】鲂鱼赪尾:《诗·周南·汝坟》:"鲂鱼赪尾,王室如毁。"毛传:"赪,赤也,鱼劳则尾赤。"后以"赪尾"指忧劳,劳苦。鲂鱼:即鳊鱼,学名鳊。

【21】彭殇：犹言寿夭。彭，彭祖，指高寿；殇，未成年而死。《庄子·齐物论》"莫寿于殇子，而彭祖为夭"。晋王羲之《兰亭集序》："固知一死生为虚诞，齐彭殇为妄作。"妄：虚妄。

【22】守默：保持沉默。意为对时局不发表意见。如人之观棋，不语方为君子。《老子》："知其白，守其黑，为天下式。"河上公注："白以喻昭昭，黑以喻默默，人虽自知昭昭明白，当复守之以默默如暗昧无所见。"

【23】椟中藏玉：谓藏于匣中之美玉。比喻怀藏之才。韩偓《金銮密记》："臣才不迈群，器不拔俗，待价既殊于椟玉，穷经有愧于籯金。"《红楼梦》中贾雨村亦云："玉在椟中求善价，钗于奁内待时飞。"

【24】朔风：北风、寒风。腊：古代在农历十二月合祭众神叫作腊，因此农历十二月叫腊月。

【25】四壁：《史记·司马相如列传》："文君夜亡奔相如，相如乃与驰归成都，家居徒四壁立。"后以"四壁"形容家境贫寒，一无所有。

【26】租早完：此指交完公粮。

【27】峨博：峨冠博带。峨：高；博：阔。高帽子和阔衣带。古代士大夫的装束。关汉卿《谢天香》第一折："必定是峨冠博带一个名士大夫。"衣冠：代称缙绅、士大夫。诗谓做农人强过为官。

【28】簸弄：耍弄。此处义同"折腾"。造物：旧时以为万物是天造的，故称天为"造物"。

【29】便宜：因利乘便。聪：听觉。

【30】逃禅：逃遁入禅。指为遁世而参禅。牟融《题寺壁》："闻道此中堪遁迹，肯容一榻学逃禅。"

【31】枥骥：俯首马槽上的骏马。喻有抱负未能施展者。语出曹操《步出夏门行》："老骥伏枥，志在千里。"

【32】辕驹：即"辕下驹"。指车辕下不惯驾车之幼马。亦比喻少见世面器局不大之人。杜甫《大历三年春白帝城放船四十韵》："出尘皆野鹤，历块匪辕驹。"

【33】年矢：谓时光易逝，其速如流矢。周兴嗣《千字文》："年矢每催，曦晖朗曜。"

【34】《晋书·王敦传》："每酒后辄咏魏武帝乐府歌曰：'老骥伏枥，志在千里。烈士暮年，壮心不已。'以如意打唾壶为节，壶边尽缺。"原形容

对文学作品的极度赞赏，后亦用以形容抒发壮怀或不平之情。

【35】盘斋媚灶：盘斋：侍弄所居之室。严嘉宾《盘斋》："盘斋诚有余，辗转意味长。"媚灶：比喻阿附权贵。《论语·八佾》："王孙贾问曰：'与其媚于奥，宁媚于灶，何谓也？'子曰：'不然。获罪于天，无所祷也。'"朱熹集注："媚，亲顺也。室西南隅为奥。灶者，五祀之一，夏所祭也。"，"奥"虽尊贵，然仅是祭祀之所，非祭祀对象。"灶"虽只"五祀"之一，虽非特别尊贵，却是祭祀对象；故俗以为"媚奥"不如"媚灶"。崔寔《政论》："长吏或实清廉，心平行洁，内省不疚，不肯媚灶。"

【36】索居：孤身独居。《礼记·檀弓上》："吾离群而索居，亦已久矣。"

【37】食指：语出《左传·宣公四年》："楚人献鼋于郑灵公。公子宋与子家将见。子公之食指动，以示子家，曰：'他日我如此，必尝异味。'"即"食指动"预兆将有口福。欺食指，则谓无东西可食。

【38】邻笛：向秀《思旧赋》序："余与嵇康、吕安居止接近；……其后各以事见法……余逝将西迈，经其旧庐，于时日薄虞渊，寒冰凄然，邻人有吹笛者，发声寥亮，追思曩昔游宴之好，感音而叹，故作赋云。"后世即"邻笛"作为伤逝怀旧的典实。

【39】陶彭泽：陶潜。曾为彭泽县令，后挂冠而去。

【40】逃名：逃避声名而不居。《后汉书·逸民传·法真》："法真名可得而闻，身难得而见；逃名而名我随，避名而名我追。"

【41】彳亍：慢步行走；徘徊。曛：傍晚；黄昏。

【42】故人厚禄：老朋友俸禄优厚，然不得其周济，故谓"隔重云"。

【43】一枕黄梁：语出唐代沈既济的《枕中记》。常用来比喻虚幻不能实现的梦想。

【44】藜羹：用藜菜作的羹。泛指粗劣的食物。《庄子·让王》："孔子穷于陈蔡之间，七日不火食，藜羹不糁。"肉食味何如：《论语·述而》："子在齐闻《韶》，三月不知肉味。"诗反用其义，谓只有野菜可餐而无肉食可尝。

【45】冬耕：冬季耕作。《韩非子·喻老》："故冬耕之稼，后稷不能美也。"合作化与人民公社时代，农民都要集体春耕、冬耕，故诗云不敢闲居。

【46】桃符爆竹：除夕所用之物。桃符：古时挂在大门上的两块画着门神或

写着门神名字，用于避邪的桃木板。后在其上贴春联，故借指春联。累：牵累、累及。罄：空、尽。意为春节所需春联、爆竹等这些细小、菲薄的东西，还要花光妻子平素的积累，言其贫困。

【47】可堪：哪堪、岂堪。客路：旅途。此指作者他乡工作的经历。

【48】村醪：村酒。醪，本指酒酿，引申为浊酒。破颜：露出笑容；笑。宋之问《发端州初入西江》："破颜看鹊喜，拭泪听猿啼。"

【49】吾衰：《论语·述而》"子曰：'甚矣吾衰也！'"鬓毛斑：头发花白。李白《奔亡道中》："申包惟恸哭。七日鬓毛斑。"诗谓吾之衰老，不仅头发花白，更是心力交瘁。

【50】瓦釜雷鸣：喻庸才显赫。《文选·屈原〈卜居〉》："黄钟毁弃，瓦釜雷鸣。谗人高张，贤士无名。"李周翰注："瓦釜，喻庸下之人；雷鸣者，惊众也。"慵：懒得。

【51】酒帘：酒店所用的幌子。以布缀竿，悬于门首，作招徕酒客之用。王以宁《水调歌头》："人在子亭高处，下望长沙城郭，猎猎酒帘风。"风软：风柔。此句谓唯有借酒浇愁。

【52】一蓑细雨：语本苏轼《定风波》："一蓑烟雨任平生。"

【53】抱瓮：即"抱瓮灌畦"，出自《庄子·天地篇》。

【54】征骓：远行的马。柳宗元《朗州窦常员外寄刘二十八诗见促行骑走笔酬赠》："赐环留逸响，五马助征骓。"息：停歇。

【55】市声：街市或市场的喧闹声。

【56】生意：生机。霜畦：秋日的圃畦。岑参《宿东溪王屋李隐者》："霜畦吐寒菜，沙雁噪河曲。"

【57】蕉鹿：《列子·周穆王》："郑人有薪于野者，遇骇鹿，御而击之，毙之。恐人见之也，遽而藏诸隍中，覆之以蕉，不胜其喜。俄而遗其所藏之处，遂以为梦焉。"蕉，通"樵"。后以"蕉鹿"指梦幻。

【58】曲水流觞：古代游戏。夏历三月祓禊仪式后，坐河渠两旁，于上流放置酒杯，杯顺流而下，停谁面前则谁取杯饮酒。自东晋王羲之等兰亭集会后，此游戏则不绝于诗文。

【59】南山种豆：用杨恽故实。杨恽曾因言贾祸，后被腰斩。恽待罪期间，作诗讽时。诗曰："田彼南山，芜秽不治。种一顷豆，落而为萁。人生行乐耳，须富贵何时！"《汉书·杨恽传》注引张晏云："山高而在阳，人君之象也。芜秽不治，言朝廷之荒乱也。一顷百亩，比喻百官

也。言豆者，贞实之物，零落在野，喻己见放逐也。其曲而不直，言朝臣皆谄谀也。"

【60】年光冉冉：时光渐渐流逝。酒卮：盛酒的器皿。

【61】全节：葆全气节。慧不拾人牙：即不拾人牙慧。谓穷能全节，诗皆独创。

【62】风怀薄似纱：陆游《临安春雨初霁》："世味年来薄似纱，谁令骑马客京华？"

【63】话桑麻：孟浩然《过故人庄》："开轩面场圃，把酒话桑麻。"话：谈论。

【64】饯腊：送别残冬腊月。苏轼《紫宸殿正旦教坊词·勾合曲》："东风应律，南籥在庭。饯腊迎春，方庆三朝之会；登歌下管，愿闻九奏之和。"讵：岂、怎。

【65】有桶：参见前释"桶可藏身"句，有详细释义。

【66】甕酒埋：用刘伶好酒故实，言可因酒而死。《晋书·刘伶传》："（伶）常乘鹿车，携一壶酒，使人荷锸而随之，谓曰：'死便埋我。'其遗形骸如此。"

【67】长铗羞弹：用冯谖故实。《战国策·齐策四》："齐人有冯谖者，贫乏不能自存，使人属孟尝君，愿寄食门下。……居有顷，倚柱弹其剑，歌曰：'长铗归来乎！食无鱼。'"弹铗：弹击剑把。

【68】食非斋：吃的无非素食。斋：素食。此言自然灾害年代，无肉可食。

李亦梧先生，雅人也，亦挚友也。推诚待士，蔼如春风，于病者临诊，悉心切脉，瘝痌在抱，见诸颜色。洵为叔世中之古人，亦晚近不可多得之医生。没后历数年，偶怀及之

知音难得更知心，流水从今不入琴。
却为和风思柳下，记曾镇日坐梧阴。
狂吟愧我邀殊誉，惠济唯公抱热忱。
数载依然口碑在，可征医德感人深。

注：
【1】李亦梧：作者友人，业医。瘝痌：亦作"恫瘝"，"痌"同"恫"。《书·康诰》："恫瘝乃身。"蔡沉集传："恫，痛；瘝，病也。视民之不安，如疾痛在乃身。"后常用以表示对民间疾苦的关怀。在抱：在怀。洵：信实，确实。叔世：犹末世、乱世。《左传·昭公六年》："三辟之兴，皆叔世也。"孔颖达疏引服虔云："政衰为叔世。"没：同"殁"，死。
【2】流水：高山流水。用俞伯牙钟子期故实。谓知音已逝，毁琴不弹。
【3】柳下：柳下惠。刘向《列女传·柳下惠妻》："柳下既死，门人将诔之。妻曰：'将诔夫子之德耶，则二三子不如妾知之也。'"和风：温和的风。即诗题"推诚待士，蔼如春风"意。
【4】征：证明，征验。

戏题桥头之神　二首

屹立桥头谓有神，能司祸福幻耶真。
淫祠尽毁偏留你，镇日无言冷看人。
香火云屯缘早结，苔痕雨洗貌常新。
年来谙尽鸡豚味，应念苍生多食贫。

媚鬼民风迄未移，难将钟鼓醒迷痴。
便教片石留千载，能替长桥护几时。
杯酒还宜浇赵土，香烟何必冷冯夷。
记从月下朦胧看，疑是羊公堕泪碑。

注：

【1】司：主管，操作。
【2】淫祠：不合礼义而设置的祠庙，邪祠。《宋书·武帝纪下》："淫祠惑民费财，前典所绝，可并下在所除诸房庙。"
【3】镇日：整日。
【4】香火缘：佛教语。香与灯火为供奉佛前之物，因以"香火缘"谓同在佛门，彼此契合。此处意为村民争向桥头之神敬奉香火，以结善缘。
云屯：如云屯集，言其多。
【5】谙尽：熟记，尽知。意为村民无鸡可食，只记得其味。桥神若有灵，则应悯惜百姓贫困。
【6】媚鬼：取悦鬼神。迄未移：至今未变。意谓民风愚昧，即以钟鼓之声亦难警醒。钟鼓：佛教法器。
【7】片石：桥头之神的造像。
【8】赵土：用赵平原君故实。平原君好养士，死后虽未葬赵州，但他乃赵国公子，又是赵相，故称其墓为"赵州土"。斯人不得与见，故杯酒祭奠，以示仰慕之情。李贺《浩歌》："买丝绣作平原君，有酒惟浇赵州

土"。
- 【9】冯夷：传说中的黄河之神，即河伯。后以泛指水神。此处指代桥头之神。香烟：烧香时的烟雾。
- 【10】羊公堕泪碑：晋羊祜都督荆州诸军事，驻襄阳。死后其部属于岘山祜生前游息之地建碑立庙，每年祭祀。见碑者莫不流泪。杜预因称此碑为堕泪碑。

晚望村南遥山感吟一律

雨余云散见遥峰，抹翠如妆晚尚浓。
此日供人舒望眼，当年劳我插行踪。
寒溪有影留残月，怪石无言对古松。
寄语山中麋鹿友，樵夫别久渐龙钟。

注：
- 【1】插行踪：谓劳作奔波于此山中。
- 【2】麋鹿友：与麋鹿为友。苏轼《赤壁赋》："况吾与子渔樵于江渚之上，侣鱼虾而友麋鹿。"樵夫：作者自谓。龙钟：衰老貌；年迈。

戏赠柴镰

割鸡割肉两无关，渐被尘埃掩旧颜。
今日偶然翻眼底，当年曾不去腰间。
锋芒易挫终成钝，草莽难除且退闲。
延濑歌残人亦老，岂宜携手再登山。

注：
- 【1】柴镰：砍柴刀。
- 【2】割鸡割肉：谓柴刀既不用于杀鸡，亦不用于割肉，且无柴可砍，故而闲置。详诗意，亦为言无鸡无肉可割。

【3】去：离。

【4】延濑歌残：用孙登故实。孔稚圭《北山移文》："闻凤吹于洛浦，值薪歌于延濑，固亦有焉。"《文选》吕向注："苏门先生游于延濑，见一人采薪，谓之曰：'子以终此乎？'采薪人曰：'吾闻圣人无怀，以道德为心，何怪乎而为哀也。'遂为歌二章而去。"苏门先生：晋孙登，字公和，号苏门先生。延濑：水边。水流沙石上为濑。

黄昏入市，见李沛君裸其上身，手托木盆，将往河边洗濯，戏以诗赠五首

尘网撄人垢腻多，托盆应忆鼓盆歌。_{李君丧偶}
濯缨濯足分清浊，可奈西门只一河。

素衣不用叹流尘，世浊那能独洁身。
惆怅西门一河水，近来洗耳更无人。

衣冠容易盗虚名，怪独先生爱裸裎。
浣濯归来天已暮，可曾呜咽听江声。

江天垂暮雨初收，十里清流变浊流。
论到苍黄丝易染，知君难免色然忧。

若论沐浴不相宜，晞发阳阿俟异时。
挤拥江干人洗濯，恐将尘垢污冯夷。

117

注:

【1】李沛:字道旋。台山市人,作者诗友。以走乡卖货为生。好诗,有诗作留世。与作者及岭背村邝熙甫等,志趣相投,唱和无间,且成知己。后为作者保存诗集。

【2】尘网:旧谓人在世间受种种束缚,如鱼在网,故称尘网。东方朔《与友人书》:"不可使尘网名缰拘锁,怡然长笑,脱去十洲三岛。"缨:缠绕。垢腻:污垢。

【3】鼓盆:用庄子丧妻故实。《庄子·至乐》:"庄子妻死,惠子吊之,庄子则方箕踞鼓盆而歌。"成玄英疏:"盆,瓦缶也。庄子知生死之不二,达哀乐之为一,是以妻亡不哭,鼓盆而歌。"后用以指丧妻。

【4】濯缨濯足:水清就洗帽带,水浊就洗脚。后比喻人的好坏都是由自己决定。《孟子·离娄上》:"有孺子歌曰:'沧浪之水清兮,可以濯我缨,沧浪之水浊兮,可以濯我足。'孔子曰:'小子听之,清斯濯缨,浊斯濯足,自取之也。'"

【5】可奈:怎奈;可恨。

【6】素衣:泛指白色衣服。陆游《临安春雨初霁》:"素衣莫起风尘叹,犹及清明可到家。"

【7】世浊:屈原《渔父》:"举世皆浊我独清,众人皆醉我独醒。"

【8】洗耳:帝尧欲召许由为官,由不愿为之,认为帝尧之命污染其耳,故于水边洗之。皇甫谧《高士传·许由》:"尧又召为九州长,由不欲闻之,洗耳于颖水滨。"

【9】衣冠:衣和冠。古代士以上方可戴冠,因用以指士以上的服装。亦指士大夫。

【10】苍黄丝易染:墨子看人染丝,感叹染料颜色变化,丝的颜色也随之改变。《墨子·所染》:"子墨子言,见染丝者而叹曰:'染于苍则苍,染于黄则黄。所入者变,其色亦变。五入必,而已则为五色矣。故染不可不慎也。'非独染丝然也,国亦有染。"

人工湖竹枝词　十四首

人工构造费工夫，花木亭台似画图。
半载动员劳动力，果然弄出一西湖。

小立湖堤纳晚凉，好风时送柳花香。
过桥人似过江鲫，更有何人逛广场。

扁舟一叶木兰桡，儿女双双学弄潮。
让妹在头郎在尾，白桥穿过又红桥。

一行疏柳晚风清，不少诗情与画情。
有客问予予问客，拱桥何以号超英。

花明柳暗路盘陀，蜡屐弓鞋印像多。
郎自看猴侬看兔，免教男女鬓相磨。

绿衣黄发小娃娃，牵住娘衣要摘花。
娘笑回头哄娇女，板牌告示谓严拿。

本地风光胜莫愁，宜春宜夏亦宜秋。
台山八景无颜色，让尔后来居上游。

晚清湖影接天光，异草奇花夹道旁。
少妇回头频唤女，要行路侧避狂伧。

掌声笑语入云端，划艇刚刚比赛完。
乡妇入城增眼福，嘱郎明日再来看。

晚游湖上涤尘胸，四角凉亭四面风。
行出小桥回头望，两三灯火是南隆。

湖心凸起草青青，金碧辉煌几座亭。
电火亮时上燕喜，香烟缕缕讲茶经。

晚风吹散一湖烟，短艇无蓬系柳边。
来岁风光应更好，新荷出水叶田田。

柳影参差水蔚蓝，饱看风景不嫌贪。
羡她少妇凭栏好，家住环城路近南。

一花一木出心裁，水榭山亭生面开。
只恐哥哥行不得，环城桥侧是蓬莱。

注：

【1】人工湖：即台城人工湖。湖于上世纪50年代末开挖，分北湖、东湖和南湖，占地面积近400亩。竹枝词：乐府《近代曲》之一。本为巴渝（今重庆东部）一带民歌，唐诗人刘禹锡据以改作新词，歌咏三峡风光和男女恋情，盛行于世。后人所作也多咏当地风土或儿女柔情。其形式为七言绝句，语言通俗，音调轻快。

【2】广场：即台城广场，人工湖旁。

【3】木兰桡：即木兰舟。用木兰树造的船。木兰：香木名。又名杜兰、林兰。皮似桂而香，状如楠树。后常用为船的美称，并非实指木兰木所制。桡：船桨。弄潮：此指在湖中划船戏水。

【4】超英：赶超英国。以作桥名，可见当年浮夸之风气。

【5】蜡屐：以蜡涂木屐。语出刘义庆《世说新语·雅量》："或有诣阮（阮孚），见自吹火蜡屐，因叹曰：'未知一生当著几量屐！'神色闲畅。"后因以"蜡屐"指悠闲、无所作为的生活。弓鞋：亦作"弓鞵"。旧时缠脚妇女所穿的鞋子。此处以鞋代指男女游客。

【6】免教句：谓男女各看各的，以避免太过亲密而遭人讥讽，可见当时世风。

【7】严拿：严禁拿走。

【8】莫愁：莫愁湖。在江苏省南京市水西门外。周约三公里。相传六朝时有女子莫愁居此，故名。清时号称"金陵第一名胜"。

【9】台山八景：亦称"新宁八景"，即石人耸翠、苏渡怀贤、文径吊古、石坂晴岚、铜鼓涛声、撒水鸣琴、紫霞晚雾、斗洞古松。无颜色：失色。尔：即台城人工湖。

重游人工湖即成　四首

人造湖成春复秋，风光召我几回游。
湖心尚少烹茶地，却在亭边系一舟。

晚踱湖心避俗尘，眼前风景总清新。
分明一幅徐熙画，置我身为画里人。

大小湖如大小乔，小乔更比大乔娇。
禁他不住诗情动，水面风过塔影摇。

双亭桥上峙双亭，伫望遥山入杳冥。
自笑看花心未足，更扶藜杖过前汀。

注：
【1】徐熙：五代南唐画家，以善画花竹林木蝉蝶草虫知名。
【2】大小乔：三国东吴美女，合称"二乔"。大乔嫁孙策，小乔嫁周瑜。

瞽叟行

偶尔行经鬼谷庙，庙貌颓然香火少。
时有瞽者六七人，聚坐门前裂唇笑。
中有瞽者曾相识，问以谋生新方式。
旧业既为时所弃，尔辈从何觅衣食。
瞽叟闻语频摇头，谓予不幸瞎双眸。
总角从师学卜筮，生活以外无他求。
学成开业历时久，姓名渐渐挂人口。
瞻养妻儿绰有余，街头日坐谈休咎。
算命有时杂庄谐，愚夫愚妇信如迷。
腹饿方知天已暮，囊金归去媚娇妻。
生活优游日易过，六十余年一刹那。
头颅白了不自见，摩挲两颊皱纹多。
自从解放便取缔，警员不时来告诫。
自惟残废且年高，侥幸或有宽容例。
今逢社会大跃进，政令厉行破迷信。
巫卜星相及堪舆，到此山穷水亦尽。
我辈尚蒙待遇优，着令碎炭握煤球。
因人力量配工作，工资分别按劳酬。
迩来生活赖维持，不争手皲如龟皮。
空闲机会不可得，今日君来值假期。
我辈目盲心未盲，趋向光荣道路行。
时时洗刷旧思想，不愿乡愚称先生。
我闻瞽叟语滔滔，心窃佩其见地高。
年老目瞎犹操劳，何况双目炯炯如吾曹。

注：

【1】瞽叟：本上古人物，虞姓，因双目失明故称"瞽叟"，是舜的父亲，黄帝七世孙。后世多以指算命瞎子。行：古诗体裁之一，即"歌行体"。音节、格律比较自由，形式采用五言、七言、杂言的古体，富于变化，由乐府诗发展变化而来。徐师曾《文体明辨序说·乐府》："放情长言，杂而无方者曰歌；步骤驰骋，疏而不滞者曰行；兼之曰歌行。"

【2】鬼谷庙：鬼谷庙旧时各地多有，祭祀鬼谷子。

【3】裂唇笑：开口大笑。

【4】总角：幼年之时。卜筮：俗称"算命"。古时预测吉凶，用龟甲称卜，用蓍草称筮，合称卜筮。

【5】休咎：吉凶；善恶。《汉书·刘向传》："向见《尚书·洪范》，箕子为武王陈五行阴阳休咎之应。"

【6】囊金：收取钱物。囊：本为口袋，此处用作动词。

【7】解放：意指1949年中华人民共和国成立。

【8】巫卜星相：算命占卦与星命相术。堪舆：风水。"堪"为高处，"舆"为下处。皆为诗中"瞽叟"所从事的职业。唐顺之《书地理鹤冈况君卷》："叩巫卜、星相、堪舆之家而问焉。"

【9】皲：皮肤因寒冷或干燥而裂开。

【10】光荣道路：意即"革命道路"。巫卜星相被视为封建迷信而被取缔，故那些从业者也就转向"光荣道路"了。

【11】吾曹：我辈。

春日即景

童牧牛归妇唤豚，风吹瞑色入江村。
啼乌林际如呼侣，画角城头惹断魂。
短管书怀毛易秃，破绵着体絮犹温。
不因灯火移人视，忘却今宵是上元。

注：

【1】豚：小猪。瞑色：黄昏时的天色；暮色。李白《菩萨蛮》："瞑色入高楼，有人楼上愁。"
【2】画角：古管乐器。形如竹筒，本细末大，以竹木或皮革等制成，因表面有彩绘，故称。陈子昂《和陆明府赠将军重出塞》："晚风吹画角，春色耀飞旌。"断魂：魂销神往。形容一往情深或哀伤。宋之问《江亭晚望》诗："望水知柔性，看山欲断魂。"
【3】短管：指毛笔。毛笔别称颇多，如镂金管、管城子等。
【4】上元：节日名。俗以农历正月十五日为上元节，也叫元宵节。

春归日

蝶老莺残花乱飞，一年惆怅是春归。
纵教村舍能留醉，毕竟愁城莫解围。
暗淡薄烟迷草驿，黄昏细雨掩柴扉。
佳人也恨韶光促，拾翠重来愿已违。

注：

【1】草驿：埋于荒草里的驿道或驿站。李公明《题曹坑铺》："山回依草驿，岸落出芦根。"宋范成大《犍为江楼》："无人驿路榛榛草，有客江楼浩浩风。"柴扉：柴门。指贫寒之家。范云《赠张徐州稷》诗："还闻稚子说，有客款柴扉。"
【2】"佳人"句：谓妇女游春。杜甫《秋兴》："佳人拾翠春相问，仙侣同

舟晚更移。"拾翠:拾取翠鸟羽毛以为首饰。语出曹植《洛神赋》:"或采明珠,或拾翠羽。"违:乖违、违背。

庚子暮春寄怀

省却桃花几页笺,一春吟兴不如前。
雷闻深巷惊幽蛰,雨过平林抹淡烟。
消恨功难凭鲁酒,畏寒忧未割吴绵。
老翁渐识闲中味,非鸟如今亦信天。

乱眼慵看花样新,懒残遮莫是前身。
不妨午梦逢亡友,未必春光属老人。
阴雨酿成三月暮,俗缘消尽一杯亲。
醉来也有诗题壁,红袖还须替拂尘。

注:

【1】庚子:此庚子指公元1960年。
【2】"桃花"句:苏易简《文房四谱·纸谱·叙事》:"桓元诏平淮,作桃花笺纸,缥绿青赤者,盖今蜀笺之制也。"吟兴:作诗的兴致。
【3】鲁酒:鲁国出产的酒,味淡薄,后作为薄酒、淡酒的代称。庾信《哀江南赋》序:"楚歌非取乐之方,鲁酒无忘忧之用。"吴绵:吴地所产之丝绵。白居易《新制布裘》:"桂布白似雪,吴绵软于云。"
【4】信天:信天翁。意为自己不是鸟,也成信天翁了。此处借用为相信之"信"。
【5】懒残:唐衡岳寺僧明瓒。性疏懒而好食残余饭菜,人以懒残称之。遮莫:或许。
【6】三月暮:语出,欧阳修《蝶恋花》:"雨横风狂三月暮,门掩黄昏,无计留春住。"
【7】题壁:谓将诗文题写于壁上。孟浩然《秋登张明府海亭》:"染翰聊题壁,倾壶一解颜。"红袖:美女。替拂尘:为之洗尘、接风。诗似用辛

弃疾词意。辛弃疾《永遇乐·登建康赏心亭》:"倩何人,换取红巾翠袖,揾英雄泪。"

赠翼园　用林伯墉原韵

年光转眼竟如流,叱犊犁云老未休。
难得方圆能应世,偶逢摇落莫悲秋。
千头橘雨频催熟,两腋茶风足散忧。
早晚入城忙底事?友声相悦便相求。

注:
【1】翼园:作者友人谭锦洪之园林。
【2】叱犊:大声驱牛。蔡襄《稼村诗帖》:"布谷声中雨满篱,催耕不独野人知。荷锄莫道春耘早,正是披蓑叱犊时。"犁云:耕云锄雨之意。
【3】方圆:权宜,变通。罗隐《谗书·答贺兰友书》:"非仆之不可苟合,道义之人,皆不合也。而受性介僻,不能方圆。"洪应明《菜根谭》:"处治世宜方,处乱世宜圆,处叔季之世当方圆并用。"应世:应付世事。
【4】"摇落"句:《楚辞·九辩》:"悲哉!秋之为气也。萧瑟兮,草木摇落而变衰。"
【5】千头橘:苏轼《留题显圣寺》:"幽人自种千头橘,远客来寻百结花。"
【6】两腋茶风:意为茶叶甘美醇香,饮后如同两腋有清风吹拂。卢仝《走笔谢孟谏议寄新茶诗》:"五碗肌骨清,六碗通仙灵。七碗吃不得也,唯觉两腋习习清风生。"
【7】底事:何事。友声:朋友的声音。亦指朋友。《诗·小雅·伐木》:"嘤其鸣矣,求其友声。"

送 春

杯酒长亭暮,离杯怆素怀。
香尘驰驿路,阴雨暗萧斋。
期有来年会,愁无着处排。
落梅归玉笛,飞絮碍金钗。
赋别才将尽,诗成意未佳。
从今牵梦远,芳草绕天涯。

注:
【1】长亭:古时于道路每隔十里设长亭,故亦称"十里长亭",供行旅停息。近城者常为送别之处。庾信《哀江南赋》:"十里五里,长亭短亭。"离杯:饯别之酒。怆:悲伤。素怀:平素之情怀。
【2】香尘:芳香之尘。多指女子之步履而起者。驿路:驿道,大道。萧斋:书斋的别称。兼取萧瑟之意,犹言"寒斋"。
【3】无着处排:没有排遣的地方。
【4】落梅:梅花凋落。亦指汉乐府横吹曲《梅花落》。李白《黄鹤楼闻笛》:"黄鹤楼中吹玉笛,江城五月落梅花。""飞絮"句:贺铸《浣溪沙》:"笑拈飞絮罥金钗。"罥:挂缚。

悼黄增作君

讯息沉沉两地分,飞来恶耗不堪闻。
几宵风雨无圆梦,甘载亲朋似败军。
南亩田夫多乐道,北坑校长独能文。
伤春伤别予怀渺,更作新词一诔君。

注：

【1】黄增作：作者友人。
【2】南亩：谓农田。南坡向阳，利于农作物生长，古人田土多向南开辟，故称。桓宽《盐铁论·园池》："夫如是，匹夫之力尽于南亩，匹妇之力尽于麻枲。"乐道：安于贫贱。
【3】北坑校长：黄增作曾任台城北坑小学校长，故云。
【4】渺：渺然。诔：本义为悼词，此处意为哀悼。

幸三兄一再惠寄赋此奉谢

　　海外传来活命汤，感恩知己最难忘。
　　身如断雁留残阵，心有灵犀通异邦。
　　取醉莫能娱暮景，消寒惟望借春光。
　　一冬壮士无颜色，徼幸黄金再上床。

注：

【1】活命汤：救命药。指幸三从国外寄赠的钱物。
【2】断雁：失群之雁，孤雁。阵：雁阵，即成列而飞的雁群。王勃《滕王阁诗序》："雁阵惊寒，声断衡之浦。"身如断雁，则不得成列，故曰"残阵"。
【3】灵犀：李商隐《无题》："身无彩凤双飞翼，心有灵犀一点通。"异邦：异国他乡。
【4】黄金：反用"床头金尽"义。语出张籍《行路难》："君不见床头黄金尽，壮士无颜色。"诗谓现在幸三惠赠寄到，所以床头有钱了，故曰"黄金再上床"。

晨间携鸡数头出市求售,交易不成,归赠以诗

翼长鸡雏渐学飞,今朝出市复携归。
只缘读墨谈兼爱,未忍分教两面违。
雌伏雄飞各有期,山家更不设藩篱。
主人老去无多乐,赠尔诗成一解颐。

注:

【1】读墨:读《墨子》。针对儒家"爱有等差"的说法,墨家主张兼爱、非攻、尚贤,爱无差别等级,不分厚薄亲疏。
【2】未忍:不忍心。两面违:主人离开鸡,鸡离开主人。因为交易不成,复携鸡归,直如鸡与主人不忍分别。
【3】雌伏雄飞:本义为要有雄心壮志,不能无所作为。语出《后汉书·赵典传》:"大丈夫当雄飞,安能雌伏!"此处意为小鸡雏们,无论雌雄,各有其命,各有所限。期:限度也。
【4】设藩篱:设置篱笆圈养。
【5】赠尔诗:指给鸡雏写诗。解颐:开颜欢笑。

函请云超兄惠寄食物附诗 一首

謦竹情难尽,书成附短章。
一寒如范叔,十索学丁娘。
贫贱难言守,惠廉俱恐伤。
他时应有梦,菜圃践牛羊。

注:

【1】云超:作者友人,余未详。

【2】罄竹：罄：尽。竹：古代写字的竹简。原指要写的事太多，写不过来。故云"罄竹难书"。本为贬义，此处活用。"书成"句：意为信写完了附诗一首。

【3】一寒：战国魏人范雎，字叔。《史记·范雎蔡泽列传》："魏使须贾于秦，范雎闻之，为微行，敝衣闲步之邸，见须贾……须贾意哀之，留与坐饮食，曰：'范叔一寒如此哉！'乃取其一绨袍以赐之。"后用以表示贫困潦倒至极。王戬《寄云田先生》："应有一寒怜范叔，尚能多病爱文君。"十索：即《十索诗》，隋代女子丁六娘所写。每首末句有"从郎索衣带""从郎索花烛"等语，共计十首，故称"十索"。因为诗人乃写信请求云超惠寄食物，故云"学丁娘"。可见三年困难时期百姓生活的艰辛。

【4】难言守：难以守住本心与志向。正所谓"人穷志短、马瘦毛长"也。惠廉：分人以财谓之惠；不苟取谓之廉。惠言人，廉谓己。

【5】践牛羊：诗人担心牛羊践踏菜圃，以致梦中尚且在意此事。《诗·大雅·行苇》："敦彼行苇，牛羊勿践履，方苞方体，维叶泥泥。"郑玄笺："草木方茂盛，以其终将为人用，故周之先王为此爱之，况于人乎？"

登 墓

若论风水理玄冥，劫后家山色尚清。
弹铗归来成堕落，登坟未免愧先灵。

注：
【1】登墓：扫墓。

昼梦亡友黄增作

曾因逝者赋哀章,弹指光阴两载强。
白昼居然来入梦,黄泉毕竟住何乡。
空瓢陋巷交情少,蔓草平原惹恨长。
犹忆看花一回事:君为熟魏我生张。

注:

【1】空瓢:即成语"箪瓢屡空",吃的喝的匮乏,形容生活非常贫困。陶渊明《五柳先生传》:"环堵萧然,不蔽风日,短褐穿结,箪瓢屡空。"陋巷:简陋的巷子,借指贫寒。诗前言食,后言居。
【2】蔓草平原:原野上蔓生之野草。江淹《恨赋》:"试望平原,蔓草萦骨,拱木敛魂。人生到此,天道宁论!"纳兰性德《青玉案》:"登临我亦悲秋者,向蔓草平原泪盈把。"
【3】"君为"句:诗用成语,殆谓二人因看花而结识。沈括《梦溪笔谈》卷十六:"北都有妓女,美色而举止生梗,士人谓之'生张八'。……(魏)野赠之诗曰:'君为北道生张八,我是西州熟魏三。莫怪尊前无笑语,半生半熟未相谙。'"

谢李沛君馈食物

剥啄柴门访隐潜,频来村妇泯猜嫌。
几番馈物情偏厚,半月登盘味不兼。
熊掌敢云随所欲,猪肝为累恐伤廉。
惭君爱我求诗稿,两载曾无一字添。

注：
【1】隐潜：隐居；隐居者。泯：乱。
【2】登盘：上盘。即盛菜入盘。平可正《杨梅》："飞艇似间新入贡，登盘不见旧供吟。"
【3】熊掌：《孟子·告子上》："鱼，我所欲也，熊掌，亦我所欲也。二者不可得兼，舍鱼而取熊掌者也。"

赠甄福民君　末首倒用前韵

世上难寻安乐窝，入城归野又如何。
漫云平地风波少，正恐余生忧患多。
笑我交游心渐淡，输君涵养气常和。
遥知垂钓春江罢，细雨黄昏湿绿蓑。

茫茫烟水一渔蓑，小样居然张志和。
邂逅樵夫闲话久，归来炊妇笑颜多。
羡鱼曾虑渊深否，沽酒其如市远何。
乡味渐浓世味淡，不妨留恋旧巢窝。

注：
【1】甄福民：台山民间诗人。作者友人。
【2】入城归野：住城里或是住乡下又有何区别。
【3】漫云：别说，不要讲。平地风波：意外发生的纠纷或事故。杜荀鹤《将过湖南经马当山庙因书三绝》诗之二："只怕马当山下水，不知平地起风波。"
【4】余生忧患：苏轼《东坡题跋·跋嵇叔夜〈养生论〉后》："东坡居士以桑榆之末景，忧患之余生，而后学道，虽为达者所笑，犹贤乎已也。"

余生：劫余之生，剩余之生。忧患：困苦患难。

【5】和：平和；和顺。

【6】小样：模型；模样。张志和：唐诗人。字子同，道号玄贞子。性好道，后开罪权贵，遁世隐居。有《渔歌子》。

【7】"羡鱼"句：鱼虽好，渊却深。非临渊羡鱼不如退而结网之义。沽酒：欲买酒，市却远，奈何？

【8】世味：人世滋味；社会人情。韩愈《示爽》："吾老世味薄，因循致留连。"陆游《临安小雨初霁》："世味年来薄似纱"。

云超兄久无讯息赋此寄之

雁札鱼书久寂寥，过江未必付洪乔。
流光转眼春将夏，离索牵怀暮复朝。
贻我仍嫌悭笔墨，报君殊愧乏琼瑶。
山窗几度风兼雨，常恐痴魂不耐消。

短短春宵屡梦君，相思瘦尽沈休文。
人从别后年光促，诗未吟成恨绪纷。
带病饥猫真似我，惊寒孤雁正呼群。
何时盼到天风便，吹落郇公五朵云。

注：

【1】雁札鱼书：泛指书信。

【2】洪乔：殷洪桥。刘义庆《世说新语·任诞》："殷洪乔作豫章郡，临去，都下人因附百许函书。既至石头，悉掷水中，因祝曰：'沉者自沉，浮者自浮，殷洪乔不能作致书邮。'"后因称不可信托的寄信人为"洪乔"。

【3】琼瑶：美玉。《诗·卫风·木瓜》："投我以木桃，报之以琼瑶。"毛传：

"琼瑶,美玉。"乏琼瑶:无以为报。
- 【4】沈休文:沈约,字休文。沈约与徐勉素善,曾以书陈情于勉,言己老病,百日数旬,革带常应移孔,以手握臂,率计月小半分。以此推算,岂能支久?后世以沈约之腰作为消瘦的代称,称"沈腰"。
- 【5】郇公五朵云:唐人韦陟袭封郇国公,书札签名时常将"陟"字写作五云状,时号"五云体"。后因谓书札为"朵云"。《新唐书·韦陟传》:"常以五采笺为书记,使侍妾主之,其裁答受意而已,皆有楷法,陟惟署名,自谓所书'陟'字若五朵云,时人慕之,号'郇公五云体'。"

绮 梦

自笑春心老未灰,镜台难拭是尘埃。
春风半夜多情甚,吹送巫阳暮雨来。

慰我平生卖剩痴,飞琼也有入怀时。
一春韵事君知否?梦里佳人醒后诗。

注:
- 【1】绮梦:绮丽之梦,即美梦。绮:有文彩的丝织品。
- 【2】春心:男女爱慕相思之情怀。李商隐《无题》:"春心莫共花争发,一寸相思一寸灰。"
- 【3】镜台难拭:用禅宗六祖惠能之偈:"菩提本无树,明镜亦非台,本来无一物,何处惹尘埃。"意在说明一切有为法皆如梦幻泡影,教人不要妄想执着,方能明心见性,自证菩提。
- 【4】巫阳暮雨:男女欢合的隐语。宋玉《高唐赋序》:"妾在巫山之阳,高丘之阻。旦为朝云,暮为行雨,朝朝暮暮,阳台之下。"
- 【5】卖剩痴:宋时吴中民俗,除夕小儿绕街呼叫卖痴卖呆。意谓将痴呆转移给别人。据范成大《腊月村田乐府十首序》载:"其九《卖痴呆词》:分岁罢,小儿绕街呼叫云:'卖汝痴!卖汝呆!'世传吴人多呆,故儿辈讳之,欲贾其余,益可笑。"沈周《次韵天台陈勉卖痴呆四绝》:"空卖呆儿又卖痴,拦街都是要乖儿。通身一具痴呆骨,抖擞将他换与谁。"此处意为"卖一回傻",略有"老夫聊发少年狂"之义。

【6】飞琼:许飞琼,传说中的仙女,是西王母身边的侍女。后泛指仙女。《汉武帝内传》:"王母乃命诸侍女……许飞琼鼓震灵之簧。"

【7】韵事:风雅之事;风流之事。

翼园主人谭锦洪君,嘱予日后将诗稿全部赠他留念,因而忆起在杏和林与周公燕五唱和时尝作温稿诗一首,周公亦有和作,但已遗亡,仅记其存字韵有"诗词散失君休虑,卷帙编成我代存"二句而已。迄今周公不知存亡,所有诗稿亦未识存在与否。回首前尘,感慨系之矣

刻苦吟成五七言,寒宵更取稿重温。
丁兹浊世邀谁赏?未必名山替我存。
覆瓿何妨付朋友,传家终恐乏儿孙。
眼前堆积将盈尺,为拙为工且莫论。

注:
【1】谭锦洪:作者友人,台山民间诗人。
【2】丁兹浊世:遇上这个乱世。丁:遭遇,赶上;兹:这个,此。
【3】名山:即文章藏之名山以流传。司马迁《报任少卿书》:"仆诚以著此书,藏诸名山,传之其人。"

【4】覆瓿：喻著作毫无价值或不被人重视。亦用以表示自谦。覆瓿：盖坛子。《汉书·扬雄传下》："钜鹿侯芭常从雄居，受其《太玄》《法言》焉，刘歆亦尝观之，谓雄曰：'空自苦！今学者有禄利，然尚不能明《易》，又如《玄》何？吾恐后人用覆酱瓿也。'雄笑而不应。"

【6】乏儿孙：作者无子，故云。

寄呈岭背邝熙甫先生　二首

登龙御李更无缘，只有神交在死前。
声气应求何限地，文章显晦亦凭天。
先生德望如冬日，贱子流离届暮年。
且喜风怀犹未减，写诗传买薛涛笺。

半生涂抹愧雕虫，尚赖高明诱掖功。
遣兴偶然编旧稿，为声原不比焦桐。
若云并驾无余子，只恐评词有未公。
千古汝南称月旦，可曾秋水洗双瞳。

注：

【1】岭背：村名。属台山市深井镇。
【2】登龙御李：典出《后汉书》卷六十七《党锢列传·李膺》。李膺有贤名，士大夫被他接见的，身价大大提高，被称作登龙门。荀爽去拜访他，并为他驾御车马，回家后对人说："今日乃得御李君矣！"后因以"御李"谓得以亲近贤者。《后汉书》卷六十七《党锢列传·李膺》："荀爽尝就谒膺，因为其御，既还，喜曰："今日乃得御李君矣。"其见慕如此。……是时朝庭日乱，纲纪颓陀，膺独持风裁，以声名自高。士有被其容接者，名为登龙门。"
【3】声气应求：志趣相投。《易·干》："同声相应，同气相求；水流湿，火

就燥;云从龙,风从虎,圣人出而万物睹。"文章显晦:文章知名与不知名。

【4】薛涛笺:唐代女诗人薛涛,晚年寓居成都浣花溪,自制深红小彩笺写诗,时人称为"薛涛笺"。旧时八行红笺犹沿此称。此言买纸。

【5】雕虫:比喻从事不足道的小技艺。常指写作诗文辞赋。刘勰《文心雕龙·诠赋》:"虽读千赋,愈惑体要。遂使繁华损枝,膏腴害骨,无责风轨,莫益劝戒。此扬子所以追悔于雕虫,贻诮于雾縠者也。"诱掖:引导提携。

【6】月旦:品评人物。典出《后汉书·许劭传》:"初,劭与靖俱有高名,好共核论乡党人物,每月辄更其品题,故汝南俗有'月旦评'焉。"

周公存稿顷为李沛君携去因成一绝

闭置穷庐十有年,最难呵护是尘烟。
谁知好句难埋没,岭背如今又诵传。

昨卖一鸡与邻家,顷复飞回,璧还后感成一律

玉汝于成几费神,出售应谅主人贫。
隔邻索价姑从贱,逸槛飞回岂厌新。
濒死未为登俎物,超生犹望系铃人。
痴翁抚事增惆怅,异类非亲竟似亲。

注:
【1】玉汝于成:像爱惜玉一样爱护、帮助你。谓养鸡费尽精神。
【2】逸槛:逃出围栏。厌新:不喜欢邻居新家。

【3】登俎：《左传·隐公五年》："鸟兽之肉，不登于俎。"俎，本祭祀的礼器。此言鸡险成盘中餐。超生：再次活过来。
【4】痴翁：作者自指。抚事：感念此事。异类：此指鸡。

冬宵遣怀

且喜山村近市都，壶中酒尽不难沽。
自怜口拙凭诗语，未可身危托杖扶。
弄笔无文铭陋室，窥窗有月笑狂夫。
天寒拥被迢迢夜，梦入袁安卧雪图。

久矣儒冠误此身借放翁句，呼牛呼马且由人。
行藏自喜终为累，骨肉无多况患贫。
白纻抛残慵话旧，黄粱梦好惜非真。
殷勤自把山窗掩，半避狂风半俗尘。

自笑平生百事乖，未曾销歇是吟怀。
借诗遣闷从吾好，煮茗谈情与客偕。
岂有文章移造化？未妨名姓付沉埋。
凭君去向闲云问：出岫何如返岫佳。

注：
【1】口拙：作者口吃，故以诗寄情遣意。
【2】铭陋室：欲为陋室做铭，可惜没有文采。刘禹锡有《陋室铭》。窥窗有月：陆游《霜夜》："淡月窥窗似有情，更堪梅影向人横。"
【3】袁安卧雪：典出《后汉书·袁安传》。据李贤注引《汝南先贤传》，汉时袁安未达时，洛阳大雪，人多出乞食，安独僵卧不起，洛阳令按行至安门，见而贤之，举为孝廉，除阴平长、任城令。王维曾据此作

《袁安卧雪图》。
- 【4】久矣：用陆游诗成句。陆游《成都大阅》："属橐缚裤毋多恨，久矣儒冠误此身。"陆诗则语出杜甫《奉赠韦左丞丈二十二韵》："纨绔不饿死，儒冠多误身。"
- 【5】呼牛呼马：《庄子·天道》"昔者子呼我牛也，而谓之牛；呼我马也，而谓之马。"后以"呼牛呼马"指毁誉由人，悉听自然。
- 【6】行藏：行迹。
- 【7】白纻：白色苎麻所织的夏布。郑玄注《周礼·典枲》："白而细疏曰纻。"后世称为白细布。慵：懒。
- 【8】好：爱好。偕：共同。一起。
- 【9】移造化：改变天。
- 【10】云出岫：出山，从山中出来，喻出仕。返岫：归山，喻归田。陶潜《归去来兮辞》："云无心以出岫，鸟倦飞而知还。"

赠李沛君绝句

月去月来来去忙，采将吟料压行襄。
惟君染得诗书味，散入青山一路香。

好古如今人有几，可怜论语当薪烧。
期君籁地扬风雅，我乐山居守寂廖。

注：
- 【1】吟料：写诗用的材料。丘逢甲《论诗次铁庐韵》："芭蕉雪里供摹写，绝妙能诗王右丞。米雨欧风作吟料，岂同隆古事无征。"
- 【2】扬风雅：振兴诗歌。

读朱九江先生集

五色花从笔下开，知公大有过人才。
百年我起谈声律，恐是前生亲炙来。

注：

【1】朱九江：朱次琦，字稚圭，号子襄，世称九江先生，广东南海人。曾在山西任官，归里后，讲学九江礼山草堂，康有为、简朝亮等均其弟子。

【2】亲炙：谓亲受教诲。《孟子·尽心下》："非圣人而能若是乎？而况于亲炙之者乎？"朱熹集注："亲近而熏炙之也。"

抒怀　五首

韶州浪迹又潮州，壮不如人老更羞。
还我少年除是梦，问谁暮岁了无愁。
迎霜凋尽生花笔，行路难如逆水舟。
拟买屠苏醉春节，黄金仍否在床头。

遽然一枕梦初回，起视窗棂日上才。
暖谷昔闻吹有律，荒村今欲赏无梅。
暂凭俚语为诗语，更取茶杯代酒杯。
白屋天寒聊自慰，陈思容我乞余才。

几年除夕赏痴呆,可奈痴呆去复来。
目已双盲慵借镜,心难再热似寒灰。
延龄功不归苓术,养老恩犹及草莱。
昨夜山前阻风雪,芋香曾学懒残煨。

门巷泠泠静掩扉,眼前雨雪正霏微。
一袍范叔凭谁赠,四海虞翻知已稀。
往事悲欢皆梦境,暮年肥瘦任腰围。
荒村尚有华筵在,赴饮邻翁侧帽归。

幽居淡食似山僧,弹铗思鱼记昔曾。
贫甚锥从何处立,古稀年已忽将登。
苦吟宁识新腔调,聚饮难招旧友朋。
入市逢人多窃笑,可知吾貌太崚嶒。

注:

【1】韶州：韶关。韶关与潮州,都是作者早年曾经的工作之地。壮不如人：语出《左传》："臣之壮也,犹不如人；今老矣,无能为也已。"
【2】暮岁：晚年。谢灵运《撰征赋》："屈盛绩于平生,申远期于暮岁。"
【3】陈思：指陈思王曹植。刘勰《文心雕龙·时序》："陈思以公子之豪,下笔琳琅。并体貌英逸,故俊才云蒸。"
【4】赏痴呆：俗有年关买卖痴呆者。范成大《卖痴呆词》："小儿呼叫走长街,云有痴呆召人买。"
【5】苓术：茯苓和白术,中药名。多用作汤剂,传长饮之可益寿延年。
【6】懒残：衡岳寺僧明瓒,性疏懒而好食残余饭菜,人以懒残称之。李泌读书寺中,以为非凡人,中夜往谒。懒残发火取芋以啗之,曰："慎勿多言,领取十年宰相。"泌拜而退。见赞宁等《宋高僧传·感通传二·唐南岳山明瓒》。苏轼《次韵毛滂法曹感雨》："他年记此味,芋火对懒残。"

【7】泠泠：冷清貌。《文选·宋玉〈风赋〉》："清清泠泠，愈病析酲。"李善注："清清泠泠，清凉之貌也。"

【8】一袍范叔：《史记·范雎蔡泽列传》：范雎先事魏中大夫须贾，因辞谢齐襄王的邀请，反受须贾怀疑，被魏相舍人毒打，几死，后贿赂看守而逃出。于是改名张禄，入秦为相。须贾出使秦国，范雎装扮成穷人会见他。"须贾意哀之，留与坐饮食，曰：'范叔一寒如此哉！'乃取其一绨袍以赐之。"后须贾知范雎是秦相，便肉袒请罪，范雎亦因须贾有绨袍之赠，未加害于他。指贫困时所受帮助。虞翻，见前注。

抒怀续咏　三首

底用前途问吉凶，余生万事付天公。
幸留老妻相为命，倘作诗人未碍穷。
粟酒飘香娱暮日，柴门送暖待春风。
迎年爆竹谁家早，欲借残声一振聋。

梦里钧天乐未终，犹将踪迹插人丛。
前身合是张平子，晚景何如陆放翁。
徂岁难偿诗有债，驻颜除借酒无功。
老妻劝我吟声辍，留待来春答候虫。

自慰无从转自嘲，消寒有酒更寻肴。
等闲霜气凋蒲柳，谁信诗声出草茅。
天半笙歌消旧梦，山中麋鹿是新交。
衡门上有泥尘渍，方便新来燕筑巢。

注：

【1】钧天乐：《史记·赵世家》："赵简子疾，五日不知人……居二日半，简子寤。语大夫曰：'我之帝所甚乐，与百神游于钧天，广乐九奏万舞，不类三代之乐，其声动人心。'"后因以"钧天乐"指天上的音乐，仙乐。钧天：天之中央。插人丛：犹言混迹人世。

【2】张平子：张衡，字平子，南阳人，东汉著名科学家、文学家。陆放翁：陆游，字务观，号放翁，南宋著名诗人。

【3】徂岁：谓光阴流逝。陆游《道院》："摇落悲徂岁，漂流忆故园。"徂：过往，逝。

【4】候虫：随季节而生或死的昆虫。如夏之蝉、秋之蟋蟀等。

【5】肴：《广雅》："肴，肉也。"

【6】蒲柳：水杨，入秋即凋。刘义庆《世说新语·言语》："蒲柳之姿，望秋而落；松柏之质，经霜弥茂。"后因以比喻未老先衰，或体质衰弱。诗声出草茅：即诗在民间。

【7】衡门：横木为门。谓简陋之屋。《诗·陈风·衡门》："衡门之下，可以栖迟。"朱熹集传："衡门，横木为门也。"

病后感吟

暮年未免感伶仃,且借琴书养性灵。
安得香醪千日醉,最难寒雨五更听。
有人竟取矛攻盾,无子休教蠃负蛉。
老病殷殷求药物,何心索笔续茶经。

注:
【1】香醪:美酒。杜甫《漫兴》:"人生几何春已夏,不放香醪如蜜甜。"
【2】蠃负蛉:《诗经·小雅·小宛》:"螟蛉有子,蜾蠃负之。"古人误以为蜾蠃不产子,喂养螟蛉为子,故用"螟蛉"比喻义子。黄遵宪《番客篇》:"螟蛉不抚子,犬羊且无鞠。"作者无子,故云。
【3】茶经:茶学专著,唐人陆羽所著。诗言因病累及饮茶。

茗后偶成

嗜茗谁云老不宜,一杯在手易成诗。
虚惊巢覆无完卵,恰好茶名有寿眉。
市井寄踪毋亦俗,文章写意岂求知。
浮生渐与世情淡,不即何妨更不离。

注:
【1】寿眉:茶名。因其茶条外形略弯,色泽翠绿披白毫,形似寿者之眉,因而得名。

早春寄怀 十首

桃符焕映几人家，满眼芳菲竞岁华。
正好凫羔陪柏酒，未妨偕鹤守梅花。
廿年事往难回首，一笑唇开有剩牙。
六十七年林下叟，诗情犹在尽堪夸。

依依春色到柴门，报喜分明有鸟言。
半世蹉跎身尚健，一般横逆量能吞。
为诗敢说风兼雅，下酒浑宜鸡与豚。
天地苍茫犹恨隘，更从醉里觅干坤。

耕砚年年笔代犁，自修无补况家齐。
开筵恰是逢新岁，举箸何妨劝老妻。
敢望微躯顽似铁？但寻佳节醉如泥。
早春风色浑无定，不信垂杨尽向西。

山居随处是芳邻，未敢灯前惜此身。
酒约禁谈前日事，春风先暖老年人。
岁能复始何伤暮，雷得重闻亦算新。
书剑归来长寂寞，也应胜似困风尘。

柳梢梅萼雪初融，爆竹人家满地红。
风雅未衰犹勉我，山林久卧已成翁。
孤行岂获世情谅，一饱方知天眷隆。
剩有豚蹄卮酒在，更从南亩祝年丰。

东风吹绿上蓬蒿，半叟逢春兴尚豪。
呼取小炉烘绿蚁，暂宜高阁置离骚。
桓温老泪徒沾柳，潘岳前身但爱桃。
莫放韶华轻易去，一江流水日滔滔。

春去期年恰又逢，三多满耳祝华封。
香浮玉斝催添酒，花插银瓶赏吊钟。
淑气温人贫亦乐，诗情动我老弥浓。
得春偏是田家早，合使书生转业农。

忧患余生百感侵，倏然春色到山林。
俭衣敛食浑无味，问柳寻梅尚有心。
去日盘飧殊草草，新年杯酒饮深深。
他乡有客来相劝，便是饥寒莫废吟。

新年便觉喜沾沾，儿女新妆炫眼帘。
快意欲求三日醉，酡颜更取几杯添。
园荒将有花倾国，巷癖宁无雀噪檐。
容易诗情增艳丽，收将春色入毫尖。

这回嘲可免山僧，生啖豚肩却未能。
风味不忘婪尾酒，春光待赏上元灯。
无言我本如桃李，争长人偏学薛滕。
岁月消磨成老物，比邻花鸟莫相憎。

注：

【1】桃符：春联。焕映：谓光华映射。蒲松龄《聊斋志异·马介甫》："从之入，见堂中金碧焕映。"

【2】炰羔：烤乳羊肉。《汉书·杨恽传》："田家作苦，岁时伏腊，亨羊炰羔，斗酒自劳。"柏酒：即柏叶酒。古代习俗，谓春节饮之，可以辟邪。《荆楚岁时记》："正月一日……长幼悉正衣冠，以次拜贺，进椒、柏酒，饮桃汤。"

【3】剩牙：剩余之牙，言其老瘦。作者时年六十七岁。

【4】林下叟：陆游《贫甚戏作绝句》："白发归为林下叟，固应饥下餍糟糠。"林下：幽僻之境，引申指退隐或退隐之处。李白《安陆寄刘绾》："独此林下意，杳无区中缘。"

【5】横逆：横祸；厄运。

【6】风兼雅：《诗经》中的《国风》《大雅》《小雅》，亦用以指代《诗经》。

【7】隘：狭窄。醉里：即俗所谓"醉里干坤大，壶中日月长。"

【8】自修：修养自己的德性。《礼记·大学》："如琢如磨者，自修也。"意即孔子所言"修己"。家齐：齐家治国。

【9】顽铁：坚硬的铁。周密《癸辛杂识续集上·宋江三十六赞》："铁天王晁盖：毗沙天人，证紫金躯，顽铁铸汝，亦出洪炉。"陆游《雨晴风日绝佳徒倚门外》："独有此身顽似铁，倚门常看暮山青。"

【10】垂杨向西：刘方平《代春怨》："庭前时有东风入，杨柳千条尽向西。"此处反用其义。

【11】书剑：书与剑。亦指学书学剑。张素《沪宁道中》："万里归来傲白鹇，随身书剑更萧闲。"

【12】孤行：特立独行。世情：犹言世人、时人。天眷：上天的眷顾。《书·大禹谟》："皇天眷命，奄有四海，为天下君。"此处谓一饱难求。

【13】小炉烘绿蚁：温酒。白居易《问刘十九》："绿蚁新醅酒，红泥小火炉。晚来天欲雪，能饮一杯无？"高阁：本置放书籍、器物的高架子。也表示"弃置"义，即所谓"束之高阁"。韩愈《寄卢仝》："《春秋》三传束高阁，独抱遗经究始终。"离骚：屈原作品。此言只是喝酒，不谈国事。

【14】"桓温"句：《世说新语·言语》："桓公北征，经金城，见前为琅邪时种柳，皆已十围，慨然曰：'木犹如此，人何以堪！'攀枝执条，泫然流泪。"潘岳：刘义庆《世说新语·容止》："潘岳妙有姿容，好神情。少时挟弹出洛阳道，妇人遇者，莫不连手共萦之。"刘孝标注引《语林》："安仁至美，每行，老妪以果掷之满车。"岳字安仁。

【15】期年：一整年。祝华封：《庄子·天地》："尧观乎华，华封人曰：'嘻，圣人。请祝圣人，使圣人寿。'尧曰：'辞。''使圣人富。'尧曰：'辞。''使圣人多男子。'尧曰：'辞。'封人曰：'寿、富、多男子，人之所欲也，女独不欲，何邪？'尧曰：'多男子则多惧，富则多事，寿则多辱。是三者非所以养德也，故辞。'"成玄英疏："华，地名也，今华州也。封人者，谓华地守封疆之人也。"后因以"华封三祝"为祝颂之辞。

【16】玉罂：酒杯的美称。王融《游仙》："金卮浮水翠，玉罂挹泉珠。"吊钟：花名，俗称灯笼海棠、倒挂金钟等。

【17】淑气：温和之气。杜审言《和晋陵陆丞早春游望》："淑气催黄鸟，晴光转绿苹。"

【18】合使：该让。书生：读书人。此指作者自己。转业农：转而种地。

【19】倏然：迅疾貌。

【20】俛衣敛食：犹言节衣缩食。俛：同"俯"。敛：收缩。

【21】盘飧：盘盛食物的统称。杜甫《客至》："盘飧市远无兼味，樽酒家贫只旧醅。"草草：草率；苟简。

【22】便是：即便是。废吟：不写诗。

【23】生啖豚肩：此处指吃肉。高祖为沛公时，与项羽会宴鸿门，羽有杀沛公意。项庄拔剑舞，其意常在沛公。樊哙带剑拥盾入，嗔目视羽。头发上指，目眦尽裂。羽曰：壮士，赐之卮酒，一生彘肩，哙立饮啖之。羽曰：复能饮乎？哙曰：臣死且不避，卮酒安足辞。

【24】薛滕：薛，一种草本植物，即"赖蒿"。

【25】老物：詈词，用于称老人。此处为作者自指。《晋书·后妃传上·宣穆张皇后》："帝尝卧病，后往省病。帝曰：'老物可憎，何烦出也。'后惭恚不食，将自杀，诸子亦不食。帝惊而致谢，后乃止。帝退而谓人曰：'老物不足惜，虑困我好儿耳！'"

人日有怀云超

故人消息渺，清夜最难忘。
我已成衰老，君应尚健康。
立春又人日，梅柳斗风光。
未若高常侍，题诗寄草堂。

注：

【1】人日：正月初七。《太平御览》卷九七六引宗懔《荆楚岁时记》："正月七日为人日。以七种菜为羹，剪彩为人或镂金箔为人，以贴屏风，亦戴之头鬓。又造华胜以相遗，登高赋诗。"

【2】"立春"句：谓正月初七既是人日又恰逢立春日。梅柳：梅绽花，柳吐芽，均为预示春天将临，故常以并称。范成大《临江仙》："故人相见似河清。恰逢梅柳动，高兴逐春生。"

【3】高常侍：唐诗人高适。草堂：指代杜甫。所题之诗为《人日寄杜二拾遗》："人日题诗寄草堂，遥怜故人思故乡。柳条弄色不忍见，梅花满枝空断肠！身在南蕃无所预，心怀百忧复千虑。今年人日空相忆，明年人日知何处，一卧东山三十春，岂知书剑老风尘，龙钟还忝二千石，愧尔东西南北人。"

偶　成

浅斟复低唱，岁月易消磨。
莫为头颅惜，今年白更多。

注：

【1】头颅：脑袋。何香凝《回忆廖仲恺》一："劝君莫惜头颅贵，留得中华史上名。"

侄女自阳春宁家感慨之余率成一律

长途殊苦汝奔波,衰落其如家运何。
且喜门庭犹可认,须知骨肉已无多。
天乎虽大心还狭,叔也无成发已皤。
比似春来梁上燕,不能忘是旧巢窠。

注:
【1】阳春:阳春县。今属广东阳江市。宁:归宁。即已嫁女子回娘家省视父母。
【2】家运:家庭的运数。
【3】皤:白色。诗言天不容人,叔也成老。
【4】比似:好似;如同。

前诗意有未尽再成一首

儒巾尺幅误人多,二十年来几折磨。
已惯向空书咄咄,蓦然见汝忆哥哥。
新装尚称田家妇,旧事宁非春梦婆。
水驿山亭途曲折,何堪弱女历风波。

注:
【1】儒巾:古代读书人所戴的一种头巾。明代通称方巾,为生员的服饰。作者慨叹自己身份误人误已。
【2】书咄咄:刘义庆《世说新语·黜免》:"殷中军被废,在信安,终日恒书空作字。扬州吏民寻义逐之,窃视,唯作'咄咄怪事'四字而已。"
　　哥哥:此指作者之兄程仰可。
【3】春梦婆:赵令畤《侯鲭录》卷七:"东坡老人在昌化,尝负大瓢,行歌

于田间。有老妇年七十，谓坡云：'内翰昔日富贵，一场春梦。'坡然之。里中呼此媪为春梦婆。"真桂芳《醉题斋壁》："人心少似秋胡妇，世事多参春梦婆。"

送侄女归阳春　二首

后会知何日，凄凄送远行。
相看俱欲泪，话别不成声。
拱木将吾待，移根祝汝荣。
阳春路修阻，且莫误归程。

是处多鱼雁，毋悭别后书。
残年犹见汝，歧路最愁予。
云暗重山远，花开二月初。
叮咛惟一事，贫莫厌耕锄。

注：
【1】凄凄：悲伤貌。远行：远行之人，此谓其侄女。
【2】拱木：《左传·僖公三十二年》："尔何知？中寿，尔墓之木拱矣。"后因称墓旁之木为拱木。拱：两手合围。移根：犹移植。北周庾信《枯树赋》："昔之三河徙植，九畹移根。"此处指侄女出嫁如树移根。
【3】是处：此处。毋悭：不要吝啬。

读侄女宁家与送行诗感成一绝

骨肉相逢喜复悲，泪痕满纸写新诗。
花飞也有还枝日，泉下亡兄恐未知。

春日漫写

难得春容点染工，如烟雨细草蒙茸。
也知花好开常缓，信是人贫变则通。
早岁未逢杨狗监，暮年聊学祝鸡翁。
家传尚有丹青在，画取山林夕照红。

注：
- 【1】蒙茸：葱茏。罗邺《芳草》："废苑墙南残雨中，似袍颜色正蒙茸。"
- 【2】杨狗监：杨得意。《史记·司马相如列传》："蜀人杨得意为狗监，侍上。上读《子虚赋》而善之曰：'朕独不得与此人同时哉！'得意曰：'臣邑人司马相如自言为此赋。'"狗监：汉代内官名。主管皇帝猎犬。
- 【3】祝鸡翁：古代善养鸡者。刘向《列仙传·祝鸡翁》："祝鸡翁者，洛人也。居尸乡北山下，养鸡百余年。鸡有千余头，皆立名字。暮栖树上，昼放散之，欲引，呼名即依呼而至。"杜甫《奉寄河南韦尹丈人》诗："尸乡余土室，难说祝鸡翁。"
- 【4】家传：作者自注：先父及伯父，俱业丹青。

春 寒

雨凄风厉渐难支,压榜春寒忆旧诗。
借访古人开卷帙,何殊新妇闭车帷。
饔飧尚续贫犹幸,冷暖相关老信知。借查初白句
竹外绛桃应未放,不妨迟我赏花时。

注:

【1】压榜:犹言排头,当头。
【2】卷帙:亦作"卷秩"。书籍。何殊:有何不同。新妇闭车帷:《梁书·曹景宗传》:"景宗谓所亲曰:'今来扬州作贵人,动转不得,路行开车慢,小人辄言不可。闭置车中,如三日新妇。遭此邑邑,使人无气。'"钱锺书《剥啄行》:"一舱压梦新妇闭,小孔通气天才窥。"
【3】饔飧:早晚饭。信知:深知;确知。
【4】查初白:查慎行,字初白,清代诗人,有《敬业堂集》。绛桃:蔷薇科落叶小乔木。枝条绛红,花为深红,多层重瓣,色彩艳丽秀气。迟:等待。段玉裁《说文解字段注》:"待之为迟,去声。"

忆亡兄

宿草荒烟掩墓门,可堪回首望平原。
他生或再联花萼,当日曾同咬菜根。
名并高山犹可仰,诗求零稿已无存。
宵来一副辛酸泪,洒落绳床被不温。

注:

【1】宿草:指墓地上隔年的草。《礼记·檀弓上》:"朋友之墓,有宿草而不哭焉。"孔颖达疏:"宿草,陈根也,草经一年则根陈也,朋友相为哭一期,草根陈乃不哭也。"后多用为悼亡之辞。荒烟:荒野的烟雾。常指荒凉的地方。望平原:江淹《恨赋》:"试望平原,蔓草萦骨,拱木敛魂。人生到此,天道宁论?"

【2】花萼:兄弟。《诗·小雅·常棣》:"常棣之华,鄂不韡韡。凡今之人,莫如兄弟。"华萼同生一枝,故后常以"花萼"比喻兄弟或兄弟间和睦友爱的情谊。

【3】名并高山:作者亡兄名仰可,故云。仰可亦能诗,惜多不存。今《台山百年诗选》曾有收录。其有句如"颠沛终难礼自持,半为商贾半书痴。"

【4】一副泪:双泪流,故曰"一副"。被不温:言其泪多,浸湿其被,故不温。

代书寄呈周公燕五 二律

鱼沉雁断几多时，生死茫茫两不知。
百里路遥偏梦短，十年神合奈形离。
世间得失休论马，林下优游省卜龟。
寄与茅冈老吟长，未应倾日负丹葵。

曾记当年借切劘，杏林春去剩残枝。
好从故里哦松菊，莫望长安似弈棋。
七十公应刀未老，再三吾已鼓将衰。
人间尚有东坡在，转恨消息传来迟。

注：

【1】鱼沉雁断：谓音书断绝。鱼雁：泛指书信。生死茫茫：苏轼《江城子》："十年生死两茫茫。"
【2】得失论马：即塞翁失马，焉知非福。卜龟：问吉凶。古人烧灼龟甲，以卜吉凶。
【3】茅冈：地名，在开平市。周燕五即茅冈人。吟长：对前辈或同辈善诗者的敬称。丹葵：向日葵。葵花向日而倾，用以喻向往思慕之心。
【4】切劘：切磨；切磋相正。王安石《与王深父书》："自与足下别，日思规箴切劘之补，甚于饥渴。"
【5】长安似弈棋：谓世事混乱。杜甫《秋兴》之四："闻道长安似弈棋，百年世事不胜悲。"
【6】刀未老：比喻年龄虽大，但精神、体力或本领尚好。《三国志演义》第七十回："忠怒曰：'竖子欺吾年老！吾手中宝刀却不老。'"鼓将衰：谓己已老迈。《左传·庄公十年》："既克，公问其故。对曰："夫战，勇气也。一鼓作气，再而衰，三而竭。彼竭我盈，故克之。"

有忆 二首

有限光阴竟似梭,书生才气易消磨。
笔花欲谢新诗少,襟泪难干旧恨多。
未可功名羁柳永,肯将成败付萧何。
山林归卧垂垂老,耳畔犹闻傅寿歌。

镇日寻芳遣客愁,他乡信美是韶州。
轻裘肥马成春梦,紫陌红尘忆旧游。
解愠有时花作枕,钓诗常借酒为钩。
风流往事随云散,剩有青山伴白头。

注:
【1】柳永:北宋词人。有《乐章集》。其《鹤冲天》词云:"忍把浮名,换了浅斟低唱"。萧何:西汉丞相,曾于月下追大将韩信,使其成就功名,后有献计杀之,故人言"成也萧何,败也萧何"。萧何,汉初政治家,高祖刘邦丞相。洪迈《容斋续笔》:"信之为大将军,实萧何所荐,今其死也,又出其谋。故俚语有'成也萧何,败也萧何'之语。"
【2】傅寿:字灵修,著名艺伎。父傅瑜,兄傅卯。三人均为明万历年间南京教坊司艺人。又为时负盛名之郝可成班主要演员。傅寿能弦索,喜登台演剧。王士禛《秦淮杂诗》:"傅寿清歌沙嫩箫,红牙紫玉夜相邀。"此处借指唱歌的年青女子。
【3】韶州:韶关。抗战时期,作者曾任警察分局驻所文书。
【4】轻裘肥马:《论语·雍也》:"赤之适齐也,乘肥马,衣轻裘。"以后,"肥马轻裘"形容生活豪华。春梦:苏轼《正月二十日与潘郭二生出郊寻春忽记去年是日同至女王城作诗乃和前韵》:"人似秋鸿来有信,事如春梦了无痕。"紫陌红尘:帝京的道路,闹市的飞尘。以喻繁华。刘禹锡《元和十年自朗州至京,戏赠看花诸君子》:"紫陌红尘拂面来,无人不道看花回。"
【5】解愠:消除怨怒。

无题　二首

因果三生不要论，天荒地老剩情根。
漫将绿绮传心事，怕检青衫认泪痕。
我已难寻极乐境，君何误入买愁村。
蓬山远隔无消息，月上黄昏总断魂。

卅年蓬岛泛归槎，别梦无从到谢家。
缥缈魂应返兜率，肯将情尚缚琅琊。
倘无香冢休埋玉，安得金玲借护花。
何日携将卮酒去，武陵渡口吊余霞。

注：

【1】绿绮：琴名。相传绿绮通体黑色，隐泛幽绿，因而名为"绿绮"。李白《听蜀僧濬弹琴》："蜀僧抱绿绮，西下峨眉峰。为我一挥手，如听万壑松。"青衫：借指微贱者的服色。郁达夫《春江感旧》之四："折来红豆悲难定，湿尽青衫泪不干。"

【2】买愁村：胡铨《贬朱崖行临高道中买愁村古未有对马上口占》："北往长思闻喜县，南来怕入买愁村。区区万里天涯路，野草荒烟正断魂。"

【3】蓬山：李商隐《无题》："刘郎已恨蓬山远，更隔蓬山一万重。"月上黄昏：欧阳修《生查子》："月上柳梢头，人约黄昏后。"诗为怀念早年恋人所作。

漫　写

醉亦无妨醒亦佳，贫家那有酒如淮。
风无可避姑开户，月不劳招早下阶。
惊蛰恰逢新节令，读书重觅旧生涯。
炊烟不断宁非幸，一饱何论荤与斋。

注：

【1】酒如淮：《左传·昭公十二年》"晋侯以齐侯宴，中行穆子相。投壶，晋侯先，穆子曰：'有酒如淮，有肉如坻，寡君中此，为诸侯师。'中之，齐侯举矢，曰：'有酒如渑，有肉如陵。寡人中此，与君代兴。'亦中之。"司马光《九月十一日夜雨宿营南园韩秉国寄酒兼见招以诗谢之》："肥羜堆玉盘，飞觞酒如淮。"酒如淮，言其多。淮：河名。
【2】斋：斋食。素食。诗言但求一饱，遑论荤素。

吸　烟

香雾随风卷或舒，开窗借我口吹嘘。
恰怜香火气犹在，莫谓芝兰味不如。
未了俗缘偏癖嗜，何来猾贾欲奇居。
诗人吐属浑宜辣，好供茶边与饭余。

注：

【1】吹嘘：呼气。
【2】芝兰：《孔子家语·六本》："与善人居，如入芝兰之室，久而不闻其香，即与之化矣。"诗因吟香烟，故云"芝兰味不如"。
【3】欲奇居：是时行配给制，香烟需凭票供应，因言奸商奇货可居。
【4】吐属：吟诗作文；谈吐。《南史·张畅传》："畅随宜应答，吐属如流，音韵详雅，风仪华润。"辣：辛辣；苦辣。作者谓诗人吐属宜辣，恰与香烟同味。

残屐为薪赋诗吊之

曾向红尘踏几回,有人错认谢公来。
足音最好留空谷,齿印尚防损嫩苔。
伐木山中怜破斧,劳薪釜底又成灰。
长途风雨宁无恨,蓑笠从今失衬陪。

注:

【1】残屐:破木屐。
【2】谢公:谢灵运。谢曾发明登山专用的木屐,前后齿可装卸。李白《梦游天姥吟留别》:"脚著谢公屐,身登青云梯。"
【4】足音齿印:诗言残屐之经历。
【5】劳薪:因过劳而成烧柴。语出刘义庆《世说新语·术解》。谓此残屐乃由破斧于山中伐来,最终又成为烧柴釜底成灰。

再呈熙甫先生

岭背先生爱我诗,我诗平淡本无奇。
常妨一字能招祸,何况千篇莫疗饥。
笔墨摅怀空自扰,文章憎命更谁欺。
高人偏有嗜痂癖,刻画无盐似不宜。

注:

【1】岭背先生:即邝熙甫。
【2】摅:抒。文章憎命:文人薄命遭忌。杜甫《天末怀李白》:"文章憎命达,魑魅喜人过。"
【3】嗜痂:《宋书·刘邕传》:"邕所至嗜食疮痂,以为味似鳆鱼。尝诣孟灵休,灵休先患灸疮,疮痂落床上,因取食之。灵休大惊。答曰:'性之所嗜。'"后因称怪僻的嗜好为"嗜痂"。刻画无盐:精细地描摹丑女

无盐。比喻以丑比美,引喻比拟得不恰当。《晋书·周𫖮传》:"庾亮尝谓𫖮曰:'诸人咸以君方乐广。'𫖮曰:'何乃刻画无盐,唐突西施也。'"

写　意

尘海归来学晦韬,英雄终古让刘曹。
十年客里无珠履,一醉山中有玉醪。
静爱清泉流韵远,寒惊修竹引风高。
偶从濠濮观鱼乐,照水尤堪惜鬓毛。

注:

【1】珠履客:泛指贵客。郑真《贻李经历诞弥之庆》:"汤饼尽多珠履客,诞弥重见续周诗。"
【2】濠濮观鱼:谓自得其乐。语本《庄子·秋水》。

遣　怀

怆怀今昔不胜悲,荆树凋零家运衰。
门内难求亲骨肉,人间空剩老头皮。
不劳旁劝常加饭,似有前缘爱咏诗。
长夜如年虫语寂,一灯风雨断肠时。

注:

【1】荆树:吴均《续齐谐记》:"京兆田真兄弟三人,共议分财。生资皆平均,惟堂前一株紫荆树,共议欲破三片。明日,就截之,其树即枯死,状如火然。真往见之,大惊,谓诸弟曰:'树本同株,闻将分斫,所以憔悴。是人不如木也。'因悲不自胜,不复解树。"后因用"紫荆"为有关兄弟之典故。杜甫《得舍弟消息》:"风吹紫荆树,色与春庭暮。"

【2】亲骨肉：指父母兄弟子女等血统最接近的人。作者兄逝子无，故云。老头皮：赵令畤《侯鲭录》卷六："真宗东封，访天下隐者，得杞人杨朴，能为诗。召对，自言不能。上问：'临行有人作诗送卿否？'朴言：'独臣妻有诗一首云：更休落魄贪杯酒，亦莫猖狂爱咏诗。今日捉将官里去，这回断送老头皮！'上大笑，放还。"后以"老头皮"为年老男子的戏称。

看花　二首

随处春光总可怜，绿杨留客意缠绵。
爱从叶底窥蝴蝶，厌向风前听杜鹃。
感事已无新涕泪，看花还有旧姻缘。
浮生好景难多得，寄语羲和缓着鞭。

好是春风二月天，嫣红姹紫斗鲜妍。
只嫌近市难赊酒，偶涉芳丛便欲仙。
羁勒宽人容放浪，杖藜扶我且流连。
同游更有明朝约，老兴何妨亦勃然。

注：

【1】"感事"句：谓对世事已经麻木。刘义庆《世说新语·言语》："过江诸人，每至美日，辄相邀新亭，借卉饮宴。周侯中坐而叹曰：'风景不殊，正自有山河之异！'皆相视流泪。唯王丞相愀然变色曰：'当共戮力王室，克复神州，何至作楚囚相对'！"

【2】羲和：神话中驾御日车的神。《楚辞·离骚》："吾令羲和弭节兮，望崦嵫而勿迫。"王逸注："羲和，日御也。"作者自注："黄仲则诗云：'茫茫来日愁如海，寄语羲和快着鞭。'今易其快字而反其意。"

感旧 二首

莫说求浆与射屏,小家碧玉最聘婷。
鬓尝覆额垂垂绿,别后添来几点星。

水剪双瞳雪捏肌,也曾持扇乞新诗。
人间玉杵何从觅,枉教相逢未嫁时。

注:

【1】求浆:用崔护故事。孟棨《本事诗·情感》载:唐崔护尝于清明出游,酒渴求饮,遇一女子,仿佛有情。来岁清明,崔又往寻之,则门扃无人,因题诗于左扉:"去年今日此门中,人面桃花相映红。人面只今何处去,桃花依旧笑春风。"数日后,又去叩门,忽闻哭声,有老父出曰:"君非崔护邪……吾女笄年,知书,未适人。自去年以来,常恍惚若有所失。比日与之出,及归,见左扉有字,读之,入门而病,遂绝食数日而死。"崔入门,哭而祝之。女复活,遂嫁崔。

【2】射屏:指唐高祖射雀屏成婚事。《旧唐书·后妃传上·高祖窦皇后》:"窦毅闻之,谓长公主曰:'此女才貌如此,不可妄以许人,当为求贤夫。'乃于门屏画二孔雀,诸公子有求婚者,辄与两箭射之,潜约中目者许之。前后数十辈莫能中,高祖后至,两发各中一目。毅大悦,遂归我帝。"后因以"射屏"喻择佳婿。

【3】持扇乞新诗:用汪蟾辉故事。《清代声色志》:汪蟾辉,珠江名妓。本南海良家女子,秉性温和,谈吐隽雅。十五岁时误嫁娼妓家,夫家贫,遂按婆婆意,重理婆婆依门接客的旧业。凡遇有文人词客,才让她接见。她的居室,窗明几净,法帖奇书,整齐地摆在化妆台旁。客人来后,她便焚香煮茶,宾主相对清谈,不杂淫秽语。如果与二三知己相逢,兴致也不浅,或在月下畅饮,或在花下赋诗。她与番禺的徐菊仙性情最相似,关系也极为融洽。菊仙几乎无日不至,而蟾辉则常拿着一把扇子请他题诗。其酬答诗三云:舟从邻郡乍归时,即寄鱼笺报我

知。无限离情浑未诉,先持葵扇乞新诗。
【4】玉杵:玉杵臼。裴铏《传奇·裴航》载,裴航以玉杵臼为聘礼,娶云英仙去。后因以玉杵指求婚之聘礼。

漫 成

斜风细雨近清明,拟吊介推诗未成。
梦醒几回天未曙,却教凭壁听鸡声。

注:

【1】介推:介子推。又名介之推,后人尊为介子,春秋时期晋国人,因"割股奉君",……隐居"不言禄"之壮举,深得世人怀念。死后葬于介休绵山。子推曾追随晋公子重耳逃亡一十九年。后重耳得国,是为文公。文公欲封子推,子推却之,逃于深山。文公信谗言纵火烧山,欲迫子推出。火三日,仅得子推尸骨。晋文公重耳深为愧疚,遂改绵山为介山,并立庙祭祀,由此产生了"寒食节",历代诗家文人留有大量吟咏缅怀诗篇。

寒 食

风飘飘又雨潇潇,巷僻无人话寂寥。
忽忽梦回浑有忆,禁城百五是今朝。

注:

【1】禁城百五:指寒食节。《荆楚岁时记》:"冬至后一百五日为寒食。"禁城:宫城。颜延之《拜陵庙作》:"夙御严清制,朝驾守禁城。"

清 明

寒食匆匆节又过,踏青其奈老衰何。
倾江添作思亲泪,洒向清明雨更多。

注:
【1】寒食:节日名。在清明前一日或二日。相传春秋时晋文公负其功臣介之推。介愤而隐于绵山。文公悔悟,烧山逼令出仕,之推抱树焚死。后人相约于其忌日禁火冷食,以为悼念。相沿成俗,谓之寒食。
【2】踏青:亦作"蹋青"。明节前后郊野游览的习俗。旧时并以清明节为踏青节。孟浩然《大堤行》:"岁岁春草生,踏青二三月。"

暮春 二首

光阴忽忽过清明,梦里犹闻唤卖饧。
半月吟哦新意少,几番晴雨暮春成。
红消巷陌花五色,绿映池塘蛙有声。
拄杖堤边问杨柳:折腰何事学逢迎。

悄立东风未碍凉,平林晚望黯然伤。
春来春去忙三月,花落花开梦一场。
草长江南莺羽乱,雨过帘内燕泥香。
浮生好景原无几,偏是痴翁惹恨长。

注:
【1】饧:用麦芽或谷芽熬成的饴糖。李彭老《浪淘沙》:"泼火雨初晴。草色青青。傍檐垂柳卖春饧。"
【2】草长江南:丘迟《与陈伯之书》:"暮春三月,江南草长,杂花生树,群莺乱飞"。

雨后新晴漫写

好是新晴风日妍,山川草木色欣然。
移琴避燕忙终日,载酒听莺忆往年。
仄径扫花还有帚,寒家坐客已无毡。
自扪腹笥经何在?也学边韶白昼眠。

注:

【1】新晴:天气初晴。张耒《蕲水道中》:"绿野新晴风日凉,肩舆细路转重冈。"山川草木:《庄子·知北游》:"山林与?皋壤与?使我欣欣然而乐焉!"

【2】移琴避燕:陆游《幽栖》:"白市米留鸡食,移琴避燕泥。"载酒听莺:覃庆元《题立鱼峰》:"载酒听莺语,春风到处吹。"

【3】仄径扫花:杜甫《客至》:"花径不曾缘客扫,蓬门今始为君开。""坐客"句:《晋书·吴隐之传》载吴隐之为官清廉,勤苦同于贫庶,"以竹篷为屏风,坐无毡席。"杜甫《戏简郑广文兼呈苏司业》:"才名三十年,坐客寒无毡。"

【4】边韶白昼眠:《后汉书·边韶传》:"边韶字孝先,陈留人也,以文章知名,教授数百人,有口辩。会昼日假卧,弟子私嘲之曰:'边孝先,腹便便;懒读书,但欲眠。'韶潜闻之,应时对曰:'边为姓,孝为先;腹便便,五经笥;但欲眠,思经事;寐与周公通梦,静与孔子同思。师而可嘲,出何典记?'嘲者大惭。"

有 感

古巷萧然车迹稀,黄昏风雨掩柴扉。
两三更后愁难遣,六十年间事尽非。
白发遮羞余皂帽,青灯课读失慈帏。
自怜不及空阶石,借得春苔作绿衣。

注:
【1】车迹稀:于武陵《友人南游不回因而有寄》:"一别无消息,水南车迹稀。"掩柴扉:刘黻《偕判中诸友游明心寺》:"一春风雨掩柴扉,今日相羊竟晚晖。"
【2】六十年间:作者时已六十多岁,此取整数。
【3】皂帽:亦作"皂帽"。黑色帽子。杜甫《严中丞枉驾见过》:"扁舟不独如张翰,皂帽应兼似管宁。"此言己身已老。青灯:油灯。课读:师长传授知识、督促学习。近代徐自华《九日闲兴》:"懒携樽酒登高去,课读儿曹昼掩扉。"慈帏:母亲。此悲慈帏早逝。
【4】绿衣:《诗经·绿衣》:"绿兮衣兮,绿衣黄裳。心之忧矣,曷维其亡?"

暮春之夜

乍晴乍雨镇连绵,午夜心情似乱弦。
分绿才过插秧日,催黄已入熟梅天。
一龛灯影愁相对,两部蛙声恼独眠。
应是东皇留不住,杜鹃啼处血痕鲜。

注:
【1】东皇:指司春之神。戴叔伦《暮春感怀》:"东皇去后韶华在,老圃寒香别有秋。"

苦　雨

刚看农妇插秧回，一雨谁知喜变哀。
无赖四随檐下滴，有声都向枕边来。
不嫌孤榻难寻梦，只恐低原易受灾。
寄意天公须着意，苍生元气待滋培。

水积池塘狭易盈，滂沱雨势似盆倾。
牵萝补屋难遮漏，烧笠祈天莫乞晴。
要出汲时忧井渫，最关怀处碍农耕。
即今斗室沉沉夜，听尽鸡声梦不成。

注：

【1】苦雨：久下成灾的雨。《左传·昭公四年》："春无凄风，秋无苦雨。"杜预注："霖雨为人所患苦。"孔颖达疏："《诗》云'以祈甘雨'，此云苦雨。雨水一也，味无甘苦之异养物为甘，害物为苦耳。"

【2】无赖：无奈。

【3】低原：与高原反。低洼之地。

【4】烧笠祈天：旧时广东民俗。久旱无雨之时，百姓即于山上用猪头五牲、斋果酒瓶等祭品列队叩拜，并烧笠嫲（斗笠）祈求老天开恩，下降甘霖。

【5】忧井渫：《易·井》："井渫不食，为我心恻。"王弼注："渫，不停污之谓也。"谓井虽浚治，洁净清澈，但不被饮用。言雨水虽好，适可而止。

读熙甫先生和拙作叠韵八首书后,
仍用前韵

生平窃佩杜陵诗,好像兵家善运奇。
九畹滋兰原见放,一囊食粟朔常饥。
龙头属老非吾望,鱼目求售肯自欺。
却累耆英连叠和,春风风我左便宜。

注:
【1】九畹:《楚辞·离骚》:"余既滋兰之九畹兮,又树蕙之百亩。"王逸注:"十二亩曰畹。"原:屈原。见放:被流放。
【2】一囊食粟:用东方朔故事。《汉书》卷六十五:"臣朔生亦言,死亦言。朱儒长三尺余,奉一囊粟,钱二百四十。臣朔长九尺余,亦奉一囊粟,钱二百四十。朱儒饱欲死,臣朔饥欲死。臣言可用,幸异其礼;不可用,罢之,无令但索长安米。"后以"一囊、一囊贫"等咏人生活清贫。
【3】龙头属老:宋代梁颢故事。相传梁颢八十二岁中状元,其登科谢恩诗云:"天福三年来应举,雍熙二载始成名。饶他白发巾中满,且喜青云足下生。看榜已无朋辈在,归家惟有子孙迎。也知年少登科好,争奈龙头属老成。"孔平仲《孔氏谈苑·梁灏八十二作大魁》。
【4】鱼目求售:鱼目混珠。拿鱼眼睛冒充珍珠。比喻用假的冒充真的。魏伯阳《参同契》卷上:"鱼目岂为珠?蓬蒿不成槚。"
【5】左:左右,反正。

山居寄怀

处处青山叫鹧鸪，底须长短问前途。
林泉有味堪留足，霜雪无情遽上须。
莫道为容求悦己，终怜食性未谙姑。
明朝拟对黄花醉，赊得吴姬酒一壶。

注：
【1】青山叫鹧鸪：吴绮《阮郎归》："红亭春尽绿萍铺。青山叫鹧鸪。"底须：何须。
【2】遽上须：须发很快就白如霜雪。
【3】为容：修饰容貌。《诗·卫风·伯兮》："自伯之东，首如飞蓬。岂无膏沐，谁适为容？"求悦己：《战国策·赵策一》："豫让遁逃山中曰：嗟乎！士为知己者死，女为悦己者容。吾其报智氏之雠矣。"食性：对食物的好恶习性。未谙姑：王建《新嫁娘词》："未谙姑食性，先遣小姑尝。"
【4】黄花：当指菜花。司空图《独望》："绿树连村暗，黄花入麦稀。"吴姬：吴地美女。李白《金陵酒肆留别》："风吹柳花满店香，吴姬压酒唤客尝。"

山居思客

将踏青云未有阶,索居吟饮作生涯。
诗由才限难言美,酒为愁多不易排。
虱处山林常寂寂,鸡鸣风雨自喈喈。
蓬蒿掩户人空老,客至何时畅素怀。

注:

【1】青云:高天之云,喻高官显爵。司马光《和任屯田感旧叙怀》:"自致青云今有几?化为异物已居多。"诗言欲求通显,恨无阶梯。吟饮:饮酒赋诗。

【2】虱处:《晋书·阮籍传》:"上欲图三公,下不失九州牧。独不见群虱之处裈中,逃乎深缝,匿乎坏絮,自以为吉宅也。行不敢离缝际,动不敢出裈裆,自以为得绳墨也。然炎丘火流,焦邑灭都,群虱处于裈中而不能出也。君子之处域内,何异夫虱之处裈中乎!"后因以"虱处裈"比喻身处浊世,局促难安。虱处裈中为局促,处山林则寂寂。

【3】鸡鸣:《诗经·郑风·风雨》:"风雨凄凄,鸡鸣喈喈。既见君子,云胡不夷。"诗言自鸣,则思客矣。

嗜吟自嘲

写尽桃花几叠笺,春来诗思更缠绵。
艳香昔慕王疑雨,通俗今师白乐天。
红粉怜才成隔世,金丹换骨又何年。
吟髭多为推敲断,秋夜灯前与枕边。

注:
【1】王疑雨:王彦泓,字次回,金坛人,明末诗人,官华亭县训导。喜作艳体小诗,多而工,词不多作,而善改昔人词,著有《疑雨集》。
【2】白乐天:白居易,唐代著名诗人。诗语言平易,以通俗为尚。通俗,一本作"平坦"。
【3】金丹换骨:陆游《夜吟》:"六十余年妄学诗,工夫深处独心知。夜来一笑寒灯下,始是金丹换骨时。"钱仲联校注:"金丹换骨云者,盖以喻学诗工夫由渐修而入顿悟之境界。"
【4】吟髭:作诗时因推敲字句而捻弄的髭须。卢延让《苦吟》:"吟安一个字,捻断数茎须。"推敲:胡仔《苕溪渔隐丛话前集》卷十九引《刘公嘉话》:"岛初赴举京师,一日于驴上得句云:'鸟宿池边树,僧敲月下门。'始欲着'推'字,又欲着'敲'字,练之未定,遂于驴上吟哦,时时引手作推敲之势。时韩愈吏部权京兆,岛不觉冲至第三节。左右拥至尹前,岛具对所得诗句云云。愈立马良久,谓岛曰:"用'敲'字佳矣。""

野　望

野望刚逢雨暂晴,幽泉不见但闻声。
溪桥曲折春泥滑,有客徐扶竹杖行。

读稿有感　仍用前韵

华年误尽苦吟诗，斗角勾心未必奇。
坐困愁城聊代哭，生逢盛世敢言饥。
披霜尚为头颅惜，食肉徒将口腹欺。
幸有山林容老物，读书学圃两非宜。

注：

【1】未必奇：谓写诗比世人勾心斗角更费神。
【2】聊代哭：聊且以诗代哭。
【3】披霜：头白。食肉：肉食本为口腹之欲，然饱且不能，何敢更望之，故曰欺。
【4】老物：犹言"老不死""老家伙"。《晋书·后妃传上·宣穆张皇后》："帝尝卧病，后往省病。帝曰：'老物可憎，何烦出也。'后惭恚不食，将自杀，诸子亦不食。帝惊而致谢，后乃止。帝退而谓人曰：'老物不足惜，虑困我好儿耳！'"

赠李沛君

曾为论诗到野斋，钻研求益意良佳。
独惭半叟倾吟箧，未抵先生踏破鞋。
避俗此时弹古调，赏音他日付朋侪。
人间尽有诗材料，远在山巅与水涯。

注：

【1】未抵：李沛常来作者处切磋，故云。
【2】诗材料：陆游《示子遹》："诗为六艺一，岂用资狡狯？汝果欲学诗，工夫在诗外。"

得周公燕五来书快慰之余，复滋感慨爰成二律

故人声气久消沉，一纸飞来贵比金。
盥手开缄薇有露，连肩复坐杏无林。
十年诗债犹相问，两地茶香惜独斟。
我是三生狂杜牧，伤春伤别渐难任。

名士由来自有真，芜城深处寄闲身。
须知北玄山名吟诗客，未让东吴顾曲人。
灯影夜寒思旧雨，萍踪风散感前尘。
若论旧稿增多少，敝帚累累敢自珍。

注：
【1】芜城：古城名。即广陵城，故址在今江苏省江都县境。西汉吴王刘濞建都于此，筑广陵城。竟陵王刘诞据广陵反，兵败死焉，城遂荒芜，鲍照作《芜城赋》以讽之，因得名。此处指台城。
【2】东吴顾曲人：指三国时东吴周瑜。《三国志·吴书·周瑜传》："瑜少精意于音乐，虽三爵之后，其有阙误，瑜必知之，知之必顾，故时有人谣曰：'曲有误，周郎顾。'"

寄 怀

桑榆暮矣复何求,与世将如风马牛。
惊梦恰嫌今夜雨,畏寒犹似去年秋。
誊诗有稿存箱底,买酒无钱挂杖头。
几日入城心意懒,闲寻野渡看横舟。

村前小立独扶筇,临水登山意已慵。
风急欲催帆影转,日斜未减市声浓。
向阳好学葵遮足,应世难言竹在胸。
满眼布衣耕垄亩,人间久矣无卧龙。

注:

【1】风马牛:风:放逸,走失。指齐楚两地相离甚远,马牛不会走失至对方地界。后用以比喻事物之间毫不相干。同"风马牛不相及"。《左传·僖公四年》:四年春,齐侯以诸侯之师侵蔡。蔡溃。遂伐楚。楚子使与师言曰:"君处北海,寡人处南海,唯是风马牛不相及也。不虞君之涉吾地也,何故?"

【2】卧龙:诸葛亮。字孔明,号卧龙。

前 题

门前改尽旧时观，蛛网飘然夕照残。
头白未兼诗律老，身癯弥觉褐衣宽。
风生茗碗无余味，雨过桃笙有薄寒。
失意最嫌今夜梦，依人庑下作衙官。

注：
【1】褐衣：粗布衣。
【2】桃笙：桃枝竹编的竹席。《文选·左思》："桃笙象簟"。刘逵注："桃笙，桃枝簟也，吴人谓簟为笙。"苏轼《仇池笔记·桃笙》："柳子厚诗云：'盛时一失贵反贱，桃笙葵扇安可常。'不知桃笙为何物。偶阅《方言》：宋魏之间，簟谓之笙。乃悟桃笙以桃竹为簟也。"

乡居什咏 二首

未厌喧嚣近市尘，林泉有地著华巅。
几朝天色昏如夜，信是无愁亦黯然。

一卧林泉素旧乖，不能离是手中杯。
迩来自觉难消遣，闲过邻家弄小孩。

注：
【1】华巅：即华颠。头顶曰"颠"。白头，指年老。沈思孝《浴佛日同李伯远姚叔祥净上人放舟南湖诸寺》："林间雨酿清和月，坐上星骄不夜年。自有恩波容洗沐，也分香水著华巅。"
【2】素旧：旧交。乖：违。
【3】闲过：杨万里《闲居初夏午睡起》："梅子留酸软齿牙，芭蕉分绿与窗纱。日长睡起无情思，闲看儿童捉柳花。"

鼠

穿墉谁谓鼠无牙,与鼠如今共一家。
敲案未能惊鼠去,空令惊落好灯花。

注:
【1】鼠无牙:《诗经·召南·行露》:"谁谓鼠无牙,何以穿我墉。"墉:墙壁。
【2】"敲案"句:敲击桌子。赵师秀《约客》:"有约不来过夜半,闲敲棋子落灯花。"

漫成　二首

浮生恩怨总陈陈,磨折修成百炼身。
老去为诗多感旧,向来赌胜每输人。
尚存慈母缝衣线,懒学先生画网巾。
种菜闭门聊自遣,蛇皮未必化龙鳞。

懒寻龟筮向何从,抛却诗书便学农。
敢望桑榆收暮景,尚凭丘壑寄游踪。
风前画柳无全面,雨后看花有病容。
安得邻翁邀共醉,玉醪新揭瓮头封。

注:
【1】网巾:以丝结网为巾,用以裹发,始于明代。《三才图会》:国朝初定天下,改易胡风,乃以丝结网以束其发,名曰网巾,识者有"法束中原,四方平定"之语。戴名世有《画网巾先生传》。
【2】玉醪:酒。陆游《对酒》:"素月度银汉,红螺斟玉醪。"

郊行 二首

晚晴天际彩虹消,平远江山入望遥。
行近绿杨看晒网,凭来乌桕听吹箫。
因知苦士书撑腹,未若狂徒酒系腰。
灯火满城茶市闹,杖藜聊复过长桥。

曳杖郊行趁晚晴,暖风微度葛衣轻。
岭云聚散皆无赖,江水迂回最有情。
草乱离离难寄恨,莺啼隐隐欲寻声。
酒旗低亚山城暮,一角斜阳照眼明。

注:

【1】晒网:马致远《双调·寿阳曲·渔村夕照》:"鸣榔罢,闪暮光。绿杨堤数声渔唱,挂柴门几家闲晒网,都摄在捕鱼图上。"乌桕:树名。
【2】苦士:犹言"书生"。书撑腹:肚里全是书。

有 寄

半世奔驰觅斗升,年来心似玉壶冰。
得鱼至竟归谁有?乞解鸬鹚系颈绳。

注:

【1】玉壶冰:喻高洁清廉。鲍照《代白头吟》:"直如朱丝绳,清如玉壶冰。"
【2】鸬鹚:水鸟名。俗叫鱼鹰、水老鸦。善潜水捕食鱼类,渔人常驯养之以捕鱼。以绳系其颈,大鱼人得之,小鱼自吞。

无聊自慰

莫笑诗痴与酒狂，醉吟聊以遣年光。
山林何世非怀葛，声律如今合宋唐。
锦里疗贫余芋粟，蓬门偕老有糟糠。
紫金丹好堪涂抹，侥倖衰颜不再黄。

注：
【1】怀葛：无怀氏、葛天氏的并称。二人皆为传说中的上古帝王名。古人以为其世风俗淳朴，百姓无忧无虑。陶潜《五柳先生传赞》："酣觞赋诗，以乐其志，无怀氏之民欤？葛天氏之民欤？"
【2】疗贫：解除贫乏。元好问《阌乡卿还山中》："半世虚名不疗贫，栖迟零落百酸辛。"偕老：特指夫妻相偕到老。《诗·邶风·击鼓》："执子之手，与子偕老"糟糠：《后汉书·宋弘传》："贫贱之知不可忘，糟糠之妻不下堂。"意谓贫困时与之共食糟糠的妻子不可遗弃。后因以"糟糠"称曾共患难的妻子。
【3】紫金丹：古代方士所谓服之药。《云笈七签》："合丹法：火至七十日，药成，五色飞华，紫云乱映，名曰紫金，其盖上紫霜，名曰神丹。"杜甫《将赴成都草堂途中有作先寄严郑公》诗之四："生理只凭黄阁老，衰颜欲付紫金丹。"

有感 二首之一

几度看花约不成，兼旬有雨竟无晴。
黑云深处天方梦，那管人间有怨声。

注：
【1】兼旬：二十天。
【2】天方梦：谓天正做梦未醒，故致人间雨过兼旬，一片怨声。

灯下吟

懒从灯下看吴钩,尚爱名山欲卧游。
老去文章拼贱卖,由来福慧莫兼收。
多纹脸似风吹水,思饮心随月上楼。
且喜登床寻梦易,雨余天气像初秋。

注:
【1】吴钩:兵器,形似剑而曲。春秋吴人善铸钩,故称。区士衡《萧叶二子夜过》:"斩马尚方无可借,夜深灯下看吴钩。"
【2】卧游:以观书画替代游赏。张僧繇《名画录》:"宋宗炳,字少文,善书画,好山水。西涉荆巫,南登衡岳,因结宇衡山,以疾还江陵,叹曰:'老疾俱至,名山恐难遍游,当澄怀观道,卧以游之。'凡所游历,皆图于壁,坐卧向之。"

长夜遣怀

浮云尽日暗长空,不见南来海上鸿。
飞洒有窗关宿雨,啸呼无笔绘狂风。
今看影卧孤灯下,何异身投逆旅中。
我比三闾更多事,夜深呵壁问苍穹。

注:
【1】逆旅:指客舍,旅店。《左传·僖公二年》:"今虢为不道,保于逆旅。"
【2】三闾:屈原。本战国时期古地名,位于湖北秭归县三闾乐平里。又指楚国某地三个大姓家族的总称,屈原被贬后就曾任三闾大夫,因此后世也用该名词代指屈原。呵壁:王逸《〈天问〉序》:"屈原放逐,仿徨山泽。见楚有先王之庙及公卿祠堂,图画天地山川神灵,琦玮僪佹,及古贤圣怪物行事,因书其壁,呵而问之,以渫愤懑。"后因以"呵壁"为失意者发泄胸中愤懑之典。

写　意

郭外青山山下村，矮篱茅屋古风存。
年荒渐贬诗文值，巷僻曾无车马喧。
敢望余生登耋耄，还期丰岁慰黎元。
遐方戚友休相念，借草冬眠尚软温。

注：
【1】车马喧：陶潜《饮酒》："结庐在人境，而无车马喧。"
【2】耋耄：高寿。《晋书·李重传》："臣访冲州邑，言其虽年近耋耄，而志气克壮；耽道穷薮，老而弥新。"黎元：亦作"黎玄"，即黎民。杜甫《自京赴奉先咏怀五百字》："穷年忧黎叹息肠内热。"
【3】遐方戚友：远方亲戚朋友。

绝　句

难得糊涂语最真，糊涂易保百年身。
东坡已叹聪明误，不愿聪明更误人。

聪明原不及糊涂，巧者常为拙者奴。
我愿聪明尽消失，来生更不识之无。

注：
【1】难得糊涂：作者自注："予昔过中山，见石岐某庙悬一朱额，大书"难得糊涂"四字，为板桥道人遗墨，终身甚佩其言。"板桥所书四字之下，另有一行款跋："聪明难，糊涂难，由聪明而转入糊涂更难。放一着，退一步，当下心安，非图后来福报也。"
【2】聪明误：苏轼《洗儿戏作》，参见前注释义。
【3】不识之无：不识字。白居易《与元九书》："仆始生六七月时，乳母抱

弄于书屏下,有指'无'字、'之'字示仆者,仆虽口未能言,心已默识。"

渔翁　四首

最是渔翁清福多,风光占尽一湾河。
短蓑半湿霏微雨,孤艇轻摇潋滟波。
斜日晒罾篷影重,晴堤系缆柳风和。
几声唱晚逍遥甚,胜似王郎斫地歌。

冰绡欲买画渔翁,古柳堤边系短篷。
天地有情容一老,烟波无梦到三公。
也从芦苇修邻谊,闲放鸬鹚弄晚风。
愧我缁衣尘万斛,置身常在俗人丛。

竿丝摇曳晚风微,一叶渔舟傍石矶。
且喜月明沽酒便,还因水满钓鱼肥。
振蓑尚恐流尘染,打桨防惊睡鸭飞。
似此波光山色好,不妨鸥鹭共忘机。

自笑余生万事空,闲来江畔羡渔翁。
黄昏乱苇丝丝雨,绿褪残蓑叶叶风。
短笛吹时音嫋嫋,香粳饱后乐融融。
夜阑睡去灯犹亮,照到波心一线红。

注：

【1】罾：用木棍或竹竿做支架的方形鱼网。
【2】斫地歌：斫地而歌。斫地：砍地。表示愤激。参见前注。
【3】冰绡：薄而洁白的丝绸，借指画布。短篷：有篷的小船。僧志南《绝句》："古木阴中系短篷，杖藜扶我过桥东。"
【4】三公：古代中国官员职位最显著者。《韩诗外传》曰："三公之得者何？曰司马、司空、司徒也。司马主天，司空主土，司徒主人。"
【5】缁衣尘：黑色灰尘。常喻世俗污垢。谢朓《酬王晋安》诗："谁能久京洛，缁尘染素衣。"斛：量器名。一斛本为十斗，后来改为五斗。
【6】流尘：飞扬的尘土。打桨：划桨。
【7】鸥鹭共忘机：《列子·黄帝》："海上之人有好鸥鸟者，每旦之海上，从鸥鸟游，鸥鸟之至者百住而不止。其父曰：'吾闻鸥鸟皆从汝游，汝取来，吾玩之'。明日之海上，鸥鸟舞而不下也。"
【8】香粳：亦作"香秔"。一种有香味的粳米。李时珍《本草纲目·谷一·粳》："香粳，长白如玉，可充御贡，皆粳之稍异也。"

感旧　二首

卿本商人妇，琵琶哀怨深。
新声出沙浦，旧恨满江浔。
灯下闻私语，天涯共此心。
岂无诗句赠？凄绝不成吟。

翠袖天寒薄，红绡泪迹新。
挑灯谈往事，倚竹悟前身。
秦氏多娇女，江郎本恨人。
昨宵来入梦，疑幻亦疑真。

注：

【1】感旧：诗为感怀作者旧恋。
【2】商人妇：白居易《琵琶行》："老大嫁作商人妇。"
【3】沙浦：地名，在今台山市大江镇。
【4】翠袖：杜甫《佳人》："天寒翠袖薄，日暮倚修竹。"红绡：陆游《钗头凤》："春如旧，人空瘦，泪痕红浥鲛绡透。"
【5】秦氏：《陌上桑》："秦氏有好女，自名为罗敷。"江郎：南朝诗人江淹。江淹有《恨赋》《别赋》，故谓其为"恨人"。

七夕　二首

良夜匆匆欢会少，双星未若双飞鸟。
明朝依旧隔天河，似此相思何日了。

忽忽浮生岁月催，女儿乞巧夜筵开。
因知乌鹊填河急，未暇清晨报喜来。

注：

【1】七夕：农历七月初七之夕。民间传说，牛郎织女每年此夜在天河相会。旧俗妇女于是夜在庭院中乞巧。杜甫《牵牛织女》："牵牛在河西，织女处其东。万古永相望，七夕谁见同。"

七夕戏赠双星

银汉迢迢舟楫无，填桥乌鹊费工夫。
婚姻久已如儿戏，牛女何因不另图。

注：

【1】银汉：银河。《古诗十九首》之十："迢迢牵牛星，皎皎河汉女。……河汉清且浅，相去复几许？盈盈一水间，脉脉不得语。"

雨夜感吟

窗外巴蕉叶欲残，挑灯听雨夜漫漫。
万重愁绪肠千结，六十年华指一弹。
肯向参苓求缓死，尚劳朋旧劝加餐。
人间风月消磨尽，剩有吟诗兴未阑。

注：

【1】参苓：中药名。人参与茯苓，有滋补健身之效。李洞《将之蜀别友人》："嘉陵雨色青，淡别酌参苓。"劝加餐：杜甫《垂老别》："此去避不归，还闻劝加餐。"

夜　归

阑珊灯火市声沉，踽踽归来夜已深。
几点流萤飞乱草，一钩新月挂疏林。
尚劳行路扶危杖，安得充囊买醉金。
裁句未成姑舍去，凭窗远听弄胡琴。

注：

【1】踽踽：独行貌。《诗·唐风·杕杜》："独行踽踽。"毛传："踽踽，无所亲也。"
【2】裁句：犹言"裁诗"，作诗。方回《送张慵庵》："剪刀锋快云裁句，练带溪长月系怀。"

赠钓叟朱士良

早晚生涯寄一钩，俗情应逐水东流。
微风柳叶舒青眼，浅渚芦花映白头。
似我吟诗难退虏，唯君垂钓易忘忧。
求鱼更有人缘木，莫怪飞凫据上游。

注：

【1】朱士良：作者村人。余未详。
【2】吟诗难退虏：司马光《涑水记闻》卷六："上在澶渊南城，殿前都指挥使高琼固请幸河北，曰：'陛下不幸北城，北城百姓如丧考妣。'冯拯在旁呵之曰：'高琼何得无礼！'琼怒曰：'君以文章为二府大臣，今虏骑充斥如此，犹责琼无礼，君何不赋一诗咏退虏骑邪！'"
【3】求鱼：《孟子·梁惠王上》："以若所为求若所欲，犹缘木而求鱼也……缘木求鱼，虽不得鱼，无后灾。以若所为求若所欲，尽心力而为之，后必有灾。"飞凫：飞翔的野鸭。

山居自遣

不嫌吟咏费诗才,门扇双双付绿苔。
饭有余香堪一饱,花无俗气恰初开。
夕阳鸡犬随声返,清夜渔樵入梦来。
又是中元祭幽日,枝头飞上纸钱灰。

注:
【1】中元:民间传统节日,俗称鬼节、七月半,佛教称为盂兰盆节。"中元"之名起于北魏,时在农历七月十五日。民俗亦有祭祀亡故亲人等活动。

寄 怀

山色犹苍翠,所争唯卧游。
关河乘旧雨,草木入新秋。
开户还朝气,寻诗遣暮愁。
门前水清浅,吾欲泛虚舟。

注:
【1】卧游:指欣赏山水画、游记、图片等代替实地游览。语出《宋史.宗炳传》:"澄怀观道,卧以游之。"
【2】虚舟:无人驾御的船只。语本《庄子·山木》:"方舟而济于河,有虚船来触舟,虽有惼心之人不怒。"后以比喻胸怀恬淡旷达。

有　感

莫说诗声动四邻，百年误我是儒巾。
昔曾画饼嘲名士，今欲衔觞作逸民。
柳往雪来人亦老，花前月下友皆新。
朱门酒肉如山海，未必东施可效颦。

三复湘累山鬼歌，世情今已薄于罗。
秋宵亦似春宵短，好梦何如恶梦多。
愁恨有丝难摆脱，光阴随墨易消磨。
迩来朋旧音书渺，未见南楼一雁过。

注：
【1】衔觞：饮酒。觞，酒杯。李白《留别曹南群官之江南》："愁为万里别，复此一衔觞。"逸民：遁世而有节操者。《论语·微子》："逸民：伯夷、叔齐、虞仲、夷逸、朱张、柳下惠、少连。"何晏集解："逸民者，节行超逸也。"
【2】柳往雪来：指岁月更替。亦寓青丝变白发之义。
【3】朱门酒肉：杜甫《自京赴奉先县咏怀五百字》："朱门酒肉臭，路有冻死骨。"东施可效颦：《庄子·天运》："故西施病心而颦其里，其里之丑人见而美之，归亦捧心而颦其里。其里之富人见之，坚闭门而不出；贫人见之，挈妻子而去之走。彼知颦美，而不知颦之所以美。"
【4】三复：谓反复诵读。陶潜《答庞参军》诗序："三复来贶，欲罢不能。"湘累：屈原。《汉书·扬雄传》："钦吊楚之湘累。"注引李奇曰："诸不以罪死曰累，……屈原赴湘死，故曰湘累也。"《山鬼》：屈原作品。罗：罗绮，薄纱。
【5】南楼一雁过：韦应物《闻雁》："晓发梳临水，寒塘坐见秋。乡心正无限，一雁过（度）南楼。"尤侗《忆王孙》："秋风蝈蝈洞庭波。暮雨湛湛落败荷。数遍相思今夜多。夜如何？独倚南楼一雁过。"

呈熙甫翁兼简李沛君

自愧半生少读书,唯公长者独心虚。
汕头蛮语难留客,岭背诗声易起予。
有日登堂仍请教,无方缩地欲移居。
只今处处农家乐,我辈儒冠宜卸除。

注:
【1】心虚:内心空明而无成见或谦虚而不自满。
【2】起予:《论语·八佾》:"子曰:'起予者,商也,始可与言《诗》已矣。'"何晏集解引包咸曰:"孔子言子夏能发明我意,可与共言《诗》。"后因用为启发自己之意。

入市偶成

绿阴两岸一桥横,入市闲寻诗酒盟。
拂面有风还小立,扶身无杖且徐行。
岩花半向秋前落,野草纷随雨后生。
老我山林何足怪,信知造物有权衡。

注:
【1】岩花:山花。
【2】造物:创造万物,也指创造万物的神力。

邻女阿凤,年垂老矣。及笄时嫁同邑横湖乡。夫固螟蛉子,婚后未满一月即遁去。凤孀居廿余年,复后买一螟蛉为子,长成娶妇,且抱孙矣。近因不堪其媳虐,随一军属北去为佣。见而哀之,因纪以诗 二首

老去为人役,含饴愿已违。
一肩行李重,双鬓乱蓬飞。
栖凤惟求稳,啼鹃莫劝归。
平安犹贶我,相顾共沾衣。

千里途程远,江山景物殊。
晓风坪石站,暮雨洞庭湖。
折节怜腰弱,调羹怕手粗。
不知残夜梦,能到故乡无。

注:
【1】及笄:《礼记·内则》:"(女子)十有五年而笄。"郑玄注:"谓应年许嫁者。女子许嫁,笄而字之,其未许嫁,二十则笄。"笄,发簪。后因称女子年满十五为及笄。
【2】固:本来。遁去:逃走。
【3】佣:佣人;保姆。
【4】含饴:谓含饴弄孙。饴,饴糖,用麦芽或谷芽之类熬成。
【5】栖凤:《闻见录》:"梧桐百鸟不敢栖,止避凤凰也"。阿凤名字里有凤,故作者有此一愿。啼鹃:杜鹃,又名子规。其啼声为"不如归去"。
【6】坪石站:京广铁路坪石车站,在粤北境。洞庭湖:此代指湖南。
【7】折节:放低自己。阿凤为人作佣,故云。

早秋寄怀

鸟语啁啾恨未通,山中时有白头翁。
入秋常恐颜将槁,顾影方知腰似篷。
晚望未尝风景异,岁收那望砚田丰。
一杯正好寻茶味,不为登楼目送鸿。

注:

【1】啁啾:鸟鸣声。白头翁:鸟名。
【2】槁:枯槁;憔悴。《史记·屈原列传》:"颜色憔悴,形容枯槁。"
【3】目送鸿:嵇康《赠秀才入军》:"目送归鸿,手挥五弦;俯仰自得,游心太玄。"

山居闲写

门前一水曲如环,向晚观鱼杖履闲。
对镜名心应尽死,为诗绮语欲全删。
山村幽静无人到,林木参差有鸟还。
风月满窗眠未得,新词宛转读花间。
花间,词集名。

注:

【1】名心:求功名之心。李渔《风筝误·遣试》:"老年最忌名心热,壮岁还愁宦念疎。"绮语:纤婉言情之辞。

早秋有寄　二首

谁谓歧途多易迷，飞鸿踪迹遍东西。
十年空惹一头雪，独坐惭看双脚泥。
信是灌畦难学圃，何妨徙宅亦忘妻。
早秋未用伤摇落，杨柳依依绿满堤。

向晚游观目易迷，水流东去日沉西。
榆钱纷落难沽酒，柳絮低飞易染泥。
耕凿十年成野叟，萧条四壁愧山妻。
门前尚觉风光好，柳绿阴垂半里堤。

注：
【1】徙宅忘妻：刘向《说苑·敬慎》："鲁哀公问孔子曰：'予闻忘之甚者，徙而忘其妻，有诸？'孔子对曰：'此非忘之甚者也，忘之甚者忘其身。'"
【3】游观：犹游览。《关尹子·六匕》："一蜂至微，亦能游观乎天地。"
【4】榆钱：榆荚。因其形似小铜钱，故称。施肩吾《戏咏榆荚》："风吹榆钱落如雨，绕林绕屋来不住。"榆钱非钱，故难沽酒。

谢李沛君惠金兼简熙甫翁　仍用前韵

路途跋涉不忘书，更喜孤怀似谷虚。
绝细虫吟偏动尔，无多鹤俸却分予。
三台文运终当盛，一代诗才未敢居。
此日幸承耆宿教，儒冠儒服莫轻除。

注：
【1】鹤俸：鹤料。代称幕府的官俸。后亦泛指官俸。陆游《被命再领冲佑有感》诗："读书旧成癖，今但坐作梦。未能追鸿冥，乃复分鹤俸。"
【2】三台：即台山。

中秋夜半寄怀

木樨香好得闻不，待月聊登庾亮楼。
自别双星嗟短景，哪堪一雨败中秋。
可无觞咏酬佳节，应有团圆在后头。
试向天街深夜望，长空渐渐湿云收。

注：
【1】木樨：又作木犀，即桂花，属木樨科常绿灌木或乔木，常见的有丹桂、金桂、银桂、四季桂等，产地属中国，各地种植较多。
【2】庾亮楼：湖北鄂州、江西九江等地皆传有此楼。此处代指台城茶楼。
【3】双星：牵牛、织女星。马祖常《拟唐宫词》："银河七夕渡双星，桐树蓬秋叶未零。"

志 感

风流云散马虺隤,回首沧桑尽可哀。
瓜咏黄台伤再摘,花看紫陌忍重来。
年华半是吟诗误,怀抱除非借酒开。
满纸江南断肠句,问君何似贺方回。

注:
【1】虺隤:疲极致病貌。《诗·周南·卷耳》:"陟彼崔嵬,我马虺隤。"毛传:"虺隤,病也。"
【2】瓜咏黄台:指《黄台瓜辞》,杂曲谣辞名。章怀太子作。《旧唐书·承天皇帝倓传》:"泌因奏曰:'臣幼稚时念《黄台瓜辞》,陛下尝闻其说乎?……乃作《黄台瓜辞》,令乐工歌之,冀天后闻之省悟,即生哀愍。辞云:"种瓜黄台下,瓜熟子离离。一摘使瓜好,再摘令瓜稀,三摘犹尚可,四摘抱蔓归。"而太子贤终为天后所逐,死于黔中。'"
【3】花开紫陌:借刘禹锡诗意。刘禹锡《元和十年自郎州召至京师戏赠看花诸君子》:"紫陌红尘拂面来,无人不道看花回。"
【4】贺方回:贺铸。其《青玉案》词:"飞云冉冉蘅皋暮,彩笔新题断肠句。试问闲愁都几许?一川烟草,满城风絮,梅子黄时雨。"

绝句再呈熙甫翁

林泉幽胜足颐和,八十年间小劫过。
长愿寿星留岭背,文章知己现无多。

注:
【1】颐和:颐养天和。小劫:佛教语。释氏以"劫"(劫波)为假设的记时之号。谓人的寿命从十岁增至八万,复从八万还至十岁,经二十返为一小劫。具体说法尚有不同,合成大劫为时则一。

谢熙甫翁惠寄食物　仍用书韵

两地传情诗代书，摛词常感腹中虚。
半生知己多为鬼，一食劳公远念予。
骖脱将同晏婴赠，龟灵莫卜屈原居。
山林此日差堪慰，利锁名缰尽解除。

注：
【1】摛词：亦作摛辞。铺陈文辞。
【2】骖脱：《史记·管晏列传》："越石父贤，在缧绁中。晏子出，遭之涂，解左骖赎之，载归。"龟灵：《卜居》："屈原既放，三年不得复见。竭知尽忠而蔽障于谗。心烦虑乱，不知所从。乃往见太卜郑詹尹曰：'余有所疑，愿因先生决之。'詹尹乃端策拂龟，曰：'君将何以教之？'"

前　题

远望青山路渺漫，何期粉果馈多般。
独怜长者心肠热，无补鲰生骨相寒。
入口芋香犹郁郁，出笼桂露定溥溥。
短章一再酬高厚，留取明年月下看。

注：
【1】粉果：广东省广州地区传统名点，较虾饺略大而不一定是半月形，馅却有虾肉、鲜猪肉、叉烧、笋肉、冬菇等，风味与虾饺不同；与虾饺另一异点是，粉果可以隔水蒸，也可以用油半煎炸，为煎粉果。此处泛指食物。
【2】鲰生：犹小生。多作自称的谦词。刘禹锡《谢中书张相公启》："岂唯鲰生，独受其赐？"

灯下读周公来书及诗偶成一首

玉缄赚得老怀宽,诗句圆如珠走盘。
两字依然称足下,百花靡不集毫端。
爱公满幅银钩劲,忘我深宵灯影寒。
未厌清晨门外望,纪纲来报竹平安。

注:

【1】玉缄:对方来信的敬称。珠走盘:白居易《琵琶行》:"大珠小珠落玉盘"。
【2】足下:古代下称上或同辈相称的敬词。韩愈《与孟东野书》:"与足下别久矣,以吾心之思足下,知足下悬悬于吾也。"
【3】银钩:比喻遒媚刚劲的书法。张逊《水调歌头·宴顾仲瑛金粟影亭赋桂》:"把鸾笺,裁绣句,写银钩。"
【4】竹平安:《酉阳杂俎续集·支植下》:"北部惟童子寺有竹一窠,才长数尺,相传其寺纲维每日报竹平安。"纲维,主管僧寺事务的和尚。后以"竹报平安"指平安家信,也简称"竹报"。

答谈风水者

王侯蝼蚁有前因,儒者惟凭德润身。
后顾茫茫吾老矣,自求多福福何人。

注:

【1】王侯蝼蚁:杜甫《谒文公上方》:"王侯与蝼蚁,同尽随丘墟。愿闻第一义,回向心地初。""心地初"乃《庄子》所谓"游心于淡,合气于漠"之义也。陆游《沁园春》:"王侯蝼蚁,毕竟成尘。"
【2】德润身:《大学》:"富润屋,德润身,心广体胖,故君子必诚其意。"朱熹章句曰:"言富则能润屋矣,德则能润身矣,故心无愧怍,则广大宽平,而体常舒泰,德之润身者然也。"

寄怀 二首

摆脱利锁与名缰，老卧山林岁月长。
借酒暂凭浇块垒，焚诗未敢炫文章。
书从闷读无头绪，食却嗟来有口粮。
好是重阳佳节近，霜天黄菊满篱香。

自笑狂如马脱缰，斗诗赌酒兴弥长。
箧中检出无完褐，梦里吟成有断章。
听尽莺鸣余伐木，留些鸡食合分粮。
蹉跎抱卷空山老，何似黄花晚节香。

注：

【1】利锁名缰：谓受名利束缚。东方朔《与友人书》："不可使尘网名缰拘锁，怡然长笑。"方千里《庆春宫》："人生如寄，利锁名缰，何用萦萦？"
【2】炫文章：夸耀文章。炫：夸耀；自诩。苏辙《同子瞻次过远重字韵》："虽令子孙治家学，休炫文章供世用。"
【3】嗟来：悯人饥饿，呼其来食。《礼记·檀弓下》："齐大饥，黔敖为食于路，以待饿者而食之。有饿者蒙袂辑屦，贸贸然来。黔敖左奉食，右执饮，曰：'嗟！来食'。"
【4】伐木：《诗·小雅·伐木》："伐木丁丁，鸟鸣嘤嘤。出自幽谷，迁于乔木。"

秋凉有怀云超

空山老卧几人知,岁月匆匆去似驰。
心有难言多托病,怀无可寄但凭诗。
梦随南浦征帆远,恨煞西风归雁迟。
日暮砧声催落叶,出门惘惘欲何之。

注:

【1】砧声:捣衣声。沈佺期《独不见》:"九月寒砧催木叶,十年征戍忆辽阳。"惘惘:遑遽而无所适从。《楚辞·九章·悲回风》:"抚佩衽以案志兮,超惘惘而遂行。"韩愈《送殷员外序》:"出门惘惘,有离别可怜之色。"

秋日漫成

九月初交气渐凉,袷衣残旧怕开箱。
村南村北留踪少,秋雨秋风惹恨长。
砧杵声寒惊薄暮,山林骨瘦近重阳。
写诗尚欲酬佳节,更向黄花寿一觞。

注:

【1】袷衣:夹衣。
【2】砧杵:捣衣石和棒槌。亦指捣衣。韦应物《登楼寄王卿》:"数家砧杵秋山下,一郡荆榛寒雨中。"

秋夜漫成

相伴唯凭朱九江,何堪风雨打孤窗。
检书烛尽无余蜡,酌茗人归有吠厖。
残柝声寒山悄悄,近渠形狭水淙淙。
宵来我与僧何异,遮莫前身住海幢。

注:

【1】朱九江:朱次琦。字稚圭,号子襄,世称九江先生,广东南海人。生平著述甚丰,临终时焚去。后简朝亮集其诗文,编为《朱九江先生集》10卷。
【2】厖:长毛狗,亦泛指犬。

悯 潦

四野鸿声动地哀,仓皇未审潦何来。
岂无脱险侥天幸,惟有登高避水灾。
救苦慈航难普渡,送粮铁鸟自翔回。
衰翁满抱痌瘝念,九日题糕心早灰。

注:

【1】潦:古同"涝",雨水过多,水淹。
【2】未审:未详。审:熟知。
【3】慈航:菩萨以尘世为苦海,故以慈悲救度众生,出离生死海,犹如以舟航渡人,故称慈航、慈舟。铁鸟:飞机。
【4】痌瘝:病痛;疾苦。九日题糕:邵博《邵氏闻见后录》卷一九:"刘梦得作《九日诗》,欲用糕字,以'五经'中无之,辍不复为。宋子京以为不然。故子京《九日食糕》有咏云:'飙馆轻霜拂曙袍,糗糍花饮斗分曹。刘郎不敢题糕字,虚负诗中一世豪。'"

贫甚感吟

贫甚日来将断炊,西江挹注又何时。
欲求郭璞生花笔,来写渊明乞食诗。
剩有残躯供阅历,曾无健足效驱驰。
维摩病榻寒如水,鹿友鸥朋恐未知。

注:

【1】挹注:挹彼注兹的省称。谓将彼器的液体倾注于此器。《诗·大雅·洞酌》:"洞酌彼行潦,挹彼注兹,可以濯罍。"孔颖达疏:"可挹彼大器之水,注之此小器之中。"后亦以喻取一方以补另一方。张孝祥《念奴娇·过洞庭》:"尽挹西江,细斟北斗,万象为宾客。"

【2】生花笔:《南史·江淹传》:"尝宿于冶亭,梦一丈夫,自称郭璞,谓淹曰:'吾有笔在卿处何多年,可以见还。'淹乃探怀中得五色笔一以授之,尔后为诗绝无美句。时人谓之才尽。"

【3】乞食诗:陶潜《乞食诗》:"饥来驱我去,不知竟何之。行行至斯里,叩门拙言辞。"陆游《贫甚戏作绝句》:"籴米归迟午未炊,家人窃闵乃翁饥。不知弄笔东窗下,正和渊明乞食诗。"

【4】维摩病榻:《维摩经·文殊师利问疾品》载:佛在毗耶离城庵摩罗园,城中五百长者子至佛所请说法时,居士维摩诘故意称病不往。"尔时,长者维摩诘心念:'今文殊师利,与大众俱来。'即以神力,空其室内,除去所有,及诸侍者;唯置一床,以疾而卧。"后用"维摩病"谓佛教徒生病,亦泛指生病。苏轼《和钱四寄其弟和》:"年来总作维摩病,堪笑东西二老人。"

【5】鹿友鸥朋:麋鹿之友,鸥鸟之朋。此代指作者所交之知友。

雨夜漫成

茅斋静听潇潇雨,入夜愁心欲结冰。
门外知谁惊睡犬,灯前顾我像痴蝇。
最怜尘架诗盈帙,无补寒厨米半升。
一事自嘲还自慰,年来傲骨尚棱棱。

注:
【1】痴蝇:秋蝇。苏轼《次韵定慧钦长老见寄八首》:"左角看破楚,南柯闻长滕。钩帘归乳燕,穴纸出痴蝇。"

自　遣

送鸿几度倚危楼,露冷关河入暮秋。
枕上无痕空忆梦,杯中有物尽消愁。
津如可问舟常便,山不能移宅亦幽。
终是卞和忍莫及,底须炫玉去求售。

注:
【1】卞和:春秋时楚人。相传他得玉璞,先后献给楚厉王和楚武王,皆被认为欺诈,受刑砍去双脚。楚文王即位,他抱璞哭于荆山下,文王使人琢璞,得宝玉,名之为"和氏璧"。

长夜寄怀

重阳节不佳，忽忽令人病。
雨阻门外车，尘掩窗前镜。
宵静适吟哦，灯寒感孤另。
揣彼维摩室，与我或相称。
禅榻入画图，便是渔翁艇。
故人隔烟水，梦魂欠感应。
世风渐凌夷，人事有衰盛。
谁知老书生，日中饥寒并。
寂寞守空山，不求锥脱颖。
有愿但识韩，无心更思郢。
宠辱有何凭？疾风知草劲。
翻笑梧桐懦，黄叶飘金井。
作此五言诗，借酬秋夜永。

注：

【1】维摩室：见前注。

【2】禅榻：禅床，僧人坐禅之具。杜牧《题禅院》："觥船一棹百分空，十岁青春不负公。今日鬓丝禅榻畔，茶烟轻扬落花风。"

【3】故人：朋友。刘长卿《自鄱阳还道中寄褚征君》："故人烟水隔，复此遥相望。"

【4】锥脱颖：《史记·平原君虞卿列传》："平原君曰：'夫贤士之处世也，譬若锥之处囊中，其末立见……'毛遂曰：'臣乃今日请处囊中耳。使遂蚤得处囊中，乃颖脱而出，非特其末见而已。'"

【5】识韩：李白《与韩荆州书》："白闻天下谈士相聚而言曰：'生不用封万户侯，但愿一识韩荆州。'何令人之景慕一至于此耶！"韩荆州，韩朝宗，时为荆州长史。思郢：怀念知己。《庄子·徐无鬼》："郢人垩慢

其鼻端若蝇翼，使匠石斲之。匠石运斤成风，听而斲之，尽垩而鼻不伤，郢人立不失容：……自夫子之死也，吾无以为质矣，吾无与言之矣。"后用"郢人"喻知己。

【6】疾风：刘珍等《东观汉记·王霸传》："上谓霸曰：'颍川从我者皆逝，而子独留，始验疾风知劲草。'"

【7】懦：怯弱。黄叶：王昌龄《长信秋词五首》："金井梧桐秋叶黄，珠帘不卷夜来霜。"

忆甑苹荫佛心先生　二首

忘年交未久，吟社即消沉。
儒服难谐俗，诗声易变金。
桑榆坚士节，茭箣恸人琴。
旧识多耆宿，唯公最赏音。

同社多吟友，今唯我尚存。
后生名未立，仁者语常温。
南国难留荫，西风易断魂。
不知秋草墓，风雨几黄昏。

注：

【1】甑苹荫佛心：台山人，作者前辈诗人。余未详。

【2】茭箣：茭箣围。台山地名。恸人琴：指人琴俱亡，形容睹物思人，痛悼亡友。常用来比喻对知己、亲友去世的悼念之情。《晋书·王徽之传》："取献之琴弹之，久而不调，叹曰：'呜呼子敬，人琴俱亡。'"

秋宵自遣

西风寒逼晚萧萧,落叶哀蝉两不聊。
金柝城头围梦怯,板桥霜迹客魂消。
砧闻白帝声犹急,酒杂黄花味更饶。
老去悲秋觉无谓,且将吟饮遣长宵。

注:

【1】金柝:即刁斗。古代军中夜间报更用器。一说金为刁斗,柝为木桥。板桥:木桥。温庭筠《商山早行》:"鸡声茅店月,人迹板桥霜。"

【2】砧闻白帝:砧:捣衣石。白帝:白帝城:在重庆奉节。杜甫《秋兴》诗之一:"寒衣处处催刀尺,白帝城高急暮砧。"

思　亲

难将寸草报春晖,太息门风日式微。
对镜貌如颠米石,开箱泪滴老莱衣。
苦中读礼情犹在,谖背承欢愿已违。
只有年年重九节,登高目送白云飞。

注:

【1】寸草:孟郊《游子吟》:"谁言寸草心,报得三春晖。"式微:衰微,衰败。《诗·邶风·式微》:"式微式微,胡不归。"朱熹集传:"式,发语辞。微,犹衰也。"

【2】颠米石:指宋代书法家米芾。芾爱石成癖,却行止违世脱俗,倜傥不羁,世称"米颠"。《宋史·米颠传》:"无为州治有巨石,状奇丑,芾

见大喜曰：'此足以当吾拜！'具衣冠拜之，呼之为兄。又不能与世俯仰，故从仕数困。"

【3】老莱衣：《艺文类聚》卷二十引《列女传》："老莱子孝养二亲，行年七十，婴儿自娱，著五色采衣。尝取浆上堂，跌仆，因卧地为小儿啼，或弄乌鸟于亲侧。"后因用"老莱衣"为孝养父母之词。杜甫《送韩十四江东觐省》诗："兵戈不见老莱衣，叹息人间万事非。"

【4】苫中读礼：谓居丧守制。苫：居丧时，孝子睡的草垫子。读礼：古人守丧在家，读有关丧祭的礼书，因称居丧为"读礼"。语本《礼记·曲礼下》："居丧未葬，读丧礼；既葬，读祭礼。"

【5】谖背：《诗·卫风·伯兮》："焉得谖草，言树之背。"朱熹注曰："谖草，令人忘忧；背，北堂也。"谖草即忘忧草。北堂是古代居室东厢房的后部，是主妇居处的地方，因此古人便以"北堂"代称"母亲"。孟郊《游子诗》："萱草生堂阶，游子行天涯；慈母倚堂门，不见萱草花。"

吟余有感　用前韵

策杖寻诗趁夕晖，一秋才思渐衰微。
创余病足难为履，瘦尽吟肩不称衣。
已觉聪明非幸福，何因心愿总乖违。
山林有约堪归卧，敢说齐庭鸟待飞。

注：

【1】吟肩：诗人的肩膀。因吟诗时耸动肩膀，故云。朱熹《次刘明远宋子飞〈反招隐〉韵之二》："荣丑穷通只偶然，未妨闲共耸吟肩。"

【2】齐庭：满庭。

邻姥见赠猪脚连醋一碗因以一绝纪之

乌醋豚蹄赠不文，何期青眼出钗裙。
也知戴得儒冠后，酸到如今已十分。

注：

【1】何期：犹言岂料。表示没有想到。青眼：指对人喜爱或尊重。与"白眼"相对。杜甫《短歌行赠王郎司直》："仲宣楼头春色深，青眼高歌望吾子。"

【2】酸：儒酸。犹寒酸。形容读书人贫窘之态。周敦颐《任所寄乡关故旧》："老子生来骨性寒，宦情不改旧儒酸。"

暮秋感吟　二首

西风敲响碧琅玕，凉入山窗渐变寒。
热不因人还有节，愁来溺我太无端。
暮秋景物催吟易，末路文章唤卖难。
消瘦容光那管得，却劳亲友劝加餐。

钓誉入城将买钩，茫茫何处觅羊裘。
廿年无味非鸡肋，三绝唯痴及虎头。
泉石光阴催老景，山河风雨送残秋。
门前一水多惊浪，洗耳从今懒枕流。

注：
- 【1】琅玕：神话树名。后世诗人多用来指竹。贾岛《竹》："篱外清阴接药栏，晓风交戛碧琅玕。"方回《题张明府清风堂三首》："麦陇初秋晓吹寒，新篁摇动碧琅玕。"
- 【2】节：节令。溷：乱；扰。
- 【3】羊裘：羊皮做的衣服。汉严光少有高名，与刘秀同游学，后刘秀即帝位，光变名隐身，披羊裘钓泽中。见《后汉书·逸民传·严光》。后因以"羊裘"指隐者或隐居生活。
- 【4】三绝唯痴：顾恺之，字长康，小字虎头。恺之博学有才气，工诗赋、书法，尤善绘画。时人称之为三绝：画绝、文绝和痴绝。
- 【5】洗耳：意为不愿听到。用许由事。

夜半写诗感吟一律

早识文章莫借光，夜深誊稿为谁忙。
居邻绿竹偏惊雨，瘦比黄花尚傲霜。
嗜读有时萦梦寐，放颠无处寄行藏。
灯前白发三千丈，安得神仙却老方。

注：
- 【1】放颠：放纵颠狂。杜甫《绝句》之九："设道春来好，狂风大放颠。"
- 【2】却老方：不老的秘诀。却，退。

深秋晚望

几回晚眺意茫茫，对景吟哦腹已荒。
霜重遥山犹滴翠，风高残叶转飞黄。
未妨食肉居无竹，何必烹龟祸及桑。
日暮闲愁推不去，颓然归卧老僧房。

注：

【1】居无竹：苏轼《于潜僧绿筠轩》："宁可食无肉，不可居无竹。无肉令人瘦，无竹令人俗。人瘦尚可肥，士俗不可医。"

【2】烹龟祸及桑：比喻有罪过的人安然事事，转祸于无辜的人。刘敬叔《异苑》载：吴孙权时，永康县有人入山，遇一大龟，即束之以归。……既至建业，权命煮之，焚柴万车，语犹如故。诸葛恪曰："燃以老桑树乃熟。"献者乃说龟树共言，权使人伐桑树煮之，龟乃立烂。

寒宵有感

十年踪迹感飘萍，浮海归来两鬓星。
幸有交朋怜野叟，不教逋客愧山灵。
寒宵尚恨难赊酒，刚日何妨多读经。
最是霜风吹未已，飘萧落叶满空庭。

注：

【1】逋客：漂泊流亡的人；失意的人。白居易《读李杜诗集因题卷后》："暮年逋客恨，浮世谪仙悲。"

【2】刚日：犹单日。古以"十干"记日。甲、丙、戊、庚、壬五日居奇位属阳刚，故称。

秋尽感吟

眼前逝者竟如斯，又值秋冬交代期。
岩野楼迟今我老，江山摇落昔人悲。
满城风雨魂消日，一枕邯郸梦醒时。
尚愧无诗持赠菊，黄昏惆怅望东篱。

注：
【1】逝者如斯：《论语·子罕》："子在川上曰：'逝者如斯夫！不舍昼夜。'"
【2】摇落：杜甫《咏怀古迹》（其二）："摇落深知宋玉悲，风流儒雅亦吾师。"
【3】满城风雨：宋·惠洪《冷斋夜话》卷四："黄州潘大临工诗，有佳句，然贫甚……临川谢无逸以书问：'近新作诗否？'潘答书曰：'秋来景物，件件是佳句，恨为俗气所蔽翳。昨日清卧，闻搅林风雨声，遂起题壁曰：满城风雨近重阳。忽催租人至，遂败意。只此一句奉寄。'"
一枕邯郸："一枕黄粱"。典出沈既济《枕中记》。
【4】持赠：持物赠人。欧阳修《乞药呈梅圣俞》："谓此吾家物，问谁持赠公。"
黄昏：李清照《醉花阴》："东篱把酒黄昏后，有暗香盈袖。"

秋尽夜

自笑情怀老更痴，挑灯重写殿秋诗。
蓼红苇白年光短，露冷风凄夜漏迟。
物外身闲犹喜我，天涯梦断最怜伊。
愿寻仙洞观棋去，不管人间岁序移。

注：
【1】殿秋：秋末。殿，最后，最下。《广雅》："殿，后也。"

【2】仙洞观棋：意为不闻世事，观棋成仙故事颇多，无法确指。虞喜《志林》："信安山有石室，王质入其室，见二童子方对棋。看之，局未终，视其所执伐薪已烂朽，遽归乡里，已非矣。"岁序：指年份更替的顺序，泛指时令。

诗才竭矣赋此自嘲　二首

吟魂颠倒为谁来？岂有陈思八斗才。
今夜料应裁句易，刚从燕喜酒家回。

寒宵觅句句何来？向壁推敲竭我才。
岭背有人将索稿，肯教拍拍手空回。

注：

【1】陈思：即曹植。曹植生前封陈王，死后谥号为"思"。八斗才：喻才高。李商隐《可叹》诗："宓妃愁坐芝田馆，用尽陈王八斗才。"无名氏《释常谈》："谢灵运尝曰：'天下才有一石，曹子建独占八斗，我得一斗，天下共分一斗。'"
【2】燕喜酒家：盖于1926年，时为台城第一酒楼。后改为"华侨旅馆"，即今"东风旅馆"。
【3】觅句：犹"闭门觅句"。黄庭坚《病起荆江亭即事》诗之九："闭门觅句陈无己，对客挥毫秦少游。"向壁推敲：面对墙壁推敲，犹言冥思苦想。推敲，用贾岛事。孙登《无题》："向壁推敲怀岛佛，临池摹仿忆坡仙。"

夜雨　二首

历尽三秋感慨深，夜来常恐梦难寻。
最嫌窗外疏疏雨，滴入心头酸不禁。

晚稼由来防夜雨，只今夜雨奈天何。
痴翁渐觉吟情淡，南亩西畴系念多。

注：
【1】南亩西畴：朝南和面西之田畴，泛指田地。系念：挂念。

霜　降

昨天霜降到山村，今日才闻野老言。
接目平畴犹绿化，沾衣细雨近黄昏。
酒惟薄醉添颜色，诗未成吟系梦魂。
且喜夜来风尚弱，吴绵七尺有余温。

注：
【1】霜降：二十四节气之一。《逸周书·周月》："秋三月中气：处暑、秋分、霜降。"
【2】吴绵：吴地所产之丝绵。亦作"吴棉"。此处泛指。白居易《新制布裘》："桂布白似雪，吴绵软于云。"

白头有感

暮阴抱甕力难胜,虱处农村最下层。
黄脸不嫌操臼妇,白头犹守读书灯。
敢将吟咏追耆宿,未免饥寒累友朋。
半世驱驰了无益,空令镜里鬓丝增。

注:

【1】抱甕:典出《庄子》,见前注。虱处:典出《晋书·阮籍传》。喻俗人苟安于世。
【2】操臼妇:《后汉书·冯衍传下》:"衍娶北地任氏女为妻,悍忌,不得畜媵妾,儿女常自操井臼。"后因以"身操井臼"指亲自操持家务。臼:旧时舂米之器具。

说　梦

山村尽夜阒无哗,梦入台城去吃茶。
路上相逢似相识,少年僧着黑袈裟。

绳榻萧条伴一灯,前身难说我非僧。
偶然堕落尘间去,觉岸重登却未能。

注:

【1】阒:寂静。
【2】绳榻:旧时称僧人所用坐垫为绳榻。乾隆《体元堂三叠丙申韵》:"几余绳榻凭,遣闷纸窗明。"
【3】觉岸:佛教语。由迷惘而到觉悟的境界。陈汝元《金莲记·证果》:"与君永归三宝,指觉岸以同登。"

风雨之夜咳不能寐漫成一首

老病侵寻渐不支，凭床咳嗽气如丝。
满窗风雨飘潇夜，慵复挑灯读楚词。

注：
【1】侵寻：亦作"侵浔"。渐进，渐次发展。

老妻解雇回家以诗慰之

蒲柳难禁霜雪欺，衡门好暂共栖迟。
如今休问塞翁马，祸福前途未可知。

注：
【1】蒲柳：即水杨。枝叶易凋，故有"蒲柳之姿，望秋而落，松柏之质，经霜弥茂"之说，早衰之意。
【2】衡门：《诗·陈风·衡门》："衡门之下，可以栖迟。泌之洋洋，可以乐饥。"衡门：横木为门。指屋舍简陋。

漫　成

黄竹声哀切莫歌，残冬天气尚晴和。
迎年渐觉吟情减，欲睡先愁恶梦多。
大块文章难假借，浮生岁月易蹉跎。
即今剩有皮囊在，矍铄何如马伏波。

注：
【1】黄竹：地名。传周穆王游黄竹之丘，遇风雪，见路有冻人，作诗三章哀之。李商隐《瑶池》："瑶池阿母绮窗开，黄竹歌声动地哀。八骏日行三万里，穆王何事不重来。"
【2】大块：大自然；大地；世界。《庄子·齐物论》"夫大块噫气，其名为风。"成玄英疏："大块者，造物之名，亦自然之称也。"大块文章：指大自然锦绣般美好的景色。李白《春夜宴从弟桃花园序》："阳春召我以烟景，大块假我以文章。"
【3】马伏波：马援，东汉开国功臣之一，扶风茂陵人。因功累官伏波将军，封新息侯。

春日试笔

老去名缰应放松，读书惜未竟全功。
偶然谈辩羞扪虱，便是糊涂莫笑虫。
七律有诗怀旧雨，一樽无酒醉春风。
迩来面槁如秋叶，敢望桃花相映红。

注：
【1】未竟全功：孔子云学而优则仕，作者最终未能出仕为官，故有此慨。
【2】扪虱：《晋书·王猛传》："桓温入关，猛被褐而诣之，一面谈当世之

事，扪虱而言，旁若无人。"后遂用"扪虱而谈、扪虱倾谈、扪虱"等形容言谈不凡，态度从容不迫，无所畏忌；又以"虱空扪"指有才无处施展。

【3】旧雨：老朋友。

闻邝翁将枉顾敝庐写诗待赠　二首

桃花弄色柳条新，息影山林又一春。
闭户不求人说项，登墙偏有女窥臣。
平生未了唯诗债，垂老相逢亦夙因。
只恐吟声过激越，飘飘惊落屋梁尘。

生不封侯愿识韩，漫劳车马渡江干。_{借用杜诗}
喑夫学唱腔常涩，长者论诗眼独宽。
泉水在山犹恐浊，春风入座定忘寒。
新年料得多佳什，他日还须借一看。

注：

【1】息影：亦作"息景"。《庄子·渔父》："不知处阴以休影，处静以息迹，愚亦甚矣！"后因以"息影"谓归隐闲居。
【2】说项：唐杨敬之器重项斯，作《赠项斯》诗："几度见诗诗总好，及观标格过于诗。平生不解藏人善，到处逢人说项斯。"后世谓为人说好话、替人讲情为"说项"。
【3】登墙窥臣：语出宋玉《登徒子好色赋》："然此女登墙窥臣三年，至今未许也。"吴融《宋玉宅》诗："穿径早曾闻客住，登墙岂复见人窥。"
【4】识韩：见前注。漫劳：杜甫《有客》："岂有文章惊海内，漫劳车马驻江干。"
【5】喑夫：嗓子哑不能出声之人。此处为作者谦词。长者：指邝熙甫。
【6】泉水在山：语出杜甫《佳人》："在山泉水清，出山泉水浊。"

读友人诗有感率成一律书后

最苦相思刻骨深,情天轶出到如今。
残年已自惊风烛,韵事从君说月琴。
诗倘有灵当刮目,结无可解是同心。
云英只在蓝桥下,玉杵偏劳几度寻。

注:

【1】轶出:超出。
【2】韵事:风雅之事。
【3】云英:唐代神话故事中的仙女名。传说裴航过蓝桥驿,以玉杵臼为聘礼,娶云英为妻。后夫妇俱入玉峰成仙。事见唐裴铏《传奇·裴航》。诗文中常用此典借指佳偶。

闲中偶成

老去方知世事艰,归来拭目认家山。
渔樵有约神先往,晴雨无关心自闲。
病酒未忘慈母诫,编诗尚待故人删。
别寻方法消长日,替补巢窠待燕还。

注:

【1】世事艰:陆游《书愤》:"早岁那知世事艰,中原北望气如山。"家山:谓故乡。钱起《送李栖桐道举擢第还乡省侍》:"莲舟同宿浦,柳岸向家山。"
【2】病酒:饮酒沉醉。《晏子春秋·谏上三》:"景公饮酒,酲,三日而后发。晏子见曰:'君病酒乎?'公曰:'然。'"

燕子来巢赋诗赠之

空堂从此积香尘,难得双双入幕宾。
栖宿应无羁旅恨,呢喃似说主人贫。
一年别后春如梦,千里来时花正新。
朱雀桥边风景异,偶然回首莫伤神。

注:

【1】入幕宾:《晋书·郗超传》:"谢安与王坦之尝诣(桓)温论事,温令超帐中卧听之,风动帐开,安笑曰:'郗生可谓入幕之宾矣!'"后因称参与机密的幕僚为"入幕宾"。此处指燕子。

【2】朱雀桥:刘禹锡《乌衣巷》:"朱雀桥边野草花,乌衣巷口夕阳斜。旧时王谢堂前燕,飞入寻常百姓家。"

偶　成

寄情如我不胜痴,爱咏渔翁燕子诗。
老去精神应有限,迩来吐属况无奇。
恰怜雨后梳翎鹤,未若泥中曳尾龟。
镜里头颅衰几许?懒将功效问参芪。

注:

【1】梳翎鹤:苏轼《二月八日与黄煮僧昙颖过逍遥堂何道士宗一问疾》:"风权时落蕊,病鹤不梳翎。"曳尾龟:《庄子·秋水》:"庄子持竿不顾,曰:'吾闻楚有神龟,死已三千岁矣,王巾笥而藏之庙堂之上。此龟者宁其死为留骨而贵乎?宁其生而曳尾于涂中乎?'二大夫曰:'宁生而曳尾涂中。'"比喻甘贫贱而全身者。

【2】参芪:中药名。黄芪和党参。

燕子再咏　二首

赚得山翁几首诗，东风又送燕来时。
去年朱户无从觅，此恨黄莺有未知。
春色衔残香暗淡，夕阳飞倦羽差池。
茫茫云水飘零甚，何似鹪鹩稳一枝。

双影飞飞东复西，一年辛苦是衔泥。
日斜巷口休重问，风暖檐牙好共栖。
绿树移阴春寂寂，红楼归晚雨凄凄。
穿花掠水浑闲事，莫学流莺向晓啼。

注：
【1】差池：犹参差。不齐貌。《诗·邶风·燕燕》："燕燕于飞，差池其羽。"马瑞辰通释："差池，义与参差同，皆不齐貌。"
【2】鹪鹩：小鸟名，以麻发为窝，系于树枝。鹪鹩做窝，只占用一根树枝。《庄子·逍遥游》："鹪鹩巢于深林，不过一枝；偃鼠饮河，不过满腹。"
【3】红楼：红色的楼。泛指华美的楼房。史达祖《双双燕》："红楼归晚，看足柳昏花暝。"

燕子续咏　三首

门巷依稀认未差，旧巢痕迹剩些些。
落花黏染香风远，贴水飞来日影斜。
千里归途应有恨，数椽客寓胜无遮。
繁华似梦君知否？莫向王家与谢家。

俪影看如漆与胶，重来喜尚认西郊。
芳邻雅不嫌蛛网，破垒犹堪傲鹊巢。
点缀易成新画本，拂摇常惜嫩花梢。
莫愁好梦惊风雨，补屋牵萝更结茅。

遮莫前身是淑嘉，再来犹喜室非遐。
飞残海角天涯路，看遍嫣红姹紫花。
远别朱门如梦境，近看绿水有人家。
披襟正好沾春雨，付与闲翁赏物华。

注：
【1】些些：少许，一点儿。元稹《答友封见赠》："扶床小女君先识，应为些些似外翁。"
【2】王家谢家：皆晋朝大士族。刘禹锡《乌衣巷》："旧时王谢堂前燕，飞入寻常百姓家。"
【3】拂摇：燕子翻飞之情态。
【4】补屋牵萝：牵萝补茅屋，参见前注。
【5】遮莫：莫非；或许。黄景仁《念奴娇·虞山旅舍夜起是日稚存归里》词："遮莫九龙山下月，今夜是君行处？"

春夜抒怀　二首

酌茗归来夜未央，孤眠不用怨更长。
春风吹入维摩榻，便是无花梦亦香。

呕尽心肝不自知，挑灯写稿夜眠迟。
今春燕子浑无赖，飞人西山半叟诗。

注：
【1】维摩榻：禅床。坐禅之具。李洪《万寿观重萼梅》："香清暗馥维摩榻，韵胜全疑姑射人。"
【2】浑无赖：简直顽皮。辛弃疾《浣溪沙》词："啼鸟有时能劝客，小桃无赖已撩人。"西山半叟：作者自号。诗言今年多有咏燕之作。

病后看花

伫立衰翁病起才，喜看红紫一齐开。
盈盈春意枝头闹，缓缓歌声陌上来。
未绝友交常入市，犹遵医嘱暂停杯。
花香沁骨堪延寿，底用倾囊买药材。

注：
【1】枝头闹：宋祁《玉楼春》："绿杨烟外晓寒轻，红杏枝头春意闹。"
【2】陌上来：胡寅《和汝霖三首》其一："陌上正歌归缓慢。"

诗成有感

一度诗成几琢磨,尚防音节未调和。
作诗已觉非容易,偏是诗翁日见多。

注:
【1】调和:协调;和谐。

再梦黄增作

重泉冥漠隔音尘,死友唯君入梦频。
恐是三生缘未了,更寻香火证前因。

注:
【1】重泉冥漠:重泉,犹九泉。冥漠:谓死亡。杜甫《九日》诗之三:"欢娱两冥漠,西北有孤云。"仇兆鳌注:"冥漠,谓苏郑俱亡。"

山行　三首

水复山重去路遥，行行未免客魂销。
风流不若东坡处，忘却腰间系酒瓢。

望里瓶峰最拔群，步行深入万重云。
卧游未必娱心目，窃怪当年宗少文。

一声归也别山灵，回首烟霞半掩肩。
夕照西斜禽鸟乐，风光浑似醉翁亭。

注：
【1】瓶峰：瓶身峰。台山北峰山主峰。海拔高度922米，外貌酷似日本富士山，被誉为"台山富士山"。
【2】宗少文：宗炳，南朝画家。字少文，家居江陵。士族，征官不就。擅书法、绘画和弹琴。漫游山川，西涉荆巫，南登衡岳，后以老病，才回江陵。曾将游历所见景物，绘于居室之壁，自称："澄怀观道，卧以游之"。著有《画山水序》。
【3】醉翁亭：四大名亭之首，北宋庆历六年始建于安徽滁州，因欧阳修命名并撰《醉翁亭记》一文而闻名遐迩。

风雨怀故人

天气居然似熟梅,倾樽无酒令怀开。
落花几度风兼雨,偏是故人迟未来。

注:
【1】熟梅:即熟梅天。萨都剌《过蒲城》:"一片青云笼马首,熟梅天气雨纤纤。"

清　明

九十春光忽忽过,午窗人静独吟哦。
踏青有约成孤负,惆怅清明风雨多。

注:
【1】九十春光:春季三个月,共九十天,指春天的美好光景。陈陶《春归去》:"九十春光在何处?古人今人留不住。"
【2】孤负:谓徒然错过。黄机《水龙吟》:"恨荼蘼吹尽,樱桃过了,便只恁成孤负。"

有 悟

何尝贵贱判云泥？事理看来半滑稽。
腹亦负公公负腹，藜非扶我我扶藜。
倾城以哲难为妇，徙宅能忘岂独妻。
试向西山论半叟，越聪明处越昏迷。

注：

【1】负腹：用党进事。《通鉴长编》："党太尉进食饱，扪腹叹曰：'我不负汝。'左右曰：'将军不负此腹，此腹负将军，未尝稍出智能也。'"袁枚《随园诗话》："诗用经书成语，有对仗极妙者。前辈卢玉岩云：'头既责余余责头，腹亦负公公负腹。'"扶藜：僧志南《绝句》："古木阴中系短篷，杖藜扶我过桥东。"

【2】倾城以哲：《诗·大雅·瞻印》："哲夫成城，哲妇倾城。"郑玄笺："城，犹国也。"孔颖达疏："若为智多谋虑之妇人，则倾败人之城国。"

寄 怀

不愁无处寄吟怀，家在城隅浅水西。
门外天然图画好，春风杨柳满金堤。

注：

【1】金堤：亦作"金隄"。坚固的堤堰。后作为堤堰的美称。萧统《锦带书十二月启·无射九月》："金堤翠柳，带星采而均调。"

入市口占

记得周公旧有诗,药材清炖大头龟。
今看市上龟无迹,误我馋涎三尺垂。

注:
【1】馋涎:即口水。因食欲而口中分泌的液体。皮日休《鲁望昨以五百言见贻亦迭和之微旨也》:"将来示时人,狻猊垂馋涎。"

酒后狂吟

青梅味永酒新醅,几日诗怀赖扑开。
人到途穷增阅历,马唯栈恋已虺聩。
多年颍上无牛饮,终古辽东有鹤回。
臣朔偏谙兴废事,昆明劫后话余灰。

注:
【1】扑开:犹言打开。
【2】牛饮:泛指狂饮、豪饮。葛洪《抱朴子·疾谬》:"及好会,则狐蹲牛饮,争食竞割。"辽东鹤:辽东丁令威学道成仙后,化作白鹤回到家乡去。后用来表示怀乡久别重归,慨叹变迁。《搜神记》曰:辽东城门有华表柱,忽有一白鹤集柱头,时有少年,举弓欲射之,鹤乃飞,徘徊空中而言曰:"有鸟有鸟丁令威,去家千岁今来归。城郭如故人民非,何不学仙冢垒垒。"遂高上冲天。
【3】臣朔:东方朔。"昆明"句:《搜神记》卷十三:"汉武帝凿昆明池,极深,悉是灰墨,无复土。举朝不解。以问东方朔。朔曰:'臣愚不足以知之。'曰:'试问西域人。'帝以朔不知,难以移问。至后汉明帝时,西域道人入来洛阳,时有忆方朔言者,乃试以武帝时灰墨问之。

道人云:"经云:'天地大劫将尽,则劫烧。'此劫烧之余也。"乃知朔言有旨。"

悼故友黄新法　二首

身经人海几沧桑,益友无如江夏黄。
相应相求相砥励,亦风亦雅亦疏狂。
论文待我卢前席,释卷为商绾实筐。
转眼交游尽零落,更缘君洒泪千行。

卅载论文气味亲,云何遽与鬼为邻。
十灵药不延君命,几卷书徒误我身。
落魄未忘吟饮事,受恩终负解推人。
魂兮尽有归来日,旧路模糊认革新。

注:
【1】黄新法:台城诗人。作者诗友。
【2】江夏黄:江夏乃黄氏祖地,有天下黄氏出江夏之说。
【3】卢前席:即愧在卢前之义。《旧唐书·杨炯传》:"炯与王勃、卢照邻、骆宾王以文词齐名,海内称为王杨卢骆,亦号为'四杰'。炯闻之,谓人曰:'吾愧在卢前,耻居王后。'当时议者,亦以为然。"释卷为商:弃文经商。绾:挽。
【4】解推人:慷慨赠人衣食。谓施惠于人。《史记·淮阴侯列传》:"汉王授我上将军印,予我数万众,解衣衣我,推食食我,言听计用,故吾得以至于此。"
【5】魂兮归来:屈原《楚辞·招魂》:"目极千里兮,伤春心。魂兮归来,哀江南。"革新:台城镇道路名。

漫　成

一醉消愁未易言，典衣沽酒不盈樽。
贫家已觉无多物，邻犬偏劳代守门。

检读旧稿漫成一律

残笺夹入乱书丛，检向窗前读一通。
才似微尘栖弱草，声如疏雨滴孤篷。
若云索解何难解，信是求工未必工。
他日莫将题寺壁，误教僧侣碧纱笼。

注：
【1】栖弱草：皇甫谧《列女传》："人生世间，如轻尘栖弱草耳，何至辛苦乃尔！"
【2】僧侣碧纱笼：王定保《唐摭言·起自寒苦》："王播少孤贫，尝客扬州惠昭寺木兰院，随僧斋飡。诸僧厌怠，播至，已饭矣。后二纪，播自重位出镇是邦，因访旧游，向之题已皆碧纱幕其上。播继以二绝句曰：'……上堂已了各西东，惭愧阇黎饭后钟。三十年来尘扑面，如今始得碧纱笼。'"

村居寄怀

不因落叶扫庭除,穷巷宁来长者车。
交友只今无一在,读书曾昔足三余。
暂随流俗同生活,未若闲云自卷舒。
昨过农家问丰歉,老怀难恝是荒畲。

注:

【1】三余:《三国志·魏·王肃传》"明帝时大司农弘农、董遇等,亦历注经传,颇传于世。"裴松之注引三国魏鱼豢《魏略》:"遇言:'(读书)当以三余。'或问三余之意。遇言'冬者岁之余,夜者日之余,阴雨者时之余也'。"后以"三余"泛指空闲时间。

【2】恝:淡然。荒畲:荒坡畲地,即荒芜之地。施渐《春日过长荡湖野望》:"几多沃野桑麻蔽,半是荒畲雁鹜还。"

前　题

山水应无恙,登临味索然。
改诗嫌草率,看镜惜华颠。
绿叶成阴日,黄杨厄闰年。
相逢赠瓜果,村妇意拳拳。

注:

【1】黄杨厄闰:旧时传说,黄杨木难长,遇到闰年,非但不长,反而会缩短。比喻境遇困难。苏轼《监洞霄宫俞康直郎中所居四咏》:"园中草木春无数,只有黄杨厄闰年。"

山居自遣 二首

无花无酒不成欢,竟欲糊涂学吕端。
入市印泥双屐滑,隔窗听雨一灯寒。
门常似掩人来少,诗不求工自限宽。
快哉朵颐聊代肉,青青豆荚早登盘。

俗尘泥染到林泉,除是桃源别有天。
年老难希花一笑,日长聊学柳三眠。
畏妻未若方山子,拜佛唯求贾阆仙。
腹笥富藏何足贵,卖文无补杖头钱。

注:
【1】 吕端:字易直,幽州安次人。北宋名相。《宋史·吕端传》:"太宗欲相端。或曰:'端为人糊涂。'太宗曰:'端小事糊涂,大事不糊涂。'决意相之。"
【2】 快哉朵颐:大饱口福,痛快淋漓地大吃一通。《易经》:"观我朵颐,凶。"疏:"朵是动义,谓之朵也。今动其颐,故知嚼也",指动腮帮进食。
【3】 柳三眠:传说汉苑中有柳树,状若人形。一日三起三倒,如人一日三眠。
【4】 方山子:陈慥,字季常,自称龙丘先生,又曰方山子。贾阆仙:唐诗人贾岛。
【5】 杖头钱:买酒钱。《晋书·阮修传》:"常步行,以百钱挂杖头,至酒店,便独酣畅。"赵翼《野步》:"只惭卖酒人家笑,此老无钱挂杖头。"

什咏 二首

鸿爪何心印雪泥，廿年偏遣客东西。
吴歌楚舞皆无味，来听青山杜宇啼。

繁华十载梦无痕，静掩柴门昼似昏。
病酒几回春又暮，落花风雨总销魂。

注：
【1】吴歌楚舞：李白《乌栖曲》："吴歌楚舞欢未毕。青山欲衔半边日。"青山杜宇：杜宇，杜鹃。辛弃疾《浣溪沙》："细听春山杜宇啼，一声声是送行诗。"

偶成寄熙翁

蚊雷聚响震三台，多少吟情被折摧。
满架诗书垂老别，一天风雨突如来。
惊摇山上陈抟梦，唤起江南庾信哀。
半叟嗜茶狂似昔，月明夜夜踏歌回。

注：
【1】熙翁：邝熙甫。
【2】蚊雷聚响：谓蚊虫多，声若雷鸣。三台：台城。
【3】垂老别：本杜诗篇名，此处用为本义。
【4】陈抟：陈抟字图南，号扶摇子，赐号希夷先生，河南鹿邑人，五代宋初著名道教学者、隐士。庾信：字子山，祖籍南阳新野。信文风萧瑟哀戚。先仕南朝，后仕北周，羁而未归，有《哀江南赋》。

【5】踏歌：指行吟；边走边歌。李白《赠汪伦》诗："李白乘舟将欲行，忽闻岸上踏歌声。"

村居寄友

借得山林好遁身，清高长愿竹为邻。
不忘吟饮朝还暮，饱历炎凉冬又春。
诗检也知才力弱，友交难得性情真。
江天漠漠多鳞羽，两字平安慰故人。

注：
【1】鳞羽：鱼与鸟。指书信。

春夜有感

开门不见北风骄，杨柳舒舒绿几条。
半掩窗虚迎旭日，独眠人老负春宵。
闲看蜡泪增惆怅，赖有鸡声破寂寥。
鞭影车尘京洛路，偶然回首总魂消。

注：
【1】诗人自注丁未集。
【2】舒舒：迎风飘拂貌。陆游《将之京口》："船头坎坎回帆鼓，旗尾舒舒下水风。"
【3】京洛：犹说京城。本指洛阳，因东周、东汉曾在这里建都，故称京洛。司空图《江行》："何时京洛路，马上见人烟。"

春宵听雨感吟二律

看花卧酒已无心,诗恐非时亦懒吟。
自向长宵寻短梦,谁云一刻值千金。
山林兴味随年减,朋友音书付水沉。
健饭未能眠尚稳,静听帘外雨愔愔。

寂寞山窗夜不扃,灯前怜取影随形。
长宵每借吟诗度,细雨浑宜欹枕听。
应变也知心匪石,畏寒安得肉为屏。
杏花香不来深巷,且看明朝卖素馨。

注:
【1】愔愔:悄寂貌。蔡琰《胡笳十八拍》:"雁飞高兮邈难寻,空肠断兮思愔愔。"
【2】肉屏:王仁裕《开元天宝遗事下·肉阵》:"杨国忠,于冬月常选婢妾肥大者,行列于前,令遮风,盖借人之气相暖,故谓之'肉阵'。"
【3】素馨:花名。又名素英、耶悉茗花、野悉蜜、玉芙蓉、素馨针,属木犀科。花多白色,极芳香。原产于岭南。陆游《临安春雨初霁》:"小楼一夜听春雨,深巷明朝卖杏花。"

自嘲

猥随鸡鹜食相争,不信狂奴故态萌。
对镜我犹憎老物,读书谁复羡儒生。
闭门兀兀挑灯坐,人市徐徐弃杖行。
遮莫近来才思少,诗成誊稿破三更。

注:
【1】猥随:尾随。猥:辱。狂奴:对狂士的亲昵称呼;故态:老样子,老脾气。称狂士的老脾气。作者自指。《后汉书·严光传》:"霸得书,封奏之。帝笑曰:'狂奴故态也。'车驾即日幸其馆。"
【2】读书:谓读书无用。其实时已无书可读。
【3】遮莫:什么;为何。李白《寒女吟》:"下堂辞君去,去后悔遮莫!"

旧作失题

鸡鹜相争太纠纷,飘飘野鹤独离群。
不妨隔岸闲观火,一自归山懒似云。
笔有别名宜半叟,诗无吟侣是孤军。
汕头汕尾涛声急,侥悻年来耳不闻。

注:
【1】鸡鹜相争:旧指小人互争名利。屈原《卜居》:"宁与黄鹄比翼乎?将与鸡鹜争食乎?"
【2】半叟:作者自号西山半叟。
【3】耳不闻:作者时已患耳疾,渐近失聪。

所见有感

郁郁佳城据岭腰,碣碑赫赫姓名标。
谁知转眼沧桑变,付与行人作小桥。

注:
【1】佳城:墓地。《文选·沈约〈冬节后至丞相第诣世子车中作〉》:"谁当九原上,郁郁望佳城。"李周翰注:"佳城,墓之茔域也。"
【2】作小桥:谓墓碑或棺材板被人用来搭桥。言坟茔遭破坏。

上巳前夕吟

水绿浑堪染,山青远胜蓝。
花田春正好,蔗境老弥甘。
旧业传河上,新诗学剑南。
未忘修禊事,明日是初三。

注:
【1】河上:河上公,亦称河上丈人,河上真人。齐地琅琊一带方士,黄老哲学的集大成者,黄老道的开山祖师。曾为《老子》作注。剑南:指陆游。游有《剑南诗稿》,故称之。
【2】修禊:古俗于农历三月上旬的巳日,三国魏以后始固定为三月初三,称上巳日。到水边嬉戏,以祓除不祥,称为修禊。

上元夜吟　四首

上元夜半梦魂颠，忘却花枝笑独眠。
年少风流难再得，但逢茶肆且流连。

惭将裘马说轻肥，白发翁年近古稀。
未免贻他风月笑，春来何事减腰围？

大好春光慒不知，满窗风月梦回时。
谁谙美女簪花格，试倩明朝代写诗。

载酒听莺兴未阑，自忘年老强追欢。
春宵我亦嫌衾薄，不独银屏怯嫩寒。

注：
【1】上元：即元宵节。旧历的正月十五。花枝：皇甫冉《春思》："机中锦字论长恨，楼上花枝笑独眠。"
【2】美女簪花格：美女簪花，本来用来形容书法娟秀。见王昶《金石萃编·杨震碑跋》："昔人谓褚登善书，如美女簪花，或谓其出于汉隶。"格，范本、式样。袁昂《古今书评》："卫常书，如插花美人，舞笑镜台。"
【3】嫩寒：轻寒。王诜《踏青游》词："金勒狨鞍，西城嫩寒春晓。"

春日写意 二首

东风良不恶,吹绿到蓬茅。
老讳言春恨,贫将绝旧交。
山围城似斗,树绕宅如巢。
早识文章贱,无心赋解嘲。

及时且行乐,春色满郊圩。
桃李花争发,江山画不如。
未因穷丧节,那恨出无车。
搁却吟哦事,临渊暂羡鱼。

注:
【1】良不恶:确实不错。王之道《春日无为道中》:"春容良不恶,杨柳正依依。"
【2】斗:旧时容量器。十升为斗,十斗为斛。
【3】解嘲。汉赋名,扬雄所作。其《解嘲赋序》云:"哀帝时丁、傅、董贤用事,诸附离之者,或起家至二千石。时雄方草《太玄》,有以自守,泊如也。或嘲雄以玄尚白,而雄解之,号曰《解嘲》。"
【4】及时行乐:汉乐府《西门行》:"夫为乐,为乐当及时。"
【5】穷丧节:文天祥《正气歌》:"时穷节乃见,一一垂丹青。"出无车:用冯谖事。《战国策·齐策》:"(谖)居有顷,复弹其铗,歌曰:'长铗归来乎!出无车。"
【6】吟哦:犹言写诗。李郢《偶作》:"一杯正发吟哦兴,两盏还生去住愁。"临渊羡鱼:《汉书·董仲舒传》:"古人有言曰:'临渊羡鱼,不如退而结网。'"

春 分

韶华留不住，倏又报春分。
守分甘随俗，谋生贱卖文。
市声来隔水，花影弄斜曛。
莫约寻芳去，吾心属懒云。

注：

【1】斜曛：黄昏，傍晚。陈旅《题韩伯清所藏郭天锡画》："岁晚怀人增感慨，晴窗展玩到斜曛。"

春 游

踏青才半里，看欲饱吾侪。
柳暗藏春色，花香逗老怀。
清游良不负，薄饮亦云佳。
剩有违心处，故人天一涯。

注：

【1】吾侪：我辈。杜甫《宴胡侍御书堂》："今夜文星动，吾侪醉不归。"
【2】清游：清雅游赏。范成大《送汪仲嘉侍郎使虏》："清游不可迟，日日檥船待。"薄饮：浅酌。
【3】故人：贯休《临高台》："故人天一涯，久客殊未回。雁来不得书，空寄声哀哀。"

春宵不寐戏成一律

无赖虫声扰睡仙,抚衾竟错怨吴绵。
畏寒欲改春为夏,不寐方知夜似年。
井涸休教余恨水,石灵试采补离天。
梨云易散春宵梦,况是残灯照独眠。

注:

【1】涸:干。采补离天:刘安《淮南子·览冥训》:"往古之时,四极废,九州裂,天下兼覆,地不周载……于是女娲练五色石以补苍天。"离天:即离恨天,佛教三十三天之一。

【2】梨云:王建《梦看梨花云歌》:"薄薄落落雾不分,梦中唤作梨花云。"

半夜遣怀

浮云尽日暗长空,不见南来海上鸿。
飞洒有窗关宿雨,呼啸无笔绘狂风。
今看影卧孤灯下,何异身投逆旅中。
我比三闾更多事,夜深呵壁问苍穹。

注:

【1】逆旅:客舍;旅馆。《左传·僖公二年》:"今虢为不道,保于逆旅。"杜预注:"逆旅,客舍也。"

【2】三闾:指屈原。屈原曾任楚三闾大夫。呵壁:王逸《天问·序》:"屈原放逐,仿徨山泽。见楚有先王之庙及公卿祠堂,图画天地山川神灵,琦玮僪佹,及古贤圣怪物行事,因书其壁,呵而问之,以泄愤懑。"问苍穹:问天。屈原有《天问》篇。

寄 怀

桑榆暮矣复何求,与世将如风马牛。
惊梦恰嫌今夜雨,畏寒犹似去年秋。
誊诗有稿存箱底,买酒无钱挂杖头。
几日入城心意懒,闲寻野渡看横舟。

村前小立独扶筇,临水登山意已慵。
风急欲摧帆影转,日斜未减市声浓。
向阳好学葵遮足,应世难言竹在胸。
满眼布衣耕陇亩,人间久矣卧无龙。

注:
- 【1】桑榆暮:晚景。谓年近垂老。《太平御览》卷三引《淮南子》:"日西垂,景在树端,谓之桑榆。"孔尚任《桃花扇·余韵》:"六十岁,花甲周,桑榆暮矣!"
- 【2】野渡:韦应物《滁州西涧》:"春潮带雨晚来急,野渡无人舟自横。"
- 【3】扶筇:拄着拐杖。朱熹《又和秀野》之一:"觅句休教长闭户,出门聊得试扶筇。"筇:筇竹。戴凯之《竹谱》:"竹堪杖,莫尚于筇。"
- 【4】葵遮足:比喻自全或自卫。《春秋左传·成公十七年》:"仲尼曰:'鲍庄子之知不如葵,葵犹能卫其足。'"杜预注:"葵倾叶向日,以蔽其根也。"杨伯峻则云:"葵非向日葵,杜注以向日葵解之,不确……向日葵叶不可食,此葵或是金钱紫花葵或秋葵。古代以葵为蔬菜,不待其老便掐,而不伤其根,欲其再长嫩叶,故古诗云'采葵不伤根,伤根葵不生'。'不伤根'始合'卫其足'之意。"
- 【5】耕陇亩:用诸葛亮事。诸葛亮字孔明,号卧龙。其《出师表》:"臣本布衣,躬耕于南阳,苟全性命于乱世,不求闻达于诸侯。"陈寿《三国志·蜀书·诸葛亮传》"亮躬耕陇亩,好为《梁父吟》。"

花下感吟 二首

沧桑回首总堪嗟,忍思梁园飞暮鸦。
借洗驼江襟上泪,恰宜龙井雨前茶。
心无栖处常空洞,诗有成时亦小家。
且喜连朝风雨霁,赏春曾不负年华。

独立苍茫泪湿衣,看花回首故人稀。
悲欢不尽因离合,今昨何能定是非。
只恐梅香彰窦臭,岂宜燕瘦妒环肥。
余生尚作江湖梦,寄到当归不肯归。

注:

【1】梁园:梁园,又名梁苑、兔园、睢园、修竹园,俗名竹园,为西汉梁孝王刘武营建,故址位于今河南商丘市睢阳区东。古人多有吟咏。岑参《山房春事》:"梁园日暮乱飞鸦,极目萧条三两家。庭树不知人去尽,春来还发旧时花。"

【2】驼江:江名。在汕头。作者旧游之地。

【3】梅香窦臭:欧阳修《归田录》:"梅学士询,好洁衣服,裹以龙麝。其在官舍,每晨起,将视事,必焚香两炉,以公服罩之,撮其袖以出。坐定徐展,浓香郁然满室。有窦元宾者名子,为馆职,而不事修洁,衣服垢汗,经时未尝沐浴,时人为之语曰:'盛肥丁瘦,梅香窦臭。'"文天祥《赠折字嗅衣相士》:"是间曾著鼻孔么,梅香窦臭无如何。"

【4】燕瘦环肥:汉成帝皇后赵飞燕体态轻盈,唐玄宗贵妃杨玉环体态丰满,肥瘦不同,均以貌美著称。因以"燕瘦环肥"比喻各有所长。苏轼《孙莘老求墨妙亭诗》:"短长肥瘦各有态,玉环飞燕谁敢憎。"

【5】当归:药草名。古代诗文中常用以寓"应当归来"之意。《晋书·五行志中》:"魏明帝太和中,姜维归蜀,失其母。魏人使其母手书呼维令反,并送当归以譬之。维报书曰:'良田百顷,不计一亩,但见远志,无有当归。'"

忆僧灵鹫

自从吟社散，云水作诗僧。
偶忆天涯友，难忘方外朋。
流年催我老，彼岸让君登。
为问栖真处，云山第几层。

两般瓶与钵，到处不离身。
即是心中佛，飘为世外人。
三乘参妙谛，一笑悟前因。
我亦袈裟侣，无端堕劫尘。

注：
【1】灵鹫：作者诗友。余未详。
【2】吟社：诗社。高骈《途次内黄马病寄僧舍呈诸友人》："好与高阳结吟社，况无名迹达珠疏。"云水：指僧道。僧道云游四方，如行云流水，居无常所，故称。项斯《日东病僧》："云水绝归路，来时风送船。"
【3】彼岸：佛教语。佛家以有生有死的境界为"此岸"；超脱生死，即涅槃的境界为"彼岸"。《大智度论》十二："以生死为此岸，涅槃为彼岸。"
【4】三乘：佛教语。一般指小乘、中乘和大乘。三者均为浅深不同的解脱之道。亦泛指佛法。妙谛：佛教教义。精妙之真谛。意谓真理或实在。主要有四谛、二谛、三谛等不同说法。

山居寄怀

久矣山居薄世荣,白头相对一钗荆。
愿无偿日心难死,兴到浓时诗易成。
病咳未能除茗癖,老聋犹爱听书声。
邻翁有约登楼去,好是黄昏雨乍晴。

好是黄昏雨乍晴,西山爽气入帘清。
未能久别惟诗酒,常恐难逃是姓名。
看镜不时惭白发,买锄何处斫黄精。
夕阳却似怜幽独,返照衡门最有情。

注:

【1】薄世荣:薄:轻视;鄙视。世荣:世俗的荣华富贵。韦应物《幽居》:"自当安蹇劣,谁谓薄世荣。"

【2】西山爽气:谓人之傲气。刘义庆《世说新语·简傲》:"王子猷作桓车骑参军。桓谓王曰:'卿在府久,比当相料理。'初不答,直高视,以手版拄颊云:'西山朝来,致有爽气。'"后因以"西山爽气"言人性格疏傲,不善奉迎。亦作"西山爽""西爽"。

【3】黄精:药草名。仙人余粮,救荒草,救穷,米铺。嵇康《与山巨源绝交书》:"又闻道士遗言,饵术黄精,令人久寿,意甚信之。"李翔《谢梁尊师见访不遇》:"晓斫黄精昼未还,岂知仙老降柴关。"

【4】幽独:静寂孤独。亦指静寂孤独之人。《楚辞·九章·涉江》:"哀吾生之无乐兮,幽独处乎山中。"杜甫《久雨期王将军不至》:"天雨萧萧滞茅屋,空山无以慰幽独。"

寄呈熙甫翁

海立山飞莫认真，福星环照老年人。
献诗借得登门客，阻路难为入幕宾。
怪事书空方咄咄，嘉言觊我望频频。
先生腹有裁缝店，断锦零缣皆可珍。

注：
【1】断锦零缣：谓零散的诗作。锦、缣，皆丝织品。此处代指诗篇。

赠李君道旋

两肩重压背将驼，仆仆长途唤奈何。
择善而交分损益，抽闲相见但吟哦。
诗书误我良非浅，道义如君有足多。
莫信鹧鸪行不得，早冬风雨正晴和。

注：
【1】损益：增减、盈亏。吟哦：本义为吟诵。此处代指写诗。李郢《偶作》："一杯正发吟哦兴，两盏还生去住愁。"
【2】诗书误我：《渑水燕谈录》卷四："刘孟节先生概，青州寿光人。……先生少时，多寓居龙兴僧舍之西轩，往往凭栏静立，怀想世事，吁唏独语，或以手拍栏干。尝有诗曰：'读书误我四十年，几回醉把栏干拍。'司马温公《诗话》所载者是也。"
【3】行不得：寓指行路艰难。范成大《两虫》诗："鹧鸪忧兄行不得，杜宇劝客不如归。"晴和：晴朗和暖。元稹《春六十韵》："震动风千变，晴和鹤一冲。"

有怀燕五

隔水偏能断羽鳞，文缘再续竟无因。
那从末俗求知已，却为凉风忆故人。
老我形骸犹放浪，知公才调最清新。
山城风雨鸡鸣夜，剪烛论诗迹已陈。

注：

【1】羽鳞：鱼鸟。泛指书信。
【2】忆故人：杜甫《天末怀李白》："凉风起天末，君子意如何？鸿雁几时到？江湖秋水多。"
【3】放浪形骸：指言行放纵，不拘形迹。《晋书·王羲之传》："或因寄所托，放浪形骸之外。"才调：才气；才情。苏轼《南歌子》："空闲轻红歇，风和约柳春。蓬山才调最清新。"
【4】风雨鸡鸣：《诗经·郑风·风雨》："风雨如晦，鸡鸣不已。既见君子，云胡不喜。"剪烛：语出李商隐《夜雨寄北》："何当共剪西窗烛，却话巴山夜雨时。"后以"剪烛"为促膝夜谈之典。

晚步荒园感赋

最是荒园寓目难，依稀独见竹平安。
指天毕竟椒非辣，铺地曾无锦可观。
莫将胶黏西日落，偶来杖倚北风寒。
呕诗岂有惊人句？且博情怀暂一宽。

注：

【1】指天椒：辣椒的一种，又名长柄椒，产于广西等地。铺地锦：明朝《算法统宗》介绍的一种乘法的计算方法。原流行于阿拉伯，15世纪时传入我国。
【2】胶黏：像胶那样黏着。常形容心情、行为、境况、感觉等。陆游《庵

中独居感怀》诗之二:"一生已是胶黏日,投老安能夏造冰。"
【3】呕诗:用心写诗。《新唐书·文艺传下·李贺》:"每旦日出,骑弱马,从小奚奴,背古锦囊,遇所得,书投囊中。……母使婢探囊中,见所书多,即怒曰:'是儿要呕出心乃已耳!'"

狂　言

故旧相逢莫问年,但看松老节弥坚。
出门尚有寻诗杖,入市宁争买酒钱。
素与渔樵形迹密,长因山水梦魂牵。
眼前富贵浮云耳,半叟疏狂岂偶然。

注:
【1】莫问年:司空曙《云阳馆与韩绅宿别》:"故人江海别,几度隔山川。乍见翻疑梦,相悲各问年。"
【2】富贵浮云:《论语·述而》:"不义而富且贵,于我如浮云。"

灯前　二首

灯前不觉泪沾衣,二十年来事事违。
回首可怜亲骨肉,西风吹作断蓬飞。

老境凄凉食不甘,灯前搔首独喃喃。
异乡骨肉如相忆,华发虽疏尚可簪。

注:
【1】断蓬:犹飞蓬。比喻漂泊无定。王之涣《九日送别》:"今日暂同芳菊酒,明朝应作断蓬飞。"

邻妇吟

之无不识况文章,四十年来做老娘。
难得性情常爽直,不妨颜色半凋伤。
量能容物胸非狭,语易招尤舌莫长。
解道糊涂方是福,那分窦臭与梅香。

注:
【1】老娘:接生婆。魏泰《东轩笔录》卷七:"晏语之曰:'君久从吏事,必疏笔砚,今将就试,宜稍温习也。'振率然答曰:'岂有三十年为老娘,而倒绷孩儿者乎?'"
【2】窦臭梅香:见前注"梅香窦臭"。

入市感吟

恰是顽躯健一些,出门缓步懒呼车。
入冬半月风犹暖,趁市多时日已斜。
白堕酒香衣不换,元规尘恶袖难遮。
老夫竟被儒冠误,何似江湖客弄蛇。

注:
【1】白堕酒:杨衔之《洛阳伽蓝记·法云寺》:"河东人刘白堕,善能酿酒。季夏六月,时暑赫晞,以罂贮酒,暴于日中。经一旬,其酒不动,饮之香美而醉,经月不醒。"后因用作美酒别称。元规尘:晋庾亮,字元规。《世说新语·轻诋》:"庾公权重,足倾王公。庾在石头,王(导)在冶城坐。大风扬尘,王以扇拂尘曰:'元规尘污人!'"

闲写　四首

幢幢冠盖满京华，半叟埋头养笔花。
似听风声催割稻，试凭月色照烹茶。
看书有悟饥忘食，拾杖能行健可夸。
寻得寒梅堪作友，未妨相约卧烟霞。

天风送我到田家，誓笔从今朴不华。
岁月骎驰催鹤发，山林终老约梅花。
村夫趁市晨挑菜，邻媪呼灯夜绩麻。
富贵何如闲有味，黄昏倚杖看归鸦。

寄栖聊胜鹊无枝，醉亦无妨醒亦宜。
酒馨恰来人问字，灯明似劝我吟诗。
延龄敢望回春药？惜目慵看将败棋。
信是西山泉石好，卜居何必问蓍龟。

夕照苍茫凭短篱，余生笑我欲何之。
权衡海内无知己，造化冥中有小儿。
古道犹存贫不病，世情如此老方知。
乡村十月霜风劲，正是农忙割稻时。

注：

【1】憧憧：晃动貌。冠盖满京华：冠盖：古代官吏的帽子和车盖，借指官吏。京华：京城。杜甫《梦李白》："冠盖满京华，斯人独憔悴"。养笔花：谓以笔写诗。

【2】烟霞：泛指山水、山林。萧统《锦带书十二月启·夹钟二月》："敬想足下，优游泉石，放旷烟霞。"

【3】誓笔：《说文》："誓，以言约束也。"段注："凡自表不食言之辞皆曰誓，亦约束之意也。"朴不华：朴真而不浮华。丘逢甲《谒饶平始迁祖枢密公祠墓作示族人》"：山城遗俗朴不华，惟耕与读真生涯。"

【4】造化小儿：《新唐书·杜审言传》："审言病甚，宋之问、武平一等省候如何。答曰：'甚为造化小儿相苦，尚何言？'"

【5】贫不病：《庄子·让王》："原宪居鲁，环堵之室，茨以生草；蓬户不完，桑以为枢；而瓮牖二室，褐以为塞；上漏下湿，匡坐而弦。子贡乘大马，中绀而表素，轩车不容巷，往见原宪。原宪华冠纵履，杖藜而应门。子贡曰：'嘻！先生何病？'原宪应之曰：'宪闻之，无财谓之贫，学而不能行谓之病。今宪，贫也，非病也。'子贡逡巡而有愧色。"宋祁《李处士》："原宪桑枢贫不病，子真岩石老归耕。"

饲 鸡

芳草归来性尚驯,攒头争食正纷纷。
一盆何似鸡人禄,并驾难如鸽子军。
要识山翁才半饱,那容野鹜欲平分。
日长好共书窗语,未必云间鹤入群。

注:
【1】鸡人禄:鸡人乃周官名,掌供办鸡牲。凡举行大典,则报时警夜。此处借指鸡食。
【2】野鹜:野鸭。

读放翁诗后偶成一律

春残秋又尽,衰柳满江潭。
朋友书犹滞,山林梦正酣。
甕无明日酒,箱有十年衫。
久矣诗为累,何心学剑南。

注:
【1】剑南:道名。以地区在剑阁之南得名。陆游曾留蜀约十年,喜蜀道风土,因题其生平所为诗曰《剑南诗稿》,后人因以"剑南"称之。

冬日寄怀

晴冬似初夏,门外竹如帘。
客有炎凉别,人难福寿兼。
山花摇未落,村酒浊弥甜。
爱日怜衰老,寒衣不用添。

注:
【1】福寿:一稿作福慧。
【2】爱日:冬阳。《左传·文公七年》:"赵衰,冬日之日也。"杜预注:"冬日可爱"。

晚　望

也学王荆国,松根觅旧题。
长谈逢野老,暂出诳山妻。
陇远牛羊返,林深鸦鹊啼。
茫茫翘首望,暮雨暗前溪。

注:
【1】王荆国:王安石,字介甫,晚号半山,封荆国公,世人又称王荆公。其《松间》诗:"偶向松间觅旧题,野人休诵北山移。丈夫出处非无意,猿鹤从来不自知。"

冬日寄怀 二首

林泉冷落客谁来。也嘱山妻涤酒杯。
絮被重铺容虱伏，柴扉半掩待鸡回。
沉沉夜守芸窗火，渐渐寒惊葭管灰。
好是霜风吹几度，不曾憔悴到莓苔。

北风绕屋气萧森，低唱何妨更浅斟。
尚有藜羹供匕箸，曾无彩笔写山林。
谋生实拙逢迎术，入世终偿归隐心。
经笥久荒慵再读，恐教流俗笑书淫。

注：
【1】葭管灰：葭苇之灰。古人烧苇膜成灰，置于律管中，放密室内，以占气候。某一节候到，某律管中葭灰即飞出，示该节候已到。俞锷《醉歌行》："葭管灰飞愁破云，春魂欲返天犹醺。"
【2】藜羹：用藜菜作的羹。泛指粗劣的食物。匕箸：食具，羹匙和筷子。《三国志·蜀书·先主传》："先主方食，失匕箸。"
【3】经笥：笥：盛饭食或衣物的方形竹器。《后汉书·文苑传上·边韶》："腹便便，五经笥。"言其腹中装满经学，有如藏五经的竹箱。书淫：旧时称嗜书成癖，好学不倦的人。《北堂书钞》卷九七引皇甫谧《玄晏春秋》："余学或兼夜不寐，或临食忘餐，或不觉日夕，方之好色，号余曰书淫。"

山居自遣　二首

鸟倦知还耳，幽栖非慕仙。
林泉今有味，廊庙夙无缘。
忽忽重阳节，阴阴十月天。
门前车辙少，一枕梦悠然。

山村闲度日，已老未龙钟。
风味三酸似，渔樵一笑逢。
有诗偿夙债，无酒醉初冬。
邀得芳邻谅，虽狂不碍农。

注：

【1】鸟倦知还：陶潜《归去来辞》："云无心以出岫，鸟倦飞而知还。"
【2】廊庙：殿下屋和太庙。指朝廷。此处泛指官场。《国语·越语下》："谋之廊庙，失之中原，其可乎？王姑勿许也。"
【3】三酸：金山寺住持佛印与黄鲁直、苏东坡友善。一日相会，佛印曰："吾得桃花醋，甚美。"取而共尝，皆皱眉。时人称为三酸。渔樵：杨慎《临江仙》："白发渔樵江渚上，惯看秋月春风。一壶浊酒喜相逢，古今多少事，都付笑谈中。"

入市见壁间大字报有云打倒刘长卿者戏以诗咏

古今偏有姓名符，一个诗人一俗夫。
暴虎不殊由也勇，老拳挥击莫糊涂。

注：

【1】刘长卿：长卿字文房，唐代著名诗人。擅五律，工五言。自称"五言

长城"。

【2】暴虎：空手与老虎搏斗。《诗·郑风·大叔于田》："礼袒暴虎，献于公所。"毛传："暴虎，空手以搏之。"由也勇：《论语·公冶长》："子曰：'道不行，乘桴浮于海。从我者，其由与？'子路闻之喜。子曰：'由也好勇过我，无所取材。'"由即仲由，字子路，孔子弟子。

夜 归

灯火微茫夜独归，朔风寒逼路人稀。
九天未得扶摇上，却借狂飙欲起飞。

注：

【1】扶摇：盘旋而上的暴风。《庄子·逍遥游》："鹏之徙于南冥也，水击三千里，抟扶摇而上者九万里。"成玄英疏："扶摇，旋风也。"

遣 兴

家住西山绕一溪，兴来随处觅诗题。
卖蓑市上无惊虎，打稻场中有牝鸡。
我未龙钟常借杖，谁教牛老尚拖犁。
呜呜远听村童笛，吹到林稍日脚低。

注：

【1】惊虎：冯梦龙《古今笑》载：唐傅黄中为越州诸暨令。有部人饮大醉，夜中山行，临崖而睡。忽有虎临其上而嗅之，胡须入醉人鼻中，遂喷嚏，声振虎，惊跃落崖下，遂为人所得。牝鸡：阉割过的母鸡。《尚书·牧誓》："牝鸡司晨，惟家之索。"因阉母鸡外形长得像公鸡，常常

像公鸡那样打鸣。
【2】借杖：借助拐杖。苏轼《枸杞》："仙人倘许我，借杖扶衰疾。"
【3】日脚：太阳穿过云隙射下来的光线。范成大《眼儿媚·萍乡道中乍晴卧舆中困甚小憩柳塘》："酣酣日脚紫烟浮，妍暖试轻裘。"

寄　怀

也随父老望年登，认可疗饥未敢凭。
泽畔行吟犹有我，竹边闲话惜无僧。
乌能反哺非凡鸟，鸥倘忘机是稔朋。
陋巷箪瓢素风在，万钱一食让何曾。

注：

【1】年登：谷物丰收。《南史·顾宪之传》："时西陵戍主杜元懿以吴兴岁俭，会稽年登，商旅往来倍岁。"疗饥：解饿，充饥。张衡《思玄赋》："聘王母于银台兮，羞玉芝以疗饥。"
【2】泽畔行吟：《楚辞·渔父》："屈原既放，游于江潭，行吟泽畔。"竹边闲话：李涉《题鹤林寺壁》："因过竹院逢僧话，偷得浮生半日闲。"
【3】反哺：返哺，乌雏长大，衔食哺其母。比喻子女报答父母的养育之恩。无名氏《薛苞认母》第二折："常言道马有垂缰，犬有那展草，踏踏街心，慈乌反哺。"忘机：没有机心。稔朋：老朋友。稔：熟悉，习知。
【4】陋巷箪瓢：以颜回居贫自喻。箪：古代盛饭用的圆形竹器。住在陋巷里，用箪吃饭，用瓢喝水。形容生活极为穷苦。《论语·雍也》："子曰：'贤者回也。一箪食，一瓢饮，在陋巷，人不堪其忧，回也不改其乐。贤哉回也。'"素风：纯朴的风尚；清高的风格。袁宏《三国名臣序赞》："操不激切，素风愈鲜。"
【5】万钱一食：形容生活奢侈。《晋书·何曾传》："何曾字颖考，陈国阳夏人也。……然性奢豪，务在华侈。……食日万钱，犹曰无下箸处。"

入市归途感赋

北风萧瑟雨霏微,打伞村翁趁市归。
世事十年变迁尽,不能忘旧是蓑衣。

注:
【1】趁市:亦作"趂市"。犹赶集、赶墟。惠洪《过陵水县补东坡遗》:"过厅客聚观灯网,趂市人归旋唤舟。"

再呈熙甫翁 仍用真韵

山林葆养性情真,蔼蔼分明是吉人。
朋友择交宁弃我,夫妻敬老尚如宾。
书罹秦劫遗留少,诗有唐音唱和频。
持向灯前百回读,一时胜似获奇珍。

诗家三昧务求真,牙慧那轻拾取人。
古调重弹公与我,世情一变主为宾。
高山流水知音少,黑塞青林人梦频。
昨日蓬门生异彩,客来探出神中珍。

注:
【1】吉人:有福之人。司空图《丙午岁旦》:"多虑无成事,空休是吉人。"

【2】书罹秦劫：指秦始皇的焚书坑儒。罹：遭受。劫：劫难。唐音：指唐诗及其风格。朱胜非《秀水闲居录》："此陈与义《秋夜诗》也，置之唐音，不复可辨。"唱和：以诗词相酬答。张籍《哭元九少府》："闲来各数经过地，醉后齐吟唱和诗。"

【3】诗家三昧：作诗的诀窍。陆游《九月一日夜读诗稿有感走笔作歌》："诗家三昧忽见前，屈贾在眼元历历。"钱仲联校注："三昧，《大智度论》：'善心一处住不动，是名三昧。'又：'一切禅定，亦名定，亦名三昧。'此用以指诗家悟入之境地。"

【4】高山流水：用春秋俞伯牙、钟子期故实。黑塞青林：喻指知己朋友所在之处。杜甫《梦李白》："魂来枫林青，魂返关塞黑。"

再呈道旋君　仍用真韵

交如管鲍最情真，末俗唯君学古人。
物换星移仍故我，山鸣谷应有来宾。
礼隆馈赠防伤惠，诗重磋磨莫厌频。
洛纸价腾他日事，暂教儿辈作家珍。

蚁穴功名莫谓真，何如袖手作闲人。
钗荆裙布难为妇，野蕨山肴亦飨宾。
入市暂因风力阻，谈诗怕是漏声频。
词坛硕果留君赏，李柰登场未足珍。

注：

【1】管鲍：春秋时管仲和鲍叔牙的并称。两人相知最深。后常用以比喻交谊深厚的朋友。傅玄《何当行》："管鲍不世出，结交安可为。"

【2】伤惠：伤害恩惠。惠：恩惠，德惠。《孟子·离娄下》："可以取，可以

无取，取，伤廉；可以与，可以无与，与，伤惠。"
- 【3】洛纸价腾：洛阳纸贵。喻作品为世所重，风行一时，流传甚广。《晋书·左思传》："于是豪贵之家竞相传写，洛阳为之纸贵。"
- 【4】李柰：李子与苹果。柰，苹果的一种，通称"柰子"，也称"花红"。《千字文》："果珍李柰，菜重芥姜。"

偶 成

屈指看花约已过，浮生何日不蹉跎。
窗前晓日黄昏雨，惟有诗人感慨多。

有 感 仍用真韵

世情非幻亦非真，判断全凭观察人。
漫道落花无结果，谁知夺主有喧宾。
清高反是求名易，饱饫应嫌请宴频。
为问恒河沙几许，不妨韫椟视为珍。

注：
- 【1】饱饫：吃饱。《后汉书·刘盆子传》："帝令县尉赐食，众积困喂，十余万人皆得饱饫。"
- 【2】恒河沙：佛教语。形容数量多至无法计算。《金刚经·无为福胜分》："以七宝满尔所恒河沙数三千大千世界，以用布施。"韫椟：藏在柜子里；珍藏，收藏。《论语·子罕》："有美玉于斯，韫匵而藏诸？求善贾而沽诸？"何晏集解引马融曰："韫，藏也；匵，匣也，谓藏诸匵中。沽，卖也。得善贾宁肯卖之邪。"匵：同"椟"。

悼堂侄其萃

十载乖离恨未消,榻前相见药香飘。
病情危重瘰癌结,家运衰微根蒂摇。
香岛客归才半月,缑山仙去不崇朝。
老夫泪恰如零雨,洒落寒江涨暮潮。

注:
【1】瘰:中医指结核菌侵入淋巴结,发生核块的病,多在颈部。
【2】香岛:香港。缑山:即缑氏山。指修道成仙之处。白居易《吴兴灵鹤赞》:"辽水一去,缑山不回。"崇朝:终朝。从天亮到早饭时,犹言一个早晨。亦指整天。崇,通"终"。《诗·鄘风·蝃蝀》:"朝隮于西,崇朝而雨。"毛传:"崇,终也。从旦至食时为终朝。"
【3】零雨:慢而细的小雨。《诗·豳风·东山》:"我来自东,零雨其蒙。"孔颖达疏:"道上乃遇零落之雨,其蒙蒙然。"高亨注:"零雨,又慢又细的小雨。"

戊申早春闲咏

冬心独抱几人知?腊鼓声中岁序移。
穷巷萧然翻省事,老夫耄矣尚谈诗。
枌榆旧社迎春早,风雨寒宵入梦迟。
留得眼前生意在,闲阶条理水横枝。

北风猎猎雨霏霏,梅柳争迎青帝归。
禁例特宽元日酒,春风难作老人衣。
也随白傅耽吟饮,谁向苍生问瘦肥。
静掩柴门朝复暮,空山云暗客来稀。

注：

【1】戊申：公元 1968 年。
【2】冬心：冬日孤寂凄清的心情。许南英《忆梅》："冬心独抱岁寒时，惆怅茅檐与竹篱。"腊鼓：古人于腊日或腊前一日击鼓驱疫，因有是名。宗懔《荆楚岁时记》："十二月八日为腊日，谚语：腊鼓鸣，春草生。村人并击细腰鼓，戴胡头，及作金刚力士以逐疫。"
【3】枌榆旧社：汉高祖故乡里社名。《史记·封禅书》："高祖初起，祷丰枌榆社。"裴骃集解引张晏曰："社在丰东北十五里。或曰：枌榆，乡名，高祖里社也。"此处借指作者所居之地。谭贞良《楼桑先主庙》："枌榆存旧社，弦管尚纷纷。"枌：木名。榆树的一种。
【4】生意：生机。条理：谓整理，清理。
【5】青帝：我国古代神话中五天帝之一，位于东方，乃司春之神，又称苍帝、木帝。黄巢《题菊花》诗："他年我若为青帝，报与桃花一处开。"
【6】白傅：白居易。白晚年曾官太子少傅，故称。耽：沉溺。吟饮：饮酒赋诗。

七十戏吟 二首

七十光阴似电飞，前尘影事记依稀。
戒除曲蘖经时久，典肆犹多未赎衣。

转眼流年届古稀，横经负耒事皆非。
来途缥缈知何处，也似王孙不忆归。

注：

【1】前尘影事：即前尘往事。《楞严经》卷十："觉明虚静犹如晴空，无复粗重前尘影事，观诸世间大地河山如镜鉴明。"佛教称色、声、香、味、触、法为六尘，认为当前境界由六尘所成，都不是真实的，故称当前境界为"前尘"。影事：亦佛教语。谓尘世间一切事皆虚幻如影。

泛指往事。
【2】曲糵：酒的代称。本意指酒母，亦称"麴糵""曲糵"。《尚书·说命》："著作酒醴，尔惟曲糵。"典肆：当铺。
【3】横经负耒：即耕读。横经：横陈经籍。指受业或读书。《北齐书·儒林传序》："故横经受业之侣，遍于乡邑！负笈从宦之徒，不远千里。"吴敬梓《移家赋》："爰负耒而横经，治青囊而业医。"负耒：《孟子·滕文公上》："陈良之徒陈相，与其弟辛，负耒耜而自宋之滕。"后以"负耒"指背负农具，从事农耕。
【4】王孙不忆归：《楚辞·招隐士》："王孙游兮不归，春草生兮萋萋。"

添置门扇戏成一绝

添一重门好避尘，髹将颜色又翻新。
只愁他日来巢燕，错谓蜗庐易主人。

注：

【1】髹：以漆漆物。
【2】蜗庐：狭小如蜗壳的房子。陆游《蜗庐》："小葺蜗庐便著家，槿篱莎径任欹斜。"

野　望

矫首游观意释然，雨余村舍起炊烟。
眼前何处非图画，金字山头井字田。

流窜人间七十年，繁华过眼尽云烟。
独怜郊野生机足，绿树重阴水满田。

注：

【1】金字山头：谓雨后日光照耀山头。
【2】流窜：流放。韩愈《杏花》："二年流窜出岭外，所见草木多异同。"绿树重阴：王维《与卢员外象过崔处士兴宗林亭》："绿树重阴盖四邻，青苔日厚自无尘。"

种豆吟

种豆南山村妇忙，往来负畚或提筐。
老夫久旷田间事，倚竹哦诗兴独狂。

注：

【1】陶潜《归园田居》："种豆南山下，草盛豆苗稀。"畚：用木、竹、铁片做成的撮垃圾、粮食等的器具。

新妇吟

步出璇闺心胆寒，承颜怕失老姑欢。
可怜西蜀蚕丛地，未若人间妇道难。

注：

【1】璇闺：闺房的美称。鲍照《拟行路难》之三："璇闺玉墀上椒阁，文窗绣户垂罗幕。"承颜：顺承尊长的颜色。谓侍奉尊长。老姑：公婆。
【2】蚕丛地：古蜀国。地势险峻，道路艰辛。李白《蜀道难》："蚕丛及鱼凫，开国何茫然。尔来四万八千岁，不与秦塞通人烟。"

过桥口占

世事纷纷了不关,农忙放着老翁闲。
过桥未觉衣襟湿,细雨空蒙望远山。

注:
【1】口占:谓作诗文不起草稿,随口而成。司马光《资治通鉴·齐明帝建武二年》:"(帝)善属文,多于马上口占,既成,不更一字。"
【2】了不关:完全不关心。了:全然,完全。

沟　水

舍旁穿出水渐渐,恍若银瓶乍破时。
将比绿波应失色,不逢红叶莫题诗。
数声呜咽流年急,半里迂回下堰迟。
最是空山新雨后,清泉无处不分支。

注:
【1】渐渐:雨声。李商隐《肠》:"隔树渐渐雨,通池点点荷。"银瓶乍破:白居易《琵琶行》:"银瓶乍破水浆迸,铁骑突出刀枪鸣。"银瓶:汲水器。

七十寄怀

七十光阴转眼过，看花其奈老翁何。
浮生屈指开怀少，往事回头负疚多。
灯下谈心无旧友，田间说梦有春婆。
山林久卧消尘味，尚愧尧夫安乐窝。

半生湖海历风烟，曾累慈帏望眼穿。
岁月无情催暮日，文章有价待何年。
愿随太白为诗仆，未若渊明作地仙。
七十老翁求渐少，关心还在杖头钱。

林泉卧久渐龙钟，策杖游春意已慵。
索解最嫌人问字，逃名偏有客寻踪。
漫云七十从心欲，未免三分带病容。
伯道无儿还有寿，相逢休更祝华封。

白云乡远我安归？惆怅驹光疾似飞。
昨夜星辰终散乱，少年裘马漫轻肥。
山林有约还初服，风雨无聊掩素扉。
正是夜乌啼切处，依稀梦里见慈帏。

注：

【1】春婆：春梦婆。参见前注。

【2】尧夫：邵雍字尧夫，谥号康节，北宋著名学者、理学家。雍自号安乐先生，隐居苏门山，名其居为"安乐窝"。后迁洛阳天津桥南仍用此名。邵雍《无名公传》："所寝之室谓之安乐窝，不求过美，惟求冬暖夏凉。"

【3】慈帏：亦作"慈帷"、"慈闱"。旧时母亲的代称。

【4】太白：李白。太白其字。地仙：地上之仙。比喻闲散享乐的人。苏轼《李行中秀才醉眠亭》诗："已向闲中作地仙，更于酒里得天全。"

【5】杖头钱：酒钱。参见前注。

【6】逃名：逃避声名而不居。司空图《归王官次年作》："酣歌自适逃名久，不必门多长者车。"

【7】七十从心欲：《论语·为政》："吾十有五而志于学，三十而立，四十而不惑，五十而知天命，六十而耳顺，七十而从心所欲，不逾矩。"

【8】伯道无儿：邓攸，字伯道。历任河东吴郡和会稽太守，官至尚书右仆射。永嘉末，因避石勒兵乱，携子侄逃难，途中屡遇险，恐难两全，乃弃去己子，保全侄儿。后终无子。见《晋书·良吏传·邓攸》。刘义庆《世说新语·赏誉》："谢太傅重邓仆射，常言：'天地无知，使伯道无儿。'"后用作叹人无子之典。

【9】祝华封：即"华封三祝"。《庄子·天地》："尧观乎华，华封人曰：'嘻，圣人。请祝圣人，使圣人寿。'尧曰：'辞。''使圣人富。'尧曰：'辞。''使圣人多男子。'尧曰：'辞。'封人曰：'寿、富、多男子，人之所欲也，女独不欲，何邪？'尧曰：'多男子则多惧，富则多事，寿则多辱。是三者非所以养德也，故辞。'"成玄英疏："华，地名也，今华州也。封人者，谓华地守封疆之人也。"后因以"华封三祝"为祝颂之辞。

【10】驹光：犹"时光"。《庄子·知北游》"人生天地之间，若白驹之过郤，忽然而已。"李氏《示儿》："勉矣趁朝暾，驹光不我与。"

【11】初服：未入仕时的服装，与"朝服"相对。赵翼《陕游不果述怀》："一从初服返茅斋，屡接邮笺老眼揩。"

郊 行

郊原四望草萋萋，耳畔莺声似学啼。
有意春光随左右，无情溪水自东西。
寻芳昔日狂于蝶，遣兴何时醉似泥。
且喜高楼香茗熟，杖藜扶我上危梯。

注：

【1】寻芳：游赏美景。朱熹《春日》："胜日寻芳泗水滨，无边光景一时新。"遣兴：抒发情怀，解闷散心。杜甫《可惜》："宽心应是酒，遣兴莫过诗。"
【2】杖藜：拄着拐杖。藜，野生植物，茎坚韧，可为杖。危梯：很高的楼梯。危：高。吕渭老《梦玉人引》："上危梯尽，尽画阁迥，昼帘垂。"

感 赋

古调难谐俗，新诗且寄怀。
早花寒易落，香茗旧弥佳。
世事波千折，故人天一涯。
最嫌惊梦雨，长夜滴空阶。

注：

【1】古调：比喻高雅脱俗的诗文或言论。常以称颂他人。杜审言《和晋陵陆丞早春游望》："忽闻歌古调，归思欲沾巾。"

夜寒 二首

风雨寒宵梦莫寻，堆冰为枕水为衾。
深山木客闺中妇，便是无诗也苦吟。
金柝声中灯影寒，满窗风雨夜漫漫。
期君休洒牛衣泪，且作袁安卧雪看。

注：

【1】堆冰为枕：言枕冷若冰，极寒之谓。
【2】木客：精怪或野人。苏轼《次韵定慧钦长老见寄》之二："松花酿仙酒，木客馈山殽。"王十朋注引赵次公曰："木客，广南有之，多居木中，野人之类也。"此作者自谓。
【3】牛衣泪：典出《汉书》卷七十六，见前注。后以"牛衣泪"、"牛衣夜哭"谓因家境贫寒而伤心落泪。
【4】袁安卧雪：袁安，东汉名臣，《后汉书》有传。谓时大雪积地丈余，洛阳令自出按行，见人家皆除雪出，有乞食者。至袁安门无行路，谓安已死。令人除雪入户，见安僵卧，问："何以不出？"安曰："大雪人皆饿，不宜干人。"令以为贤，举为孝廉也。

对镜感吟

窗前揽镜几回看，无那书生骨相寒。
白了须眉犹似戟，黯然颜色已非丹。
家山林壑埋头易，人海风波寓目难。
难得门前多绿竹，纪纲晨起报平安。

注：

【1】无那：无奈。骨相：指人或动物的骨骼、形体、相貌。韩愈《韶州留别张端公使君》："久钦江总文才妙，自叹虞翻骨相屯。"

【2】纪纲：纪纲即纲维。主管僧寺事务的和尚。后以"竹报平安"指平安家信，也简称"竹报"。

晚　晴

黄昏游览独扶筇，半饷春晴不易逢。
爱竹怕教牛砺角，看花还愿蝶留踪。
雨无今旧思良友，风有唐虞羡老农。
洗耳未遑聊濯足，山泉流出水汹汹。

注：

【1】牛砺角：牛在硬物上磨角。韩愈《石鼓歌》："牧童敲火牛砺角，谁复著手为摩挲。"

【2】今旧：新老朋友。
唐虞：唐尧与虞舜的并称。亦指尧与舜的时代，古人以为太平盛世。《论语·泰伯》："唐虞之际，于斯为盛。"

【3】濯足：语出《孟子·离娄上》："沧浪之水清兮，可以濯我缨；沧浪之水浊兮，可以濯我足。"本谓洗去脚污。后以"濯足"比喻清除世尘，保持高洁。

【4】山泉：杜甫《佳人》："在山泉水清，出山泉水浊。"

游人工湖即在湖心舫茶话

望里湖心舫易寻,一壶聊当醉花阴。
垂垂帘影知风定,袅袅炉香认水沉。
有意争春桃吐火,无端作态柳摇金。
凭天多付诗材料,半叟年来未废吟。

注：

【1】醉花阴：本词牌名,此处用作写实景。
【2】水沉：木名。即沉香。亦指这种香点燃时所生的烟或香气。顾敻《玉楼春》："博山炉冷水沉微,惆怅金闺终日闭。"
【3】柳摇金：本词牌与曲牌名,此处亦用以写景。黄庭坚《捣练子》："梅凋粉,柳摇金。微雨轻风敛陌尘。"

写　意

山林缺处有人家,策杖寻幽野径斜。
且喜春来连日雨,不曾红损杜鹃花。

注：

【1】写意：披露心意,抒写心意。陈造《自适》诗之一："酒可销闲时得醉,诗凭写意不求工。"

抒　怀

无边春色费安排，城野园林处处佳。
乍睹江山新气象，未忘诗酒旧生涯。
从心所欲吾趋淡，市肉而归妇破斋。
昨夜裁书谢朋友，不曾买得踏青鞋。

注：
【1】从心所欲：随自己心意而为。《论语·为政》："七十而从心所欲，不逾矩。"
【2】破斋：破了素食，即吃了肉。

无聊中戏成　一首

愿同山水结芳邻，清福能消亦夙因。
寻醉欲瞒黄脸妇，游春忘是白头人。
食无兼味那云饱，诗有微名未算真。
但得一壶香茗在，世间犹有葛天民。

注：
【1】消：享受；消受。白居易《哭从弟诗》："一片绿衫消不得，腰金拖紫是何人？"
【2】葛天民：葛天氏之民。葛天：传说中的远古帝名。一说为远古时期的部落名。罗泌《路史·禅通记》："葛天者，权天也，爰儗旋穹作权象，故以葛天为号。其为治也，不言而自信，不化而自行，荡荡乎无能名之。"

春宵梦回有感

一舸归来廿载强,昨宵犹是梦他乡。
不妨老去吟情淡,难得春来睡味长。
心隘未能虚似竹,性悛仍恐辣于姜。
壮年豪气消磨尽,半在名场半利场。

注:
【1】睡味:睡眠的趣味。陆游《春日》:"春浓日永有佳处,睡味著人如蜜甜。"
【2】悛:改变。

遣 怀

叠叠山中岁月增,为农为圃已无能。
本来面目人难识,老去形骸我亦憎。
鲁酒谋赊晨洗盏,楚辞借读夜挑灯。
百年荣悴随天付,此意还须告友朋。

一贫几不续厨烟,拭目犹看丰乐年。
三尺久消门外雪,千诗无补杖头钱。
山妻取暖惟知桶,座客虽寒莫问毡。
老卧林泉堪自慰,鸟啼花落足春眠。

注：
【1】鲁酒：鲁国出产的酒，味淡薄，后作为薄酒、淡酒的代称。庾信《哀江南赋》序："楚歌非取乐之方，鲁酒无忘忧之用。"
【2】楚辞：书名，西汉刘向辑，为骚体类文章的总集，收录有屈原、宋玉、王褒、贾谊、严忌等人的辞赋及刘向自己的作品《九叹》，共计十六篇。
【3】山妻取暖：参前注。"座客"句：《晋书·吴隐之传》："寻拜度支尚书、太常，以竹篷为屏风，坐无毡席。"

山居写意

卸却斑斑衣上尘，投闲转得自由身。
未应老物生人厌，犹有仁翁念我贫。
海外鱼鸿千障隔，山中猿鹤一家亲。
江南已入兰成赋，且喜今年非戊辰。

注：
【1】海外鱼鸿：指海外华侨音讯阻绝。
【2】兰成：北周庾信的小字。庾信有《哀江南赋》，其云："王子滨洛之岁，兰成射策之年。"

偶读赵松雪往事已非何用说，且将忠赤报皇元，因忆起吴梅村过淮南旧里诗末二句我本淮王旧鸡犬，不随仙去落人间。两诗参观，赵松雪可谓良心尽泯矣，梅村尚有愧悔之心。爰作一绝咏之

愿将忠赤报皇元，里过淮南有感言。
两个降臣相比较，还应松雪愧梅村。

注：

【1】赵松雪：赵孟頫。孟頫字子昂，号松雪、松雪道人。太祖赵匡胤的第11世孙、秦王赵德芳的嫡派子孙。后出仕元朝，官居一品。卒年六十九。追封魏国公，谥文敏。宋濂《元史》列传卷五十九："孟頫所赋诗，有'往事已非那可说，且将忠直报皇元'之语，帝叹赏焉。"吴梅村：吴伟业，明末清初著名诗人。字骏公，号梅村。诗题所引诗句出自《过淮阴有感》。

感　赋

慈帏渺矣恨终天，灯影机声绘目前。
寂寞门庭今昔似，不知何以慰黄泉。

注：

【1】恨终天：抱恨终天。终天：终身。方文《述哀》诗："此恨抱终天，哀吟何时毕。"灯影机声：谓慈母的辛勤与教诲。机声：织机声。陈康祺《郎潜纪闻》卷八："洪稚存太史亮吉，幼孤贫，母太夫人教之读书……太史贵后，绘《机声灯影图》，遍求名辈诗笔表扬。"

遣　兴

种瓜种豆不相关，便觉春来尽日闲。
钓乐昔尝思笠泽，诗情今似近船山。
花香撩引闻风起，茶话流连踏月还。
我比东坡年更老，依然游戏在人间。

注：
【1】笠泽：或指陆龟蒙。陆氏苏州人，举进士不第，隐居松江甫里。后自编其诗文为《笠泽丛书》。
【2】船山：王夫之。字而农，号姜斋，明末清初著名诗人。因其在湖南衡阳县石船山下著书立说数十年而终，故称船山先生。
【3】"游戏"句：刘克庄《七十四吟十首》其九："游戏人间又一年，非儒非佛得非仙。"

闲居有感

读书未可慰生平，失意徒令世俗轻。
耕砚迄今无稔岁，作诗垂老有虚名。
亲朋契阔知谁在，岁月磋跎只自惊。
买得一壶何处醉，绿杨留我最多情。

春风吹拂百花香，古巷阴阴午梦长。
吟苦料无才可续，爱闲怕有事来商。
未应誉我称词客，常恐绷孩笑老娘。
晚近世情君且看，一钱不值是文章。

注：

【1】耕砚：耕种砚田。即所谓"笔耕"。古人把砚台喻为地亩田产，谓之"砚田"。《增广贤文》："但存方寸地，留与子孙耕。"稔岁：丰年。

【2】契阔：久别。梅尧臣《淮南遇楚才上人》："契阔十五年，尚谓卧岩庵。"

【3】绷孩：参前注。

【4】一钱不值：一个铜钱都不值。比喻毫无价值。司马迁《史记·魏其武安侯列传》："夫无所发怒，乃骂临汝侯曰：'生平毁程不识不直一钱，今日长者为寿，乃效女儿咕嗫耳语。'"

戏咏息妫

香车引入细腰宫，雨露三年恩最隆。
寄语君王休错怪，多情尽在不言中。

注：

【1】息妫：息夫人，春秋时期著名的美女之一，陈庄公之女，因嫁给息国（今河南息县）国君，故亦称息妫，亦称桃花夫人。后为楚王所获。

【2】细腰宫：楚宫殿名。杜牧《题桃花夫人庙》："细腰宫里露桃新，脉脉无言几度春。"陆游《入蜀记》卷六："游楚故离宫，俗谓之细腰宫。"

农村幽趣

武陵乡不远,但惜阙桃花。
犬睡人声寂,鸦飞日影斜。
清谈来野老,丰乐说田家。
室至茶刚熟,寒香沁齿牙。

注:
【1】武陵:即桃花源。见陶渊明《桃花源记》。此处代指乡村。

迩来自觉狂甚写诗自遣 二首

频年书剑客江湖,白发归来马亦瘏。
好梦难成休恨枕,余生有几且提壶。
酒逢佳品心先醉,诗入中年胆渐粗。
海内亲朋应谅我,莫将故态笑狂奴。

几日虽闲却似忙,清游常恐负年光。
花如不落春长在,我亦难明老更狂。
赖有园蔬供匕箸,才知村酿胜茶汤。
论诗昔误轻前辈,鲍老何曾异郭郎。

注:
【1】频年:连年,多年。瘏:疲劳致病:《国风·周南·卷耳》"陟彼砠矣,我马瘏矣。"
【2】提壶:亦作"提胡芦"。鸟名。即鹈鹕。古人言提壶,多与酒相关。欧

阳修《啼鸟》："独有花上提壶芦，劝我沽酒花前醉。"此处即直言提壶饮酒。
- 【3】故态：老样子，老脾气。狂奴：狂士昵称；《后汉书·严光传》："霸得书，封奏之。帝笑曰：'狂奴故态也。'车驾即日幸其馆。"
- 【4】匕箸：指饮食。陆游《晓出湖边摘野蔬》诗："行迎风露衣巾爽，净洗膻荤匕箸香。"
- 【5】鲍老、郭郎："郭郎"与"鲍老"是傀儡戏史中对傀儡的两个称谓。无名氏《张协状元》戏文第五三出："好似傀儡棚前，一个鲍老。"钱南扬校注："鲍老，古剧脚色名。《后山诗话》载杨大年《傀儡诗》云：'鲍老当筵笑郭郎，笑他舞袖太郎当。若教鲍老当筵舞，转更郎当舞袖长。'郭郎也是脚色名，盖即引戏，见《乐府杂录》'傀儡'条。"

寄闲情

问年已过七旬关，诗债累累尚待还。
敢谓臣心常似水，不忘友约是看山。
居邻药肆羞言病，老在农村许放闲。
我有文章无处写，付他禽鸟语林间。

窗外时闻鸟雀音，始知人乐不如禽。
诗情尚薄宜深写，酒价犹昂暂浅斟。
略似苏髯惟笠屐，恨无庞老共山林。
举杯欲向东风祝，莫遣流尘上素襟。

注：
- 【1】敢谓：不敢说。敢：岂敢。臣心似水：谓为臣者廉洁奉公，心清如水。《汉书·郑崇传》："（赵昌）知其见疏，因奏崇与宗族通，疑有奸，请治。上责崇曰：'君门如市人，何以欲禁切主上？'崇对曰：'臣门如

市，臣心如水。愿得考覆。'"
【2】人乐：欧阳修《醉翁亭记》："然而禽鸟知山林之乐，而不知人之乐；人知从太守游而乐，而不知太守之乐其乐也。"
【3】笠屐：竹笠和木屐。费衮《梁溪漫志》卷四"东坡戴笠"条："东坡在儋耳，一日过黎子云，遇雨，乃从农家借箬笠戴之，著屐而归。妇人小儿相随争笑。"后世多传《东坡笠屐图》。庞老：庞德公。东汉末年名士，荆州襄阳人。躬耕岘山，与司马徽、诸葛亮、徐庶等为好友。拒绝刘表的出仕邀请，在鹿门山隐居，采药而终。德公为其字号，本名不详。
【4】东风祝：祝：祷告。欧阳修《浪淘沙》："把酒祝东风，且共从容，垂杨紫陌洛城东。"

看花感吟

江山一览焕然新，岁月频催春复春。
壮不如人遑待老，富无求处且安贫。
只宜友视杯中物，未必儒为席上珍。
策杖也随蝴蝶后，看花那肯负芳辰。

注：
【1】壮不如人：《左传》："臣之壮也，犹不如人；今老矣，无能为也已。"
【2】杯中物：酒。陶潜《责子》："天运苟如此，且进杯中物。"席上珍：珍：精美食品。汪洙《神童诗·劝学》："学乃身之宝，儒为席上珍。君看为宰相，必用读书人。"

夜读有感

两字功名付子虚,不应弹铗尚思鱼。
箕裘绪坠难言浅,车笠盟寒渐悔初。
百岁光阴能有几,半生涕泪已无余。
窗前兀兀青灯在,犹记当年夜读书。

注:

【1】子虚:汉人司马相如作《子虚赋》,假托子虚、乌有先生、亡是公三人互相问答。后因称虚构或不真实的事为"子虚"。"弹铗"句:用战国冯谖客孟尝君事。
【2】箕裘:谓祖业。《礼记·学记》:"良冶之子,必学为裘,良弓之子,必学为箕。"车笠:《太平御览》卷四〇六引周处《风土记》:"越俗性率朴,意亲好合,即脱头上手巾,解要间五尺刀以与之为交,拜亲跪妻,初定交有礼……祝曰:'卿虽乘车我戴笠,后日相逢下车揖;我虽步行卿乘马,后日相逢卿当下。'"后因以"车笠"喻深厚友谊。

读古人三千宫女如花院,几个春来无泪痕之句,爰作一绝书后

一到春来恨便多,无论卫女与陈娥。
宫中休洒无聊泪,料得羊车早晚过。

注:

【1】卫女:卫国女子。陈娥:陈国女子。娥:本义为女子容貌美好。
【2】羊车:宫中用羊牵引的小车。《晋书·后妃传上·胡贵嫔》:"(晋武帝)常乘羊车,恣其所之,至便宴寝。宫人乃取竹叶插户,以盐汁洒地,而引帝车。"后常以羊车降临表示宫人得宠,不见羊车表示宫怨。

读王渔洋过露筋祠诗书后

妇德沦亡大可哀，白莲独向野风开。
明珰翠羽无缘见，好句空令读几回。

注：

【1】王渔洋：王士祯，字子真，号阮亭，别号渔洋山人。清初著名诗人。其《再过露筋祠》："翠羽明珰尚俨然，湖云祠树碧如烟。行人系缆月初堕，门外野风开白莲。"露筋祠：在今江苏高邮。王象之《舆地纪胜》："露筋祠去高邮三十里。旧传有女子夜过此，天阴蚊盛，有耕夫田舍在焉。其嫂止宿。姑曰：'吾宁死不失节。'遂以蚊死，其筋见焉。"

春日有感

宠柳骄花满目前，人间春色信无边。
老怀冷若支床石，吟思迟于上水船。
枥骥有能惟识路，井蛙无识莫谈天。
新来白发知多少，门外风光似去年。

世味年来已遍尝，偶然呕出变文章。
鬓丝将秃难藏老，袜线为才恨不长。
咄咄人谁识殷浩，期期我欲学周昌。
眼前正是春光好，花木何曾尽向阳。

注：

【1】宠柳娇花：李清照《念奴娇》："宠柳娇花寒食近，种种恼人天气。"
【2】支床石：垫床脚的石头。曾国藩《漫与》："微官冷似支床石，去国情

如失乳儿。"上水船：比喻文思迟钝。王定保《唐摭言·敏捷》："梁太祖受禅，姚洎为学士。尝从容，上问及廷裕行止，洎对曰：'顷岁左迁，今闻旅寄衡水。'上曰：'颇知其人构思甚捷。'对曰：'向在翰林，号为下水船。'太祖应声谓洎曰：'卿便是上水船也。'洎微笑，深有惭色。"

【3】枥骥：俯首马槽上的骏马。喻有抱负未能施展者。语出曹操《步出夏门行》："老骥伏枥，志在千里"。井蛙：《庄子·秋水》："井蛙不可以语于海者，拘于虚也。"

【4】袜线才：孙光宪《北梦琐言》卷五："韩昭，仕王氏，至礼部尚书、文思殿大学士。粗有文章，至于琴棋书算射法，悉皆涉猎。以此承恩于后主。时有朝士李台嘏曰：'韩八座事艺，如拆袜线，无一条长。'"后因谓艺多而无一精者。亦比喻才学短浅。

【5】殷浩：字渊源，东晋人。识度清远，弱冠有美名。尤善玄言。后因北伐屡败，贬为庶人。唯终日书空，作"咄咄怪事"四字而已。周昌：西汉大臣。随刘邦入关破秦，任御史大夫，封汾阴侯。耿直敢言。刘邦欲废太子，他直言谏止。《史记·张丞相列传》："臣口不能言，然臣期期知其不可。陛下虽欲废太子，臣期期不奉诏。"期期：指口吃之人说话语词重复。作者与周昌皆口吃，故谓。

读岑嘉州青云羡鸟飞之句
爰成二律以反其意

蹭蹬频年遇合稀，杜鹃声里浩然归。
富贫自不关荣辱，今昨何尝有是非。
草满墙头堪补屋，竹疏门外未成围。
也知老眼无多力，不向青云羡鸟飞。

半世行藏与愿违，归农一旦脱缰鞿。
恰怜老屋依山在，羞向贪泉饮水肥。
扫叶烹茶烟漠漠，披蓑种菜雨微微。
鸥闲鱼乐皆堪羡，岂独青云有鸟飞。

注：
【1】岑嘉州：岑参，唐代著名诗人。"青云羡鸟飞"出自岑参《寄左省杜拾遗》。
【2】蹭蹬：困顿；失意。陆游《秋晚》诗："一生常蹭蹬，万事略更尝。"
遇合：谓相遇而彼此投合。《吕氏春秋·遇合》："凡遇合也时，时不合，必待合而后行。"
【3】贪泉：泉名。在广东省佛山市南海区。见《晋书·良吏传·吴隐之》。湖南郴县亦有一贪泉，见郦道元《水经注》。

早春寄呈熙甫先生　四首

友声何日再闻莺，云树苍茫山岭横。
青鸟不来音耗绝，望风怀想是先生。

不劳弦上辨松风，赵瑟秦筝古调同。
惆怅前缘悭一面，白云遮断两山翁。

数年林下托神交，引玉居然到草茅。
邺架旧藏书几许，亏公能以肚皮包。

惆怅山居各一方，未容连袂赏春光。
我非人日高常侍，也学题诗寄草堂。

注：
【1】友声：喻志同道合的朋友。《诗经·小雅·伐木》："嘤其鸣矣，求其友声。相彼鸟矣，犹求友声。矧伊人矣，不求友生？"
【2】青鸟：传说中西王母的信使。李商隐《无题》："蓬山此去无多路，青

鸟殷勤为探看。"望风怀想：迎风怀念。李陵《答苏武书》："远托异国，昔人所悲，望风怀想，能不依依。"

【3】"弦上"句：李白《听蜀僧濬弹琴》："蜀僧抱绿绮，西下峨眉峰。为我一挥手，如听万壑松。"赵瑟秦筝：泛指名贵的乐器。鲍照《代白纻舞歌词》之二："雕屏匽匦组帷舒，秦筝赵瑟挟笙竽。"

【4】白云遮断：言因路途遥远，两人始终缘悭一面。

【5】神交：彼此慕名而没有见过面的交谊。《三国志·诸葛瑾传》："孤与子瑜，可谓神交。"

【6】邺架：对他人藏书的美称。韩愈《送诸葛觉往随州读书》："邺侯家多书，插架三万轴。"邺侯即唐人李泌。泌于贞观三年拜中书侍郎，同中书门下平章事。累封邺县侯，时人呼其邺侯。

【7】题诗寄草堂：赠诗杜甫。高常侍：高适。高适《人日寄杜二拾遗》："人日题诗寄草堂，遥怜故人思故乡。"人日：旧时以正月初七为"人日"。

春日寄朗轩

几年尘垢污颜丹，巾幅无多拂拭难。
自写奇文还自赏，谁谙古调向谁弹。
小园尚有三弓地，寸土无非七里滩。
我愧春来风味薄，挑灯听雨夜漫漫。

注：

【1】朗轩：作者友人，余未详。

【2】颜丹：丹颜。巾幅：幅巾。古代男子以全幅细绢裹头的头巾。

【3】三弓地：犹言三分地。旧时丈量土地的计量单位，一弓为五尺，三百六十弓为一里。王晏《寓斋饮茶》："徐王庙后三弓地，罗嶰山头一品春。"七里滩：即子陵滩。在浙江桐庐富春山畔。传东汉隐士严光（子陵）曾隐钓于此。历代名人如李白、范仲淹、孟浩然、苏轼等多有题

咏。《文选·谢灵运〈七里濑〉》诗题下注引《甘州记》说:"桐庐县有七里濑,濑下数里至严陵濑。"

春日寄怀

山翁闲自检生平,大似猖狂阮步兵。
百醉不嫌村酒味,一贫方识世人情。
有家真悔归来晚,无子便宜担负轻。
老卧林泉应自足,春愁虽迫未成城。

注:

【1】检:检点。阮步兵:阮籍。籍字嗣宗,陈留尉氏人,"竹林七贤"之一。曾任步兵校尉,故人称阮步兵。王勃《滕王阁序》:"孟尝高洁,空余报国之情;阮籍猖狂,岂效穷途之哭?"

【2】成城:如城堡一样坚固。《国语·周语下》:"故谚曰:'众心成城,众口铄金。'"

山居闲寄

翁老虽贫未算穷,清生两腋是茶风。
夕阳不是无情物,照到山林分外红。

注:

【1】清生两腋:意为茶叶甘美醇香,饮后如同两腋有清风吹拂。卢仝《走笔谢孟谏议寄新茶》:"五碗肌骨清,六碗通仙灵。七碗吃不得也,唯觉两腋习习清风生。"

寄闲情

余生真似木鸡呆,闲卧萧斋万念灰。
午梦未成闻犬吠,不知深巷有谁来。
秋深曾未损苍苔,门扇随风自掩开。
笑遣山妻沽酒去,今朝应有客人来。

注:
【1】木鸡呆:即呆若木鸡。《庄子·达生》:"几矣。鸡虽有鸣者,已无变矣,望之似木鸡矣,其德全矣;异鸡无敢应者,反走矣。"
【2】山妻:隐士妻。皇甫谧《高士传·陈仲子》:"楚相敦求,山妻了算,遂嫁云踪,锄丁自窜。"后多用为自称其妻的谦词。

七一述怀寄呈熙甫翁

七十年过又出头,林泉有味且勾留。
醉心禅悦缘无份,卖力农耕老亦休。
书剑都成身外物,箪瓢正急眼前谋。
厨烟稀薄犹堪续,田野黄云待割收。

樵夫田妇共为邻,灾眚虽横未及身。
呼酒楼头狂汉醉,赐金岭背老翁仁。
山川隔面宁无恨,文字交情信有真。
自笑颓龄逾七秩,诗名且让后来人。

注：

【1】禅悦：佛教语。谓入于禅定，使心神怡悦。《维摩诘经·方便品》："虽服宝饰，而以相好严身；虽复饮食，而以禅悦为味。"
【2】黄云：比喻成熟的稻麦。王安石《同陈和叔游齐安院》："缲成白雪桑重绿，割尽黄云稻正青。"
【3】灾眚：灾殃，祸患。《易·复》："上六，迷复，凶，有灾眚。"
【4】赐金岭背：谓家住岭背的邝熙辅时常周济于作者。
【5】颓龄：衰年；垂暮之年。陶潜《九日闲居》："酒能祛百虑，菊解制颓龄。"七秩：七十岁。十年为一秩。白居易《思旧》："已开第七秩，饱食仍安眠。"

重　阳

秋深老圃太荒凉，篱菊稀疏满地霜。
浊酒一杯聊自慰，西风落叶又重阳。

注：

【1】老圃：老旧的园圃。韩琦《九月水阁》："虽惭老圃秋容淡，且看寒花晚节香。"

寄　怀

剪刀莫断鬓边霜，常觉人间岁月忙。
饮兴未阑缘市近，老怀难恝是庄荒。
眼前黄菊虚三径，足下青苔共一堂。
似比太常妻尚好，山荆贫不厌糟糠。

注：

【1】恝：淡然。庄：村落。

【2】太常妻：义为夫妻不同居。《后汉书·周泽》："泽性简，忽威仪，颇失宰相之望。数月，复为太常。清洁循行，尽敬宗庙。常卧疾斋宫，其妻哀泽老病，窥问所苦。泽大怒，以妻干犯斋禁，遂收送诏狱谢罪。当世疑其诡激。时人为之语曰：'生世不谐，作太常妻，一岁三百六十日，三百五十九日斋。'"山荆：旧时对人谦称己妻。蒲松龄《聊斋志异·凤仙》："太过奖矣！此即山荆也。"

树下感吟

独怜田野景清幽，茂树盘桓羡牧牛。
岁月骎驰难免老，江山摇落易悲秋。
功名奚似杯中物，今昔徒嗟镜里头。
惭愧风流白居易，犹教小玉唱伊州。

注：

【1】唱伊州：白居易《伊州》："老去将何散老愁，新教小玉唱伊州。亦应不得多年听，未教成时已白头。"伊州：商调大曲。

暮秋寄怀

此身与世复何争，磨折多时气自平。
扫榻正宜寻断梦，挑灯未敢赋闲情。
菊辞篱落秋无色，叶落阶除夜有声。
渐觉眼前风景尽，且将图画看山城。

注：

【1】扫榻：把床打扫干净。榻：床。陆游《寄题徐载叔东庄》："南台中丞扫榻见，北门学士倒屣迎。"旧时扫榻多为待客，此处意为整理床铺。赋闲情：抒写闲散心情。陶潜曾作《闲情赋》，其序有云："初，张衡作《定情赋》，蔡邕作《静情赋》，检逸辞而宗淡泊，始则荡以思虑，而终归闲正。将以抑流宕之邪心，谅有助于讽谏。"

【2】山城：指台山县治台城。

苦吟示道旋

斗室徘徊诗未成，喃喃语细不闻声。
推敲未觉旁人笑，工拙先由自己评。
半夜抽毫灯欲烬，几回搔首帽将倾。
此时情况君知否？词客原非幸得名。

注：

【1】抽毫：抽笔出套。借指写作。吴融《壬戌岁阌乡卜居》："六载抽毫侍禁闱，不堪多病决然归。"

闲中有作

征衣卸却唱刀环,终老何妨在野间。
清夜闻风如有骨,白头问世已无颜。
三台郊外山重叠,半叟门前水一湾。
久矣功名求不得,此时求得是清闲。

注:
【1】刀环:《汉书·李陵传》:"立政等见陵,未得私语,即目视陵,而数数自循其刀环,握其足,阴谕之,言可归还也。"环、还同音,后因以"刀环"为"还归"的隐语。安维峻《谢子和见和除夕感怀原韵,叠次奉答》:"北风雨雪暗相催,一唱刀环度陇回。"

暮秋自遣

云烟纷向眼前过,七十年来一刹那。
贫贱无心争毁誉,登临有约付蹉跎。
丹枫霜泫秋江冷,黄叶风飘野径多。
自笑诗情抛未得,几回抚景动吟哦。

鬓毛白尽莫生嗔,岁月由来不贷人。
霜降渐催禾稼熟,夜寒弥觉酒杯亲。
有书尚惜双眸子,无物能酬五脏神。
曳杖入城还自笑,农忙偏剩一闲身。

注：

【1】刹那：梵语音译。古印度最小的计时单位，本指妇女纺绩一寻线所用的时间，一般用来表示时间之极短者。唐玄奘《大唐西域记·印度总述》："时极短者，谓刹那也，百二十刹那为一呾刹那。"

【2】泫：水珠下滴。

【3】不贷人：不饶人。陆游《对酒叹》："儿女何足顾，岁月不贷人。黑貂十年弊，白发一朝新。"

【4】五脏神：亦作"五藏神"。道教谓五脏各有神主，即心神、肺神、肝神、肾神、脾神。合称"五藏神"。白居易《感事》诗："睡适三尸性，慵安五藏神。"

初冬有怀云超

早向江湖扑一空，晚收犹祝砚田丰。
已邀俗眼无多白，惟恨衰颜不再红。
七十光阴如过客，两般风雅属山翁。
故人遥在天之末，未必芜缄可寄鸿。

注：

【1】云超：作者友人。

【2】两般：两样；不同。

【3】天之末：天边。程端礼《题有之得潘季通画寄墨梅卷后》："故人在天末，想思江梅发。攀条远持赠，贞心庶云托。"芜缄：称己之信。

饮　酒

消遣全凭酒一卮，古人狂甚亦堪师。
日斜西岭撑无术，月上南楼饮有辞。
敢望柴门迎紫气？未闻蓬鬓返青丝。
与君争取须臾乐，杯里弓蛇不用疑。

注：
【1】古人狂甚：《南史·张融传》："融常叹曰：'不恨我不见古人，所恨古人不见我。'"辛弃疾《贺新郎》："不恨古人吾不见，恨古人、不见吾狂耳。知我者，二三子。"
【2】紫气：紫色的霞气，古人以为瑞样的征兆或宝物的光气。
【3】杯里弓蛇：即杯弓蛇影。出自应劭《风俗通义·怪神第九》，应郴请杜宣饮酒，挂在墙上的弓映在酒杯里，杜宣以为杯中有蛇，疑心中蛇毒而生病。后用"杯弓蛇影"比喻疑神疑鬼，妄自惊扰。

诞辰感吟

我生之日在初冬，屈指弧辰今又逢。
每饭不忘惟念母，一身难善况光宗。
微茫梦断烟波棹，晓暮听残山寺钟。
七十无求洵老矣，诗情酒兴尚争浓。

注：
【1】弧辰：旧俗生男则悬挂弧弓于门左，故又称"弧悬"。后亦指男子生辰。弧：木弓。

【2】 每饭不忘：指时刻不忘。司马迁《史记·张释之冯唐列传》："文帝曰：'吾居代时，吾尚食监高祛数为我言赵将李齐之贤，战于钜鹿下。今吾每饭，意未尝不在钜鹿也。'"
【3】 洵：实在，确实。

奉怀寄呈熙甫翁

山岭迢迢隔几重，最关怀是丈人峰。
身如已健须加饭，步即能行莫弃筇。
邀福良由公盛德，献诗难竭我微衷。
三生石上缘如在，香火丛中一笑逢。

注：
【1】 丈人峰：本泰山山峰名，此处借指邝熙甫。丈人：古时对老人的尊称。《论语·微子》："子路从而后，遇丈人以杖荷蓧。"何晏集解引包咸曰："丈人，老人也。"
【2】 邀福：祈求赐福。刘禹锡《相和歌辞·贾客词》："邀福祷波神，施财游化城。"微衷：微小的心意。常用作谦词。俞简《行不由径》诗："一示遵途意，微衷益自精。"
【3】 三生石：事源出自浦唐人袁郊《甘泽谣·圆观》。诗文中常用为前因宿缘的典实。三生：即佛家所云三世转生——前生、今生和来生。

己酉残冬留咏 二首

草草杯盘媚灶君，贫家度岁亦聊云。
文章价贱难偿酒，腊鼓声高易遏云。
扪虱解襟迎爱日，呼鸡归栅趁斜曛。
晚风吹皱寒塘水，遥映山翁颊上纹。

曝背篱边借一温，暮冬抚景易消魂。
沉檀香烬空斋冷，爆竹烟笼大地昏。
婪尾酒酣聊取乐，杖头钱尽不须论。
吊钟花漫铜瓶水，懒更寻梅过别村。

注：
【1】己酉：公元 1969 年。
【2】媚灶君：祭祀灶神。农历十二月二十三日（或二十四日），民间称为过小年，祭祀灶君。聊云：当作"卿云"，即庆云。一种彩云，古人视为祥瑞。《史记·天官书》："若烟非烟，若云非云，郁郁纷纷，萧索轮囷，是谓卿云。卿云见，喜气也。"
【3】遏云：使云停止不前。语本《列子·汤问》："薛谭学讴于秦青，未穷青之技，自谓尽之，遂辞归。秦青弗止。饯于郊衢，抚节悲歌，声振林木，响遏行云。"
【4】扪虱：捉虱子。扪，按。爱日：冬日。《左传·文公七年》："赵衰，冬日之日也。"杜预注："冬日可爱。"后因称冬日为爱日。斜曛：落日的余辉。
【5】曝背：以背向日取暖。刘长卿《初到碧涧招明契上人》："渐老知身累，初寒曝背眠。"
【6】婪尾酒：此联曾数易其稿。初作"婪尾酒倾聊取乐，绛金帐暖总难论"，后易为"禾末风来还念旧，坊间酒买不嫌浑"，再易为"丹去求

仙难却老,酒归谋妇不嫌浑"。
【7】寻梅:探访梅花。吴锡畴《寻梅》:"迤逦寻梅过别村,归来新月照黄昏。"

自遣二律

偶然回首叹蹉跎,七十年来一刹那。
闭户吟诗新意少,挑灯忆友旧情多。
曾无酒向花前醉,安得风如柳下和。
笑问于思长几许?髯翁不独是东坡。

新诗自赏酒杯深,不羡隆中抱膝吟。
满地笙歌徒乱耳,一春晴雨尚关心。
山川草木随年转,朋友音书付水沉。
扫叶烹茶犹有待,门前嫩竹未成阴。

注:
【1】于思:亦作"于腮",多须貌。《左传·宣公二年》:"于思于思,弃甲复来。"杜预注:"于思,多须之貌。"
【2】抱膝吟:《三国志·诸葛亮传》:"亮躬耕陇亩,好为《梁父吟》"。注引《魏略》:"亮在荆州,以建安初与颍川石广元、徐元直、汝南孟公威等俱游学,三人务于精熟,而亮独观其大略。每晨夜从容,常抱膝长啸。"
【3】付水沉:刘义庆《世说新语·任诞》:"殷洪乔作豫章郡,临去,都下人因附百许函书。既至石头,悉掷水中,因祝曰:'沉者自沉,浮者自浮,殷洪乔不能作致书邮。'"

奉怀四首再呈熙甫翁　仍用前韵

取暖衾棉恨不重，几宵寒似玉山峰。
遥知却病频投药，已得行吟缓曳筇。
但有诗来如睹面，可无书寄互谈衷。
茅容疏食堪留客，不限湖滨座上逢。

李杜门深历几重，丈人诗已达高峰。
闲教艳丽花随笔，稳握平安竹作筇。
肝胆照人存古道，文章知己慰愚衷。
眼前未可无佳作，爆竹声中春又逢。

冲破年关又一重，遥看春色上瓶峰。
消愁长赖三花酒，扶老无劳九节筇。
我本粗人诗乏味，公真仁者语由衷。
谁知雨雪其滂候，爱日慈云得再逢。

江山劫后恨重重，泪湿铜驼背上峰。
游艺生平惟恃笔，缓行里许未须筇。
匡时媚世皆无术，息影埋名别有衷。
我辈精神相感应，宁争机会一朝逢。

注：

【1】李杜：李白与杜甫。门深：谓邝熙甫诗已经登堂入室，得李杜诗歌神髓。丈人：前辈。指邝熙甫。

【2】瓶峰：台山北峰山主峰。

【3】三花酒：酒名。产于广西桂林。九节筇：竹杖名。陆游《老学庵笔记》卷三："筇竹杖蜀中无之，乃出徼外蛮峒，蛮人持至泸叙间卖之，一枝才四五钱，以坚润细瘦九节而直者为上品。"

【4】雨雪其雱：《诗经·邶风·北风》："北风其凉，雨雪其雱。惠而好我，携手同行。"雱：同"滂"。水盛漫流貌。《说文》："滂，沛也。或作雱。"慈云：佛教语。比喻慈悲心怀如云之广被世界、众生。崔子忠《送僧归滇南》："兵戈前路息，万里忆慈云。"

【5】铜驼：《晋书·索靖传》："靖有先识远量，知天下将乱，指洛阳宫门铜驼，叹曰：'会见汝在荆棘中耳！'"后因以"铜驼荆棘"指山河残破、世族败落或人事衰颓。

【6】匡时：匡正时世；挽救时局。媚世：求悦于当世。语出《孟子·尽心下》："阉然媚于世也者，是乡原也。"息影：亦作"息景"。语本《庄子·渔父》："不知处阴以休影，处静以息迹，愚亦甚矣！"后因以"息影"谓归隐或闲居。

和熙甫翁恶邻篇

欲化桓魋作善邻，未能说法现金身。
虽然懦者甘为懦，终有仁人杀不仁。
蜗角蛮争徒引笑，虎威狐假莫云真。
吾侪俯仰心无怍，雨覆云翻任世人。

注：

【1】桓魋：宋国大夫。《史记·孔子世家》：孔子过曹适宋，与弟子习礼大

树下。司马桓魋欲杀孔子,拔其树。孔子去。弟子曰:'可以速矣。'孔子曰:'天生德于予,桓魋其如予何!'"

【2】吾侪:我辈。怍:惭愧。《孟子·尽心上》:"仰不愧于天,俯不怍于人。"

读熙甫翁何日儿曹归海外,天伦乐事叙家人之句,即赋一律于后,寄以慰之

郎君旅外久违颜,岭背将成望子山。
何日倾河洗兵甲,有人思土唱刀环。
承欢犹喜椿萱在,饮乐休教匕箸闲。
我获阶前盈尺地,扶筇笑看舞衣斑。

注:

【1】郎君:旧时对年轻人的称谓。此指邝熙甫之子。岭背:村名,熙甫所居地。

【2】洗兵甲:杜甫《洗兵马》:"安得壮士挽天河,净洗甲兵长不用。"刀环:《汉书·李陵传》:"立政等见陵,未得私语,即目视陵,而数自循其刀环,握其足,阴谕之,言可归还也。"环、还同音,后因以"刀环"为"还归"的隐语。

【3】椿萱:《庄子·逍遥游》谓大椿长寿,后世因以椿称父。《诗·卫风·伯兮》:"焉得谖草,言树之背。"谖草,萱草。后世因以萱称母。椿、萱连用,代称父母。

【4】舞衣斑:用老莱子娱亲事。《艺文类聚》卷二十引《列女传》:"老莱子孝养二亲,行年七十,婴儿自娱,着五色彩衣。尝取浆上堂,跌仆,因卧地为小儿啼。"

有感　二首

躬耕真个悔归迟，半世羁游厌路歧。
南郭先生能食禄，西山半叟但吟诗。
不妨晨起随鸡唤，无复宵行动犬疑。
疾苦未除惟有咳，那将残喘付庸医。

自从束发读经书，白发依然腹笥虚。
数典未忘程不识，更名敢慕蔺相如。
窗前久冷论文烛，门外谁停问字车。
美酿当前聊取乐，独醒吾不学三闾。

注：

【1】羁游：亦作"羁游"。羁旅无定。陆游《寒夜》诗："羁游少欢乐，短景极怱忙。"路歧：歧路；岔道。

【2】南郭先生：《韩非子·内储说上》："齐宣王使人吹竽，必三百人。南郭处士请为王吹竽，宣王说之，廪食以数百人。宣王死，闵王立，好一一听之，处士逃。"

【3】束发：古代男孩成童时束发为髻，因以代指成童之年。陆游《上执政书》："某小人，生无他长，不幸束发有文字之愚，自上世遗文，先秦古书，昼读夜思，以求圣贤致意处。"

【4】数典：《左传·昭公十五年》：晋大夫籍谈出使周王室。宴席间，周景王问籍谈，晋何以无贡物，籍答道，晋从未受过王室的赏赐，何来贡物。周景王就列举王室赐晋器物的旧典来，并责问籍谈，身为晋国司典的后代，怎么能"数典而忘其祖""籍（谈）父其无后乎？数典而忘其祖。"作者亦无后，且程姓，故曰程不识。程不识：汉代名将，与李广同时而齐名。更名：司马相如原名犬子，因慕赵相蔺相如之名而更之。程坚甫原名君练，后更现名。故云。

【5】问字：汉扬雄校书天禄阁时，多识古文奇字，刘棻曾向扬雄学奇字。后来称从人受学或向人请教为"问字"，亦称"问奇字"。吉大文《次

韵陈一山潘孺初诸公都中聚饮之作》:"幸无阮籍看人眼,应有杨雄问字车。"

【6】独醒:独自清醒。喻不同流俗。《楚辞·渔父》:"屈原曰:'举世皆浊我独清,众人皆醉我独醒,是以见放。'"三闾:指屈原。屈原曾任楚三闾大夫。

邝熙甫先生于六月上旬逝世赋诗挽之　四首

几载神交惬素心,友声曾不隔山林。
西江挹注忘伤惠,下里闻歌谬赏音。
茅塞我殊惭学浅,桃潭公欲比情深。
谁知六月阴沉夜,灯下诗成带泪吟。

文章知己最难求,寒士常贻笔墨羞。
刮垢知公殊俗眼,论诗许我出人头。
未遑接席亲光霁,且喜吟笺密唱酬。
莫说登龙偿夙愿,回车从此恸西州。

儒冠儒服自矜持,几历艰危节不移。
枘凿方圆何足计,文章道德总堪师。
宵深辞世呻吟少,路远闻风吊挽迟。
老泪数行诗几律,断肠还冀九原知。

岿然此是鲁灵光,分得黄花晚节香。
南槛孤星沉岭背,西风暮笛感山阳。
皋鱼孝思空遗恨,龚胜高年或作殇。
信是前缘悭一面,奈何访戴待秋凉。

注：

【1】作者自注：余拟于秋凉时候访公畅谈，今竟不及一面，痛哉！
【2】伤惠：对恩惠造成损害。《孟子·离娄下》"可以取，可以无取，取伤廉；可以与，可以无与，与伤惠；可以死，可以无死，死伤勇。"下里：楚民间歌谣，较通俗低级。作者自谦其诗歌乃《下里》《巴人》之属，却得到了邝熙甫的谬赏。宋玉《对楚王问》："客有歌于郢中者，其始曰《下里》《巴人》，国中属而和者数千人。"
【3】桃潭：桃花潭。李白《赠汪伦》："桃花潭水深千尺，不及汪伦送我情。"
【4】刮垢磨光：刮去污垢，磨出光亮。原指培养人才时磨砺而使之高尚纯洁；也喻深入研讨，力求臻于精湛。韩愈《劝学解》："占小善者率以录，名一艺者无不庸，爬罗剔抉，刮垢磨光盖有幸而获选，孰云多而不扬？"
【5】接席：坐席相接。多形容亲近。曹丕《与吴质书》："行则连舆，止则接席。"光霁：敬词。犹风采。章懋《与陈提学书》："未获一瞻光霁。"
【6】登龙：登龙门。比喻得到有名望者的接待和援引而提高身价。《后汉书·党锢传·李膺》："膺独持风裁，以声名自高。士有被其容接者，名为登龙门。"恸西州：指晋羊昙感旧兴悲哭悼舅谢安事。表示感旧兴悲、悼亡故人之情。《晋书》卷七十九《谢安传》："羊昙者，太山人，知名士也，为安所爱重。安薨后，辍乐弥年，行不由西州路。尝因石头大醉，扶路唱乐，不觉至州门。左右白曰：'此西州门。'昙悲感不已，以马策扣扉，诵曹子建诗曰：'生存华屋处，零落归山丘。'恸哭而去。"
【7】枘凿方圆：枘、凿，榫头与卯眼，一方一圆，无法投合。比喻不协调，扦格不入。吾邱瑞《运甓记弃官就辟》："一官寥落误儒绅，枘凿方圆迕世情。"
【8】九原：九泉，黄泉。
【9】鲁灵光：汉代鲁恭王建有灵光殿，屡经战乱而岿然独存。后因以"鲁殿灵光"称硕果仅存的人或事物。
【10】暮笛：比喻沉痛怀念故友。向秀《思旧赋》。其序云："……余逝将西迈，经其旧庐。于时日薄虞渊，寒冰凄然！邻人有吹笛者，发声寥

亮。追思曩昔游宴之好，感音而叹，故作赋云。"

【11】皋鱼：人名。《韩诗外传》卷九载：孔子行，见皋鱼哭于道旁，辟车与之言。皋鱼曰："吾失之三矣：少而学，游诸侯以后吾亲，失之一也；高尚吾志，闲吾事君，失之二也；与友厚而小绝之，失之三也。树欲静而风不止，子欲养而亲不待也，往而不可得见者亲也。吾请从此辞矣。"立槁而死。后因用作人子不及养亲的典故。龚胜：字君宾，西汉彭城人。少好学，通五经，与龚舍相友善，并著名节，世谓之楚二龚。初为郡吏，……王莽秉政时，归老乡里。王莽代汉后被强征为太子师友、祭酒，拒不受命，对门人高晖等说："吾受汉厚恩，无以报，今年老矣，旦暮入地，岂以一身事二姓哉！"绝食十四日而死。

【12】访戴：刘义庆《世说新语·任诞》："王子猷居山阴，夜大雪……忽忆戴安道。时戴在剡，即便夜乘小船就之。经宿方至，造门不前而返。人问其故，王曰：'吾本乘兴而行，兴尽而返，何必见戴。'"后因称访友为"访戴"。皇甫冉《刘方平西斋对雪》诗："自然堪访戴，无复四愁诗。"

途见道旋偕伴满载虾酱一车因成一绝

海物盈盈载一车，一推一挽步徐徐。
丁兹民食艰难日，此货虽奇未可居。

注：

【1】海物：海产品。即诗题中之虾酱。
【2】丁兹：遭此；值此。

读李君赠内人诗戏作　二首之一

乡村老妇本无知，索句良难莫赠诗。
美酒当前须尽醉，相依已届白头时。

注：
【1】李君：指李沛。

买鲤鱼　用道旋诗意　四首录二

市中供应物横陈，方便肠肥脑满人。
张吻声声爷买鲤，小孩未改是天真。

富邻争买海鲜归，汝辈馋涎莫湿衣。
尚有盐齑堪作馔，阿爷不羡鲤鱼肥。

注：
【1】张吻：张嘴。
【2】盐齑：腌制的酸菜，亦叫腌齑。齑：姜葱蔬菜之碎末。

管理图书四十三年前忆旧有怀

坐对牙签乐有余，备员曾忝管图书。
燕塘风景今何似，四十三年一梦如。

四十三年一梦如，光阴过客不停居。
而今剩有空空腹，惭愧身尝管蠹鱼。

注：
【1】牙签：系在书卷上作为标识，以便翻检的牙骨等制成的签牌。韩愈

《送诸葛觉往随州读书》:"邺侯家多书,插架三万轴;一一悬牙签,新若手未触。"备员:四十三年前,作者二十九岁时曾做过广州燕塘军校图书管理员。

【2】蠹鱼:虫名,即蟫,又称衣鱼。体小,有银白色细鳞,尾分二歧,形稍如鱼,故名。蛀蚀书籍、衣服。后借指书籍。郁达夫《杂感》诗之八:"十年潦倒空湖海,半生浮沉伴蠹鱼。"

山林写意 四首录三

流落江湖最可怜,压残金线恨年年。
扁舟一舸归来也,还我山林大自然。

忘记珠娘唤渡声,卅年别却五羊城。
山林纵使多风雨,鼻息如雷梦不惊。

三分儒者七分农,归老山林愿已从。
橘绿橙黄看不尽,等闲又过一年冬。

注:

【1】压残金线:秦韬玉《贫女》:"苦恨年年压金线,为他人作嫁衣裳。"

【2】珠娘:任昉《述异记》卷上:"越俗以珠为上宝,生女谓之珠娘。生男谓之珠儿。"

【3】橘绿橙黄:苏轼《赠刘景文》:"一年好景君须记,最是橙黄橘绿时。"

**早春以来，零雨不辍，蜷伏斗室，
殊感枯寂，记诸吟咏，以抒怀抱**

赏春兴味淡然过，踏雪其如翁老何。
半里荒村花气少，兼旬茅屋雨声多。
断无圆木为惊枕，只觉重棉似薄罗。
寂寞有时求热闹，鸡鸣犬吠当笙歌。

寂寞山村深掩门，晓风暮雨总消魂。
残年将与诗书别，终夜还求枕席温。
问暖嘘寒非敢望，寻芳送胜更难论。
不知何处来烟雾，斗室阴沉昼似昏。

山中度日太糊涂，论语拼将付火炉。
久雨消残春气味，一寒耽搁睡工夫。
家贫莫向书求饱，市近难言酒易沽。
解道文章能贬值，当初何必识之无。

曝背篱边夕照稀，眼前雨雪正霏霏。
围炉煮茗情难遣，出郭看花愿已违。
醵乞无从遑论酒，饭强未得且加衣。
春寒竟比严冬甚，不似诗名逐日微。

阴沉雨雪满江干，自笑非龙也学蟠。
何日看花慰寒寂，有人烧笠望晴干。
破窗不键随风掩，薄被频探似水寒。
如此天时如此夜，可能高卧作袁安。

岂是名花厌白头，春光曾不到山陬。
拥衾听雨难寻梦，沽酒消寒只益愁。
几度肠回如转辘，何时胸豁似虚舟。
检书看剑都无谓，空惹残宵烛泪流。

迩来天气感人深，灯下诗成枕上吟。
花远应无香入梦，夜寒长为雨惊心。
剪刀易怯宜春字，弦索难开解愠琴。
白发飘萧吾老矣，闲愁犹是苦相侵。

远隔烟霞懒访梅，素怀长赖醉吟开。
山林守岁人空老，风雨连朝客不来。
买纸待誊他日稿，论文未涤去年杯。
早春剩有看花目，移向门前赏绿苔。

注：

【1】圆木为惊枕：范祖禹《司马温公布衾铭记》："以圆木为警枕，小睡则枕转而觉，乃起读书。"

【2】论语：指儒家的经典著作《论语》。

【3】解道：懂得；知道。识之无：识字。语出白居易《与元九书》。刘元卿《贤奕编·应谐·乍解张皇》："汝有田舍翁，家赀有盛，而累世不识之无。"

【4】醯乞：即乞醯。醯：香醋。《论语·公冶长》子曰："孰谓微生高直？或乞醯焉，乞诸其邻而与之。"陆游《村饮》："盐醯乞贷寻常事，恼乱比邻莫愧频。"饭强：强饭，亦作"彊饭"。努力加餐；勉强进食。《史记·外戚世家》："行矣，彊饭，勉之！即贵，无相忘。"

【5】烧笠：岭南祭天民俗。摆香案牲供，烧蓑衣斗笠，以求苍天落雨和晴干。

【6】楗：竖着插的门闩。《字书》："横曰关，竖曰楗。"

【7】转辘：转动的辘轳。虚舟：本为无人驾驶的船只，语出《庄子·山木》。比喻胸怀恬淡旷达。骆宾王《秋日于益州李长史宅宴序》："长史公玄牝凝神，虚舟应物。"

【8】宜春：旧时立春及春节所剪或书写的字样。民间与宫中将其贴于窗户、器物、彩胜等之上，以示迎春。宗懔《荆楚岁时记》："立春之日，悉剪彩为燕，戴之，帖'宜春'二字。"崔道融《春闺》："欲剪宜春字，春寒入剪刀。"解愠：消除怨怒。语出《孔子家语·辩乐解》："昔者舜弹五絃之琴，造《南风》之诗，其诗曰：'南风之薰兮，可以解吾民之愠兮。南风之时兮，可以阜吾民之财兮。'"

春宵怀人耿不成寐以诗寄慨

凭残灯影纸窗前,远念天涯意黯然。
长为友声牵我恨,非关春色恼人眠。
几时圆月逢三五?顷刻浮云变万千。
诗酒琴棋俱冷落,可堪回首话当年。

寂寞春宵梦不成,背窗闲坐数残更。
风怀有限随年减,月色无多戒夜行。
醉梦此时成一觉,因缘何处问三生。
迢迢海外亲朋在,莫望重寻诗酒盟。

注:
【1】凭:依恃。
【2】春色恼人:王安石《夜直》:"春色恼人眠不得,月移花影上栏干。"
【3】诗酒盟:诗友间的盟会。苏颂《七言二首奉答签判学士》:"云霄路在看君上,诗酒盟寒且共寻。"

村中有女子远嫁广西，濒行，母女相持涕泣，不胜凄楚，一时传为谈料。半叟固有心人也，以诗咏之

人间何事最堪悲，悲莫悲兮生别离。
竟使灵芸红泪尽，后来相见岂无期？

世情多以喜为悲，归妹何须悲别离。
好借一帆风送去，有人朝暮盼佳期。

一声去也黯然悲，断尽柔肠是别离。
到底女儿能慰母，宁家遥订隔年期。

注：

- 【1】生别离：难以再见的离别。《楚辞·九歌·少司命》："悲莫悲兮生别离，乐莫乐兮新相知。"
- 【2】灵芸红泪：王嘉《拾遗记·魏》："文帝所爱美人，姓薛名灵芸，常山人也……灵芸闻别父母，歔欷累日，泪下沾衣。至升车就路之时，以玉唾壶承泪，壶则红色。既发常山，及至京师，壶中泪凝如血。"
- 【3】归妹：《易》卦名。六十四卦之一。兑为少女，故谓妹，以嫁震男，故称"归妹"。《易·归妹》："归妹，征凶，无悠利。"王弼注："妹者，少女之称也。兑为少阴，震为长阳；少阴而乘长阳，说（悦）以动，嫁妹之象也。"孔颖达疏："妇人谓嫁曰归，归妹犹言嫁妹也。"
- 【4】宁家：已嫁女子回娘家探望父母；也泛指省亲。《诗·周南·葛覃》："害浣害否，归宁父母。"

忆友 二首之一

缅怀旧雨不胜悲,踪迹如萍合易离。
岂有后来怡快事,高山流水遇钟期。

注:
【1】旧雨:老朋友。
【2】怡快:高兴。快乐。钟期:钟子期。

戏赠道旋

奔仆风尘未废诗,吟成多在息肩时。
边韶腹有经书在,寄语途人莫相皮。

注:
【1】奔仆风尘:犹言仆仆风尘。奔:奔波。仆,劳累貌。
【2】相皮:即皮相。意为不深入,表象。《史记·郦生陆贾列传》:"夫足下欲兴天下之大事而成天下之大功,而以目皮相,恐失天下之能士。"

戏赠夷齐

登彼西山探蕨薇，夷齐高节古来稀。
独嫌兄弟惟求饱，忘却农民需绿肥。

注：
【1】夷齐：《史记·伯夷列传》："伯夷、叔齐，孤竹君之二子也。……武王已平殷乱，天下宗周，而伯夷、叔齐耻之，义不食周粟，隐于首阳山，采薇而食之。及饿且死，作歌。其辞曰：'登彼西山兮，采其薇矣。以暴易暴兮，不知其非矣。神农、虞、夏忽焉没兮，我安适归矣？于嗟徂兮，命之衰矣！'遂饿死于首阳山。"
【2】绿肥：可用作肥料的绿色植物体。

病　吟

一冬咳嗽到春初，疾苦连缠莫解除。
学画未成名士饼，绝交犹宝故人书。
村醪难致姑谋妇，野服虽粗尚称予。
应为齿牙多脱落，迩来吟咏渐稀疏。

注：
【1】名士饼：陈寿《三国志·魏·卢毓传》："选举莫取有名，名如画地作饼，不可啖也。"绝交：断绝友谊。刘义庆《世说新语·栖逸》："山公将去选曹，欲举嵇康；康与书告绝。"宝：珍惜。
【2】谋妇：求于老婆。称予：《唐律疏议附录·进律疏表》："臣（长孙）无忌等言：秦以前，君臣通称朕。尚书虞书，帝曰，来，禹，汝亦昌言。禹曰，帝，予何言，予思日孜孜。则是臣于君前尚予也。"

李君道旋劝我多作以期传世赋此应之

年来诗兴半阑珊,常觉推敲一字难。
惭愧李君临别语,何如转口劝加餐。

注:
【1】加餐:慰劝之辞。谓多进饮食,保重身体。《后汉书·桓荣传》:"愿君慎疾加餐,重爱玉体。"

答周尔杰

平生最乐守吾真,不拜路尘惟养神。
过访略无干禄客,往来都是读书人。
菜根此日堪回味,茅屋他生愿结邻。
我亦行年七十四,颠危全赖杖随身。

注:
【1】周尔杰:作者友人。台山民间诗人。
【2】拜路尘:指谄事权贵。亦作"拜尘"。潘岳与石崇谄事贾谧,每候其出,辄相与望车尘而拜。事见《晋书》潘岳传、石崇传。元好问《论诗绝句三十首》:"心画心声总失真,文章宁复见为人?高情千古《闲居赋》,争信安仁拜路尘。"
【3】干禄客:求禄位、求仕进者。《论语·为政》:"子张学干禄。"
【4】行年:经历过的年岁;或将到的年龄。颠危:跌扑倾侧。《论语·季氏》:"危而不持,颠而不扶。"

读梁梦霞我的奇文书后

奇文标榜岂吾欺，似我无文亦好奇。
心所欲言聊命笔，情无可寄但吟诗。
要知倦鸟归林日，正是哀蝉落叶时。
记否漆园庄叟语：泥中龟与匣中龟。

莳花种竹寄情闲，难得余年筋力顽。
数亩盘桓安乐土，千重险阻利名关。
如君恐是聪明误，似我无疑福命悭。
喜获奇文能下酒，浅斟低唱一开颜。

注：
【1】梁梦霞：台山人，曾向作者问学。
【2】漆园：古地名。即今安徽蒙城境内，蒙城古称漆园，战国时庄周为吏之处。泥中龟：《庄子·秋水》："庄子钓于濮水，楚王使大夫二人往先焉，曰：'愿以境内累矣。'庄子持竿不顾，曰：'吾闻楚有神龟，死已三千岁矣，王巾笥而藏之庙堂之上。此龟者，宁其死为留骨而贵乎，宁其生而曳尾于涂中乎？'二大夫曰：'宁生而曳尾涂中。'庄子曰：'往矣，吾将曳尾于涂中。'"
【3】奇文下酒：即以书佐饮。《宋史·苏舜钦传》："苏舜钦字子美，豪放不羁，好饮酒。在外舅杜祁公家，每夕读书，以饮一斗为率。公使人密觇之，闻子美读《汉书·张良传》，至'良与客狙击秦皇帝，误中副车'，遽抚掌曰：'惜乎，击之不中！'遂满饮一大杯。又读，至'良曰：'始臣起下邳；与上会于留，此天以授陛下。'又抚案曰：'君臣相与，其难如此。'复举一大杯。公闻之，大笑曰：'有如此下酒物，一斗不足多也。'"

拾遗寄朗轩

村前村后景清幽,芳草丛中伴豕游。
亦步亦趋关得失,取劳取值适供求。
虽无盥手蔷薇蓄,未免撄怀黍稻收。
寄语行人休掩鼻,请将肥瘠看田畴。

老去犹争一息存,未妨营役博饔飧。
守株以待应无兔,执羁相随尚有豚。
予取予携心未懈,乍行乍止日将昏。
此时逐臭求温饱,半世儒冠不要论。

注:
【1】拾遗:本义为拾取他人的失物。《战国策·秦策一》:"期年之后,道不拾遗,民不妄取。"此处为拾粪。
【2】取劳取值:按劳计酬。
【3】盥手蔷薇:冯贽《云仙杂记》:"柳宗元得韩愈所寄诗,先以蔷薇露盥手,薰玉蕤香后发读。"撄怀:关怀。撄:牵萦。《集韵》:"撄,有所系著也。"
【4】营役:即营营役役。营求;谋求。《诗经·小雅·青蝇》:"营营青蝇,止于樊。"《庄子·齐物论》:"终身役役,而不见成功。"饔飧:早晚饭。饭食。
【5】豚:小猪,亦泛指猪。

梦见邝熙甫先生

金风玉露微,七月初五夜。
倚枕方入梦,忽闻人敲户。
起问客谁来?云是邝熙甫。
惊闻是先生,眉毛俱飞舞。
久欲登龙门,惟恨关山阻。
今夕为何夕,高轩见枉顾。
天或假之缘,吹来黄叔度。
先生不多言,一声谓久慕。
携手入室坐,坐无咫尺距。
端详先生貌,须眉苍然古。
面颊略清癯,衣冠殊朴素。
老未至龙钟,年约六十许。
笑谈至欢洽,有如水投乳。
所愧仓卒间,鸡黍无从具。
清夜渐沉沉,清谈正缕缕。
惟见灯花落,不觉簷前雨。
时有数邻人,环立窗如堵。
谓两老人家,即今之李杜。
相逢不说诗,定是论典故。
吾曹宜静听,胜读十年苦。
我笑谢邻人,君等来意误。
我辈初相逢,说不尽情愫。
胸中虽有书,守口未遑吐。
君等盍归休,勿劳久延伫。
回头见谭享,木立如傀儡。

庞然披大楼，俯首一无语。
方欲问何来，倏已蘧然寤。
一豆灯犹明，四更闻谯鼓。
情景皆历历，闭目犹可睹。
窃维公与我，诗来唱酬互。
神交六七年，古道照肺腑。
惟悭一面缘，惆怅朝复暮。
梦中一相见，缺憾差能补。
但与公生平，来尝一把晤。
既非座上客，那识孔文举。
何况隔黄泉，公来焉识路。
可信古人言，幻境由心做。
聊复剔残灯，纪之以诗句。

注：

【1】登龙门：用汉李膺事，此处意为登门拜访。范晔《后汉书·党锢列传·李膺》："是时朝庭日乱，纲纪颓陀，膺独持风裁，以声名自高。士有被其容接者，名为登龙门。"

【2】今夕：《诗经·唐风·绸缪》："今夕何夕？见此良人。"高轩：高车。枉顾：屈尊看望。王昌龄《灞上闲居》："轩冕无枉顾，清川照我门。"

【3】黄叔度：黄叔度，名宪，汝南慎阳（今河南正阳）人。出身贫贱，以德行著称。本牛医之子。然少年好学，果为饱学之士，名动天下。《后汉书·周燮黄宪传》："同郡戴良才高倨傲，而见宪未尝不正容，及归，罔然若有所失也。其母问曰：'汝复从牛医儿来邪？'对曰：'良不见叔度，不自以为不及；既睹其人，则瞻之在前，忽焉在后，固难得而测矣。'"

【4】鸡黍：孟浩然《过故人庄》："故人具鸡黍，邀我至田家。"具：备办。

【5】盍归休：何不回家休歇。盍：何不。延伫：久立；久留。《楚辞·离骚》："悔相道之不察兮，延伫乎吾将反。"王逸注："延，长也；伫，立貌。"

【6】蘧然寤：突然醒来。蘧然：惊觉。《庄子·大宗师》："成然寐，蘧然觉。"寤：睡醒。
【7】谯鼓：谯楼更鼓。此处意为钟声。
【8】孔文举：东汉孔融。融为北海相，尝曰："座上客常满，杯中酒不空。吾之愿也。"

拟冯梦龙辞世二律

尝读郑振铎所著《中国文学史》，载冯梦龙当清兵入关大势已去之时，从容殉国，并有辞世诗二律，未见其诗云云。今春雨窗无聊，偶忆其事，爰为拟作二律方实其事。不过游戏笔墨而已，梦龙地下有知，得无弄巧反拙耶？

> 书生敢望豹留皮，两律吟成与世辞。
> 满眼乱离世莫问，一腔悲愤我何之。
> 丁兹家国倾亡日，正是人臣死难时。
> 但使狙秦铁锥在，来生做个好男儿。

> 舍生此日更无疑，痛哭皇明国祚移。
> 巢已不存遑论卵，棺犹未盖且留诗。
> 中兴岂易逢萍实，后死何堪歌黍离。
> 夷夏大防今撤尽，九原回首有余悲。

注：

【1】冯梦龙：明末文学家、戏曲家。字犹龙，别署龙子犹、顾曲散人、墨憨斋主人等，长洲（今江苏吴县）人。曾任寿宁知县。清兵渡江，参加抗清活动，后死于故乡。

【2】豹留皮：《新五代史·王彦章传》："彦章武人，不知书，常为俚语谓人曰：'豹死留皮，人死留名。'"
【3】狙秦铁锥：用汉留侯张良事。《史记·留侯世家》："（张）良尝学礼淮阳，东见仓海君，得力士，为铁椎重百二十斤。秦皇帝东游，良与客狙击秦皇帝博浪沙中，误中副车。"
【4】国祚：国运。《陈书·吴兴王胤传》："皇孙初诞，国祚方熙。"
【5】萍实：指吉祥之物。刘向《说苑·辨物》："楚昭王渡江，有物大如斗，直触王舟，止于舟中。昭王大怪之，使聘问孔子。孔子曰：'此名萍实，令剖而食之，惟霸者能获之，此吉祥也。'"黍离：本为《诗·王风》中的篇名。后遂用作感慨亡国之词。
【6】夷夏大防：区辨华夏与蛮夷的原则性界限。

吊冯子犹梦龙先生

风雨难支大厦倾，眼看朝号已非明。
弘基自昔开洪武，寸土而今属满清。
一念从容辞世去，数行草率写诗成。
湖山酣宴多元老，泰岳鸿毛有重轻。

注：
【1】朝号：朝代年号。
【2】弘基：宏大的基业。弘：大。洪武：明朝开国皇帝明太祖朱元璋的年号，时间为1368—1398年。
【3】元老：天子的老臣。《诗·小雅·采芑》："方叔元老，克壮其犹。"毛传："元，大也。五官之长，出于诸侯，曰天子之老。"泰岳鸿毛：司马迁《报任少卿书》："人固有一死，或重于泰山，或轻于鸿毛，用之所趋异也。"

月之初七晚间，在门外乘凉，忽有鸟飞集头上，旋飞落地，视之，则邻家所养之八哥也。不觉一笑，纪之以诗

老翁白发自婆娑，驻脚那容尔八哥。
恰是今宵逢七夕，何如助鹊去填河？

注：
【1】八哥：鸟名。多见于中国南方，能学人语。
【2】填河：填天河。相传七夕牛郎织女相会，人间之鹊齐集天河，为之搭桥。

闲写　二绝句

秋光倏又到林泉，无事方知日似年。
手拨泥沙写诗稿，村童争笑老翁颠。

吟诗容易招头白，头白如今未废诗。
何处能将诗换米，算来还是老翁痴。

注：
【1】颠：古同"癫"。精神错乱。

美睡 二首

黄鸡唤不起衰翁,何况年来耳半聋。
扫尽一天尘俗事,悠然梦入大槐宫。

索寞山村昼似年,昏昏见榻便思眠。
陈抟怕不能专美,我亦人间一睡仙。

注:
【1】黄鸡:黄羽毛鸡。苏轼《浣溪沙·游蕲水清泉寺寺临兰溪溪水西流》:"谁道人生无再少?门前流水尚能西,休将白发唱黄鸡。"
【2】大槐宫:用《南柯太守传》中卢生入梦事。范成大《题日记》诗:"若向梦中寻梦觉,觉来还入大槐宫。"
【3】陈抟:字图南,号扶摇子,赐号希夷先生,老子故里真源县(今河南省鹿邑县)人,五代宋初著名道教学者、隐士。陈抟继承汉代以来的象数学传统,并把黄老清静无为思想、道教修炼方术和儒家修养,对宋代理学有较大影响,后人称其为"陈抟老祖"、"睡仙"、希夷祖师等。

罗洞温君枉顾赋此见意

腹中经笥久空空,有辱君来见老翁。
好取古人诗熟读,虽无师授自能通。

注:
【1】罗洞:地名。今属台山台城镇。
【2】腹中经笥:用汉边韶事。见前注。

自解 二首之一

囊金难换是逍遥,苦恼千般悔自招。
学圃学农皆有味,伤贫伤老总无聊。
吟诗似得江山助,闭户那愁风雨骄。
修到今生良不易,盈虚且莫问箪瓢。

注:
【1】江山助:《新唐书·张说传》:"(张说)为文属思精壮,长于碑志,世所不逮。既谪岳州,而诗益凄婉,人谓得江山助云。"
【2】盈虚:盈满或虚损。谓成败盛衰。《庄子·秋水》:"察乎盈虚,故得而不喜,失而不忧。"

偶成五绝一首

阅世皮囊在，吟诗腹笥空。
余生寄泉石，天不负初衷。

注：

【1】阅世：经历时世。苏轼《楼观》："门前古碣卧斜阳，阅世如流事可伤。"皮囊：皮袋。佛教以之喻人体驱壳。
【2】初衷：原来的心愿。郁达夫《为霭民先生题经公颐渊画松》诗之一："论定盖棺离乱日，寒儒终不变初衷。"

忆母　四首录二

读道旋忆母诗，不免心动，聊亦效颦。

冷落庭帏四十年，泪痕挥不到黄泉。
机声灯影今何在？一度回头一怆然。

冷落庭帏四十年，承欢无路恨终天。
眼前渐渐音容杳，夜半挑灯老泪涟。

注：

【1】庭闱。父母居处。孟浩然《送王五昆季省觐》："公子恋庭帏，劳歌涉海沂。"
【2】机声：织机声。

忆红英

索寞凭谁遣老愁,娇娃从此隔鸿沟。
爱如己出空贻恨,泪恐人知不敢流。
搜遍尚遗球隐隙,记曾多折纸为舟。
而今啼笑都成梦,独惜难收入笔头。

注:
【1】红英:原为程妻受人所托为之照料的小女孩,后被领回。
【2】隐隙:隐藏在一条缝里。

冰冻中有怀道旋

隔几重林是浪波,有人晦迹隐岩阿。
此君半世甘寒俭,对此冰天应若何?

道旋冷暖不相干,熬尽饥寒心转安。
但有经书多取读,佳儿佳妇自承欢。

注:
【1】浪波:村名,在台城北郊。岩阿:山的曲折处。汉王粲《七哀诗》:"山岗有余映,岩阿增重阴。"

自慰 二首之一

儒巾卸却有余酸,渐与渔樵混一团。
日出差无耕凿苦,秋来依旧食眠安。
名心付与他人热,诗债延教再世完。
要识彼苍方便我,观棋看竹老怀宽。

注:
【1】儒巾:古代读书人所戴的一种头巾。明代通称方巾,为生员的服饰。
　　余酸:儒生旧时被目为酸丁,故虽卸却儒巾,仍余酸味。
【2】彼苍:天的代称。《诗·秦风·黄鸟》:"彼苍者天,歼我良人。"

示道旋

一皂由他争食纷,云中鹤不入鸡群。
人间尚有鸿沟在,莸自为莸薰自薰。

注:
【1】"一皂"句:皂:牲口槽。牛马同槽,比喻不好的人与贤人同处。文天祥《正气歌》:"牛骥同一皂,鸡栖凤凰食。"
【2】莸薰:薰:香草;莸:臭草。王肃《孔子家语·致思》:"回闻薰莸不同器而藏,尧桀不共国而治,以其异类也。"

田野寄闲

清晨喜报竹平安，往事休提行路难。
尚有盐齑供口腹，曾无锦绣作心肝。
山林触景成幽趣，枕簟迎秋生薄寒。
顾虎头痴何似我，老年犹作青年看。

柴扉半掩是吾家，遣兴常呼酒与茶。
伴读恰宜穿牖月，闻香知是隔墙花。
天青眼过将成阵，露白蜂寒懒报衙。
一曲清歌声宛转，风前侧耳听邻娃。

心无渣滓自安恬，近水遥山入眼帘。
半里细流如带曲，一头高出似瓶尖。
共知风急推林动，谁信天高与草黏。
落叶几声凉渐劲，归欤吾欲取衣添。

注：
【1】行路难：乐府旧题。李白《行路难》："行路难，行路难，多歧路，今安在。"
【2】顾虎头：顾恺之。《太平广记·顾恺之》："晋顾恺之字长康，小字虎头，晋陵人。多才气，尤工丹青，傅写形势，莫不妙绝。……恺之有三绝：才绝、画绝、痴绝。"
【3】将成阵：吴渊《满江红》："且更开怀穷乐事，可怜过眼成阵迹。"阵：通"陈"。报衙：群蜂早晚聚集，簇拥蜂王，如旧时官吏到上司衙门排班参见。白玉蟾《赠鹤林》："朝罢鸡司晓，醉酣蜂报衙。"
【4】天高：秦观《满庭芳》："山抹微云，天黏衰草，画角声断谯门。"
【5】归欤：《论语·公冶长》："子在陈曰：'归欤，归欤！'"后用来指官员归田。此处意为归家。

教惠群

偶猎诗名未算真,七旬赢得半闲身。
愧他风雅邻家女,来作门前问字人。

数十年间贱卖文,荣耶辱也自难分。
此身尚未填沟壑,且把诗词教惠群。

注:
- 【1】惠群:陈慧群。台城下乡知青。后被程坚甫认作义女与学生。其所保存陈诗手稿即达六十首之多。
- 【2】风雅:文雅。问字:指从师受业或向人请教。陆游《小园》:"客因问字来携酒,僧趁分题就赋诗。"
- 【3】填沟壑:死的自谦说法。人死埋于地下,故称"填沟壑"。《战国策·赵策四》:"(舒祺)十五岁矣。虽少,愿及未填沟壑而托之。"

惠群见赠画梅一幅赋此贻之

蓦地春光扑面来,嫣红历乱雪中开。
因知赠画人风格,铁骨冰心亦似梅。

注:
- 【1】历乱:纷乱,杂乱。卢照邻《芳树》:"风归花历乱,日度影参差。"

写意贻惠群

更无王翰愿为邻,老少情投总有因。
可语诗词惟此女,能称风雅又何人。
嗟予未识儿孙乐,看尔奚殊骨肉亲。
闻说高飞犹有待,纵然失意莫伤神。

注:
【1】王翰为邻:杜甫《奉赠韦左丞丈二十二韵》:"李邕求识面,王翰愿为邻。"王翰,字子羽,并州晋阳(今山西太原市)人,唐代著名诗人。
【2】奚殊:有何不同。奚:何;什么。殊:异;不同。

赠惠群

馈肉连番意最真,男儿肝胆女儿身。
独惭七十龙钟叟,口腹无端更累人。

注:
【1】口腹累人:因饮食而牵累他人。班固《东观汉记·闵贡》:"仲叔怪而问之,知,乃叹曰:'闵仲叔岂以口腹累安邑邪?'遂去,客沛。"

再赠惠群

风雨途中作短谈,蒙尘似尔实难堪。
人生十九不如意,且暂低头织草篮。

天不虚生秀拔才,眼前挫折莫心灰。
老夫姑缓须臾死,看尔鸡群飞出来。

注:
【1】蒙尘:为灰尘蒙覆。此处意为因事而受损害。《淮南子·缪称训》:"蒙尘而欲毋眯,涉水而欲毋濡,不可得也。"
【2】织草篮:指陈慧群此时以编织草篮为业。
【3】虚生:凭空生出。秀拔才:出众之才。《三国志·蜀书·彭羕传》:"卿才具秀拔,主公相待至重。"

李君蔼泉见馈茶叶一瓶,以诗谢之

香茗传来意孔嘉,恍如月堕野人家。
读书幸免椒讹菽,把盏何论酒与茶。
廉惠之间伤最易,饮吟之外嗜无他。
西山正好埋头角,敢辱诸君挂齿牙。

注:
【1】李君蔼泉:下乡知青,余未详。
【2】作者自注:孔嘉,大好也。昔人有椒字讹成菽字,故有椒讹菽之讥,事见《聊斋志异》。孟子书中有云:可以取,可以无取,取伤廉;可以与,可以无与,与伤惠。予笔名为西山半叟。

乙卯生日感吟

对此弧辰感不胜，人生修短有何凭。
有妻差免称穷独，无子终惭说继承。
百折形骸仍放浪，一寒枕簟未成冰。
昨宵梦得黄金印，分半黄金铸杜陵。

老值弧辰强自宽，戋戋薄酒不嫌酸。
飞觞祝嘏嗟何有，破涕为欢兴易阑。
今岁难期来岁健，衰时权当盛时看。
八旬只欠三年耳，回首光阴似指弹。

注：

【1】乙卯：公元1975年。作者时年七十七岁。
【2】弧辰：生辰。详前注。
【3】穷独：孤独无依。白居易《祭弟文》："吾竟无儿，穷独而已。"
【4】黄金印：黄金制作的印章。古时公侯将相所佩。《史记·五宗世家论》："高祖时诸侯皆赋，得自除内史以下，汉独为置丞相，黄金印。"李白《别内赴征》之二："归时傥佩黄金印，莫见苏秦不下机。"杜陵：代指杜甫。意为分一半心血学杜甫作诗。
【5】戋戋：浅少。《易·贲》："六五，贲于丘园，束帛戋戋。"朱熹本义："戋戋，浅小之意。"
【6】祝嘏：祝贺寿辰。嘏：福。

风雨怀故人

天气居然似熟梅,倾樽无酒令怀开。
落花几度风兼雨,偏是故人迟未来。

注:
【1】熟梅:即熟梅天。萨都刺《过蒲城》:"一片青云笼马首,熟梅天气雨纤纤。"

睡 起

蘧然推枕起,窗外日瞳瞳。
仿佛闻啼鸟,颓然笑老翁。
华年思锦瑟,衰鬓愧青铜。
策杖村前立,西南送好风。

注:
【1】瞳瞳:日初出貌。王安石《余寒》:"瞳瞳扶桑日,出有万里光。"
【2】锦瑟:李商隐《锦瑟》:"锦瑟无端五十弦,一弦一柱思华年。"青铜:镜子。陆游《春雨》:"但有老盆倾浊酒,不辞衰鬓对青铜。"
【3】西南好风:李商隐《无题》:"斑骓只系垂杨岸,何处西南待好风?"

学农差胜卖文章

十年回首几沧桑,风雨灯前黯自伤。
老去无诗惊海内,新来有曲感山阳。
会须借酒添颜色,未得翻江洗肺肠。
置我山林复何憾?学农差胜卖文章。

山居猿鹤渐来亲,环境居然一变新。
无力文章空老我,有情泉石解留人。
晨炊料理长腰米,晚钓携归缩项鳞。
消得清闲非易易,不争头上腐儒巾。

注:
【1】 *惊海内*:杜甫《宾至》:"岂有文章惊海内,漫劳车马驻江干。"*感山阳*:向秀经山阳旧居,听到邻人吹笛,不禁追念亡友嵇康、吕安,因作《思旧赋》。后因以"山阳笛"或"山阳曲"为怀念故友的典实。
【2】 *差胜*:略胜。

长日静坐有怀惠群

忘却人间夏与秋,嬉嬉同泛爱河舟。
遥知异地风光好,曾否凭栏笑女牛。

朝暮那争相见频,百年伉俪在情真。
只今冷落西岩路,少个桃花映面人。

注:
【1】女牛:牛郎织女。
【2】西岩路:在台城镇。陈惠群居所。惠群婚后与丈夫外出旅行,故云"冷落"。桃花映面:用崔护"桃花人面"事。

惠群参观各处回来说及经过闻之神往

车河付与惠群游,游倦韶州又肇州。
到处山川风景好,老夫闻之也忘忧。

注:
【1】韶州又肇州:韶关和肇庆。即陈惠群夫妇新婚旅行所游之地。

有 忆

山人自不合时流,把卷吟哦老未休。
才尽尚为长短句,情多偏惹古今愁。
旁观应识贫非病,代序何堪春又秋。
回首最难回首处,珠帘十里少年游。

注:

【1】山人。隐居在山中的士人。此为作者自称。孔稚珪《北山移文》:"蕙帐空兮夜鹤怨,山人去兮晓猿惊。"
【2】贫非病:参见前注。
【3】珠帘:珍珠缀成的帘子。喻繁华。杜牧《赠别》:"春风十里扬州路,卷上珠帘总不如。"

雨中吟成

不将田稼患秋霖,即景成诗抱膝吟。
阶下盈盈一盆水,天公赠我洗名心。

注:

【1】作者自注:一九七九.九.十一。
【2】抱膝吟:《三国志·蜀书·诸葛亮传》:"亮躬耕垄亩,好为梁父吟"。"裴松之注引鱼豢《魏略》:"每晨夕从容,常抱膝长啸"。后以"抱膝吟"指高人志士的吟咏抒怀。朱熹《伏读二刘公瑞岩留题感事兴怀》:"谁将健笔写崖阴,想见当年抱膝吟。"
【3】洗名心:洗却名利之心。张问陶《华阴客夜读卷施阁诗文怀稚存》:"敢为险语真无敌,能洗名心更不群。"

写　意

余情未断续吟诗，不待人评早自知。
李杜门墙高几许，可能容我闯樊篱？

菜根咬罢又盐斋，八十年来万事乖。
窃笑放翁贫已甚，一觞一咏未忘怀。

注：

【1】作者自注：一九七九.九.十一。

【2】李杜：李白杜甫。门墙：指师长之门。《论语·子张》："夫子之墙数仞，不得其门而入，不见宗庙之美，百官之富。"陆游《示子遹》："数仞李杜墙，常恨欠领会。"

【3】放翁贫：陆游《贫甚戏作绝句》："行遍天涯等断蓬，作诗博得一生穷。可怜老境萧萧梦，常在荒山破驿中。"陆游诗中言贫之句甚多。

赠谭伯韶

廿年塞下历风沙，赢得萧萧两鬓华。
燕子归来犹有垒，杨花飘泊已无家。
孤怀砥守如金石，秀句裁成夺锦霞。
使酒呼茶聊自乐，从今耳不听胡笳。

注：

【1】谭伯韶：自号休休，与作者同为台城洗布山村人。能诗，曾主编《台山近百年诗选》。

【2】塞下：谭氏因任伪职，新中国成立后在内蒙古劳动改造，凡二十一年，于一九七四年刑满回家。

【3】燕子：阮逸女《浣溪纱》："燕子归来寻旧垒，风华尽处是离人。"
【4】硁守：固守。薛蕙《行路难》："又不见董生硁硁守廉直，儒者安知丞相力。"
【5】胡笳：蒙古族边棱气鸣乐器，民间又称潮尔、冒顿潮尔，流行于内蒙古自治区、新疆维吾尔自治区伊犁哈萨克自治州阿勒泰地区。《太平御览》卷五八一："笳者，胡人卷芦叶吹之以作乐也，故谓曰胡笳。"谭氏从内蒙边地回，故诗云不再听胡笳。

偶成二绝句

八十年来意气平，寄情犹爱倚新声。
门前一水非严滩，敢着羊裘学钓名。

山居未敢弋诗名，今岁吟来第一声。
赢得红颜称弟子，读书犹可慰平生。

注：
【1】严滩：在浙江桐庐县南，相传为东汉严光隐居垂钓处。《袁宏道《拟古乐府·钓竿行》："严滩一丝名，渭水一竿势。"羊裘：《后汉书·严光》："严光……少有高名，与光武同游学。及光武即位，乃变名姓，隐身不见。帝思其贤，乃令以物色访之。后齐国上言：'有一男子，披羊裘钓泽中。'帝疑其光，乃备安车玄纁，遣使聘之。三反而后至。"
【2】红颜弟子：女弟子。即陈惠群。

山居寄怀

门外曾无车马停,新苔幽草共青青。
八旬方识山林味,半世难徼笔墨灵。
此日栽成三径菊,当年披尽一头星。
彭殇修短由天限,借助奚须参与苓。

注:

【1】徼:求取;激发。
【2】彭殇:犹言寿夭。彭,彭祖,指高寿;殇,未成年而死。《庄子·齐物论》"莫寿于殇子,而彭祖为夭"。奚须:何须。

寄闲情

自笑生涯淡,消闲但借茶。
一灯残夜梦,四壁老人家。
堕甑嗟何及,储书念已差。
殷勤谢来客,吾欲醉烟霞。

雨过苔痕绿,篷门气象新。
日斜花有影,风定燕无尘。
吟苦忘工拙,眠安任屈伸。
山林饶逸趣,何啻葛天民。

八十轻轻过，吾生总有涯。
休谈身后果，且赏目前花。
惊梦嫌歌板，忘衰理钓槎。
利名君自热，其乐在田家。

一觉痴人梦，山林寄此身。
半温还半饱，无爱亦无嗔。
松菊存荒径，渔樵居比邻。
八旬才顿悟，名士不宜真。

注：

【1】堕甑：《后汉书·孟敏传》："（孟敏）客居太原。荷甑堕地，不顾而去。（郭）林宗见而问其意。对曰：'甑以破矣，视之何益？'"后因以"堕甑"喻事难追悔。苏轼《闻子由为郡僚所挹恐当去官》："我已无可言，坠甑难追悔。"储书：藏书。

【2】松菊存荒径：陶潜《归去来兮辞》："三径就荒，松菊犹存。"

【3】顿悟：猛然醒悟。佛教谓不假时间和阶次，直接悟入真理。

入　市

提筐入市破囊悭，缓步当车日往还。
说与亲朋应一笑，西山叟尚在人间。

注：

【1】囊悭：即悭囊。俗谓存钱罐。黄书年《铁溪泛舟》："今日成梁歌惠政，无劳争渡破囊悭。"

痴翁说梦　二首之一

三生无果亦无因，与世浮沉过八旬。
刺眼才惊风俗薄，扪胸犹喜性情真。
底须沽酒忧明日，聊复裁诗赠故人。
随造而来乘化去，不知何物是吾身。

注：

【1】底须：何须；何必。孙致弥《同介修孟游集元夫园居即事抒怀》："遮莫文章供齿颊，底须愁病减腰围。"

【2】乘化：顺随自然。化，造化。陶潜《归去来兮辞》："聊乘化以归尽，乐夫天命复奚疑。"此句分拆"造化"二字而为。

老境自述　五首录四

老夫耄矣息心兵，扫叶烧茶逸趣生。
闭户不闻兼不问，几回风雨几回晴。

看书徒自苦双眸，未必桑榆尚可收。
且喜日长饥火动，老妻分我一馒头。

箪瓢以外更何求，诗不惊人老亦休。
自向绳床寻午梦，也无欢喜也无愁。

烧残桦烛写诗成，大似寒蛩泣露声。
拙也无妨工亦好，老夫原不尚虚名。

注：
【1】心兵：《吕氏春秋·荡兵》："在心而未发，兵也。"后以"心兵"喻心事。
【2】诗不惊人：杜甫《江上值水如海势聊短述》："为人性僻耽佳句，语不惊人死不休。"
【3】绳床：一种可以折迭的轻便坐具。以板为之，并用绳穿织而成。又称"胡床"、"交床"。王观国《学林·绳床》："绳床者，以绳贯穿为坐物，即俗谓之交椅之属是也。"叶绍本《贺新郎》："小住匡床寻午梦，避人窥、深院鹦哥守。"
【4】桦烛：用桦木皮卷成的烛。《玉篇》："桦木皮可以为烛。"陆游《雪夜感旧》："江月亭前桦烛香，龙门阁上驮声长。"寒蛩：深秋的蟋蟀。泣露：滴露。谢朓《从军行》："斜汉垂秋淡，寒蛩泣露清。"
【5】拙、工：犹言优劣。陆游《和谭德称送牡丹》："吾生何拙亦何工，忧患如山一笑空。"

独坐有感

卅年踪迹混渔樵,辛苦维持箄与瓢。
伊洛家风寥落久,门前寂寞雪痕消。

注:

【1】伊洛家风:指宋程颢、程颐的理学。程氏兄弟洛阳人,讲学伊洛之间,故称。坚甫程姓,因谓"家风"。"门前"句:用"程门立雪"事。《宋史·道学传二·杨时》:"(时)一日见颐,颐偶瞑坐,时与游酢侍立不去。颐既觉,则门外雪深一尺矣。"后因以"程门立雪"为尊师重道的典故。

自忏

灯前索笔写诗频,常恨诗新意不新。
且用扚谦藏我拙,胜教辛苦效人颦。
得天所赋依然薄,量海为才始算真。
但祝日常眠食好,老夫原亦惜精神。

注:

【1】扚谦:谓施行谦德。泛指谦逊。《易·谦》:"无不利,扚谦。"王弼注:"指扚皆谦,不违则也。"

酒绿灯红笑语温

1979年旧历十一月廿六日,道旋四子景常结婚,我赠一红色面盆,附录七绝诗一首

酒绿灯红笑语温,宜家宜室李林婚。
老夫欢喜情无限,赠尔团圆一面盆。

注:
【1】宜家宜室:家庭和顺,夫妇和睦。旧时常用以贺人结婚。《诗经·周南·桃夭》:"桃之夭夭,灼灼其华。之子于归,宜其室家"。李林:婚者夫妇姓氏。

寄 怀

薄有聪明误此生,向来言论太纵横。
事从败后方知错,名到成时不用争。
嗜茗敢云贫亦乐,扶邛谁谓健于行。
童年竹马依然在,苍狗浮云几变更。

注:
【1】薄有:少有;稍有。薄:些微。
【2】苍狗浮云:杜甫《可叹》:"天上浮云似白衣,斯须改变如苍狗。"后因以比喻世事变幻无常。

悼亡友梁天锡

老去论交亦夙因,相逢一笑蔼如春。
应求不独同声气,密切曾无异齿唇。
促坐牵衣情款款,佐谈酌茗味津津。
而今倾海难为泪,病榻辞归未浃旬。

注:
【1】梁天锡:作者友人。余未详。
【2】同声气:志趣相投。《易·干》:"同声相应,同气相求。水流湿,火就燥。"
【3】浃旬:十天。

访惠群

己未暮春中旬入昏时候,与惠群坐谈甚欢,归途中即兴吟成七绝一首,到家写稿时再成后一首

相逢老少两忘形,欢笑灯前赌食糖。
忽忽归途诗兴动,星光月影夜茫茫。

久矣闲窗不写诗,江淹才尽更无疑。
今宵似得江山助,还我抒情笔一枝。

注:
【1】己未:公元1979年。
【2】江山助:谓赋诗作文从自然中获取灵感。刘勰《文心雕龙·物色》:"然则屈平所以能洞监《风》《骚》之情者,抑亦江山之助乎?"

寄周尔杰

联欢旧约渺难寻,咫尺天涯感不禁。
夜雨剪灯劳梦想,春风拂槛动愁吟。
八旬老景枯于木,二月韶光贵比金。
剑履何时及湖畔,几回翘首望青禽。

注:
【1】周尔杰,台山一中教师。生于1911年,至1985年,正75岁。
【2】剪灯:剪灯芯,后用来指夜谈。
【3】剑履:古代得到帝王特许的大臣,可以佩着剑穿着鞋上朝,被视为极大的优遇。后用以指尊贵的身份。赵嘏《上令狐相公》:"昨夜星辰回剑履,前年风月满江湖。不知机务时多暇,犹许诗家属和无。"青禽:信使。

寄伍尚恩

晓起轻寒迄未消,扶衰款缓过长桥。
客无对酒三叹息,人不看花两寂寥。
未必暮年添酒债,况闻明日是花朝。
城东莺也应求友,何惮区区十里遥。

注:
【1】伍尚恩:台城人。作者诗友,住台城东郊。
【2】扶衰:虽衰老而强起。陆游《乙丑元日》:"好在屠苏酒,扶衰把一卮。"
【3】花朝:花朝节,简称花朝,俗称"花神节""百花生日""花神生日""挑菜节"。吴自牧《梦粱录·二月望》:"仲春十五日为花朝节,渐闻风俗,为春序正中,百花争望之时,最堪游赏。"

答李如棣君赠诗

斗大山城集雅人，骚坛重整一翻新。
宁园花下吟声好，春水湖边会面频。
君有珠玑随咳唾，我惟书剑老风尘。
年来混迹渔樵惯，麋鹿鱼虾尽可亲。

注：
【1】李如棣：如棣号愚公，台山人。作者诗友。卒于1983年。
【2】宁园：宁城公园，即台城人工湖。
【3】珠玑咳唾：比喻谈吐或文词美如珠玉。赵壹《刺世疾邪赋》："势家多所宜，咳唾自成珠。"
【4】书剑风尘：作者叹自己书剑飘零，老无所成。书剑：喻文武。《史记·项羽本纪》"项籍少时，学书不成，去学剑，又不成。"高适《人日寄杜二拾遗》："一卧东山三十春，岂知书剑老风尘。"
【4】麋鹿：苏轼《赤壁赋》："况吾与子渔樵于江渚之上，侣鱼虾而友麋鹿。"

夏日寄怀

勉从林壑寄余生，卅载惟将直受横。
鱼雁沉浮堪一念，鸡虫得失漫相争。
恹恹窗畔和衣卧，缓缓湖边曳杖行。
山雨初晴天气好，披裘五月未应更。

注：
【1】直受横：直来横受。犹言"逆来顺受"。
【2】鱼雁：书信；音讯。鸡虫得失：细微得失。杜甫《缚鸡行》："小奴缚鸡向市卖，鸡被缚急相喧争。……鸡虫得失无了时，注目寒江倚

山阁。"
【3】披裘五月：比喻清高廉洁。皇甫谧《高士传》卷上："五月披裘而负薪，岂取金者哉？"

八月十二夜月下吟成

长空回望暮云收，宛转吟诗老兴遒。
风欲凉犹期半夜，月将圆已近中秋。
幸教晚景贫非病，敢恨年光去不留。
天若有情留我住，飘然人海一虚舟。

谢休休赠衣

此身未死尚求文，脱赠如今独见君。
大有香山兼济意，分将余暖惠同群。

注：
【1】休休：谭伯韶。伯韶自号休休。
【2】尚求文：尚有求于人。文：田文。即孟尝君，此处代指休休。脱赠：解物相赠。亦指以物相赠。陈去病《题郭频伽手写徐江庵诗册为寒琼作》："一灯午夜斋心写，脱赠贤于旧馆骖。"
【3】香山：白居易。白居易《新制绫袄成，感而有咏》："百姓多寒无可救，一身独暖亦何情。心中为念农桑苦，耳里如闻饥冻声。争得大裘长万丈，与君都盖洛阳城。"

辛酉读稼轩词书后

辇金媚虏使臣回,如此江山大可哀。
却使英雄闲处老,最无聊是唤杯来。

注:

【1】辛酉:公元1981年。作者时年八十二岁。稼轩词:辛弃疾撰。弃疾字幼安,号稼轩,南宋著名词人。

【2】辇金媚虏:车载金帛以取悦胡人。陆游《陇头水》:"生逢和亲最可伤,岁辇金絮输胡羌。"

【3】英雄闲处老:谓稼轩英雄闲置,不受重用。陆游《病起》:"志士凄凉闲处老,名花零落雨中看。"唤杯:辛弃疾《沁园春》:"杯,汝前来!老子今朝,检点形骸。"

为亡友李道旋作

沙岗三走访良师,争取儒冠未悔迟。
娓娓说诗忘所事,孜孜向学不言饥。
好将道德追前代,要卖文章非此时。
流水无情君去也,可能鉴我悼亡诗?

注:

【1】沙岗:地名。在台城南郊。

【2】鉴:品鉴。作者诗多赖道旋保存。

赠伍云波

云波君自海外归来,假座湖滨楼大宴乡亲,觥筹交错,极一时之盛,加以春风风人,不衣自暖。仆与云波为数十年故交,参与盛会,喜慰莫名。赠与俚语,聊当西窗剪烛。

香满湖滨酒宴开,仁风吹我上楼来。
喜逢席上丰腴馔,且斗樽前潋滟杯。
世味饱尝狂士老,乡音无改故人回。
异乡筮得宜家室,桂馥兰芳次第栽。

音尘久矣隔芳馨,何幸飞觞共一庭。
顷刻之欢须要尽,百年如梦不难醒。
羡君大有儿孙乐,愧我徒增犬马龄。
海外亲朋若相问,西山老屋抱残经。

注:
【1】伍云波:台山人。作者老友。后旅居海外。
【2】仁风:形容恩泽如风之流布。《后汉书·章帝纪》:"功烈光于四海,仁风行于千载。"
【3】潋滟杯:装满酒的杯子。潋滟:水满貌。陆游《闲意》:"学经妻问生疏字,尝酒儿斟潋滟杯。"
【4】筮得:犹言"占得"。筮:古代用蓍草占卦,"龟为卜,策为筮"。桂馥兰芳:馥芳,皆香气。比喻世德流芳,子肖孙贤。
【5】芳馨:香草。《楚辞·九歌·山鬼》:"被石兰兮带杜衡,折芳馨兮遗所思。"此处借指芳音。
【6】犬马龄:通作"犬马齿"或"犬马年"。自己年龄的谦称。《汉书·赵充国传》:"臣位至上卿,爵为列侯,犬马之齿七十六。"

早春初二游湖偶成

饱经寒暑一山翁,游戏人间兴未穷。
留得宁园方寸地,依然倚杖笑春风。

注:
【1】宁园:台山宁城公园。

春游一律

闲趁新春玩物华,八旬老子兴犹赊。
也知海外求仙药,未若城南看好花。
四尺扶身还有杖,一杯在手可无茶。
人间游戏何时已,大似王孙不忆家。

注:
【1】物华:自然景物。
【2】求仙药:用秦始皇事。司马迁《史记·秦始皇本纪》:"齐人徐市等上书,言海中有三神山,名曰蓬莱、方丈、瀛洲,仙人居之。请得斋戒,与童男女求之。于是遣徐市发童男女数千人,入海求仙人。"
【3】王孙:《楚辞·招隐士》:"春草兮萋萋,王孙游兮不归。"

春寒吟

镇日消寒唯借火,断无暖气到贫家。
虔心更向风前说,莫去园林损一花。

向火扇风感不禁,一寒竟遏看花心。
唐宫帐暖春宵短,知否山中木客吟。

花也无颜蝶也愁,春寒若此几时休。
须知一掬牛衣泪,不独扶风处士流。

更无鸦鹊噪林端,易水萧萧未是寒。
倚竹佳人行戍客,夜来能否梦魂安。

舜琴不为奏南风,朋友衣袍未得同。
忽忆邻翁曾有语,春寒或可兆年丰。

注:

【1】镇日:整日。
【2】"唐宫"句:白居易《长恨歌》:"云鬓花颜金步摇,芙蓉帐暖度春宵。春宵苦短日高起,从此君王不早朝。"木客:谓山中野人。作者自称。苏轼《虔州八境图》:"谁向空山弄明月,山中木客解吟诗。"
【3】扶风处士:朱九江《戏答友人问》:"定知贫贱牛衣债,未了扶风处士家。"
【4】鸦鹊噪:杜甫《羌村》:"柴门鸟雀噪,归客千里至。"易水萧萧:《战国策·燕策三》:"风萧萧兮易水寒,壮士一去兮不复还。"
【5】倚竹:杜甫《佳人》:"天寒翠袖薄,日暮倚修竹。"行戍客:戍役守边之人。

【6】舜琴：五弦琴。《礼记·乐记》："昔者舜作五弦之琴，以歌《南风》。"
衣袍：《诗经·秦风·无衣》："岂曰无衣？与子同袍。"

新春闲咏

一元回复岁华新，燕语莺啼遍地春。
笑我痴呆仍未卖，自忘辛苦作诗人。

欣欣春色到三台，对此那能罢酒杯。
传语莺花休笑我，老夫曾作少年来。

一壶醇酒一瓯茶，风味依然愧党家。
应为蓬门来客少，春风吹燕到檐牙。

新来渐觉醉人多，年少翩翩斗绮罗。
老子难禁春意闹，也随群众听笙歌。

箫管吹开欲曙天，花凝晓露柳含烟。
游人莫说江南好，何处春光不可怜。

红满花枝绿满湖，安排春色费工夫。
不须假手蓝田叔，眼底风光是画图。

竹木成阴共一堤，堤边野老乐幽栖。
为怜点滴皆春色，未忍呼童扫燕泥。

注：

【1】一元：事物的开始。《公羊传·隐公元年》："元者何？君之始年也。春者何？岁之始也。"

【2】党家：陶谷妾，本党进家姬，一日下雪，谷命取雪水煎茶，问之曰："党家有此景？"对曰："彼粗人，安识此景？但能知销金帐下，浅斟低唱，饮羊羔美酒耳。"见陈继儒《辟寒部》卷一。后因以"党家"比喻粗俗的富豪人家。

【3】笙歌：泛指奏乐唱歌。苏轼《浣溪纱·荷花》："天气乍凉人寂寞，光阴须得酒消磨。且来花里听笙歌。"

【4】江南好：韦庄《菩萨蛮》："人人尽说江南好，游人只合江南老。"

【5】蓝田叔：蓝瑛，字田叔，明末画家，擅画山水，追摹唐宋元诸家，力求入古。下笔苍志坚劲，气象峻嶒。

鸡年去狗年来感成一律

流年代序鸡而狗，不与人间快朵颐。
莫笑诗翁常说梦，倘逢骚客亦谈诗。
惊寒弥觉春光好，看事方知花样奇。
吾素吾行方自策，杞忧荣乐总非宜。

注：

【1】鸡而狗：由鸡年到狗年。此狗年为1982年。朵颐：鼓动腮颊，即大吃大嚼。《周易·颐》："观我朵颐，凶。"

【2】自策：自我督促。杞忧："杞人忧天"的略语。谓不必要的忧虑。荣乐：荣华逸乐。《后汉书·仲长统传》："求士之舍荣乐而居穷苦，弃放逸而赴束缚，夫谁肯为之者邪！"

壬戌初夏

明知春不为人留,也向宁园作胜游。
打桨少年多戏水,吃茶老子独登楼。
未妨衣履沾梅雨,尚有箪瓢供麦秋。
朋辈坐谈成一笑,相看都是雪盈头。

注:

【1】壬戌初夏:1982年初夏。
【2】春不为人留:陆游《春晚》:"社后燕如归客至,春残花不为人留。一觞一咏从来事,莫笑扶衰又上楼。"
【3】打桨:划船。
【4】梅雨:初夏产生的阴雨天气。因时值梅子黄熟,故亦称黄梅天。也称霉雨。应劭《风俗通》:"五月有落梅风,江淮以为信风。又有霜霪,号为梅雨,沾衣服皆败黦。"麦熟的季节。通指农历四、五月。《礼记·月令》:孟夏之月,"靡草死,麦秋至。"

偶遇一绝

玉骨冰肌妖艳姿,罗裳薄薄晓风吹。
途人若问去何处?去赏东湖盆景奇。

注:

【1】玉骨冰肌:形容女子苗条的身段和洁白光润的肌肤。杨无咎《柳梢青》:"玉骨冰肌,为谁偏好,特地相宜,一段风流。"

偶尔不慎翻仆于地，伤及膝部，痛楚难忍，辗转床笫，慨然赋此三绝句

平安二字难持久，护足无方愧蜀葵。
却把残骸累亲友，代为敷药代求医。

几日呻吟在褥裯，天何厄我死前身。
雌鸡尚识蒙恩养，飞上床边视老人。

昼眠不醉亦如泥，辗转扶持杖老妻。
美馔香茶皆乏味，侧听门外鹧鸪啼。

注：
【1】蜀葵：多年生草本植物。可供观赏，亦可入药，有清热止血、消肿解毒之功效。
【2】厄我：使我遭难。厄：灾难。
【3】杖老妻：以老妻为杖。
【4】鹧鸪啼：鹧鸪之声为"不如归去"。此处"归去"当意为大归。

病足弥周未愈床上感吟

迢迢一日似三秋,跬步难行况远游。
床笫有缘留我住,丹砂无效使人愁。
临深履薄情犹在,趋热追凉念已休。
自抚于思还自笑,今吾何异老监囚。

霍然病起待何时,卧读陈王赠别诗。
乞药无灵丁厄运,看花有约误佳期。
平安十日凭谁报,苦恼千重只自知。
好是邻翁殷嘱我:再行要借杖扶持。

注:
【1】一日三秋:谓时间漫长。《诗经·王风·采莲》:"彼采萧兮,一日不见,如三秋兮。"跬步:古时称人行走,举足一次为跬,举足两次为步,故半步叫"跬"。荀子《劝学》:"故不积跬步,无以至千里;不积小流,无以成江海。"
【2】临深履薄:面临深渊,脚踩薄冰。比喻小心谨慎,唯恐有失。《诗经·小雅·小旻》:"战战兢兢,如临深渊,如履薄冰。"
【3】于思:胡须。
【4】陈王:曹植。植生前封陈王。其赠别诗为《赠白马王彪》,情辞凄苦。诗有云:"变故在斯须,百年谁能持。离别永无会,执手将何时。"

病足弥月未离床感成五律一首

床笫缠绵久,何时复健行。
亲朋加厚惠,贫病感余生。
倚枕头还在,看书眼欲盲。
诗名蜗角似,付与触蛮争。

注:
【1】蜗角触蛮:比喻小事牵动大局。《庄子·则阳》:"有国于蜗之左角者,曰触氏,有国于蜗之右角者,曰蛮氏,时相与争地而战,伏尸数万,逐北,旬有五日而后反。"

夏去秋来足痛略减扶杖能行吟成一律

床笫缠绵久,今朝始杖行。
苦求丹药效,弥感梓桑情。
客至应相贺,秋来愧失迎。
吾非谢安石,再起有何成。

注:
【1】谢安石:东晋谢安,字安石。安与王羲之等人友善,隐居东山,拒绝朝廷招用,流连山水,士大夫谓:"安石不出,其如天下苍生何"。后迟至四十岁方出山,人称"东山再起"。

湖畔偶成

翁名负腹最相宜,侥幸从今不再痴。
老涉花丛浑有感,静观湖水忽成诗。
年犹假我吟应续,语不惊人拙可知。
且借抛砖来引玉,宁须逐字去求疵。

注:
【1】负腹:谓腹无学问只能吃,作者自谦语。参见前注。方岳《麦叹》:"亦笑此翁长负腹,又寻杞菊诳斋盂。"
【2】引玉:自八十年代初始,作者与谭伯韶、周尔杰、李如棣等常集于人工湖畔诗酒唱和,作者常起首唱。

湖畔归来赋赠诸君子

宁湖水暖聚鸥群,击桌唱诗声入云。
马首何堪瞻老子,龙头只合属诸君。
江山劫后形骸在,珠玉吟成齿颊芬。
留得一篇湖畔集,才知天不负斯文。

注:
【1】诸君子:常集于人工湖畔诗酒唱和之谭伯韶、周尔杰、李如棣等人。
【2】湖畔集:诸人所吟,后由谭伯韶编为一集,名《湖畔酬唱集》。斯文:斯:此。文:礼乐制度。《论语·子罕》:"天之将丧斯文也,后死者不得与于斯文也。"后以"斯文"指文人或文化。

枕上诗成再赠诸君子

畅叙城南密树间，谈诗偷得半日闲。
新莺出谷声皆好，老马归途力已孱。
但使风骚能继续，休云唐宋莫追攀。
山翁不惜衣尘满，又向诗坛扫地还。

注：
【1】孱：弱。
【2】风骚：指《诗》中的《国风》和《楚辞》中的《离骚》。《宋书·谢灵运传论》："原其飙流所始，莫不同祖《风》《骚》。"

闰四月闲写

既非中夏亦非初，岁历周行有闰余。
取醉蒲觞仍有待，投闲葵扇未应疏。
莫嫌暑气消还长，且喜年光疾变徐。
知否山翁度长日，右擎茗碗左携书。

注：
【1】中夏：夏季之中，指农历五月。苏轼《答湖守滕达道》："忽复中夏，永日杜门。"
【2】蒲觞：蒲，菖蒲。觞，酒杯，或指酒。蒲觞即端午节饮用的菖蒲酒，后用以指代端午节。葵扇：用蒲葵叶制成的扇，俗称"蒲扇"，古称"梭扇"，约始于晋代。
【3】疾变徐：由快变慢。夏天日长，冬天日短。又因闰月，故曰时间变缓。

扇底闲吟

息影林泉卅载强,时将冷眼看炎凉。
道旁倾盖无今雨,架上陈书有古香。
窗牖四开风尚少,尘埃不动日弥长。
山翁老未忘吟咏,卧读明人诗几章。

注:
【1】卅载强:三十多年。作者于20世纪40年代末归乡,到80年代初,故云卅载强。
【2】倾盖:车上的伞盖靠在一起。《史记·鲁仲连邹阳列传》:"谚曰:'白头如新,倾盖如故。'何则?知与不知也。"今雨:新朋友。

闲吟续写

蛰居慵复弄文章,袜线为才况不长。
逆水行舟徒费力,卖花人过且偷香。
多言取辱毫无益,积愤能消心自凉。
天下苍生皆赤子,南薰何以不加强。

注:
【1】袜线才:小才;短才。参见前注。
【2】南薰:南风。《孔子家语》卷八〈辩乐解〉:"昔者舜弹五弦之琴,造南风之诗,其诗曰:'南风之薰兮,可以解吾民之愠兮,南风之时兮,可以阜吾民之财兮。'唯脩此化,故其兴也勃焉,德如泉流,至于今王公大人述而弗忘。"

戏赠尔杰君

脱离教席一身轻,世道艰难恃杖行。
尚有荆妻充护士,岂无酒食馔先生。
宁园泥上留鸿迹,协会场中听凤鸣。
且喜楼边多夏木,鸟声时杂读书声。

注:
【1】教席:教师职位。周尔杰曾为教师,故云。恃杖行:周氏晚年不良于行。
【2】荆妻:古时对人谦称己妻。此处指称周妻。《列女传》:"梁鸿妻孟光,荆钗布裙。"
【3】协会:政协。周氏时任县政协委员。

岁暮感吟

柑橙堆满市,壬戌岁阑时。
老泪今犹昔,吟情盛转衰。
可依惟短杖,不死是残祺。
歌哭心何在?旁人恐未知。

注:
【1】壬戌岁阑:1982年年末。
【2】残祺:最后的福分。祺:吉祥幸福。《说文》:"祺,吉也。"《诗·大雅·行苇》:"寿考维祺,以介景福。"
【3】歌哭:既歌又哭;或长歌当哭。常用以表示强烈的感情。《周礼·春官·女巫》:"凡邦之大灾,歌哭而请。"郑玄注:"有歌者,有哭者,冀以悲哀感神灵也。"

喜尔杰君见赠

虚说吟成泣鬼神,最难得是性情真。
三台风雅衰还盛,据座谈诗大有人。

也曾客食孟尝君,深悔当年贱卖文。
学圃学农今老矣,最愁相见不如闻。

野老常惭囿见闻,几回谢客约论文。
三台未可吟声绝,突出词坛尚待君。

九十春光应属君,春光收取人诗文。
山人但识林泉趣,吉语谀词久厌闻。

祭诗无酒补精神,梦想冥思太认真。
濒死依然贫彻骨,浮生何贵作词人。

注:
【1】虚说:无稽之谈。钱起《山下别杜少府》:"庄叟几虚说,杨朱空自述。"泣鬼神:杜甫《寄李十二白二十韵》:"笔落惊风雨,诗成泣鬼神。"
【2】孟尝君:妫姓,田氏,名文,战国四公子之一。齐国宗室大臣。以养士著称。
【3】吉语谀词:吉祥语、奉承话。
【4】唐人贾岛常于每年除夕,取自己当年诗作,祭以酒脯而自勉。见冯贽《云仙杂记》卷四。后因以"祭诗"为典,表示作者自祭其诗借以自慰。
【5】浮生何贵:人生看重什么?浮生:人生。《庄子·外篇·刻意》:"其生若浮,其死若休。"何贵:贵何。宝贵什么。

咏　怀

得失寻常事，奚须问衰翁。
有茶堪养老，无酒可治聋。
鼓已成三竭，书难熟九通。
逐贫贫不去，吾欲笑杨雄。

注：

【1】治聋：作者暮年失聪，曾作《耳聋自嘲》诗。
【2】鼓已三竭：左丘明《左传·庄公十年》："夫战，勇气也。一鼓作气，再而衰，三而竭。"竭：尽。谓气力一再消耗，已经衰减耗竭。九通：泛指典籍。清乾隆年间，以官修之《续通典》《清通典》《续通志》《清通志》《续文献通考》《清文献通考》六书与前代所撰之"三通"（《文献通考》《通典》《通志》）合称为九通。
【3】杨雄：即扬雄。汉代著名学者，辞赋家。曾作《逐贫赋》。然"贫遂不去，与我游息"，最终未获成功。

自　遣

不闻鸡犬夜惜惜，风雨灯前独苦吟。
海外无书常引领，人间有事总违心。
年龄八四皆虚度，烦恼三千半自寻。
最是宁园风景短，看花看到绿成阴。

注：

【1】惜惜：悄寂貌。陆游《新寒》："病怯新寒欲不禁，南窗拥褐夜惜惜。"

湖畔归来老妻正在晨炊因景生情率成一律

侥幸寒厨薄有烟,座无宾客更无毡。
居常温饱知何日,卖尽痴呆又一年。
富倘能求犹未晚,磨而不磷岂非真。
明朝依旧谈诗去,倚杖城南老树前。

注:
【1】磨而不磷:受磨不变薄。指不受环境影响。作者因以取为书斋号,并以名其诗。《论语·阳货》:"不曰坚乎?磨而不磷。不曰白乎?涅而不缁。"

雨中偶忆亡友李道旋

十年抵掌共论文,此日音容渺见闻。
泉下有灵应念我,人间何事不容君。
犁田未及新阡陌,拓地遑论古墓坟。
为问诗魂惆怅否,白杨萧瑟雨纷纷。

注:
【1】抵掌:当作"抵掌"。意为击掌。因指快谈。
【2】拓地:《古诗十九首》:"古墓犁为田,松柏摧为薪。"
【3】白杨:汉代古诗中开始出现"白杨"意象,且与死亡和坟墓相伴。自此之后,挽歌、悼辞中多用白杨来寄托哀思。如《古诗十九首》:"驱车上东门,遥望郭北墓。白杨何萧萧,松柏夹广路。"白居易《寒食野望吟》:"棠梨花映白杨树,尽是死生别离处。"

八十四岁春日寄怀

老去精神逐日差，更无韵语寄天涯。
状常如醉非关酒，梦不能忘是看花。
悦耳有歌惟击壤，修身无术况齐家。
湖边大肆谈诗舌，遮莫狂名动迩遐。

萧然短鬓欲飞霜，太息浮生岁月忙。
尚有吟笺酬友好，曾无彩笔写春光。
且将薪米谋朝夕，底用诗词说宋唐。
八十四年人尚在，天教留眼看沧桑。

注：

【1】非关酒：不关酒的事。纳兰性德《忆桃源慢》："近来情绪，非关病酒，如何拥鼻长如醉。"

【2】"有歌"句：击壤歌，上古民谣。《帝王世纪》："帝尧之世，天下大和，百姓无事。有八九十老人，击壤而歌：'日出而作，日入而息。凿井而饮，耕田而食。帝力于我何有哉？'""修身"句：修身齐家，儒家的政治伦理。《礼记·大学》："古之欲明明德于天下者，先治其国；欲治其国者，先齐其家；欲齐其家者，先修其身。"

【3】遮莫：不管。杨万里《和张功父梅诗》："老无半点看花意，遮莫明朝雨及晴。"迩遐：远近。

【4】薪米：柴米。方回《八月二十日晓起》："昨暮缺薪米，质以衾及缣。"底用：何用。底：何。

【5】八十四年：作者时年84岁，诗作于1982年。

炉边吟

先生聊亦学冬烘,冬日围炉斗室中。
客去未妨扉半掩,吾衰更叹耳双聋。
岂无粗粝供朝膳?尚有重绵御朔风。
独怪故人书久滞,岁寒不应阻鱼鸿。

数回寒气袭山城,唤起民间疾苦声。
幸有茅茨容抱膝,不因风雪阻吟情。
酒荒颇忆扶头味,食淡更宜负腹名。
且待晴明吃茶去,举杯犹可慰生平。

注:

【1】冬烘:昏庸糊涂之读书人。王定保《唐摭言·误放》载:唐郑薰主持考试,误认颜标为鲁公(颜真卿)的后代,将他取为状元。当时有无名氏作诗嘲讽云:"主司头脑太冬烘,错认颜标作鲁公。"

【2】吾衰:叹己已老。《论语·述而》:"子曰:'甚矣吾衰也!久矣吾不复梦见周公。'"

【3】疾苦声:郑燮《潍县署中画竹呈年伯包大中丞括》:"衙斋卧听萧萧竹,疑是民间疾苦声。"

【4】茅茨:茅屋。

【5】扶头:古之养生酒。范成大《食罢书字》:"扪腹蛮茶快,扶头老酒中。"

风雨山窗感念愚公凄然成咏　二首之一

宁园如故昔人非，太息移山愿已遗。
剩有诗词留我念，无多涕泪与君挥。
三生未必缘犹在，一老谁知天不遗。
从此倚声花月下，抒情怕谱惜分飞。

注：
【1】太息：叹息。移山愿：因李如棣号愚公，故云。
【2】天不遗：天不慭遗一老。慭：愿；遗：留。老天爷不愿意留下这个老人。常用作对老人的哀悼之词。《诗经·小雅·十月之交》："不慭遗一老，俾守我王。"
【3】惜分飞：词牌名。又名《惜芳菲》《惜双双》等。宋毛滂创调，词咏唱别情。

悼愚公续咏　二首之一

寂寞宁园路，斯人不再来。
一时花减色，半里鸟鸣哀。
石磴留余韵，山城失俊才。
终怜泪千点，流不到泉台。

注：
【1】泉台：墓穴。亦指阴间。骆宾王《乐大夫挽辞》之五："忽见泉台路，犹疑水镜悬。"

遣悲怀

卅载牛衣泪未干，遇人终古感艰难。
魂归兜率眉应展，休念老夫形影单。

死生分手我何堪，五十年来共苦甘。
何事于心还未了？临终不断口喃喃。

牛衣余泪写成诗，正是人间七夕时。
坐看女牛难学步，渡河相见更无期。

久矣斋头笔墨荒，何心更巧弄文章。
如今作此凄凉语，莫遣悲怀只断肠。

注：

【1】遣悲怀：此诗为作者悼念其妻所作。程妻何莲花逝于1983年七夕。此数诗作于次年七夕。
【2】感艰难：《诗·王风·中谷有蓷》："有女仳离，慨其叹矣。慨其叹矣，遇人之艰难矣。"
【3】兜率：梵语音译。佛教谓天分许多层，第四层叫兜率天。
【4】坐看：杜牧《秋夕》："天阶夜色凉如水，坐看牵牛织女星。"
【5】遣悲怀：排遣悲伤的心绪。唐诗人元稹悼亡名作《遣悲怀》，共三首。断肠：形容极度的悲伤。刘义庆《世说新语·黜免》："桓公入蜀，至三峡中，部伍中有得猿子者，其母缘岸哀号，行百余里不去，遂跳上船，至便即绝，破视其腹中，肠皆寸寸断。公闻之，怒，令黜其人。"

《愚公焚余稿》题词

古人论诗无一是，不外偏见私一己。
云何魏武列三等，云何青莲屈居尾？
问之钟嵘与荆公，恐有强词可夺理。
又如身已要人扶，山谷论诗首屈指。
又如徐凝瀑布诗，东坡认为水莫洗。
至于诗词不必泯宋唐，只要性情流满纸。
二语出自陈独漉，我谓斯言得之矣。
先生有诗追坡谷，先生有词追温李。
有时轻浅如说话，有时借典寓深意。
笔头变化不一端，读者但寻味外味。
我是西山一叟耳，忝比先生长四岁。
风檐展读遗诗词，一若铜仙泻泪如铅水。
——岁次癸亥夏月题

注：
【1】《愚公焚余稿》：李如棣诗词集。乃谭伯韶于李如棣去世后所收集编订。
【2】私一己：个人的私心私利。李格非《书洛阳名园记后》："放乎一己之私，自为之而忘天下之治，忽欲退享此得乎？"
【3】魏武三等：魏武即曹操。钟嵘《诗品》对从汉至齐梁一百二十二个诗人分别作了评议，分为上中下三品，其将曹操诗列为"下品"。谓"曹公古直，甚有悲凉之句"，然"文或不工"，故置之下等。青莲居尾：青莲指李白。陈正敏《遁斋闲览》："或问王荆公（安石）云：'公编四家诗，以杜甫为第一，李白为第四，岂白之才格词致不逮甫也？'公曰：'白之歌诗，豪放飘逸，人固莫及，然其格止于此而已，不知

变也。'"

【4】钟嵘：南朝文学批评家。曾任参军、记室类小官。梁武帝天监十二年（513）以后，仿汉代"九品论人，七略裁士"的著作先例，写成诗歌评论专著《诗品》。荆公：王安石，字介甫，号半山，封荆国公。世人又称王荆公。

【5】身已要人扶：惠洪《冷斋夜话》："予问山谷：'今之诗人谁为冠？'曰：'无出陈无己。'问其佳句如何，曰：'吾见其作温公挽词一联，便知其才不可敌，曰：'政虽随日化，身已要人扶'。'"

【6】徐凝瀑布诗：徐凝《庐山瀑布》："瀑泉瀑泉千丈直，雷奔入江无暂息。今古长如白练飞，一条界破青山色。"水莫洗：《东坡志林·记游庐山》："仆初入庐山，山谷奇秀。……有以陈令举《庐山记》见寄，余且行且读，见其中云徐凝、李白之诗，不觉失笑。旋入开元寺，主僧求诗，因作一绝云：'帝遣银河一派垂，古来惟有谪仙辞。飞流溅沫知多少，不与徐凝洗恶诗。'"

【7】陈独漉：陈恭尹，字元孝，初号半峰，晚号独漉子，又号罗浮布衣，广东顺德县人。清初诗人，与屈大均、梁佩兰同称岭南三大家。二语原句为"只写性情流纸上，莫将唐宋滞胸中"，语出陈恭尹《次韵答徐紫凝》。

【8】坡谷、温李：指苏轼、黄庭坚、温庭筠、李煜。

【9】味外味：文字言辞之外的意境、情味。苏轼《东坡志林》稗海本卷十："司空表圣自论其诗，以为得味外味。"

【10】风檐展读：文天祥《正气歌》："哲人日已远，典刑在夙昔。风檐展书读，古道照颜色。"铜仙泻泪：李贺《金铜仙人辞汉歌序》："魏明帝青龙元年八，诏宫官牵车西取汉孝武捧露盘仙人，欲立致前殿。宫官既拆盘，仙人临载，乃潸然泪下。"

中秋月下吟

醉月飞觞兴最豪,由来得月在楼高。
谁知月也怜诗客,分取余光照缊袍。

飞镜无根系者谁,稼轩妙语解人颐。
可怜今夜阶前月,犹似牵娘索饼时。

广寒宫下不胜凉,且复寻诗遣夜长。
辛苦吟成还自慰,边韶腹笥未全荒。

注:
【1】缊袍:以乱麻为絮的袍子。古为贫者所服。《论语·子罕》:"衣敝缊袍,与衣狐貉者立,而不耻者,其由也与?"
【2】"飞镜"句:辛弃疾《木兰花慢》:"可怜今夕月,向何处、去悠悠?是别有人间,那边才见、光影东头?是天外,空汗漫、但长风浩荡送中秋?飞镜无根谁系?姮娥不嫁谁留?"
【3】牵娘索饼:胡承珙《刈麦词》:"痴儿牵衣犹索饼,昨夜床头粮已尽。"

乙丑初秋与惠群合拍一照以诗系之

论诗说古旧曾经,从此师生入画屏。
难得忘年更亲热,未须顾影叹伶仃。

西山憔悴一儒冠,好似松筠耐岁寒。
自笑未能忘我相,持将照片几回看。

注：

【1】乙丑：公元1985年。作者八十四岁。

【2】忘年：忘年交。指年辈不相当而结交为友。《后汉书·祢衡传》："衡始弱冠，而（孔）融年四十，遂与为交友。"

【3】我相：佛教语。我、人等四相之一。指把轮回六道的自体当作真实存在的观点。佛教认为是烦恼之源。《金刚经·大乘正宗分》："若菩萨有我相、人相、众生相、寿者相，即非菩萨。"

春日闲写

春梦何心忆昨宵，暂凭七碗溉诗苗。
江山远近无非好，花鸟音容总是娇。
几簇高楼连古巷，一泓浅水贯长桥。
可怜入市愁风雨，夜半开门望斗杓。

注：

【1】七碗：代指茶。卢仝《走笔谢孟谏议寄新茶》："一椀喉吻润；两椀破孤闷；三椀搜枯肠，唯有文字五千卷；四椀发轻汗，平生不平事，尽向毛孔散；五椀肌骨清；六椀通仙灵；七椀吃不得也，唯觉两腋习习清风生。"言饮茶不须七碗即"通仙灵"，极赞茶之妙用。后即以"七椀茶"作为称颂饮茶的典实。

【2】斗杓：斗柄。《淮南子·天文训》："斗杓为小岁。"高诱注："斗，第五至第七为杓。"王安石《作翰林时》："欲知四海春多少，先向天边问斗杓。"

戏赠案上纸花

剪纸为花假似真，富于颜色少丰神。
名姝讵可求香国，膺鼎差能慰老人。
窗下有书堪作伴，案头无酒不成春。
开箱触手罗巾在，替尔殷勤拂俗尘。

注：
【1】名姝：美女，借指名花。香国：犹花国。许月卿《木犀》："分封在香国，筮仕得黄裳。"膺鼎：即"赝鼎"，赝品。《韩非子·说林下》："齐伐鲁，索谗鼎，鲁以其雁往，齐人曰：'赝也。'鲁人曰：'真也。'"后因以"赝鼎"指仿造或伪托之物。

送春一绝

九十春光此日休，东皇去也驾难留。
痴翁目送芳尘远，倚遍朝来燕喜楼。

注：
【1】燕喜楼：台山著名茶楼。

赠尔杰君 二首

坐断湖边石,流连但说诗。
交情仍欲淡,识面却嫌迟。
好学君谁及,逃名我自知。
彩云亲手捧,相见又何时。

一自乔迁后,半年音问疏。
君应入佳境,吾但守穷庐。
自厌头皮老,何妨腹笥虚。
匆匆成两律,犹恐失纡徐。

注:
【1】纡徐:亦作"纡余"。指文辞委婉舒缓。苏洵《上欧阳内翰第一书》:"执事之文纡余委备,往复百折,而条达疏畅。"

赠尔杰老弟

一台城隔各西东,刮目何时看吕蒙。
吟醉我无先哲乐,行藏君有古人风。
景庐荫覆门应大,茶肆香闻路可通。
容易文章添色彩,石花浮翠扑帘栊。

注:
【1】"刮目:即"刮目相待"。《三国志·吴书·吕蒙传》裴松之注引《江表传》:"(鲁)肃拊蒙背曰:'吾谓大弟但有武略耳。至于今者,学识

英博，非复吴下阿蒙。'蒙曰：'士别三日，即更刮目相待。'"
【2】景庐：周尔杰住所，在台城东郊。
【3】石花：石花山，在台城东北郊。

和尔杰君七六感怀

杜陵头脑未推陈，硬说儒冠多误身。
好是名高不招妒，尝闻学富可赡贫。
育才已足称良傅，律己曾无愧古人。
老眼阅人千万亿，先生赋性最淳真。

世事如棋局局新，唯君省拂素衣尘。
卅年门下多英物，一念山中有故人。
病体居然登寿域，诗名恰好属闲身。
妻贤子孝春长在，斗柄何时不指寅。

注：

【1】七六感怀：见前注。
【2】省：懂得。知觉。
【3】寿域：仁寿之域。《汉书·礼乐志》："愿与大臣延及儒生，述旧礼，明王制，驱一世之民，济之仁寿之域，则俗何以不若成康？"本谓人人得尽天年的太平盛世，此处意谓高寿。金人瑞《吴明府生日》："十万户齐登寿域，壶天岂独一人长。"

无题二律

青春常在梦,醒后一衰翁。
弹指光阴速,看书目力穷。
世情多忽略,经义仅粗通。
莫策虺颓马,人前顾盼雄。

九十年垂近,难言矍铄翁。
虚名无处觅,阿堵有时穷。
两腋风常在,重洋梦不通。
心香虔一瓣。留待拜英雄。

注:

【1】两腋风:见前注。重洋梦:出国梦。

无题六韵

浪迹江湖久,平生忧患多。
流离哀庾信;成败问萧何。
陋巷吟魂冷,高楼笑语和。
悲如仓颉哭;响嗣屈原歌。
劲节常看竹,轻衣未裂荷。
底须愁落日,借尔鲁阳戈。

注:

【1】流离庾信:信南朝诗人,后羁北朝,久不得归。其《哀江南赋序》:"信年始二毛,即逢丧乱,藐是流离,至于暮齿。《燕歌》远别,悲不

自胜；楚老相逢，泣将何及！"
- 【2】成败问萧何：比喻事情之成败皆出于同一个人。
- 【3】仓颉哭：仓颉，传为黄帝史官，汉字创造者。《淮南子·本经》："昔者仓颉作书，而天雨粟，鬼夜哭。"
- 【4】裂荷：指隐者服饰。屈原《离骚》：""制芰荷以为衣兮，集芙蓉以为裳"。孔稚归《北山移文》："焚芰制裂荷衣，抗尘容而走俗状"。
- 【5】底须：何须。鲁阳戈：《淮南子·览冥训》："鲁阳公与韩构难，战酣日暮，援戈而撝之，日为之反三舍。"后以"鲁阳戈"谓力挽危局的手段或力量。

词部

蝶恋花　回忆前尘

　　局促常嫌天地小，强拭啼痕，转向人前笑。煮茗楼头烟袅袅，一杯消得愁多少？

　　绮陌寻春花窈窕，回首前尘，似梦还飘渺。漏歇灯残窗未晓，山村二月寒犹峭。

注：

【1】绮陌：繁华的街道。亦指风景美丽的郊野道路。纳兰性德《念奴娇》："尽日缁尘吹绮陌，迷却梦游归路。"

南柯子　书怀

　　老渐忘书卷，贫难续酒杯，闲阶花落点苍苔。汲水烹茶怀抱暂时开。

　　春恨年年续，名心寸寸灰。韩江江水自迂回。湘子桥边何日我重来？

注：

【1】韩江：广东省第二大河。唐时称恶溪，后因纪念韩愈，改称韩江。

【2】湘子桥：位于潮州古城的东门外，初建于宋，与河北赵州桥、泉州洛阳桥、北京卢沟桥并称中国四大古桥。

卖花声　感旧

　　大梦几时醒？尘海劳形，破柴依旧冷门庭。回首可怜歌舞地，酒绿灯青。
　　岁月不居停，朋旧凋零，潘郎老去鬓星星。似恐吟魂消未尽，雨逼疏棂。

注：
【1】尘海：谓茫茫尘尘世。王守仁《西湖醉中漫书二首》："十年尘海劳魂梦，此日重来眼倍清。"劳形：谓使身体劳累、疲倦。《庄子·渔父》："苦心劳形，以危其真。"
【2】潘郎：指潘岳。岳少时美容止，故称。宁太一《秋兴四迭前韵》之二："潘郎老去情丝减，谁与重栽一县花？"
【3】疏棂：犹言"疏窗"。棂，旧式房屋的窗格。

西江月　话旧　两阙

　　流水光阴易度，凌云意气难平。高楼煮茗共谈情，暂把心猿勒定。
　　老去未忘春恨，梦回长恼风声。室中微火暗如萤，无奈沉沉夜永。

　　买醉越王台畔，寻芳湘子桥头。翩翩肥马与轻裘，常恐欢场落后。
　　往事如烟易散，韶华似水难留。如今借酒遣穷愁，羞向花前话旧。

注：
【1】越王台：越王台，南越王赵佗建，在越秀山，又名越井冈、歌舞冈。明永乐初，都指挥花英建观音阁于其上，后呼观音山。
【2】欢场：寻欢作乐之所。赵翼《山塘》："老入欢场感已增，烟花犹记昔游曾。"

醉花阴　重阳节

诗不成吟樽酒竭，虚度重阳节。何以遣闲愁？落叶疏林，啼鸟声凄切。
登山临水成陈迹，长为饥寒役。向晚倚斜阳，望断天涯，老泪随风滴。

注：
【1】此词乃作者为其女弟子陈惠群而作。

浣溪纱　雨后

贵主还宫乐已成，遥闻水蠚互哀鸣。震聋老耳是雷声。
修禊风流过上巳，卖饧时节近清明。黄昏扶杖赏新晴。

注：
【1】贵主还宫：古乐名。李朝威《柳毅传》："复有金石丝竹，罗绮珠翠，舞千女于其左，中有一女前进曰：'此《贵主还宫乐》。'"
【2】修禊：古民俗。农历三月上旬的巳日到水边嬉戏，以祓除不祥，称为修禊。
【3】卖饧时节：指春日艳阳天。以此时小贩开始吹箫卖糖，故名。

浣溪纱　晚望

雨后群山照眼明，春波潋滟绕台城。晚晴闲望长诗情。
绿蚁倾残犹有味，黄莺听久已无声。石人头角自峥嵘。

注：

【1】绿蚁：新酿制的酒面泛起的泡沫称为"绿蚁"；后用来代指新出的酒。白居易《问刘十九》："绿蚁新醅酒，红泥小火炉。"
【2】石人：山名。在台城东。

浣溪沙　送别钦权

漠漠西江去路遥，旗亭话别语寥寥，不能禁得是魂消。
春水渡旁看解缆，落梅风里听吹箫，此时情景笔难描。

注：

【1】旗亭：酒楼。悬旗为酒招，故称。周邦彦《琐窗寒·寒食》："旗亭唤酒，付与高阳俦侣。"
【2】落梅风：农历五月的季风。《太平御览》卷九七〇引应劭《风俗通》："五月有落梅风，江淮以为信风。"

南柯子

　　泉石栖迟久,亲朋访问稀。黄梅时节雨霏霏,悄掩柴门拼与世情违。
　　观水名心淡,烹茶逸兴飞。浮生今昨是耶非,惭愧当年慈母寄当归。

注:
【1】当归:药草名。古代诗文中常用以寓"应当归来"之意。苏轼《寄刘孝叔》:"故人屡寄山中信,只有当归无别语。"

临江仙　寄梁梦霞

　　摆脱名缰兼利锁,林泉廿载勾留,暮年身世转悠悠。扫除名士习,与世暂沉浮。
　　汗漫歧阳情宛在,曾叨仙侣同舟,自从别后水分流。友声犹未远,为我唱梁州。

注:
【1】汗漫:漫无边际貌。仙侣同舟:比喻知己好友同游。《后汉书·郭太传》:"郭太字林宗,太原界休人也。……乃游于洛阳。始见河南尹李膺,膺大奇之,遂相友善,于是名震京师。后归乡里,衣冠诸儒送至河上,车数千两。林宗唯与李膺同舟而济,士宾望之,以为神仙焉。"
【2】梁州:唐教坊曲名。后改编为小令。顾况《李湖州孺人弹筝歌》:"独把《梁州》凡几拍,风沙对面胡秦隔。"此处代指骊歌。

青玉案

　　迢迢凉夜思寻醉,更不为、世情累。屈指年光似流水,痴呆未卖,镜中人影,鹤发纷披坠。

　　诗情又被风吹起,刻翠雕红嫌琐碎。且绘山林荣与悴。挑灯检韵,拂尘消埃,忘却迟迟睡。

注:

【1】迢迢凉夜:迢迢:漫长;长久。凉夜:秋夜。陈维崧《行香子　为李武曾题扇上美人,同弟纬云赋》:"天街似水,迢迢凉夜,十年前、事上心头。"

【2】卖痴呆:宋时吴中民俗,除夕小儿绕街呼叫卖痴卖呆。意谓将痴呆转移给别人。范成大《卖痴呆词》:"除夕更阑人不睡,厌禳钝滞迎新岁。小儿呼叫走长街,云有痴呆召人买。"鹤发:白发。

蝶恋花　重阳节后

　　临远登高非我有,终日营营,佳节忘重九。明日黄花惆怅否,东篱风景应如旧。

　　入市恰逢霜降候,自笑杖头,钱尽难沽酒。行过长桥风满袖,归来煮茗消闲昼。

注:

【1】风满袖:冯延巳《鹊踏枝》:"独立小桥风满袖,平林新月人归后。"闲昼:悠闲的白天。

西江月

　　鱼乐都因得水,鸟飞争不投林。相携月下与花阴,情话缠绵似锦。
　　一觉方知是梦,重提只有伤心。文君浪作白头吟,当日听琴做甚?

注:
【1】白头吟:作者自注:司马相如过临邛卓王孙家,见其女文君美,因操琴作《凤求凰》曲。文君竟为挑动,偕之私奔。后相如复娶茂陵女,文君大为伤感,作《白头吟》。篇内有"安得一心人,白头不相离"之句。词意谓文君作白头吟,悔之莫及,何如当初不听琴为佳呢?

菩萨蛮　　赠李蔼泉

　　愁烟苦雾熏天黑,最难回首望城北。赢得一声叹,眼前行路难。
　　怀中几个字,写尽伤心事。且暂释愁颜,赠君菩萨蛮。

注:
【1】李蔼泉:台城下乡知青。

如梦令　再赠李蔼泉

白发颓然一老，又见今年乙卯。但愿客频来，添取空山热闹。莫道，莫道，曲径多时未扫。

注：
【1】曲径：弯曲小路。杜甫《客至》："花径不曾缘客扫。"

临江仙　丙辰生日

七十八年流水似，今朝恰又生辰。瘦来诗骨尚嶙嶙。两行疏落齿，半截伛偻身。

自向市头沽白酒，趁时一洗杯尘。座中蝇呐是嘉宾。杯盘殊草草，未敢动芳邻。

注：
【1】丙辰：公元1976年。是年十月，作者已满七十八岁。
【2】蝇呐：当作蝇蚋，苍蝇和蚊子。《通俗文》："小蚊曰蚋。"
【3】草草：匆忙；草率。王安石《示长安君》："草草杯盘供笑语，昏昏灯火话平生。"

如梦令　题照

　　大好头颅变了,岂是镜头错照?牛马走风尘,竟把青春轻丢。莫笑,莫笑,付与故人一瞧。

注:
【1】牛马风尘:比喻人不得志。李鸿章《丙辰夏明光镇旅店题壁:"四年牛马走风尘,浩劫茫茫剩此身。"

贺新郎　代书寄梁梦霞

　　耽搁鱼书久。正眼前,落花飞絮,暮春时候。屈指故人零落尽,肠断西山半叟。更说甚、鸥朋鹭友。白发飘萧吾老矣,算千般、世味都尝透。弦外意,君知否?
　　彩云昨岁降蓬庸。展瑶缄,新声戛玉,丽词如绣。辟茅牵萝开三径,清福正堪消受。还凤擅、神针法灸。耳畔蚩氓呻苦疾,动瘵痼、袖出回春手。乡党誉,我何有?

注：

【1】瑶缄：对他人信札的美称。薛昭蕴《女冠子》："正遇刘郎使，启瑶缄。"戛玉：敲击玉片。形容声音清脆悦耳。崔致远《石峰》："点苏寒影妆新雪，戛玉清音喷细泉。"

【2】三径：赵岐《三辅决录·逃名》："蒋诩归乡里，荆棘塞门，舍中有三径，不出，唯求仲、羊仲从之游。"后因以"三径"指归隐者的家园。

【3】蚩氓：《诗·卫风·氓》："氓之蚩蚩，抱布贸丝。"此借指村民。瘝痌：亦作"恫瘝"，"痌"同"恫"。《书·康诰》："恫瘝乃身。"蔡沉集传："恫，痛；瘝，病也。视民之不安，如疾痛在乃身。"

【4】乡党：同乡；乡亲。《逸周书·官人》："君臣之间，观其忠惠；乡党之间，观其诚信。"

青玉案

恹恹终日常如醉，说不定，聪明累。一度门前衣带水。蒹葭历乱，伊人不见，回首斜阳坠。

黄昏蓦地西风起，落叶空庭声细碎。有限朱颜空憔悴。遥更初鼓，闲愁渐迫，细雨劝人睡。

注：

【1】恹恹：困倦，精神委靡。聪明累：受聪明之连累。

【2】衣带水：水道像一条衣带那样狭窄。比喻只隔一水；极其邻近。唐彦谦《汉代》："不因衣带水，谁觉路迢迢。"蒹葭：芦苇。《诗·秦风》："蒹葭苍苍，白露为霜。所谓伊人，在水一方。"

【3】遥更：更深。吴文英《花上月令》："夜深重，怨遥更。"

采桑子　丁巳生日

　　山村终老应无憾，樵也为邻，渔也为邻，衣上曾无京路尘。岁逢丁巳悬弧日，酒也宜人，肉也宜人，不负今朝五脏神。

注：
【1】丁巳：此处指公元1977年。
【2】京路尘：犹言"京洛尘"，亦称"京尘"。喻奔竞于功名之途。陆游《自小云顶上云顶寺》："素衣虽成缁，不为京路尘。"
【3】悬弧日：诞辰日。《礼记·内则》："子生，男子设弧于门左，女子设帨于门右。"

贺新郎　赠惠群

　　早种蓝田玉。喜当前，春风得意，雀屏中目。好个男儿参军罢，又向情场得鹿。问几世、修来幸福？千载璇闺谈韵事，笑秦嘉、未必输徐淑。花与锦，成眷属。
　　蓬门不羡黄金屋。女儿家，钗荆裙布，飘飘脱俗。守字十年娴母训，未惯天寒倚竹。只接受、桑农教育。八十村翁热诚在，好姻缘、为尔馨香祝。不赠尔，金缕曲。

注：

【1】蓝田种玉：旧时比喻缔结姻缘。干宝《搜神记》卷十一："公（杨伯雍）至所种玉田中，得璧五双，以聘。徐氏大惊，遂以女妻公。"

【2】雀屏：画有孔雀的门屏。《旧唐书·高祖窦皇后传》："乃于门屏画二孔雀，诸公子有求婚者，辄与两箭射之，潜约中目者许之。前后数十辈莫能中。高祖后至，两发各中一目。毅大悦，遂归于我帝。"

【3】得鹿：好梦成真。用郑人樵薪得鹿事，见《列子·周穆王》。

【4】秦嘉、徐淑：秦嘉，字士会。陇西（今属甘肃）人。桓帝时，为郡吏，岁终为郡上计簿使赴洛阳，被任为黄门郎。后病死于津乡亭。徐淑，秦嘉妻。秦嘉赴洛阳时，徐淑因病还家，未能面别。秦嘉客死他乡后，徐淑兄逼她改嫁。她"毁形不嫁，哀恸伤生"（《史通·人物》），守寡终生。秦嘉、徐淑夫妇恩爱，都能诗文。

【5】字：女子许嫁。母训：母亲的教诲。倚竹：杜甫《佳人》："天寒翠袖薄，日暮倚修竹。"

【6】金缕曲：词牌名，即《贺新郎》。又名《乳燕飞》《貂裘换酒》。

浣溪沙　迎春

聒地喧天是鼓笳，欢迎青帝到农家。五辛盘废代清茶。
腊尽尚余婪尾酒，岁寒犹有并头花。更能消得几年华。

注：

【1】浣溪沙：此词原作《醉花阴》，今改。

【2】五辛盘：亦称"辛盘"、"春盘"。李时珍《本草纲目》："五辛菜，乃元日、立春以葱、蒜、韭、蓼蒿、芥，辛嫩之菜杂和食之，取迎春之意。"

【3】婪尾酒：宋代窦革《酒谱·酒之事》："今人元日饮屠苏酒，云可以辟瘟气，亦曰蓝尾酒。或以年高最后饮之，故有尾之义尔。"亦作"啉尾""蓝尾""临尾"。

蝶恋花　感旧寄云波

　　欢会难忘客岁。促膝谈心，直到斜阳坠。我老犹将口腹累，君情深似桃潭水。
　　灼灼湖滨灯影丽。杯酒因缘，犹喜能联系。今日相思千万里，海天遥望茫无际。

注：
【1】云波：伍云波，台山人，后旅美。作者友人。
【2】欢会：按词谱，《蝶恋花》首句皆七言，此处似夺一字。
【3】桃潭水：李白《赠汪伦》："桃花潭水深千尺，不及汪伦送我情。"
【4】湖滨：台城人工湖畔。

卖花声　偶题

　　何处是瀛洲？欲去无由。老夫耄矣尚风流。独向空庭扶杖立，凉月当头。
　　安得广寒游，消我烦忧。忽闻山鬼语啁啾。似说老翁行不得，脚腰轻浮。

注：
【1】瀛洲：传说中的东海仙山。
【2】耄：年老。《礼·曲礼》："八十九十曰耄。"
【3】广寒：广寒宫。即月宫。
【4】啁啾：形容鸟叫声。

西江月　一赠休休

我自书空咄咄,君何别署休休?于人无怨亦无仇,还是半推半就?

未可之无不识,最难福寿兼修。读书饮酒自风流,待种宅旁五柳。

注:

【1】"种五柳"句:即学陶潜。陶潜自号"五柳先生"。陶潜《五柳先生传》:"先生不知何许人也,亦不详其姓字,宅边有五柳树,因以为号焉。"

西江月　二赠休休

我老未忘夙习,君闲爱倚新声。过谈恰是过三更,唱尽一壶香茗。

宝藏良非易得,诗名不患难成。即今名士满山城,□□谁非画饼?

注:

【1】夙习:谓积习;素所熟习。作者的夙习就是写诗。倚声:按谱填词。张尔田《词莂序》:"倚声之学,导源晚唐,播而为五季,衍而为北宋,流波竞响,南渡极矣。"

【2】过谈:往访交谈。刘基《郑士亨东游集序》:"日相过谈文章,剧昼夜如不及。"

【3】画饼:谓名皆为虚。陈寿《三国志·魏书·卢毓传》:"选举莫取有名,名如画地作饼,不可啖也。"此句夺二字,待查补。

西江月　三赠休休

老骥依然伏枥，新莺莫说乔迁。唾壶击碎气凌霄，今古王敦不少。

岁月去人冉冉，风尘知己寥寥。读书饮酒尚逍遥，一汉何妨自了。

注：

【1】莺迁：亦作"莺迁"。《诗·小雅·伐木》："伐木丁丁，鸟鸣嘤嘤。出自幽谷，迁于乔木。"嘤嘤为鸟鸣声。自唐以还，常以嘤鸣为黄莺，故以"莺迁"指登第，或为升擢、迁居之颂词。

【2】唾壶击碎：形容心情忧愤或感情激昂。刘义庆《世说新语·豪爽》："王处仲（王敦）每酒后辄咏'老骥伏枥，志在千里。烈士暮年，壮心不已'。以如意打唾壶，壶口尽缺。"

【3】自了汉：《晋书·山涛传》："帝谓涛曰：'西偏吾自了之，后事深以委卿。'"后谓只顾自己，不顾大局者曰"自了汉"。自了：自己完成；自己解决。

满庭芳　无题

　　鼓密城头，雨疏窗外，最难今夜为情。更阑不寐，蘸笔写秋声。可是凄凉满耳，沉吟久、砌句难成。灯如豆，徘徊一室，虫语不堪听。

　　分明人老去，情关雪拥，心井波平。任眼前降雾，鬓际添星。扫尽人间苦恼，山林里、梦稳神宁。谁知我，桃笙不暖，祈梦咒无灵。

注：

【1】砌句：犹今言之"码字"。
【2】灯如豆：灯光暗弱，焰如豆般大小。虫语：冯廷櫆《确山早发》："黎明虫语切，客里不堪听。"
【3】雪拥：雪堆积。韩愈《左迁至蓝关示侄孙湘》："云横秦岭家何在？雪拥蓝关马不前。"
【4】眼前降雾：老眼昏花。指视物不清。鬓际添星：鬓发已白。星：斑白。王伯大《赠戴石屏》："诗老相过鬓已星，吟魂未减昔年清。"
【5】桃笙不暖：桃枝竹编的竹席。《文选·左思〈吴都赋〉》："桃笙象簟"。刘逵注："桃笙，桃枝簟也，吴人谓簟为笙。"刘克庄《即事》："非人不暖岂其然，卷起桃笙设艾毡。"祈梦咒：祈梦的咒语。祈梦：向神祈求从梦境中预知祸福。无灵：不灵。

高阳台　秋宵

　　窗月留痕，灯风乱影，撩人最是秋宵。寄迹山林，暮年知己寥寥。琴棋诗酒皆无味，共晨昏，唯有渔樵。最无聊，剑看青萍，酒访黄娇。

　　青衫老泪依然在，但前尘回首，只博魂消。十载江湖，归来陋巷箪瓢。高楼待赏中秋月，知何人，月下吹箫？夜迢迢，心似悬旌，不断摇摇。

注：

【1】青萍：古宝剑名。《文选·陈琳〈答东阿王笺〉》："君侯体高世之才，秉青萍、干将之器。"吕延济注："青萍、干将，皆剑名也。"黄娇：酒的代称。元好问《中州集·段继昌》："有以钱遗之者，必尽送酒家。名酒曰黄娇，盖关中人谓儿女为阿娇，子新以酒比之，故云。"

【2】青衫老泪：用白居易事。白居易《琵琶行》："座中泣下谁最多，江州司马青衫湿。"吕止庵《后庭花·怀古》："儒冠两鬓皤，青衫老泪多。"

【3】陋巷箪瓢：《论语·雍也》："子曰：一箪食，一瓢饮，在陋巷，人不堪其忧，回也不改其乐。"

【4】月下吹箫：杜牧《寄扬州韩绰判官》："二十四桥明月夜，玉人何处教吹箫。"

【5】夜迢迢：夜漫长。晏几道《鹧鸪天》："春悄悄，夜迢迢，碧云天共楚宫遥。"心似悬旌：心神飘忽不定。悬旌：悬挂的旗子。《战国策·楚策一》："寡人自料，从楚当秦，未见胜也。内与群臣谋，不足恃也。寡人卧不安席，食不甘味，心摇摇如悬旌；而无所终薄。"

贺新凉　重阳

何处登临好。叹兰成，半生萧瑟，闲愁难去。独立苍茫扶短杖，极目高瞻远眺。风正急、知谁落帽？岁岁思亲挥涕泪，看寒烟依旧凝衰草。牛羊下，暮山悄。

西山寂寞人空老。一旬来，门前落叶，迟迟未扫。忽念天涯羁旅客，瘦马西风古道。音信断、平安谁报？屈指三秋还有几，渐衣单、不耐新寒峭。归去也，趁斜照。

注：

【1】兰成：庾信小字。庾信，字子山，南北朝时期大文学家。初仕梁，后使北周，长期羁滞不得归。有《哀江南赋》《愁赋》等。杜甫《咏怀古迹》之一："庾信平生最萧瑟，暮年诗赋动江关。"

【2】落帽：《晋书·孟嘉传》："九月九日，温燕龙山，察佐毕集。时佐吏并著戎服，有风至，吹嘉帽堕落，嘉不之觉。温使左右勿言，欲观其举止。嘉良久如厕，温令取还之，命孙盛作文嘲嘉，著嘉坐处。嘉还见，即答之，其文甚美，四坐嗟叹。"后因以"落帽"作为重九登高的典故。

【3】寒烟：王安石《桂枝香·金陵怀古》："六朝旧事如流水，但寒烟、衰草凝绿。"牛羊下：牛羊下山。《诗经·王风·君子于役》："日之夕矣，羊牛下来。"

【4】瘦马：马致远《天净沙·秋思》："古道西风瘦马，夕阳西下，断肠人在天涯。"

江城子　柴门两扇不常开

读休休《鼓岳集》赋此为赠

　　柴门两扇不常开，客谁来？独衔杯。短窄回廊，书卷杂樽罍。醒去醒来那管得，晨镜里，鬓毛催。

　　江山休话劫余灰。庾郎哀，首难回。极目燕云，何处是金台？狂放无如君与我，沽美酒，煮青梅。

注：

【1】劫余灰：劫火的余灰。此指"文革"结束。
【2】庾郎：庾信。王逢《观钱塘江潮时教化平章大宴江上》："惧成庾郎哀，窃效杜陵哭。"
【3】金台：黄金台。燕昭王为求贤人而筑。
【4】煮青梅：用曹操、刘备青梅煮酒论天下英雄事。

满庭芳　觅旧游处红梅有感

野草桥边，斜阳城上，画角声有余哀。白头吟客，扶杖又重来。忆昔洪流华域，非人事、天实为灾。旧游处，荒凉刺眼，无恙是红梅。

伤哉！更谁共，花前赌唱，月下传杯。空赢得，小园独自徘徊。若道梅花有恨，不应更、冒雪霜开？愁无奈，要寻一醉，更索老兵陪。

注：
【1】华域：中国。《文选·刘琨〈答卢谌诗〉》："火燎神州，洪流华域。"吕延济注："神州、华域，皆帝乡也。"洪流华域，即洪水遍流中国。此洪流当意指"文革"。
【2】赌唱：用王之涣、高适、王昌龄旗亭赌唱事。事见薛用弱《集异记·王之涣》。传杯：谓宴饮中传递酒杯劝酒。杜甫《九日》之二："旧日重阳日，传杯不放杯。"仇兆鳌注引明王嗣奭《杜臆》："'传杯不放杯'，见古人只用一杯，诸客传饮。"
【3】冒雪霜：顶着霜雪。梅尧臣《山茶》："曾无冬春致，常冒雪霜开。"
【4】老兵：老手。即作者的老诗酒友。

乳燕飞　读龙川词书后

　　高调声敲玉。怅当年：江山半壁，胡尘障目。一辈书生忧国运，只有狂歌代哭。阻不住：议和当局。几页龙川新乐府，论牢骚、不减东坡腹。挥泪尽，难屈辱。

　　稼轩绝唱谁堪续？喜先生、伤时感事，语能委曲。豪迈秾纤都不计，赢得神完气足。绝胜似、怨红愁绿。南宋词人知多少，笑梦窗高史徒拘束，分门户，相抵触。

注：

【1】龙川词：陈亮撰。陈亮原名汝能，后改名亮，字同甫，号龙川，南宋婺州永康（今属浙江）人。绍熙四年光宗策进士第一。授签书建康府判官公事，未行而卒，谥号文毅。所作政论气势纵横，词作豪放，有《龙川文集》《龙川词》，《宋史》有传。

【2】声敲玉：喻音韵响亮，如敲击玉石。

【3】胡尘：胡地尘沙。指金兵南侵。

【4】东坡腹：费衮《梁溪漫志·侍儿对东坡语》："东坡一日退朝，食罢，扣腹徐行，顾谓侍儿曰：'汝辈且道是中何物？'一婢遽曰：'都是文章。'坡不以为然。又一婢曰：'满腹都是机械。'坡亦未以为当。至朝云乃曰：'学士一肚皮不入时宜。'坡捧腹大笑。"

【5】委曲：文词转折而含蓄。

【6】豪迈秾纤：豪放和婉约。谓稼轩词婉约豪放两者兼具，绝胜"怨红愁绿"一脉。怨红愁绿：指香艳婉约之词。柳永《定风波》："自春来、惨绿愁红，芳心是事可可。"

【7】梦窗高史：即吴文英、高观国、史达祖。文英字君特，号梦窗；观国字宾王，号竹屋；达祖字邦卿，号梅溪。皆南宋著名词人。作者谓上述词人拘于门户之见，束于秾纤格律之中，不复龙川之大气浏亮。

满江红　感旧

四十年前，人争识、程家兄弟。又岂料谋生计拙，世途险巇。就屦有谁能削足？聪明毕竟为身累。怯西风、孤雁悄无声，芦丛里。

搔白首，叹憔悴。天地酷，竟如此！纵一觞一咏，难言风味。我本愁城逃避者，凭君莫话当年事。想三台吟社旧交游，今无几。

注：
【1】程家兄弟：作者与胞兄程仰可，皆以诗名。
【2】险巇：崎岖险恶。《楚辞·东方朔〈七谏·怨世〉》："何周道之平易兮，然芜秽而险戏。"王逸注："险戏，犹言倾危也。"
【3】愁城：忧愁困苦的境地。范成大《次韵代答刘文潜》："一曲红窗声里怨，如今分作两愁城。"凭君：梁启超《少年中国说》："凭君莫话当年事，憔悴韶光不忍看。"
【4】三台吟社：台城的一个诗社。作者曾与其中。

南乡子　即景

　　叵奈晚风吹，白发飘飘似散丝。雨过夕阳红更好，迟迟，老子逶迤入市时。
　　啜茗更谈诗，敢谓先知觉后知。尘垢在身书在腹，期期，为语旁人莫相皮。

注：
【1】叵奈：无奈。也作"叵耐"。陈去病《惜别词》："秋深寒雨透窗纱，叵耐心情乱似麻。"
【2】老子：老年男子的自称。即老夫。《晋书·庾亮传》："老子于此处兴复不浅。"逶迤：徐行貌。徐凝《浙东故孟尚书种柳》："孟家种柳东城去，临水逶迤思故人。"
【3】先知觉后知：识在前者启悟识在后者。《孟子·万章下》："天之生斯民也，使先知觉后知，使先觉觉后觉。"
【4】期期：期期艾艾，形容口吃。作者口吃，故云。相皮：皮相。

蝶恋花　早吟

　　窗影迷离天欲晓。忘却春寒,倚枕听啼鸟。细雨无声风亦小,孤灯为我留残照。
　　汲水煮茶烧乱草,几盏沾唇,消得愁多少?白发戴头君莫笑,人生合在山林老。

注:
【1】白发戴头:即"戴白"。形容人老。合:该;当。

蝶恋花　春游宁城公园

　　山色湖光遥掩映,动我诗情,不觉高千丈。春水绿波平似掌,画船时有茶烟飏。
　　踱过东湖心倍畅,红紫争辉,点缀春模样。未免花前生感想,一壶尚少刘家酿。

注:
【1】平似掌:史浩《渔父舞》:"碧玉粼粼平似掌,山头正吐冰轮上。"
【2】刘家酿:酒。参见前注"白堕酒"。

望江南　宁阳好　五首录四

宁阳好，趁此好年光。得意莺莺和燕燕，未须笑我老犹狂。来作看花郎。

宁阳好，篱菊灿朝阳。昔属渊明今属我，暗香盈袖引杯长。醉卧水云乡。

宁阳好，好在百花香。花底有时持酒听，春风一曲杜韦娘。能不荡诗肠？

宁阳好，花影乱湖光。湖水有情鱼亦乐，花香如此蝶休狂。万一损红芳。

注：

[1] 宁阳：指台山。台山始建于明弘治十二年，初名新宁，民国三年，改台山县。有宁阳书院。后据以为台山别称。

[2] 莺莺燕燕：比喻春光物候。杜牧《为人题赠》诗之二："绿树莺莺语，平江燕燕飞。"

[3] 暗香盈袖：李清照《醉花阴》："东篱把酒黄昏后，有暗香盈袖。"暗香：菊香。水云乡：水云弥漫，风景清幽之地。陆游《秋夜遣怀》："六年归卧水云乡，本自无闲可得忙。"

[4] 杜韦娘：词牌名。孟棨《本事诗》："刘尚书禹锡罢和州，为主客郎中、集贤学士。李司空罢镇在京，慕刘名，尝邀至第中，厚设饮馔。酒酣，命妙妓歌以送之。刘于席上赋诗曰：'鬟髻梳头宫样妆，春风一曲杜韦娘。司空见惯浑闲事，断尽江南刺史肠。'李因以妓赠之。"

一剪梅　早春写意

　　尚有林泉置此身，罗绮非珍，藜藿非贫。等闲斗柄又回寅，梅柳争春，箫鼓迎春。
　　放眼山河气象新，卸我儒巾，还我天真。明朝准拟逛湖滨，料得阍人，不拒山人。

注：
【1】斗柄又回寅：斗柄，北斗之柄。寅，五行为木。方位是东，四季为春。斗柄指寅，即指东，为春季。斗柄回寅，就是从春开始，经夏、秋、冬四季即一年，又回到春天。
【2】阍人：守门人。《周礼·天官·阍人》："阍人，掌守王宫之中门之禁。"

忆王孙　游春

　　满身香露坐湖边，谁谓春光不值钱。老子看花醉欲眠。谢苍天，欢度鸡年又狗年。
　　游春春色信无边，取醉犹多挂杖钱。醉后何妨借地眠。胆如天，游戏人间又一年。

注：
【1】老子：老夫。醉欲眠：李白《山中与幽人对酌》："我醉欲眠卿且去，明朝有意抱琴来。"

水调歌头　闲写

江城子　读休休《鼓缶集》赋此为赠

　　休问鬓边雪，且赏眼前花。西山林壑犹在，容我醉烟霞。闻说春光大好，策杖湖边游览，俯仰兴弥加。且作须臾坐，更尽一瓯茶。
　　忆壮岁，名利热，走天涯。十年浪迹，赢得弹铗叹无家。何似山林有味，除却读书饮酒，更拟买鱼槎。斜日桑榆晚，游目看归鸦。

注：
【1】西山：作者所居之地。故其自号西山半叟。
【2】鱼槎：渔船。吴潜《和人赋琴鱼》："扁舟烟雨归去来，卧听鱼槎声涉涉。"

卖花声　耳聋自嘲

　　风雨是何声，听不分明。几回侧耳到三更。笑我糊涂何至此？岁月无情。
　　笳角不须鸣，莺莫嘤嘤。兰台听鼓待来生。盲左腐迁求鼎足，尚有聋程。

注：
【1】笳角：古代军中乐器笳与角的并称。莺莫嘤嘤：《诗经·小雅·伐木》："伐木丁丁，鸟鸣嘤嘤。"
【2】兰台：汉为掌图籍秘书处，唐指秘书省。李商隐《无题》："嗟余听鼓应官去，走马兰台类转篷。"作者曾管理过图书，故云。
【3】盲左腐迁：《左传》作者左丘明双目失明，故称"盲左"；《史记》作者司马迁受过宫刑，故称"腐迁"，二人并称"盲左腐迁"。聋程：指作者自己。盲左腐迁加聋程，是为鼎足。

沁园春　八四弧辰感赋

　　游戏红尘，放浪形骸，八十四年。叹南辕北辙，聪明自误。嗟何及也，岁不吾延。湖海归来，山林老卧，回首前情渺若烟。拼投笔，向秋风打稻，春雨犁田。

　　弧辰数到今天，笑措大无多买酒钱。想豪门祝嘏，华堂戏彩。酒香横溢，宾客喧阗。各有前因，吾行吾素，薄有登盘缩项鳊。贫难讳，但吟情尚好，狂态依然！

注：
【1】嗟何及：叹息来不及了。《王风·中谷有蓷》："啜其泣矣，何嗟及矣。"朱熹《集传》："何嗟及矣，言事已至此，未如之何，穷之甚也。"胡承珙《后笺》："经文当作'嗟何及矣'。"岁不吾延：时不我待；岁月不等人。朱熹《劝学文》："日月逝矣，岁不我延。呜呼老矣，是谁之愆？"
【2】措大：也作"醋大"。旧时对贫寒读书人的称呼。李匡乂《资暇集》卷下："代称士流为醋大，……醋，宜作'措'，正言其能举措大事而已。"
【3】祝嘏：祝贺寿辰。戏彩：用老莱子着彩衣娱亲事。喧阗：喧哗，热闹。
【4】缩项鳊：鱼名。杜甫《解闷》诗之六："即今耆旧无新语，漫钓槎头缩颈鳊。"

满江红　游仙

雨夜微凉，梦忽到，蓬莱仙岛。看不尽，黄金宫阙，琪花瑶草。蒻被前头鹦鹉觉，一声谓有凡人到。不多时转出一仙姝，如花貌。

笑谓我：来太早。且归去，理吟稿。我赧然无语，返寻故道。自悔游仙虚一走，未尝仙液和梨枣。况目前搔痒正需求，麻姑爪。

注：

【1】蓬莱仙岛：传说中的三座神山。即蓬莱、瀛州、方丈，位于渤海，乃神仙居所。

【2】麻姑爪：仙女麻姑的手。因其似鸟爪，故又称仙人抓、仙爪爬等。葛洪《神仙传》卷二《王远》："麻姑手爪似鸟，（蔡）经见之，心中念曰：'背大痒时，得此爪以爬背，当佳也。'"杜牧《读韩杜集》："杜诗韩集愁来读，似倩麻姑痒处抓。"

思佳客　毒尔缘何溷老夫

皮痒得"可的松膏"涂治

毒尔缘何溷老夫？痒搔浑欲请麻姑。偶然写作游仙曲，撚断银光几缕须。

须火速，治皮肤。鹤鸣山上有灵符，未如可的松膏便，信手拈来薄薄涂。

注：

【1】溷：污浊；脏。麻姑：见前诗注。

【2】撚断：卢延让《苦吟》："吟安一个字，拈断数茎须。"银光：白须。

【3】鹤鸣山：道教名山，为中国道教发源地，东汉张道陵在此创立道教。位于四川成都西部大邑县。灵符：有神力的符箓。

临江仙　悼愚公词

前作吊愚公诗，意有未尽，再成哀歌一阕。

　　两个白头人并坐，湖边绿树阴阴。去年亲热到如今。诗声惊叶堕，鬓影误鱼沉。
　　凄绝大楼晨茗罢，恶风吹到酸音。一时涕泪满词林。玉壶心一片，从此烙痕深。

注：
【1】诗声：吟诗之声。惊叶堕：陆游《夜中步月》："风生惊叶堕，露重觉荷倾。"
【2】酸音：音声发酸。意谓感怆。孟郊《寒溪九首》："冰齿相磨啮，风音酸铎铃。清悲不可逃，洗出纤悉听。"
【3】玉壶心：纯洁清白之心。王昌龄《芙蓉楼送辛渐》："洛阳亲友如相问，一片冰心在玉壶。"

满庭芳　重过宁园有怀愚公

　　曙色才分，雨声初霁，重来何恨沾衣？暮年情绪，哀乐有从违。怅望宁园一角，浓阴处、物是人非。今而后，愚公逝矣，风雅谁归？

　　轻肥，曾未共，问君何遽，弃我如遗？岂签名修文，怕失时机？历尽人间坎坷，应无虑、泉路幽微。吾何似？寒云漠漠，孤雁倦犹飞。

注：
【1】从违：取舍；依从或违背。韩愈《送区弘南归》："爰有区子荧荧晖，观以彝训或从违。"
【2】轻肥："轻裘肥马"的略语。参前注。弃我如遗：《诗·谷风》："将安将乐，弃予如遗。"郑玄笺："如遗者，如人行道遗忘物，忽然不省存也。"
【3】修文：旧以"修文郎"称阴曹掌著作之官，故以"修文"指文人之死。杜甫《哭李常侍峄》诗之一："一代风流尽，修文地下深。"
【4】寒云：寒天之云。漠漠：广阔貌。陆游《壮士吟》："寒云漠漠黄河深，凉州新城高十寻。"

玉楼春

　　金风暗度秋来早,窗外微闻鸦鹊噪。拾将枯叶煮新茶,寒士生涯殊草草。眼前何物伤怀抱。说与旁人堪一笑。夜阑呼烛写新词,仿佛老刀仍未老。

　　读书学剑都无谓,问舍求田尤可耻。天心非酷亦非仁,刍狗自为刍狗耳。卅年谙尽山林味,除却山林无乐事。古榕树下曲肱眠,万里风来吹不起。

注:
【1】问舍求田:置屋买田。多形容只求个人小利,缺少远大志向。《三国志·陈登传》:"(刘)备曰:'君有国士之名,今天下大乱,帝主失所,望君忧国忘家,有救世之意,而君求田问舍,言无可采,是元龙所讳也,何缘当与君语?如小人,欲卧百尺楼上,卧君于地,何但上下床之间邪?'"
【2】刍狗:古代祭祀时用草扎成的狗。《老子》:"天地不仁,以万物为刍狗;圣人不仁,以百姓为刍狗。"魏源《老子本义》:"结刍为狗,用之祭祀,既毕事则弃而践之。"
【3】曲肱:谓弯着胳膊作枕头。《论语·述而》:"饭疏食,饮水,曲肱而枕之,乐在其中矣。不义而富且贵,于我如浮云。"

后　记

　　程坚甫的诗集被发现，可以说是近年五邑地区文学界的一件大事。这位乡村诗人，经历了几个时代，一辈子穷愁潦倒，直到离世，也没有翻过身来。他一生的遭遇与情感，都被他浓缩在这几百首诗词当中，说是呕心沥血，也毫不为过。其情感表达的浓度，即使在整个现当代诗歌界中，也属十分罕见，值得引起当代文坛的关注。

　　程坚甫，广东台山市人。生于1899年10月20日，卒于1987年11月11日，终年89岁。程坚甫本名君练，号不磷室主、西山半叟。毕业于广州中学，曾任广州燕塘军校图书馆管理员、广东省盐业公会秘书、韶关警察局文书、中山地方法院秘书、广东高等法院汕头分院秘书。20世纪40年代末还乡，以种菜为业，贫乏无以自存，靠老妻为人作佣和友人接济度岁，无儿无女，直至在贫病交加中逝去。

　　程坚甫的诗集在其生前，不可能有出版的机会，但这并不妨碍一生与诗为伍、嗜诗如命的诗人珍藏自己的心血。他通过朋友保存下来的诗词，主要见于早年的《不磷室拾遗》和晚年的《西山半叟诗集》，以及由其女弟子陈慧群女士所保存的其师抄给她的部分手稿。在其存世的作品里，古体诗只有寥寥几首，五律和词也不多见。形式以七律为主，诗宗杜甫和陆游，不仅数量多，而且也写得最好，代表了程坚甫诗歌的最高水准。

　　说到程坚甫的诗集被发现，就不能不说到旅美台山籍的诗人陈中美先生。正是他的几次回国，在与本地诗人的交往中，见到了程坚甫的作品，大为叹赏，然后便是不遗余力地收集其遗稿，整理出版，并写了一系列的推介和评论的文章，方使得程坚甫的诗作逐渐被世人所知。本注以陈中美先生所采编的由华夏文化出版社出版的《程坚甫诗存》为底本，校以《不磷室拾遗》的稿本和《西山半叟诗集》的抄本，订正了一些由印刷而造成的错误。

陈中美先生在编订《程坚甫诗存》的过程中，曾对程坚甫的作品作过删汰选择，但我以为各人的审美标准和尺度可能不一样，诗好诗坏，最好是交由读者自己判断，因此，本注将陈先生刊落的诗歌都重新选了进来，以便读者一窥全貌。但是，也有一部分被删汰的作品，因为九十高龄的陈老先生已驾鹤西去，其直系后人远在美国，故其所保存的部分程坚甫诗作就无从补入，这算是个小小的遗憾。《程坚甫诗存》采取以时间先后来编排，诗词混编。为了读者阅读的方便，我这次重新整理注释时，改为诗前词后，分作了两个部分。但是在诗歌部分，不再细分诗歌体裁，大致以时间先后为序。陈中美先生在收集整理出版程坚甫的诗歌上，付出了极大的心血。《程坚甫诗存》集采编评注为一体，但我考虑到体例的统一问题，故其点评全部未予采用，其注释部分有所参考借鉴，特此说明。在我和有关领导去台山拜访陈先生时，曾请教书的署名事宜，陈先生说名就不用署了，只要在序言或者后记里提及就可以了。陈先生自是高风亮节，但后生小子辈本是借用了先生的劳动成果，岂可不给先生署名？故本书特地标明为陈中美先生辑，以示我对陈先生的崇高敬意和景仰之情。

　　本书的注释重点在语词方面，有关的人名一律从略，主要是考虑到程坚甫的交游范围基本限于台山一隅，多为民间诗人。知其生平与否，与对作品的理解关涉不大。诗人读书甚广，用典颇多，注释有一定难度。注者学殖浅陋，虽经努力，错漏在所难免，望高明不吝教正，是所望焉。

　　在整理过程中，注者得到了江门市文联、五邑大学文学院的鼎力支持。在此特别感谢市文联主席、著名作家尹继红先生，文联秘书长郭卫东先生，以及文学院白少玉、蒉伯象、庞光华等诸位同仁。尤其是程坚甫先生的女弟子陈惠群女士，不辞辛苦，帮助搜罗资料，查找交游，于本书的完成，功莫大焉。

注者　于广东江门远心斋
2015.7